中国古典文学名著丛书

前后七国志

U0733785

[明] 吴门啸客　烟水散人　著

华夏出版社
HUAXIA PUBLISHING HOUSE

图书在版编目（CIP）数据

前后七国志／（明）吴门啸客 烟水散人著. —北京：华夏出版社，2013.01（2024.09重印）

（中国古典文学名著丛书）

ISBN 978 - 7 - 5080 - 6407 - 9

Ⅰ．①前… Ⅱ．①吴… ②烟… Ⅲ．①章回小说 – 中国 – 明代 Ⅳ．①I242.4

中国版本图书馆 CIP 数据核字（2011）第 073383 号

出版发行：华夏出版社

（北京市东直门外香河园北里 4 号　邮编 100028）

经　　销：新华书店

印　　制：永清县晔盛亚胶印有限公司

版　　次：2013 年 01 月北京第 1 版

2024 年 09 月北京第 2 次印刷

开　　本：670×970　1/16 开

印　　张：15

字　　数：231.6 千字

定　　价：30.00 元

前　言

　　白话通俗小说,是中国古典文学中的一枝奇葩。自明中期之后,中国文坛上兴起了一股以歌颂英雄、演绎历史为主题的白话通俗小说的创作高潮。其中诞生了一批堪称经典的文学作品,但绝大多数作品都是为了迎合市井文化和平民百姓的需要,以虚构史实、夸大人物、嫁接民间传说、掺入神魔奇幻为特征的历史演义小说。这部《前后七国志》就是当时曾风行一时的一部白话通俗历史小说。

　　《前后七国志》共分两部,由吴门啸客与烟水散人共同合作的《前七国孙庞演义》和《后七国乐田演义》组成。由于年代久远,两位作者的生平均无考据。《前七国孙庞演义》中自潼关镇白起偷营,朱仙镇孙庞结义开始,到马陵道庞涓分尸,孙膑拂袖归云梦结束。《后七国乐田演义》讲述的是燕国乐毅联合赵、韩、魏、楚、秦攻伐齐国以及田单火牛陈大破燕国的历史故事。整部《前后七国志》,形象鲜明地刻画了膑、庞涓、乐毅、田单等四位战略时期的历史重要人物,读来生动有趣,令人不忍释卷。

　　《前后七国志》所塑造的主角人物,在历史上确有其人,所描述的故事内容,在历史上也确有其事。但作者为了使整部小说被当时的市井文化所接受,在依托历史资料、结合民间传说的基础上,进行了夸张和虚构,并糅合融入宿命论的思想,使全书具有强烈的英雄传奇色彩,或为《前后七国志》的一大特色。

　　鉴于前人对此书不太重视,致原著中各种版本出入较大,疏漏较多。这次再版,我们对《前后七国志》原书中的笔误、缺失、遗漏和难解字词进行了补正、校勘和释义,对原书原来缺字的地方用□表示了出来,以帮助广大读者阅读欣赏。因时间仓促,水平有限,难免仍有所疏漏,望专家读者予以批评、指正。

编 者
2011 年 3 月

篇 目 目 录

前七国孙庞演义

目　　录

第 一 回

潼关城白起偷营　朱仙镇孙庞结义

古风一首

偶荒色乱计无余，惹可纷纷怨独夫。

戡定但教唯至德，征诛端不在谋谟。

忽然梦感飞熊兆，圣主躬下征贤诏。

渭滨老子隐羊裘，八百洪基凭一钓。

同异姓氏沾天禄，分茅烈土禁员幅，

筹之七十有二君，倏尔并吞只六国。

周室倾颓无震主，强梁自古多跋扈，

心希定霸必尊王，志在攻城与掠土。

机诈困难援世事，天伦岂易委泉台。

漫观刖足风波险，生死交情安在哉？

人心善恶谁能测，天道昭昭肯差迟？

野笔由来记得真，代异时移终不灭。

这一篇古风①单慨周室衰微，群雄扰攘，人人欲定伯图王，个个欲争强较胜，因而秦、楚、燕、韩、赵、魏、齐各据一邦，瓜分七国②。七国之中，独秦最强，楚、燕、韩、赵、魏、齐俱属秦邦挟制。

如今且表燕国，当时，燕王有女，名燕丹公主，招孙操为驸马。孙操系

---

① 古风——和绝句、律诗等相称的古体诗。句式一般有三言、五言、七言、四言、六言等，不讲求对仗、平仄等格律，用韵比较自由。

② 七国——周以后，经过长期的争霸战争，诸多小诸侯国逐渐被大诸侯国并吞，到战国时期，诸侯国已为数不多，只有七国，历史上称战国七雄。

孙武之子,出自将家,幼习韬铃①,长娴②弓马,也算是一员良将。后生三子:长孙龙,次孙虎,幼孙膑。燕丹公主怀孙膑在身,常梦红云护屋;及生孙膑,眉清目秀,颖悟非常。孙操尝对燕丹公主道:"此儿长大,必握百万之权,乃吾家至宝也。"燕丹公主愈加珍惜。

其年,秦孝公嗣位,差官入燕,催趱进奉。燕王召孙操私议道:"当今七国,独有秦强,若不纳贡,恐反招祸衅。"孙操道:"秦国虽强,吾燕何弱?我王恐秦生衅,何不兴师先自伐秦为上?"燕王道:"卿言最当。今欲伐秦,何人可领大兵?"孙操道:"臣愿领五万人马,立破强秦。"燕王道:"孤闻秦邦名将颇多,恐卿一人不能取胜。"孙操道:"我王请勿过虑。臣子孙龙、孙虎,膂力③非常,英名盖世。臣愿携此二子同行,秦不待战而自克也。"燕王大喜,赐御酒三杯、金花三朵。孙操辞燕王出朝,带领孩儿孙龙、孙虎,下教场点齐人马,即日登程。但见:

> 旌旗乱飐,金鼓齐鸣。密匝匝干戈列队,乱纷纷甲骑连云。炮响三声,天愁地惨;锣鸣一下,鬼哭神惊。铁骑卷黄尘,一门三将多骁勇;宝刀横白日,万马千军播姓名。

不数日来到潼关,孙操令人马屯扎关外。那秦王孝公,正坐朝堂与多官议事,忽有潼关报到,说燕国驸马孙操父子,领数万人马屯扎关外,要与我国厮杀。秦王闻报,冷笑道:"好个不识时务的燕王!孤差人去催趱他进奉,他倒不来纳贡,反起兵前来触犯。"遂令武安君白起为大将,甘龙、杜回为副将,领兵三万,出关迎敌。

白起领命,来到潼关。孙操闻秦将领兵出战,吩咐孙龙、孙虎镇守大营,亲领一支人马杀奔阵前。白起大喝道:"何物么魔,敢先出阵?"孙操道:"燕国驸马孙操。来将何名?"白起道:"秦国大将武安君白起。"两将挺身出马,战经六十余合不分胜负。白起抢枪,把孙操刀来架住。孙操道:"你莫非怯战?"白起道:"天色已晚,不是厮战时节,分兵回去,明早再定高下。"孙操道:"也罢!且放你去将养一夜,明早吃刀。"两家拨马回营。

---

① 韬铃(qián)——古代兵书有《六韬》、《玉铃》,此处指用兵谋略。
② 娴(xián)——熟练。
③ 膂(lǚ)力——体力。

且说孙操回营,孙龙、孙虎出营迎接。孙操到中军坐了。孙龙问道:"爹爹今日出战,胜负如何?"孙操道:"我儿! 好个武安君白起,果然名不虚传,我与他大战六十余合,不分胜负,天晚收兵回来,明日决一死战。"吩咐军中备酒,父子三人就在营中畅饮。诗曰:

　　大战潼关天日昏,一心直待破强秦。

　　宵来且尽杯中物,拚醉中军细柳营①。

且说那白起回营,与甘龙、杜回计议道:"孙操那厮,与我不相上下,势难取胜,如今之计,不能力擒,只可智取。不如乘此更阑人静,分兵三哨,劫了他的营寨,功必成矣。"甘、杜二人齐说:"好计!"随即传令军士准备劫营。白起中哨,甘龙左哨,杜回右哨。到二更时分,军士各各衔枚,锣不鸣,鼓不响,魆②地攒进燕营,一声炮响,喊声连天,一齐杀入。此时孙操饮得大醉,孙龙、孙虎亦有半酣,不曾提防劫寨,睡梦中听得喊声,魂不附体,各牵战马,自逃性命,哪顾军士死生。父子扳鞍上马,一道烟径往后哨逃去,白起纵人马绕营混杀,把燕国五万人马杀得罄尽③,尸横遍地,血满潼关,扯得胜旗,奏凯还朝。秦王大喜,问道:"孤闻燕国孙操智勇兼全,卿何由得此大捷?"白起将劫寨事一一备奏,秦王赐白起黄金千镒④、彩帛百端,其余将士犒赏不提。

那孙操父子逃回燕国,孙操自绑入见燕王。燕王惊讶道:"卿敢被秦师陷了?"孙操道:"臣该万死! 臣领兵到潼关,与秦将白起大战一日,不分胜负,天晚收兵回营。不料白起到夜静时,劫臣营寨,人马尽被杀伤,臣父子杀出重围,特来见驾,望王赦臣万死。"燕王听说,叫声:"罢了! 真乃贻笑外邦。你为将数年,岂不知提防劫营? 如此胡混,岂堪重用,本当正法,姑念椒房⑤至亲,削去兵权,追还牌印,贬去巡视各门。"

孙操回府,闷闷不乐,孙膑问道:"爹爹今日伐秦回来,忧愁满面,却

---

① 柳营——军营。典出卢纶《送从叔程归四川幕》诗:"群鹤栖莲府,诸戎拜柳营。"

② 魆(xū)——暗。

③ 罄(qìng)尽——完全。

④ 镒(yì)——古时重量单位,约合当时的 20 两。

⑤ 椒房——皇后所居之殿。这里是说皇室之亲。

是为何?"孙操道:"我儿,你年幼不谙世务,问他怎地?"孙膑道:"儿虽年幼,世事颇知一二,不识吾父隐衷为家为国?"孙操道:"为家怎么说,为国怎么说?"孙膑道:"若说为家,家有二位兄长,武艺精强,俱可为父分忧,不必提了。若说为国,莫非外邦轻视我国,朝中缺少谋臣良相,以此过虑?"孙操道:"我正为此。因秦王倚恃强伯,差人催趱我邦进奉。吾主大怒,着我领兵三万伐秦,不料到得潼关,被白起诡计劫了营寨,损兵折将,逃窜回来。朝廷大恼,将我削了兵权,追还牌印,贬巡各门,所以烦恼。"孙膑道:"爹爹且省愁烦。孩儿心中正想一事,倘若得成,务要两手补完天地缺,一身分豁帝王忧。"孙操道:"你有何本事敢夸大口?"孙膑道:"孩儿闻得人说,河南汝州云梦山水帘洞有个鬼谷先生,兵书战策、妙略奇谋,无般不谙①。欲去投他为师,传授六韬三略、入门遁法、呼风唤雨、掣电驱雷、剪草为马、撒豆成兵,那时回来,替我燕国报仇,未为迟也。"孙操道:"我儿,你所志在此,我不阻你,不知几时可得回来?"孙膑道:"多则三年,少则两载。"孙操道:"只是你母爱惜你,未必肯舍你去。"孙膑道:"人生天地间,谁不欲建功立业?况男子志在四方,岂可守株待老?望爹爹慰解母亲。"

孙操同孙膑到后堂,见燕丹公主说道:"孩儿孙膑,今日要往云梦山鬼谷先生处学艺,特来拜别。"公主道:"我儿小小年纪,不在家中学习,为何却要远去?"孙膑道:"家中学习如何有成?况今正缺贤臣谋士之秋,不去习些武艺,等待何时?"公主再三苦留不住,没奈何,吩咐道:"我儿路上需要小心,早去早回,免我悬望。"次日,孙膑收拾行李,拜辞父母并兄弟,出幽州城而去。

再说宜梁魏惠王驾下有个丞相郑安平,其日朝罢回来,往牛头街经过。值寒冬之际,街道上水浆凝冻,结成寸冰,正行之间,马蹄踹在冰上,老大一滑,险些把个当朝丞相坠下马来,左右连忙挽注。郑安平着恼,吩咐左右把两边居民拿来,一齐跪在马前。安平道:"你等为何把水浆倾泼街道?"众人道:"非干我等之罪,乃开染坊庞衡家倾泼的。小人们屡次说他,他恃顽不听。"安平差人把庞衡拿来,打了二十大棍放去。

那庞衡之子,名唤庞涓,性多暴戾,见父亲被郑安平打了,一时怒起,

---

① 谙(ān)——知,精通。

取一条短棍,把十数个染缸打得粉碎。涓母上前止住道:"这是生意家伙,打碎了,把甚过活?"庞涓道:"我父今日受郑安平如此羞辱,都是染缸的祸胎。我家不开染坊,水浆如何污泼街道,教我此仇如何得报?"其母道:"这却是他管的事情,这也无可奈何。你把这染缸打碎怎地?只要下次小心,不泼街道上罢了。"庞涓道:"今后劝父亲不要开甚染坊罢。我如今收拾行李,到云梦山水帘洞鬼谷先生处,教他传些兵法,他日倘得执一印、掌一国,也可报郑安平之仇。"遂拜别父母,出了宜梁城,挑着行李,来到一株大树边。正欲歇担少息,见树下一人席地而坐,在那里打盹。庞涓暗想道:"这个人年貌似我仿佛,莫不往哪里攻书的?"遂近前问道:"兄长往何处去的?"那人醒来,看见庞涓,倒身施礼。庞涓道:"兄长上姓?何邦人氏?"孙膑道:"吾父是燕王驸马,姓孙名操。我是第三子孙膑。"庞涓道:"失敬。欲往何方?"孙膑道:"将往云梦山水帘洞鬼谷先生处学艺。敢问兄长上姓?贵邦何处?"庞涓道:"小可姓庞名涓,魏国人氏,也要往云梦山鬼谷先生处学艺。"孙膑道:"如此甚好。兄长不弃,就此订个生死之交。"庞涓道:"公子金枝玉叶,小可闾阎匹夫①,安敢过扳!"孙膑道:"说哪里话!同到前面朱仙镇,买些香烛,拜告大地,长者为兄,幼者为弟,方是结义之礼。"庞涓道:"有理。"二人各取行李,行到朱仙镇,备下香烛,对天发誓。庞涓道:"大哥居长,请先誓。"孙膑遂对天告道:"孙膑,燕邦人氏,路遇魏国庞涓,结为兄弟,同往云梦山鬼谷先生处学艺,有书同读,有艺同学,一有私心,天地鉴察,永为畜类。"庞涓听了没奈何,也对天告道:"庞涓,魏国人氏,路遇孙膑,结为兄弟,同到云梦山鬼谷先生处学艺,有书同读,有艺同学,如有昧心,不得还乡,夜走马陵道,乱箭射死,七国分尸。"

　　誓毕,二人对拜八拜,孙膑为兄,庞涓为弟,庞涓道:"哥哥,你我既结拜了,可把行李并作一担,待小弟挑。"孙膑遂并了行李。庞涓挑着一路走,一路想,心生一计,假意一跤跌倒,把行李撇在地上,叫道:"大哥,不好了!"孙膑不知是计,问说:"兄弟怎么?"庞涓道:"小弟在家,自不曾挑着担子,一身骨痛难当。"孙膑道:"快到前面客店歇宿,明日再行。"遂一手搀着庞涓,一手按着行李在肩,往前面旅店歇宿。明日又行,孙膑只得

---

　　①　闾阎匹夫——闾为里门,阎为里中门,泛指民间;匹夫,指庶人、寻常之人。

把行李挑了在前。庞涓在后，以为得计。

二人行不多时，到了一座高山。山上树木交加，并无人迹。庞涓唬怕，暗想。高山峻岭，必多豺虎，我在后走，倘有疏虞，怎生是好？又心生一计，道："大哥，山上草深露湿，不好行走，小弟当先开路。"遂走过前。忽见树林中跳出一只花斑猛虎，张牙舞爪，往庞涓乱扑，吓得庞涓大声叫道："大哥，快上来救救！"孙膑赶上前，见是只虎，遂歇下行李，近前对虎唱个喏道："虎哥，我孙膑同庞涓往云梦山鬼谷先生处学艺，望你让条去路。"那虎见孙膑吩咐，张睛怒目，照定庞涓。庞涓慌了，望一株大树上溜将上去，那虎又紧紧蹲在树边。庞涓在树上叫道："大哥同行，莫疏伴，救我一救！"孙膑又对虎道："虎哥，树上的就是我兄弟庞涓，望你方便他下来同去。"那虎摇头摆尾，从林中去了，庞涓方爬下树来。原来这虎不是凡虎，就是鬼谷仙师驾车神虎，特奉仙师差遣，来探孙、庞二人心术的。

孙膑道："这山上树木丛密，不便游玩，快下山去。"二人遂走下山。又见一条深涧，并没桥梁，单见有一独木。庞涓害怕道："大哥，这独木桥如何过去？"孙膑正在待渡，忽然来了一个道童，挑两个筐儿慢慢行来。孙膑歇担上前，问道："童哥，借问一声。我要往云梦山访鬼谷仙师，别有去路么？"道童道："没有别路。此处名独木桥、鹰愁涧，是去云梦山的正路。二位不便过去，与我些不鬼，待我挑二位过去。"孙膑取二十文钱，送与道童。道童接了钱，问道："二位是哪个居长？"孙膑道："我长。他是兄弟。"庞涓在旁道："与你钱，你只管挑我们过去，何兄何弟，干你甚事？"道童笑道："我问你年长幼，有个因由：年长的坐在前面筐里，年幼的坐在后面筐里。"庞涓暗想：在前面筐里，坐歪斜些还可抱着绳索，若掉下涧尚可救，坐在后筐掉下涧去，哪个看见？就说道："童哥，我从来胆小，望你把我坐在前面筐里。"道童道："也罢，你就在前筐坐着。"孙膑坐于后筐。道童吩咐二人俱合着眼。不知道童怎生挑过去，且听下回分解。

第　二　回

白鹿仙击涓大冰雹　鬼谷子授膑假天书

话说道童把孙膑、庞涓挑了到独木桥中间,故意把担儿卖几个转折。孙膑并不吃惊,只庞涓害怕,两手紧紧摸着筐索,连声叫道:"童哥挑稳,莫唬杀我!"道童道:"不妨。合着眼坐着,开眼就要掉下涧去。"庞涓愈加把眼闭紧,心头别别跳个不了,暗想:道童恁般无理,过桥去,着实打他一顿,才消这口气。少顷,过了桥,道童歇下筐儿,叫二位开眼。孙膑、庞涓走出筐来,开眼一看,那道童并筐儿都不见了。看官,你说道童是准?即鬼谷仙师焚香童子,仙师特地差来试探孙、庞心术。孙膑道:"奇事!分明是个仙童,来度我们过桥,不可不拜谢。"两人望空遥拜。

又行数日,来到云梦山,定睛观看,但见那:丛崖怪石,峭壁奇峰,满山前瑶草琼芝,四下里禽飞鹤唳,涧畔密结薜箩,沿堤丛生花竹,虽然尘世逍遥地,半是蓬莱小洞天。两人来到洞前,见洞门紧闭,门上一个石碑,上镌六个大字是:"云梦山水帘洞",两人徘徊良久,忽见一个樵夫从洞前经过。孙膑问道:"樵哥,这里可是鬼谷仙师的洞府么?"樵夫道:"正是。二位问他何干?"孙膑道:"我是外邦人氏,闻仙师之名,特来投他学艺。"樵夫道:"要见仙师,需要诚心拜开洞门,方才得见。"庞涓道:"拜几拜才开?"樵夫道:"有诚心一拜即,没诚心一年半载也拜不开。"樵夫说罢,拱手而去。

孙膑对庞涓道:"兄弟,千山万水来到此间,怎说没诚心,就拜几拜,有甚相亏?"孙膑倒身下拜。庞涓拜了一拜,站在后边自想道:"不要拜,少不得孙膑得见,我也得见,拜他何为?"孙膑回头,见庞涓不拜,便说:"兄弟,不要灰了道心,还来同拜才是。"庞涓勉强下拜,拜到午时三刻,洞门一声响亮,忽然大开,里面走出一个道童,问道:"二位到此何干?"孙膑道:"燕国孙膑同魏国庞涓,来投鬼谷仙师学艺,敢烦通报。"道童听了,转身进去,禀知鬼谷。

这鬼谷①乃晋平公时人,姓王名利,世居清溪,尝入云梦山采药,得道不老,业于谷中,因号鬼谷。当时吩咐道童:"掇②张交椅放在洞门下,待我出来。"道童依命,连忙取交椅放了。鬼谷行至洞门下坐定叫道:"学艺的过来。"孙膑、庞涓近前下拜,鬼谷问道:"二子姓甚名谁?何邦人氏?"孙膑道:"弟子孙膑,燕国人氏。"又指庞涓道:"他姓庞名涓,魏国人氏,是弟子途中相遇,遂尔结义,同叩吾师,望乞收录。"鬼谷看孙膑相貌,熊腰虎背,道骨仙肌,有怀仁尚义之心;又看庞涓,鬼头蛇眼,背后见腮,忘恩负义,嫉贤妒能,不得善终之相,遂道:"孙膑堪以授艺,庞涓难以学习,回家去罢。"孙膑哀告道:"师父!同胞莫蹉违③,况路途结义,尤胜同胞。弟子学得艺成,庞涓也学得成,望师父一并收留。"鬼谷道:"也罢,你们试试聪明我看。若把我赚得出洞门,就收了他,赚不出,打发回去。"

庞涓沉吟半晌,高叫道:"师父!云端里两条龙斗,请师父观看。"鬼谷微笑道:"此时冬月,有什么龙斗。"庞涓又道:"师父,南天门李老君来了。"鬼谷道:"李老君适才别我去,怎地又来!"庞涓道:"弟子在师父椅后放把火,师父怕烧,只得出洞。"鬼谷笑道:"权当你的见识。"又问孙膑:"有甚见识赚我出洞?"孙膑道:"弟子愚顽,无甚见识。师父把椅拿在外面坐了,待弟子想个见识赚师父进去还可,若师父在洞内,一世也赚不出来。"鬼谷叫道童掇交椅向外坐了。孙膑道:"弟子已赚师父出洞了。"鬼谷大笑道:"我倒被你赚了。"遂引二人到里面拜祖师圣像,吩咐今日将晚,归房歇宿,明日习学。孙、庞领命去讫。

次日,鬼谷唤孙膑、庞涓吩咐道:"古云:'徒弟徒弟,先供使令,方才学艺'。二人每日一个攻书,一个打柴。如孙膑攻书,庞涓打柴;庞涓攻书,孙膑打柴。"二人齐道:"依遵师令。"鬼谷道:"今日为始,孙膑年长,先攻书,庞涓去打柴。"鬼谷打发庞涓去,取本书递与孙膑,嘱咐:"此书与你自读,不可与别人看。"孙膑接书,竟往房中去读。不料庞涓打柴回来,先见了师父,后到房中问孙膑道:"大哥,今日不知读何书?我看看。"孙膑

---

① 鬼谷——或称鬼谷先生,史书上记载的鬼谷子系楚人,传说为苏秦、张仪师,战国时纵横家之祖。本书中的鬼谷先生,系著者假托。

② 掇(duō)——用双手拿,用手端。

③ 蹉违——差误,离别。

道："兄弟,我与你当日朱仙镇上结义之时,对天发誓有书同读,有艺同学,怎不与你看?"连忙将书递与庞涓。庞涓接来,灯下读几遍,通读熟了。明日当孙膑打柴,庞涓读书。鬼谷取书递与庞涓,庞涓接书,进房攻习。孙膑回来,问庞涓："今日读的什么书?"庞涓支吾道："师父今日道友相访,烹茶煮饭混了一日,教我也忙了一日,不得工夫读书。"孙膑信他。如此多番,凡孙膑读书日子,晚来与庞涓看;庞涓读书日子,托故不与孙膑看。

日月如梭,两人学艺到了一年,庞涓叫孙膑道："大哥,你我学艺一年,皆有些本事,不知中用不中用。明日禀过师父,只说同下山打柴,把本事试演一番如何?"孙膑道："此言正合吾意。"

次日,孙膑、庞涓禀过师父,一同下山。孙膑把顽石摆下一阵,叫庞涓看是什么阵?庞涓看了道："青龙出水阵。"孙膑道："这阵你破得么?"庞涓道："要破何难!"拿起扁担从哪方起,哪方止,把个青龙出水阵点破。孙膑道："兄弟,你也摆一阵,看我认得么?"庞涓也把石摆下一阵,孙膑看不出,问道："是什么阵?"庞涓道："就是大哥才摆的青龙出水阵。"孙膑摇头说："不像。"庞涓道："此是我摆差了,大哥故看不出。"口里虽说,心内暗暗欢喜说："吾学足矣!我知认得他的阵,他认不得我的阵,岂非我高似他?"傍晚两人依旧安歇。

一日,鬼谷吩咐二人道："我今日要往终南山赴松花会,你们好生看守洞门,过七七四十九日,同下山来接我。"鬼谷嘱毕,驾一朵祥云腾空去了。

到了四十九日,孙膑对庞涓道："师父吩咐在先,去四十九日回来,今日已满,你我可同下山迎接。"当下忙备仙桃、仙酒,二人携了下山,到曼多罗石边,把酒桌摆在石上。正摆得下,忽有一只白鹿慢慢前来。孙膑看那白鹿生得奇,但见遍身皎如瑞雪,洁似秋霜,走到石边再不走动。孙膑筛杯酒放在石上,白鹿张口吃了,连筛两杯,吃两杯。庞涓道："大哥,白鹿不过山中走兽,怎与酒吃?"孙膑道："此鹿形象非常,或是仙家驯养也未可知。"庞涓道："岂有此理!待我打杀了,做个下酒之物。"孙膑道："大小俱是性命,杀他则甚,此心何忍!"庞涓不听孙膑之言,提起顽石望白鹿打去,白鹿转身就走,庞涓赶去一二里之地,立时不见白鹿。忽起一阵狂风,降下许多冰雹,把庞涓打得面青脸肿,倒在地上,孙膑见冰雹,过来寻庞涓,只见庞涓倒伤在地。孙膑扶他回到洞中,乃复自到曼多罗石边。那白鹿又走来,忽口吐人言道:"孙先生,生受你。吾非凡鹿,乃上界白鹿大仙。汝师鬼谷,乃吾至友。适间庞涓心怀不善,欲害吾命,被我降下冰雹打伤。汝师顷刻回来,他还有三卷天书、八门遁法、六甲灵文,俱不曾传你。你回去可要他的。"说罢,化一阵清风而去。

须臾,空中半云半雾,鬼谷驾虎车从空而下。孙膑倒身下拜,进上酒果。鬼谷吃了,问道:"庞涓怎么不来?"孙膑道:"他今下山迎接师父,适被冰雹所伤,回洞去了。"鬼谷道:"因他贪口,要食白鹿,自取其祸。"

师徒回到水帘洞,孙膑近前道:"闻知师父有三卷天书,八门遁法、六甲灵文,望师父传与弟子。"鬼谷道:"此书秘传已久,非人莫传①。"遂唤道童取天书出来。道童开了书箱,取出付与孙膑。鬼谷道:"此书只可自读,不可与人看。"孙膑得了天书,燃灯夜读,庞涓见孙膑读书,假做睡熟,听了一会,假做睡醒,起来叫道:"大哥,为何私心? 当初朱仙镇结义,对天发誓,有书同读,有艺同学,今晚悄悄在此读天书,可不背了前盟?"庞涓一把抢过手,看了又看,便晓天文义理,使性掉在地下,依旧睡了。孙膑收拾放在桌上,只得也睡。庞涓待孙膑睡熟,悄地起身,把天书向灯火上烧毁,假意大惊小怪叫道:"大哥快醒! 天书被灯煤掉下烧毁了。"孙膑大惊,忙爬起来,天书已作灰烬,愁眉紧锁,面带忧容。次早,孙膑到鬼谷榻前跪告道:"弟子有罪。昨夜正读天书,灯煤掉下把天书烧毁了。"鬼谷道:"此乃世间难得之宝,如何烧毁? 好不小心!"孙膑怏怏而去。

过几日,八月中旬,黄昏时候,鬼谷着道童唤孙膑、庞涓,同步出洞门。但见瑶阶净洗,玉宇无尘,冰轮乍展,宝镜初升。鬼谷坐于石上,孙膑、庞涓侍立。鬼谷道:"二子从吾受业已经三年,未闻二子之志。今乘明月,试各自陈。"孙膑道:"弟子孙膑,愿明王在上,政治隆昌,耳不闻金鼓之声,目不观烽烟之惊,使膑得享太平,濡沾雨露,以乐天年。膑所志也。"鬼谷佯笑道:"迂腐之谈,不足处当今之世。"遂问庞涓:"所志若何?"庞涓道:"弟子庞涓,愿奉一人命令,统百万威权,战必胜,攻必取,使天下诸侯云从宾服。此涓志也。"鬼谷笑道:"处战国之世,非庞涓不足以成大事。"说罢,孙膑、庞涓一齐跪下道:"弟子二人,离家三年,思念父母,明日欲拜

---

① 非人莫传——若不遇遵道之人不得传授。

辞师父,回家探望,不识可否?"鬼谷道:"庞涓聪明,他的兵法通学会了,可以去得。孙膑驽钝①,尚未通彻,还不可去。"孙膑道:"弟子二人,路逢结义,同心合胆,对天发誓。既与庞涓同来,要与庞涓同去,有终有始,乃见交情,望师父垂念。"鬼谷道:"你既苦苦要去,我也难留,明日随你二人去罢。"又说些闲话,到了三更,师徒进洞就寝。

次早,孙膑、庞涓拜辞鬼谷下山。行至半山,见一老婆手拿铁錾,磨于石上。孙膑问道:"婆子手磨何物?"婆子答道:"小主母在家做针指,无处觅针,教我把铁錾磨做绣花针儿。"孙膑笑道:"奶奶差矣!老大铁錾怎么磨得成绣花针?"婆子道:"先生岂不闻俗语云:'只要工夫深,铁錾磨做针。'"孙膑闻言大悟,自想:"婆子之言其实深奥,凡事只要工夫精到,毕竟可成。所以师父说我驽钝,还欠攻书,即此可喻。"又行数里,见一大汉手拿锥凿,在山脚凿山。孙膑问道:"汉子凿山何用?"大汉道:"凿透山眼,要通大海。"孙膑笑道:"凿山如何通海?"大汉道:"你不闻古语说:'凿山通海泉,心坚石也穿。'"孙膑连见两事,心回意转,想道:"我兵法未深,下山去也没用,何不返去见师父,再读几时书,回去未迟。"因对庞涓道:"兄弟,你果聪明,兵法精通。只我驽钝未通,岂可中道而废?你今先回,我再上山习学几时。待我写一封家书,烦你送至幽州我父处投下。你可在我家住下,待我父奏闻燕王,就在燕邦受职,等我回来,与你共掌朝纲。"说罢,向行囊中取出纸笔,写书递与庞涓。两人拜别,庞涓往幽州去。

孙膑复上山,回水帘洞拜见师父。鬼谷道:"你去了为何复来?"孙膑道:"弟子下山,见一老婆铁錾磨针,又一大汉凿山通海,弟子一时省悟,想起师父金石之言,说我攻书未深,因此别了庞涓,又上山来,望乞指示愚顽。"鬼谷道:"那婆子、大汉俱是神将,我特差他点化你的,我有三卷天书、八门遁法、六甲灵文,珍藏已久,非人勿授。几欲传你,因庞涓为人妒贤嫉能,忘恩负义,所以不好传你,故此着他先回,特遣神将点化你上山,慢慢传你天书。"孙膑惊问道:"天书前番灯煤烧了,怎么还有天书?"鬼谷微笑道:"烧毁的乃是假的。我预知庞涓心怀不善,故把假天书与他烧毁,他才肯下山去。我今与你取个表字'守愚',别号'伯龄'。"孙膑拜谢。欲知后事,且听下回分解。

---

①　驽钝——低能,愚笨。

第 三 回

魏王计赚辟尘珠　庞涓大战宜梁道

　　再说庞涓别了孙膑，晓行暮宿，来到幽州燕山府。是日，孙操正在中堂，见门上报道："府门首有个黄衣道人，说是云梦山捎书来，要求面见。"孙操叫请进来，道人进见，与孙操施礼，分宾坐下，孙操问道："先生何来？"道人道："某乃魏国人，姓庞名涓，表字宏道。三年前去云梦山学艺，途遇三公子，八拜为交，同投鬼谷仙师处习学，同眠共食，情甚同胞。因想回家，先下山来。公子还有几时耽搁，不久也回，特先寄家书在此。"孙操接书大喜，吩咐摆酒款待，唤孙龙、孙虎出来陪了庞涓，径到后堂，与燕丹公主一同拆阅。那音书上道：

　　忆别膝下，倏经三载，温清久疏，甘旨尚缺。身虽居云梦山，而无日不神驰燕山府也。今有庞涓，昔缘途遇，义结兰交，业同鬼谷，有安邦定国之谋，斩将勤王之技。幸吾大人留入府中，奏闻主上，委以重任。膑因学业未精，羞归故里，终有日与涓同事也。二亲希勿垂念，谨此奉慰。

不孝男膑百拜

　　孙操与燕丹公主看罢，见儿子不回，心内反不快活。忽家童来说，酒席完备，摆列中堂了。孙操出来入席。酒至数巡，孙操道："先生，小儿书上教我奏过朝廷，授先生官职，不识尊意何如？"庞涓欠身说："领教。"饮至日晚方止。孙操令家童打扫书房，送庞先生安歇。

　　次日上朝，燕王升殿，百官朝罢，孙操出班奏道："臣子孙膑，有一结义兄弟庞涓，是魏国人氏，同在云梦山鬼谷仙师处学艺回来，捎带臣子家书。书中力荐其人精通战策，熟谙韬略，有定国安邦之才。今臣奏闻，望我王准奏，留在驾前，必堪重用。"燕王问道："其人何在？"孙操道："现在朝门外。"燕王传旨宣入。庞涓上殿，高呼拜毕。燕王问道："壮士何处人氏？"庞涓道："臣魏国人氏，曾向云梦山鬼谷仙师处授得韬略战策，闻我王招贤纳士，特来投用。"燕王心中不悦，暗想："此人鬼头蛇眼，脑后见腮,背义忘恩之徒。分明孙膑荐他投燕,怎么在孤面前不提孙膑,反说自来投燕,眼见不是好人。留他在此,后来必乱朝纲,打发他去罢。"便对庞涓道:"寡人只用本邦人,不用外来贤士。"吩咐孙操,即时打发庞涓出城,不许容留燕境。

　　庞涓吃了一场没趣,同孙操回府,收拾行李出城。行十数里,见路旁一株大树,庞涓记恨燕王,取出解手刀,把树皮削去一块,题诗八句。诗云:

> 云梦曾攻战策文,燕山七国望彰名。
>
> 乾坤有道何无道,日月虽明犹未明。
>
> 宝剑早持星斗灿,征旗展处鬼神惊。
>
> 一朝落在庞涓手,燕国人民刬①草平。

　　行了数日,已到齐邦,恰好齐威王着太师邹忌在教场招贤纳士,庞涓闻此消息大喜,忙投教场。把门官通报,邹忌令见,庞涓走到演武台前参见邹忌。邹忌问庞涓哪方人氏?庞涓道:"某魏国人氏,姓庞名涓,曾在云梦山鬼谷仙师处学艺,战策布阵无所不通,特来投谒,望乞录用。"邹忌把庞涓仔细一看,见他相貌不端,暗想:"这厮奸心显露,无义之徒,不必留他。"就把几句话打发庞涓。庞涓走出教场,大嚷道:"这厮在做太师之职,好不重贤。待我面见齐王,倘用了我,慢慢教这厮吃亏。"一直来到西华门,黄门启奏,齐王宣庞涓上殿。庞涓就把姓名、乡贯说了一遍。齐王道:"既是魏邦人,家住何处?"庞涓道:"住牛头街兔儿巷。"齐王喝道:"这厮无状!牛头街兔儿巷,有犯寡人名讳,辄敢乱道!"喝令武士绑出斩首,班中闪出上大夫卜商,奏道:"我王若斩庞涓,闭塞贤路了。"齐王问:"怎地闭塞贤路?"卜商道:"庞涓犯我王名讳,理所当斩。知道的,无别议论,不知道的,只说我王不重贤才,来的不用,反赐其死。日后纵有英雄,不敢投齐。"齐王依奏,放庞涓免死,赶出朝门。

　　庞涓含怒,行到新梁桥上。前面旗幡杂彩,金鼓齐鸣,人马簇拥。庞涓闪在桥下观看,却是魏惠王驾来。你说惠王到齐何事?原来众诸侯三年入觐周王一次,其年当朝觐②,魏王特来与齐王同去。当时,魏王驾到

---

① 刬(chǎn)——全部,一律。

② 朝觐(jìn)——古代诸侯春朝天子曰朝,秋朝曰觐。

桥上，马不肯行。魏王道："马不肯行为何？"左护驾徐甲、右护驾郑安平
上前奏道："桥下必有物件。"魏王着军士桥下搜寻。军士下桥，把庞涓拿
到魏王驾前。魏王道："这厮必是外邦奸细！"庞涓道："臣非奸细，本邦宜
梁人，名唤庞涓，授得鬼谷仙师兵书战策，正回本邦见驾，不期路遇，望乞
赦罪。"魏王道："要见寡人，为何躲在桥下？"庞涓道："臣因行李在身，不
敢朝见，暂且回避。"郑安平奏道；"臣认得此人，牛头街兔儿巷开染坊庞
衡之子。三年前冬月，他家泼污街道，结成冰块，马蹄滑倒，险些将臣跌
伤。臣将其父庞衡责治，想庞涓必记恨于心，如今学了武艺回家，一定先
投别邦，因别邦不用，才欲归本国，况且云梦山不是这条路走，且有不仁之
心，望我王详察。"魏王传旨，押回本国南牢监候，回朝审问。那些军校就
把庞涓押去本国。

　　魏王进临淄城，在金亭馆驿安歇。齐王就来金亭馆驿相见，设宴款待
魏王，约定来日起驾，入周朝觐。次日，二王排驾往齐。及朝觐事毕，二王
驾返，齐王即设宴于万卉园中，与魏王饯行。斯时正值春光明媚，百花开
放。二王赏玩多时，遂入席饮宴。忽见一阵大风，刮起一天尘土，齐王席
前约有半寸厚，魏王席上一些也无。齐王道："奇事！孤王席倒起许多尘
土，君席并无一点，此何说也？"魏王道："孤带有辟尘珠在身，尘土不敢近
前。"齐王道："孤从没有见过辟尘珠，多应至宝，敢求一见。"魏王于锦囊
中取出，近侍将金盘盛了，送到齐王驾前。齐王接过手，那珠绕盘滚个不
了。齐王道："定了！孤家好看。"魏王道："他要王赞见之礼①。"齐王叫
道："辟尘珠住了！孤赐你银钱一百文并红罗十匹。"那珠在盘中响亮一
声，就不动了。齐王连声喝彩："好件宝贝，果世罕有！"便对魏王道："孤
将连城二座换此珠，不识可否？"魏王眉端一蹙，心生一计道："此珠有雌
雄二颗，还有一颗在孤随身的箱箧中，每一相离，立干涸而死。孤且带回，
君当沐浴斋戒三日，孤再送来。"齐王听信，着近侍仍旧送还。魏王仍归
锦囊。

　　及宴罢回到金亭馆驿，宣郑安平、朱亥、徐甲、侯婴等近前道："孤今
日与齐王宴饮，忽起狂风，尘沙障目。孤自有辟尘珠在身，一尘不染。齐
王怪而问之，孤失于检点，便说有辟尘珠佩身之故耳。他要借看，此时不

---

　　①　赞(zhì)见之礼——初见尊长所送的礼品。

好不拿出来,岂知他一见,就要将连城二座换取此珠。孤想此珠乃倾国之宝①,口虽许他,心实未愿,被孤赚归。倘齐王坚执要换,如何是好?"郑安平对道:"臣闻民为邦本,本固邦宁。辟尘珠虽为异宝,非国之所重。今齐王既肯以连城二座相易此珠,广土众民,未为不可。今王又面许相易,一旦弃约,是谓失信,何以服齐王之心? 将来兴兵构怨,势所必至。依臣愚见,竟将辟尘珠易此连城,使邻国闻此,皆知我王轻宝货而重土地,天下归心,诚王霸之举也。愿王图之。"魏王道:"卿知其一,不知其二。当此之时,能走士聚兵,土地易得,此珠产自三韩,实为无价。吾闻君子不夺人之所好。齐王一见我珠,便思构取,贪戾无礼。我便失信,有何妨碍?"朱亥见魏王不肯,恐逗留齐国惹出祸来,因说道:"依臣愚见,不如连夜回国,再作商量。"魏王道:"卿言有理。"即密传号令,结束行装,命郑安平、朱亥、徐甲护驾前行,侯婴领兵殿后。约二更时分,偃旗息鼓,趱路回国。

　　次早,齐卫御殿,就有人报道:"魏王君臣连夜起身回国了。"齐王闻言,想是不肯换辟尘珠,故不辞而去,一时大怒,即命鲁王田忌兴师,说:"魏王受宴不谢,还国不辞,诈言哄赚辟尘珠,有此三罪,欺孤太甚! 尔等前去,献出珠来,万事休论,半言相违,立擒魏国君臣前来,夷其疆上,方快孤心。"田忌遂领兵前进。魏王回国闻知,即令徐甲、侯婴迎敌,两兵相接,田忌道:"魏国君臣知罪不知罪?"徐甲道:"魏国君臣有何得罪?"田忌道:"你主受宴不谢,还国不辞,诈言哄赚辟尘珠,如此失信,大罪三条,说甚无罪! 快献出辟尘珠,万事干休,若说半个'不'字,把你君臣一并斩首!"说得徐甲、侯婴一齐大怒,举刀杀来。田忌取枪迎敌,战了三十合,徐甲、侯婴败走,逃入城去,田忌把魏国的残兵混杀一阵,收军回营。徐甲、侯婴败入宜梁,去见魏王,说齐师厉害,臣等被田忌杀得片甲无存。魏王闻言大惊,忧见于色。郑安平奏道:"我王勿忧,臣愿统兵五万,与田忌决一死战。"魏王准奏。郑安平结束上马,绰②枪在手,统兵出城高叫道:"哪个是田忌,快出马受降!"田忌闻言,就要出营交战,须文尤、须文虎止住道:"料魏国不过是弃甲抛戈之辈,何劳主将亲剿,待某兄弟二人去生擒将来便了。"田忌就令先锋须文龙、须文虎出兵。二将领兵出阵,认得

---

①　倾国之主——此处指全国之宝。

②　绰(chāo)——抓取,拿起。

是郑安平,大喝道:"郑安平!你主还不献出辟尘珠,更待何时?"安平道:"闲话休说,快通姓名来。"二将道:"我们是鲁王麾下先锋须文龙、须文虎。"郑安平挺身出马,两家战不数合,郑安平势不能敌,又大败去,入城见魏王道:"齐将果是难敌,臣又被他杀败。"魏王大惊道:"怎么连败二阵!如今如何破齐?"郑安平道:"我王为今之计,可速速出榜招贤,庶几可退齐兵。"魏王就令写皇榜满城张挂:有能退得齐兵者,千金赏、万户侯,招为本国驸马,共享荣华。

时庞涓监禁南牢,听得狱中纷纷传说齐兵犯魏,魏国丧师,满城张挂皇榜,招贤退齐。庞涓问狱子道:"大哥,闻说齐兵侵我魏邦,城中大张皇榜,招募英雄,此事真么?"狱子道:"这厮死在目前,原自不知,管这闲事怎么?"庞涓道:"大哥,非我管闲事。我昔日曾在云梦山水帘洞鬼谷仙师处学艺,战策韬略无所不通,愿替我王解纷排难,退得齐兵,不负生平所学。"狱子道:"既从鬼谷仙师,一定有些本事。"遂通报狱官,狱官即奏上魏王,登时传旨,南牢取出庞涓。庞涓行至殿前,魏王问道:"你既是鬼谷先生徒弟,武艺必精,要你去退齐兵,可退得么?"庞涓道:"臣非自夸,那田忌不是臣对手,管教杀他马败兵消。"魏王道:"若退了齐兵回来,寡人将公主招汝为驸马。"遂令左右取出一副盔甲,递与庞涓。庞涓接盔甲,结束起来,就领兵出城搦战①。齐营哨马报入中军,田忌带了须文龙、须文虎出马对阵。庞涓叫道:"哪个是田忌?快来受死!"田忌道:"这厮敢夸大口,叫什么名?"庞涓道:"吾乃英雄盖世,姓庞名涓。"两下遂交战起来,从午战至日暮,足有五十余合不分胜负。毕竟不知庞涓胜负如何,且听下回分解。

---

① 搦(nuò)战——挑战。

第 四 回

田忌割须归本国　王敖斧劈大言牌

庞涓战到天晚,田忌、须文龙、须文虎渐渐手钝。庞涓使个拖刀计,转马便走。田忌不知是计,纵马追赶。庞涓按下手中刀,取出红锦套索望空抛去,大喝一声:"着!"正中田忌,庞涓拖他下马,活擒了去,入朝见魏王道:"我王洪福齐天,臣将红锦索生擒鲁王田忌。"魏王大喜,吩咐左右带他去监候南牢,待齐邦有降书来,放他回去。

那须文龙、须文虎见庞涓擒了田忌,势不能胜,连夜引败兵逃回本国,来见齐王。齐王便问:"鲁王安在?"须文龙道:"鲁王连胜魏师二阵。次日第三阵,见出庞涓,用拖刀计,抛起红锦索,把鲁王生擒去了。"齐王道:"鲁王死活如何?"须文龙道:"臣遣探子打听来报,魏王把鲁王监禁南牢了。"齐王忙召文武众官商议道:"御弟被庞涓擒去,被庞涓监禁南牢,诸卿有何奇策,可救御弟回来!"上大夫卜商奏道:"我王肯用降书、贡礼,臣敢入魏救回鲁王。"齐王准奏,备下降书、贡礼,遣卜商入魏。卜商来到魏邦,朝见魏王,奏道:"臣齐国下臣卜商,为因鲁王冒犯天威,被擒受禁。寡君差臣进上降书、贡礼,伏乞大王仁慈,恩放鲁王回国,年年纳贡,决不爽言。"魏王将降书看罢,便要放田忌回齐。庞涓奏曰:"我王事须三思而行。田忌乃上邦王子,放他回国,情必不甘,异日必寻我王复仇。我王既饶他死罪,不可饶他活罪,将田忌割下须髯,面揩脂粉,放他回去,才不失魏邦纲纪,使各国闻知。也羡我王天威凛冽。"魏王准奏,向南牢取出田忌,押赴殿前,把须割下,满脸涂脂粉,放他归国去不提。

却说魏王之女,名唤瑞莲公主,年方二八,月貌花容。魏王选定吉日,将公主招庞涓为驸马,就封庞涓为武音君、镇魏飞虎大元帅,敕赐玉带宝剑。

一日,魏王升殿谓庞涓道:"寡人得卿,如山有猛虎。列国虽雄,必不敢近。今欲乘此机会,称霸诸侯,卿意若何?"庞涓道:"我王未可轻举,今齐邦已纳降进贡,尚有秦、楚、燕、韩、赵。如今待臣于本国都城建一座亭子,立一大言牌,上写着大言诗,晓谕各邦,限三年内俱要进奉我国,如若不来进奉,然后遣将出师,并吞列国。"魏王大喜,随即传旨,遣官于都城内兴工建造亭子,立大言牌。牌上刻诗三首,诗曰:

> 魏邦驸马武音君,天下诸侯尽知闻。
>
> 欲遣雄师于列国,先驰虎卒破齐军。
>
> 魏国臣中一大虫,成名独振列邦雄。
>
> 一朝牙爪乘风动,天下图舆①掌握中。
>
> 魏国庞涓有大名,龙韬虎略鬼神惊。
>
> 若还六国来朝贡,各守边隅免动兵。

庞涓吩咐五十名军士亭前看守,倘有别邦过往之人来看大言牌,就问他哪一邦,着他抄写回去,限三年内要来进奉。军士一一领命去了。

时魏有一贤士,名为尉缭,乃鬼谷高徒,善理阴阳,深达兵法,与弟子王敖隐于夷山之内。闻知庞涓立了大言牌,遂与王敖说道:"庞涓之术未及孙膑,今在本邦安自尊大,他日孙膑下山,倘见用邻国,吾魏必危。吾欲遣汝向都城破其大言牌,举进孙膑,须走一遭。"

王敖遵命,袖藏刚斧,布袍草履,羽扇纶巾,扮为游士,来到都城,站立亭下把大言诗看。军士问道:"先生哪邦人氏?"王敖道:"楚国人氏。"军士道:"先生可将此诗抄回本国,限三年内来进魏邦。"王敖道:"待我取出笔来。"那些军士只道取笔抄写,不曾防备。王敖袖中取出刚斧,把大言牌劈碎。军士把王敖缚了,拿到驸马府内禀庞涓。庞涓闻劈碎大言牌,发怒道:"何方奸党,破吾大言牌!"王敖怒目骂道:"庞涓!你本无名小子,妄自称尊,明欺天下无英雄也。"庞涓喝令枭首②。王敖道:"且勿动手。吾闻盛名之下难以久居,故强者不夸能以速祸,勇者必晦武以收功。今汝初临魏邦,侥幸败齐,立此大言牌,难道名邦再无英俊了?"庞涓道:"你试把各邦英俊讲与我听。"王敖道:"秦有白起,楚有黄协,赵有廉颇,韩有张奢,燕有孙操,齐有田文、田忌。设使六国连兵伐魏,汝持何策破之?"几

---

① 图舆——地图,此处指疆土。

② 枭(xiāo)首——斩首悬于木上。

句话说得庞涓心服,忙令军士释了王敖,迎上中堂,待以客礼。然后问道:"先生尊姓大名?"王敖道:"吾姓王名敖,尉缭先生徒弟。吾师亦受业鬼谷,与足下有同宗之谊,故进是言。"庞涓道:"先生游于海内,延揽必多,不知何处还有贤才?"王敖微笑道:"昔年与足下八拜为交的孙膑,自公入魏之后,鬼谷授他兵书战法,善能呼风唤雨,策电用雷,若使行兵演武,草木成阵,砂石皆兵,非俗机凡法可破。聘得此人下山,同僚治政,魏有泰山之安,公无毫末之损,各国诸侯必然相率贡于魏矣。"言毕,遂与庞涓相别,复返夷山。

庞涓暗思,孙膑如此多才,莫若奏过魏王,聘他下山,同扶魏国,即可掩吾之短了。主意定下,次日早朝,遂奏魏王道:"臣立大言牌,昨被尉缭徒弟王敖将斧劈碎,就把几句话说得臣心倾服。"魏王道:"他说什么?"庞涓道:"他说当今七雄之世,以强凌弱,甚至虎斗龙争,人民涂炭①,军士劳苦,全是未得贤人辅佐。彼因举荐一人,说起来即臣昔年结义之兄,名唤孙膑,燕国人氏。此人还在云梦山鬼谷仙师处,精通韬略,若得此人,七国不敢再动甲兵。我王聘得此人下山,取列国如垂手矣。"魏王大喜,即备玉帛,差徐甲往云梦山去聘孙膑。

且说孙膑在水帘洞日侍鬼谷,求讲兵略、遁甲变化。一日问道、"师父,国之兴衰亦可预知否?"鬼谷道:"国之兴衰,不过望星象而已。周伯者,国之瑞星;天堡者,国之灾星。国将兴,周伯黄光;国将亡,天堡流坠。"孙膑再拜受命。鬼谷道:"徒弟,后山里有株桃木,乃海上仙种,每至十年开花一度,结桃四十九个,结成之后,又过四十九日,其桃始熟,食之却病延年。我昨日采药回来,见树上已结四十九个,目下将熟,恐被人偷取废了仙果,今着你前去用心看守。"孙膑应诺,带一条短棍来到后山。把仙桃数一数,只有四十八个,心内暗想,师父明明说四十九个,怎么树上只有四十八个? 多是被人偷了,但不好就对师父说。次早,又去把桃数数,又少了一个。孙膑道:"奇怪! 我昨日数有四十八个,今日又没一个,不知什么人偷去? 我今晚躲在树旁,看是什么人,拿住他,好对师父讲。"遂等到二更,忽听得树上一声响,孙膑忙走过来,望树上一瞧,原来是个白猿,生得浑身如雪,遍体似银。孙膑提起棍子望树上打去,那白猿滚下树

---

① 涂炭——泥淖与炭火之中。即指处在困苦之境。

来，伏倒在地，口吐人言，只叫："师父饶命！"孙膑道："你这孽畜，如何会说话？"白猿道："师父听禀，小猿家居水帘洞西北，祖乃巴西侯，父乃狙公，母乃山花公主。三世俱有仙气，因会人言。"孙膑道："你怎么把我师父仙桃偷去？""白猿道："不瞒师父说，近因老母病在窠中，思吃仙桃，因此小猿来偷二次，偷回奉母。不想老母吃了身轻体快，病减大半，要救老母病愈，故此今夜又来再偷一个，不期遇着师父。师父要打死小猿不打紧，可怜母在窠中，不得小猿回去，又是一死。望师父垂慈，活我母子二命。"孙膑道："你既有一点孝心，我不难为你，再与你一个仙桃保全你母，只是下次再不可来。"遂摘下一个，递与白猿。白猿叩谢道："蒙师父活命之恩，反赐仙桃，无可酬答。一个所在，有三卷天书，待小猿取来报答师父。"孙膑道："你有甚天书？"白猿道："小猿没有，就是鬼谷仙师的，藏在祷金洞石匣内，我取来奉与师父。"说罢就走。不多时，空中叫道："师父接天书！"从空撂将下来，小猿却不见影。孙膑连忙上前，双手接住，却是小小一部，分作三卷。上有四句云：

　　大人何事泄天机，因此天机数可知。

　　孙膑洞中传异术，白猿月下献天书。

　　孙膑得了天书，大喜，连忙回去燃灯细读。正读之间，只见寒风凛凛，冷气森森，空中雷声微动。鬼谷仙师正在蒲团上打坐，听得空中有雷声，即起来周围行走，行至孙膑房门，只见孙膑在内朗诵天书。鬼谷听了，吃了一惊，推门进去问道："这天书是我藏在祷金洞石匣内，未曾传你，因你缘分未到。你今从何得来？"孙膑就把白猿之事说了一通。鬼谷道："原来是那孽畜偷来与你，可惜得了太早。况你接天书之时不曾沐浴焚香，又不曾洗手漱口，亵渎天神，惹下一百日大灾难。"孙膑变色道："师父可救得弟子么？"鬼谷道："若要我救，不可违我的魇①镇法。"孙膑道："不敢。"鬼谷道："后山正南上，有一所空的石墓，你将头向南、足向北睡在石墓里，口中含生白米四十九粒，把唾津裹着，不要咽下，自然会饱。只要躲过四十九日，大难已脱，可保无虞。"孙膑道："谨奉命。"鬼谷连夜引孙膑到后山正南上，果见一所空墓。孙膑依师父魇镇法术，口中含了四十九粒生白米，头南足北睡在墓中，墓前立了个碑，碑上写"燕国孙膑寄葬之墓"。

---

① 魇(yǎn)镇——魇为梦中惊怖之意。此处魇镇用作以妖术镇魔之法。

再说徐甲领魏王旨意,行到云梦山水帘洞。门首有一道童,上前问道:"公非魏国使臣乎?"徐甲心内惊讶,他怎知我是魏国使臣?遂对道:"我正是魏国使臣,特来叩见鬼谷仙师。"道童引他入洞,见了鬼谷,徐甲倒身下拜。鬼谷扶起,分宾坐下。徐甲道:"某奉魏王旨意,特来聘取高人孙膑先生下山,同辅魏王。"鬼谷道:"枉了先生跋涉一遭,愚徒孙膑身故多时了。"徐甲大惊道:"得何病症身故?"鬼谷道:"他因资质驾钝,学艺六年,兵文战法一些不精,因而终日烦闷,染成气病而亡。"徐甲听了道:"非我魏君无缘,多是孙先生无福。某就此告别,回复魏王。"遂星夜回魏邦,奏上魏王道:"臣奉旨去云梦山聘取孙膑,不料此人已身故了。"魏王大惊道:"有这样事!他得何病症而亡?"徐甲把孙膑得病缘由说了一遍,魏王却也肯信。驸马庞涓上前道:"启上我王,孙膑不死,乃鬼谷仙师不肯放他下山,托言身故的。"魏王道:"卿何以知他不死?"庞涓道:"臣夜观星象,如孙膑真死,本命星就该坠了。今彼本命星不坠,绝无身死之理。"魏王道:"驸马既观星象,岂有差讹。"遂问徐甲:"你曾见孙膑的墓么?"徐甲道:"不曾见。"庞涓道:"坟墓既不曾见,怎么信他真死?我王还差徐甲再走一遭,一定要看孙膑坟墓,速来回复,真假便知。

徐甲又领旨意,星夜行到云梦山谒见鬼谷,说道:"某星夜回国,将仙师所言奏与吾主。吾主不信,说孙先生既故,必有坟墓,故着某来看验坟墓。"鬼谷就引徐甲到后山,果见一所坟墓,墓前立个碑,碑上写"燕国孙膑寄葬之墓"。徐甲看了一会道:"孙先生果真死了。"遂别鬼谷。翌日,奏魏王道:"臣领旨去看孙膑坟墓,真是身死,坟墓现存,墓前立一碑,碑上书'燕国孙膑寄葬之墓'。"魏王听了,信以为真。庞涓又上前道:"臣连日又观星象,孙膑断乎不死。可将徐甲定一个罪名,他才肯尽心去宣他下山。"魏王道:"孙膑既死,苦苦要他怎地,难道海内再无贤人?"庞涓道:"非臣苦苦要他,奈他法术神奇,无人可比。我国若错过了,明日用于别国,我魏必受其祸。"魏王沉吟半晌道:"卿言亦是。如今将徐甲定什么罪?"庞涓道:"我主可将徐甲一门老幼通拿来监禁南牢,再差徐甲前去。若宣得孙膑下山,不但饶他一家性命,并升徐甲官职三级,如仍然空身回来,将他一门老幼尽行杀戮,徐甲凌迟处死。"魏王听了,竟传旨差官将徐甲家属百余口一并拿来,监入南牢,仍遣徐甲前去。不知后事如何,且听下回分解。

第 五 回

金銮殿孙膑来朝　演武场庞涓败阵

却说徐甲一路去,泪如泉涌。及行到云梦山谒见鬼谷,鬼谷道:"先生连来三次,又要说什么?"徐甲哭道:"仙师,某知孙先生真死,不想我主听信庞涓之言,说孙先生未死,仙师不肯放他下山,如今将我满门家属百余口,通拿来监禁南牢,特着某又来,再若宣不得孙先生下山,要将我全家杀戮,某亦凌迟处死。我想一个人死了,难道又活得来?某之一死,必不能免。仙师可借碗蔬饭,待某到孙先生墓前开读诏书,献上羹饭,从头哭诉一番,好教孙先生阴灵知道,某即自尽,死亦瞑目。"鬼谷笑道:"先生不可如此短见也。叫道童拿蔬饭相陪前去,我随后就来。"道童拿蔬饭同徐甲来到孙膑墓前,徐甲摆下香案,献上羹饭,就把诏书开读。诏曰:

尧舜至圣,非得贤臣何由辅翊?汤武至德,若无英贤曷①能致治?孤当七雄之世,慕贤若渴。闻孙先生韬略布阵,无所不通,遣臣徐甲,奉请来朝,同扶社稷,为孤股肱。勿辜朕意。

徐甲读罢诏书,高声道:"孙先生!某乃徐甲,奉魏王旨意,来聘先生,上山已经三次。被谗臣庞涓奏我不用心,将我家属百余口尽关南牢,死在旦夕,望先生阴灵空中鉴察。"说罢,放声大哭不住。孙膑睡在墓中,听见徐甲哭得苦楚,暗想:"他家百余口为我一人死于非命,想我到魏邦去亦无害于事,何苦害他一家。"遂用两脚把石门蹬开,走将出来。徐甲见了,又惊又喜,惊的是死的人怎么会活?喜的是就活了不怕他又死,好同下山见主,一家性命安然无事。

那孙膑出墓来,叫道:"徐先生,难为你连来三次。我实不欲下山,恐累你一家受死,故此出来。"徐甲闻言,心欢意喜。只见鬼谷走来叫道:"徒弟,你怎违吾魔镇法术!百日之灾不肯忍耐,如今反惹下千日之灾了。你此一去,必遭刖足之祸。"孙膑惊道:"师父可救得弟子么?"鬼谷摇

---

① 曷(hé)——古代疑问词,何时,怎么。此处作"怎么"解。

头道:"我难救你! 此乃天数,绝躲不过。我今与你聚神镜一面,一应神煞俱在镜内。你可秘密地藏在身上,待掌权之日,临阵将此出用,凡百兵马,随心所欲。我尚有一木盒一发与你,如遇急难,打开来看,一过此灾,即掌兵权,受封将相。那时方是你用兵的时节。"孙膑接了两般物件,藏在身边,登时拜别师父,与徐甲同下山来。

行了数日,已到宜梁城,两人同见魏王,魏王大喜道:"久仰先生盛名,愿欲一见,为何连聘三次始得相见?"孙膑道:"臣非屡召不至,因臣命犯灾厄,鬼谷师父用魔镇法术,于墓中暂时躲避,后徐甲在墓前哭诉苦楚,欲行自尽,臣心不安,因此不顾生死遂同下山,望乞赦罪。"一旁闪过庞涓,与孙膑相见,各道契阔①之情。魏王即时释放徐甲家属还家,并升他官,又问庞涓:"孙膑今来,授他什么官职?"庞涓道:"他今日初到国中,未见奇谋,岂可便授官职? 演武场有三万御营军士,弓马未熟,武艺未精,且把孙膑封为御营团练使,操练军士。待弓马熟娴,武艺精通,那时加官授职未迟。"魏王准奏,即封孙膑为御营团练使。孙膑谢恩。

当下魏王朝散,郑安平、朱亥、徐甲、侯嬴等上马同行,一路议论说:"三番五次请得孙膑下山,朝廷听了庞涓之言,将他封为团练官。我们明日早朝一齐合奏,令驾到演武场看孙膑与庞涓斗阵。孙膑得胜庞涓,还要加官与他;庞涓若胜孙膑,只这驸马之职尽够了。"众官议定回去。

次早,魏王设朝,众官高呼拜毕,郑安平、朱亥、徐甲、侯嬴等向前奏道:"我王三次才召得孙膑下山,当授其高官显爵,使孙膑得展胸中才学。今封为团练使,明日闻于外邦,只说我王轻贤慢士,纵有高人,谁肯再来? 臣等今日请我王御驾到演武场,看孙膑与庞涓各摆阵势,若是认得的,赏其厚禄,加其大官,若是认不得的,罚其俸禄,以济军需。此乃赏罚大公,即使外邦,无有言说。亦唯我主参洋。"魏王准奏,即传旨:令文武官员,随寡人到演武场观孙、庞斗阵。

不片时,魏王驾到演武场,对孙膑道:"寡人闻先生精于武略,今日特求先生把新奇阵势摆与寡人先看。"孙膑领旨,下堂上马,手执令旗,马上一招,军队排开,按定方位。魏王吩咐庞涓:"你去看一看是什么阵?"庞涓上马来到阵前,低声问孙膑道:"大哥,你摆的是什么阵?"孙膑悄悄对

---

① 契(qì)阔——离合、聚散,偏指离散。

庞涓道："兄弟，你不认得？是'五虎靠山阵'。"庞涓听了，走到魏王面前
奏道："这阵臣曾摆过，名为'五虎靠山阵'。"魏王召孙膑吩咐道："你把别
样阵再摆与寡人看。"孙膑到阵前，把令旗一展，散了五虎靠山阵，重新把
令旗一招，别整军伍，换了个阵。魏王唤庞涓再去看来。庞涓又到阵前，
低声问道："大哥，这是什么阵？"孙膑道："这阵名为'一字长蛇阵'。"庞
涓上前上奏魏王道："臣观此阵，浅而易见，家下小厮通会摆得，名为'一
字长蛇阵'。"魏王不快活起来，叫侯婴："你快去对孙膑说，把好阵势摆
来。"侯婴领旨，至阵前对孙膑道："先生，我王着你摆个好阵。先前'五虎
靠山阵'，庞涓说他曾摆过的阵，后来'一字长蛇阵'，庞涓说他家小厮通
会摆得。我王大不快活，要你把好阵势摆来。"孙膑听了这话，心中大恼
道："庞涓好生无理！既是你摆过的阵，家中小厮通会摆，何必两次问我？
我今再摆一阵，看他怎么问！"遂把令旗一展散了队伍，重新又把阵势摆
下。魏王又遣庞涓来看。庞涓走到阵前，满面堆笑，问道："大哥，你把这
阵势再对小弟说说。"孙膑道："兄弟不要作难，这阵是你摆过的。"庞涓
道："小弟从没有摆过这阵。"孙膑道："你不曾摆过，你家下小厮也曾摆
过。"庞涓两耳通红，满面惭愧，暗想："奇怪！我与魏王说这话，他怎么晓
得？谁走露的消息！"翻身上堂，见魏王道，"孙膑这阵比前更丑，摆得不
得名，为'败国亡家阵'。"魏王大恼，叫宣孙膑上来。孙膑慌忙来到驾前。
魏王喝道："你怎把这'败国亡家阵'摆出来，欺孤太甚！"孙膑道："臣幼习
兵书，不曾见兵书上有甚'败国亡家阵'，这阵是'九宫八卦阵'。若有人
破得此阵者，臣愿认作'败国亡家阵'，甘当重罪，便死何辞！"

　　庞涓上前道："小弟破得。"孙膑道："兄弟，你若破了我的阵，把当年
结义的好意通没了，可不伤了和气！"庞涓道："大哥，除了小弟，再没个可
破，还待我破。"孙膑道："也罢！你既要破我的阵，阵东上有两个金盔金
甲的人叫你，你决不可答应。"庞涓却把忠言当恶言，信口回答，即换了披
挂，腾身上马，奔入垓心。孙膑暗把灵文讽诵，霎时雾锁云漫。庞涓心惊
胆战，困在垓心①，左冲右撞，并没一条出路。忽正东上果见两个金盔金
甲的人叫道："庞涓驮马，快往这边来，救你出去。"庞涓连声答应，把马加
上一鞭，向东就走。四下喊声振起，孙膑取红锦索从空撂去，当头一套，庞

---

　　①　垓（gāi）心——兵阵界限的中心。

涓翻身坠马。两边将台上三、四百员猛将，演武堂上百十多位官僚，尽失声发笑，连魏王也忍不住。

　　庞涓满面羞惭。魏王叫宣庞涓上来，庞涓强挺身子，走到魏王驾前。魏王道："庞涓，你当日立大言牌，妄自称尊，为何今日要破孙膑的阵，反被孙膑擒捉下马？"庞涓只不做声。魏王又宣孙膑近前道："孙先生，寡人久闻大名，今日才见神韬妙略。寡人不胜之喜，欲授卿一个大大的官。此时天色晚了，不是加官晋级时候，明日受封便了。"孙膑叩谢，魏王返驾回朝。却说庞涓当晚回到府中，心内愤恨，瑞莲公主问他何事不悦，庞涓也不答应。走入书房，屈指寻文，就占一卦，见今夜三更三点当有火星下界，眉头一蹙，心生一计。遂唤家将何茂才过来，吩咐道："你如今假扮作朝廷锦衣武士，速到孙膑府内去见孙膑，只说奉朝廷旨意差来，司天台观见今夜三更时分有火星下界，请先生速去皇城门首魇镇，不可迟误。说了就回，我自有赏。万不可露出风声，说我差你去的。"茂才领命，连忙上马，飞奔到团练使府门首下马，径进内厅，见了孙膑，说道："孙先生，吾乃锦衣武士，奉朝廷旨意，说司天台观见今夜三更有火星下界，请先生往皇城门首魇镇，即刻起身，不可迟误。"茂才说罢，转身上马，回报庞涓而去。

　　那孙膑袖占一卦，见今夜三更时候必有火星下界，即点起三千御营军，吩咐："一千鸣锣擂鼓，一千手执桃枝、水碗，向皇城南门首将法水洒去。我把剑往东一指，众人呐一声喊，擂一通锣鼓。剑指三通，擂三通锣鼓，呐三声喊。"众人得令。孙膑带了军士来到南门，散发披头，踏罡步斗，口含法水，把剑望东连指三通，军士连擂三通锣鼓，呐三声喊。时魏王在宫中酒醒，听见鸣锣擂鼓，喊杀连天，不知外面什么事情，急问宫官是哪里作乱？宫官道："不知是哪里。若有急事，自有声闻传报。"

　　天晓，魏王设朝，便问众臣："昨夜三更时候，四下鸣锣擂鼓，叫喊连天，为什么事？"庞涓奏道："启上我王，昨夜三更，孙膑生心造反，领数千御营军，正欲攻打南门。臣闻消息，连夜出来，略施一计，才退得兵士去。"魏王大恼，欲把孙膑监入南牢，又欲把数千御营军尽行诛剿。庞涓道："孙膑造反，罪所固宜。但御营军有三万，其中好歹不一，知道哪几千是孙膑羽翼？不可轻动。只是孙膑初到我魏邦，将臣拿下马来，明欺我国再无良将。况且此人父母兄弟俱在燕国,诚恐轻觑①朝廷,结纳军心,要谋天下,则萧墙之祸②不远矣。"魏王越发焦躁,就着庞涓领五百名刀斧手,把孙膑立时绑赴云阳市上,斩首示众。

庞涓领旨,即带刀斧手将团练使衙门密密围住。庞涓进府,孙膑不知其故,下堂迎接。庞涓道:"大哥,天作孽,犹可违;自作孽,不可活。昨夜来干得好事!"孙膑道:"我昨夜奉朝廷旨意,着我向皇城门首魇镇火星,别无甚事。"庞涓道:"大哥,朝廷着你魇镇火星,不曾叫你造反,怎么带领军士鸣锣擂鼓,喊杀连天,惊动魏王,连累于我,说我与你结交,接你下山,共谋天下。我再三力奏,方脱自己干系。魏王说:'你既不知情,就着你领五百名刀斧手,把孙膑绑赴云阳市斩首回话。'今特奉旨而来。"孙膑听说,魂飞魄散。庞涓令刀斧手把孙膑绑了,赴云阳市去。不知孙膑如何,且听下回分解。

---

① 觑(qù)——轻视,小看。
② 萧墙之祸——萧墙指门屏,古代宫室用以分隔内外的当门小墙。后常以萧墙之祸喻内部潜在的祸害。

第 六 回

金兰契仇成刖足　木盒歌数定装疯

　　话说庞涓押孙膑来到云阳市上，只见愁云点点，惨雾漫漫，刀枪四下摆围，军士两相簇拥。孙膑止不住泪如雨下。庞涓问："什么时辰了？"刀斧手答道："将近午时三刻。"孙膑哀告庞涓道："庞驸马，孙膑今日料不能活，你须念当年结义之情，略停一会，待我把心事仰天哭诉一番，到九泉之下省得做个怨鬼。"庞涓吩咐刀斧手："且慢开刀，听他哭些什么？"

　　孙膑仰天叫苦道："孙膑自出燕邦，别父母，抛兄长，投师学艺，空受了三卷天书、八门遁法、六甲灵文，通救不得眼前一死。天呵！我好苦也！"说罢，越觉哭得栖惶①。庞涓听了暗想："兵书战策，我通看过，只有三卷天书、八门遁法、六甲灵文，眼里不曾看见。若得了这三卷天书，愁些什么？不要说魏邦，就是各国也无人居我之上。"遂近前对孙膑道："大哥，小弟见你哭得苦楚，甚觉心酸。我想自朱仙镇结义之后，你我二人如同胞共母一般。大哥今日遇难，举目无亲，小弟在此，若不出一攒之力救大哥性命，枉了结义一场。你且不要哭，待我舍身抗命，去驾前苦奏一番。奏得准，大哥不要欢喜，奏得不准，大哥不要烦恼。"孙膑道："兄弟，生受你见怜之心。若奏得准，万幸之至，慢慢报你恩处。设若奏不准，你可把一口棺木收了，念结义情分，寄个信息到燕邦去，叫我父兄知来取拾。"庞涓道："大哥不要说那尽头话，待我去保。"

　　庞涓飞骑来见魏王，奏道："臣奉旨将孙膑押赴云阳市去处决，即想得孙膑乃燕王之甥，其父是燕国驸马，母乃燕丹公主，兄乃孙龙、孙虎，恐杀了他，明日燕国闻知，兴兵前来取讨，把什么人还他？不若留他性命，待燕国有降书来取讨，那时还他也可，不还他也可。"魏王道："饶他不打紧，

---

　　① 栖(xī)惶(huáng)——惊慌烦恼的样子。

恐其日后再反叛。"庞涓道:"我王如今把他刖①了双足,做个废人,便不愁他反叛。"魏王道:"怎么刖了双足?"庞涓道:"不伤他的命,将他去了十个足趾。"魏王准奏。

庞涓径至云阳市上,见孙膑道:"大哥,朝廷饶你死罪,不饶你活罪。"孙膑道:"有什么活罪?"庞涓道:"要把大哥刖了双足。"孙膑道:"这个使不得。宁可杀我,死去做个爽快鬼,若刖了足,做个废人,在世何用?"庞涓道:"大哥,小弟只可奏一番,怎奏得两番?倘或朝廷涉起疑来,说我与你通同一路,那时连我性命也难保了。"吩咐刀斧手快些下手。

众军士抬出铜铡,把孙膑捆住,将十个足趾放在铜铡中间,"嚓"地一声响,登时铡将下来。两旁军士个个寒心丧胆。孙膑足趾落地,血涌如泉,牙关紧闭,死了多时方才苏醒。庞涓道:"大哥,王法无情,教你受这等灾难。"吩咐左右,不要抬到别处去,竟抬到我府中,早晚好着人服侍,喂养汤药。孙膑道:"多谢兄弟大恩,无可当报。"众军士登时把扇板门抬了孙膑,到庞涓府内。庞涓回复魏王,魏王问:"孙膑放在何处?"庞涓道:"臣恐他将养好了逃往别国,放在臣边。"庞涓奏过,回到府中,吩咐家童把书院打扫洁净;好送孙先生调养。遂唤樊厨吩咐:"孙先生是我结义兄弟,胜似同胞,三餐茶饭、汤药、饮食,俱托付在你身上,小心服侍,不可怠慢。"樊厨领命。

真个光阴过隙,日月飞光。孙膑在庞涓府内过了两月,两足十分疼痛,流脓滴血不住。多亏樊厨,每日三餐,端茶送饭,服侍汤药,甚是虔心。一日,庞涓来到书院,问孙膑道:"大哥,尊足疼痛可略止些么?"孙膑道:"兄弟,我两足疼痛难忍,脓血又不干净。"庞涓道:"大哥,你倘要移动游荡甚觉不便,我着人去做两条沉香木拐来与大哥,早晚好活动些。"当下吩咐樊厨置酒,与孙先生散闷。不多时,樊厨整治完备,庞涓与孙膑对饮。酒至数巡,庞涓问道:"小弟闻得人说,大哥记得三卷天书、八门遁法、六甲灵文,果真的么?"孙膑道:"真是记得。"庞涓道:"大哥肯传与小弟么?"孙膑道:"兄弟说哪里话!你我虽非同胞,已曾结义,要我传,就传与你。"

---

① 刖(yuè)足——断足,古代砍掉双脚的酷刑。据《史记·孙子吴起列传》载,庞涓砍掉了孙膑的双脚,本书写铡断十个足趾,似为认靴鱼,穿靴鱼留作伏笔。

庞涓听了大喜,连声说道:"多谢。"两人又吃了几杯酒,庞涓道:"大哥若果真心肯传与小弟,明日就烦大哥抄写出来,足见爱弟之情。"孙膑道:"兄弟,我与你当日在云梦山同业三年,你岂不知我的肝肺? 要写,今日就写起。"庞涓笑道:"只要大哥应许,今日且酌酒,明日写起不迟。"孙膑道:"省得道我有口无心,把酒席取了去,取纸笔来,等我就写。"庞涓叫家童取文房四宝来。家童奉过纸笔,孙膑写了数行。庞涓道:"天色已晚,看不见了,大哥且歇手,明日再写,省有差错。"说罢,各归安寝。

次日,孙膑在书院抄写天书,但足负疼痛,起起倒倒,每日写得没多。其日,庞涓朝罢,来到书院,问孙膑道:"难为大哥负痛在这里写,小弟甚不过意,可曾写下多少了?"孙膑道:"连日虽写,因歇的工夫多,十分之中还只写得三分。"庞涓道:"大哥不必上紧写,缓则不至遗失。足见美情。"两人又说些闲话,庞涓拱手而别。回进内院,瑞莲公主问道:"孙膑在书院抄写大书,曾写完么?"庞涓道:"我才去看,十分中写了三分。"公主道:"写过好些日子,才写得这些?"庞涓道:"我巴不能够写完。今日完了,明日好定计杀他;明日完了,后日好定计杀他。"公主道:"上紧催他写,那厮才肯上心。"不料庞涓与公主两下说话,一一被樊厨听见。原来樊厨正去打午饭米,往内院门首经过,听见这话,叹口气道:"咳! 好人难做。孙膑这等待驸马,要写天书就写,驸马反生歹意,要定计杀他。"停了一会,庞涓又到书院看孙膑写天书,恰好樊厨送午饭进来。庞涓取看馔尝一尝道:"这厮不中用,安排肴馔滋味通没有,咸不咸,淡不淡,造出这样吃食,亵慢①我兄长,如亵慢我一般。"就把樊厨打了二十大棍。

庞涓起身竟去。樊厨见庞涓去了,捶胸大哭。孙膑问道:"樊厨,你才打之时不哭,为何打后悲伤?"樊厨道:"孙先生,我不为自己受刑而哭,其实为先生悲伤。"孙膑道:"怎为我悲伤?"樊厨道:"孙先生,你还不知! 我今日去打午饭米,往内院门首经过,听见驸马与公主商量,说今日写完天书,明日定计杀你,明日写完天书,后日定计杀你。你迟写完一日,多活一日;早完一日,少活一日。"孙膑不信,暗想:"这厮被打痛恨,故生言造语,要使我怪他的意思,不必介怀。"

孙膑吃完午饭,把纸笔又写,忽见几个苍蝇飞来把笔尖抱住,逐去又

---

①　亵(xiè)慢——轻慢,亲近而不庄重。

来，连逐三四次，那苍蝇不肯去。孙膑好生疑虑，把笔放在纸上。苍蝇向纸上抹来抹去，抹出"假疯魔"三字。孙膑见了，不解其故。

恰好庞涓宅内一个丫头，抱着庞涓所生之子，年方三岁，名唤庞英，来书院玩耍。好似鬼使神差，那孩儿一面顽跳，口中说出一句道："孙膑，你快写完，我家爹爹等不得要杀你哩。"丫头连忙抱了孩儿出去。孙膑闻言大惊道："孩子之言断然不假，庞涓果有此意。"寻思半晌，无计可脱，忽想起前日下山，师父与我一个木盒，教我有难打开来看，如今难到了，不免打开看看。遂向身边取出木盒，揭开看时，只有一个柬帖，折作四折，帖下一个纸包。先把柬帖开看，上有两首诗。诗云：

> 云梦山中鬼谷仙，教了孙膑与庞涓。
> 兄弟刖了哥哥足，三卷天书永不传。

> 木盒中藏几句歌，贤徒仔细用心磨。
> 若还要出庞涓府，假做疯魔脱网罗。

孙膑看了，痴呆半晌，原来师父也教我假作疯魔。又把纸包开看，却是些药，纸上有字道：此药可放患处。孙膑依言，如法放上，两足疼痛即止，脓血也不流了。登时变卦，把写就的天书扯得粉碎，通放口内嚼得稀烂，吞了下去。又把身上的衣服，横一块竖一块扯得破碎，披头散发，把书院内好古画、好玩器，打的打，掼的掼，一些不留，口里大呼小叫，做出万千呆状。

家童见了，忙去报庞涓道："孙膑在书院写天书，忽然疯魔起来，把天书扯得粉碎，吃下肚了。"庞涓道："有这样事！"随即到书院，叫一声"大哥！"孙膑掇起条板凳，望庞涓劈面打去。庞涓连忙闪过，叫道："大哥！你认我是哪个？"孙膑道："你是六丁六甲、五方揭谛、四值功曹，我正要打你！"又掇起板凳惯去。庞涓又闪过了，道："这厮连我也认不得！"吩咐家童取一碗饭、一碗粪放他面前，看他吃哪一样。家童登时拿一碗饭、一碗粪，放在孙膑面前。孙膑拿起粪来，把饭一浇，使个鬼神搬运法，通掇运了开去。庞涓道："这厮当初发誓之时，说有书不同读，有艺不同学，永远为禽兽之类。可知他有昧心，如今受此现报。"遂吩咐家童道："不知这厮真疯假疯，且把铁索锁他，押去后花园内。"家童领命，拿条铁索把他锁了，押去后花园内，受了罗网之灾。樊厨暗暗拿些茶饭与他充饥，孙膑心内不胜感激。

朝去暮来,到了初冬时候。是夜,月明之下,孙膑手指一株小松树,口吟一首道:

　　眼见孤松数尺高,庞涓觑我作蓬蒿。

　　有朝透入青霄内,七国擎天柱①一条。

正吟之间,闻得空中有人叫道:"孙先生,吟得好诗也!"孙膑抬头看时,见一位先生面如敷粉,眼若含星,身穿素服,头戴方中,从空坠云而下。孙膑叫道:"师父,救我一救。"先生道:"孙先生,我非别人,乃尉缭先生徒弟王敖,闻你有难,特来看你。你不要心焦,该有千日罗网之灾。我如今去云游六国,晓谕各邦,如有缘有分的,把你盗出宜梁城。那时,扶一邦,定一国,你就好了。"说罢,依旧腾云而去。

又过几日,是瑞莲公主寿诞。朝中文武,一大早打发夫人、小姐来上寿。前厅庞涓与文武饮宴,后厅公主与众女客饮宴。那夫人、小姐身边,各带几个丫环使婢,共有三四十人,乘着夫人、小姐饮宴,一齐到花园耍耍。来到花园门首,见两扇门紧锁。那些女婢,各有夫人、小姐的钥匙,你的开不得,我的开不得,换来换去,刚刚一个凑巧,把锁开了,一齐进了园门。孙膑见众使女来,用隐身法脱出园门,高呼大叫,嚷将出来。前厅文武各官齐问道:"驸马府中什么人这等吵嚷?"庞涓道:"是孙膑那厮! 他疯魔了,被我锁禁花园内,不知怎地走得出来。"众官道:"他既疯魔了,在这里也不便,可不打发他去?"庞涓道:"我恐怕是假疯,所以锁禁在内。"众官道:"驸马难道真疯假疯通看不出? 叫他出来,待我等看看。"庞涓唤左右叫孙膑来。孙膑不知哪里寻个红柬帖,做了一面旗拿在手里拐将出来,口里乱叫。众官一看,见他面黄肌瘦,散发披头,衣衫粉碎,狂言妄语,一齐对庞涓道:"驸马,看他这等模样,难道说的是假疯? 留他在此无益,趁早打发他去了罢。"庞涓道:"既是列位讲,就打发他去。"遂令左右,快把孙膑打发出来。众人把孙膑乱推出去,孙膑偏要挣将进来,推了多时方才推出,闭了大门。孙膑越发装个真疯,拿起两块石头,向大门一起一落,打了一会,大叫道:"庞涓! 快些开门,放我进去。我要到花园玩耍。"叫

---

①　擎(qíng)天柱——比喻担负重任的人。典出《宋史·刘永年传》:"一柱擎天。"

了又打,打了又叫,里面只不开门。孙膑从此就在人家屋檐下蹲身,日间与市上小儿抛砖弄瓦,夜间与猎犬同眠。庞涓看见他如此,心头也转了些。

孙膑在街上,凡见官员经过,拿起污泥瓦屑,不管身上马上,乱打将去,那些众官员遽①被他侮弄,甚是懊恼,要计较他,奈他是个疯魔无用之物,只索罢休。

一日,庞涓入朝,孙膑看见,抓两手粪劈面撒来。庞涓大怒,令从人赶去,那些从人皆受了些腌渍。庞涓快马加鞭,才脱得去。朝罢,众官问庞涓道:“驸马今日为何不乐?”庞涓道:“适才在街上遇着孙膑,撒了许多粪,为此不乐。”众官道:“我等每日遇着,亦被他把污泥瓦屑打来,这也无可奈何。何不吩咐地方,驱逐他去。”庞涓道:“列位,不妨事,待我想个计较出来。”不知庞涓想出什么计较,且听下回分解。

①　遽(jù)——骤然,突然。

第 七 回

百花园中冤孽箭　卑田院里祝融灾

却说庞涓别了众官,回到府中设想一计,着人到卑田院①叫个丐头②来,吩咐道:"这疯魔孙膑,与我领到卑田院去好生看管,三年不许放他出来,若放他出门,一院人都加重罪。"丐头领命,把孙膑带入卑田院不在话下。

却说秦国孝公一日早朝,黄门奏道:"朝门外有一道人,大哭三声,大笑三声,不知何故?"孝公叫宣进来,问道:"你是哪里道人? 为甚在朝门外大哭三声,大笑三声?"道人道:"臣夷山尉缭徒弟王敖。哭三声,哭的燕邦孙膑。他投云梦山鬼谷仙师处学艺,受得三卷天书、八门遁法、六甲灵文,能呼风唤雨,驱石为兵。庞涓与他结义同业,今在魏邦做了驸马,犹恐孙膑日后下山扶助别邦,低他名望,差官往云梦山连走三次,苦赚孙膑入魏,把他刖了双足,受了罗网之灾。笑三声音,笑天下诸侯不识高贤。如有人至魏邦,盗出孙膑者,愁甚江山不稳,社稷不宁? 因此贫道遍告诸邦,不可失此英俊。"秦孝公道:"朕岂知有此高人埋藏魏邦? 非君晓谕,可不错过?"一面令光禄寺款待王敖,一面问群臣谁能入魏盗取孙膑? 闪过武安君白起,奏道:"臣可去得。"秦王问:"你怎样去?"白起道:"当日庞涓妄自尊大,立大言牌,催趱各国进奉。我主如今修下降书表章,不与他货礼,只说纳降入魏,管取盗出孙膑。"秦王准邦。

白起见魏王奏道:"臣秦白起。当日庞驸马立大言牌,催趱③各国进奉,寡君因邦国空虚,乏物进奉,差臣特奉降表,权为献敬之礼。"魏王大喜,收了降表,待白起茶饭。白起辞驾出朝,扮作白衣秀士,到卑田院探访

---

① 卑田院——本为"悲田院",中国古代佛寺救济贫民之所,佛教以施贫为悲田,故名悲田院,又叫卑田院。

② 丐头——叫花子的首领。

③ 催趱(zǎn)——催促,催逼。

孙膑。见卑田院乞丐上千,不知哪个是孙膑。行到矮檐下,见一丐子挂着双拐,口中歌:

> 山川毓秀生英俊,父子家声名世振。抛离父母访名师,云梦山中
> 修道行。受得天书六甲文,驱雷掣电召天神。呼风唤雨去冰雹,
> 等闲撒豆成军兵。讵知运艰逢灾殃,陷入天罗并地网。不患邪
> 兮不患疯,只为阴谋施恶障①。谁知度日如度年,守厄持灾过此
> 愆。谁施妙药正吾病,满焚炉香谢上天。

白起听了便问道:“足下敢是孙膑先生乎?”孙膑道:“白大人,你若不听此歌,永世亦不知我是孙膑。”白起道:“奇怪!我又不曾道姓通名,先生为何知我?今先生既知未来过去之事,可知我今日到此何干?”孙膑微笑低声道:“大人是奉秦王旨,要盗我出城。”白起大笑道:“孙先生,你真有先见之明,其实为此而来。”孙膑道:“空劳大人跋涉,奈我千日之灾未满,不可脱去。况庞涓不时差人察听,倘泄了风声,即酿祸矣。大人请回,拜上秦王,待孙膑守满千日灾,再助一臂力可也。”白起见孙膑不肯去,只得辞别回秦。

再说王敖,不日来到楚国,晓谕楚王。楚王即着黄歇假以纳贡,入魏盗取孙膑,亦不得。王敖又到韩国与赵国,晓谕韩王、赵王。韩王遣张奢,赵王遣廉颇,俱托贡献入魏,又盗不得孙膑。王敖一连晓谕四国,四国通盗孙膑不去,看起来总是四国不该得此高人。

且说庞涓,几番与朱亥商量要害孙膑,朱亥每每不然其言。一日,朱亥来到卑田院看望孙膑,见孙膑卧于矮檐石上,拍手闲吟道:

> 孤高百尺一株松,蔽云遮日触苍空。
> 枝柯茂盛生吴楚,校叶盘桓燕赵宫。
> 碧叶枝枝迎彩凤,青柯曲曲卧苍龙。
> 若逢天地光明照,散漫清香七国中。
> 有一樵夫无耳目,手中握定无情斧。
> 东崖砍倒栋梁材,枝叶不堪盖茅屋。
> 又好哭时又好笑,朝朝日日檐前叫。
> 浅潭三尺锦鳞鱼,谁人肯把丝纶钓。

---

① 恶障——障通“瘴”。恶障指恶毒凶狠的手段。

人不采时我不采,到处只嫌天地窄。

若把困鱼救出来,敢与蛟龙争大海。

朱亥听罢,轻轻问道:"先生得非佯狂乎?"孙膑不答。朱亥道:"先生无惊,某乃朱亥。庞涓每与某商量,要定计害先生,某再三不从,先生可要防备。"孙膑道:"既承大人报我,我亦报大人,目下大人有百日灾难到了。"朱亥变色道:"先生,可避得过么?"孙膑道:"你速躲避一百日,方保无事。"

朱亥作别回家,说与夫人刘氏得知。刘氏道:"孙膑习学鬼谷,必知先天之数,此言不可不信,依他躲避百日。明早,待我进朝起奏,只说你染病沉重,不得朝贺便了。"计议停当,次早,魏王设朝,刘夫人至驾前奏道:"臣夫朱亥,染病危笃,有失朝贺,望乞怜念。"魏王准奏,朱亥遂不进朝,在家躲难,过了九十九日。这日,与夫人道:"好了,百日之灾,明日脱了,在家坐了三个多月,好生气闷,今日去外面走走。"刘夫人道:"有心躲避百日,哪在乎这一日,过了明日,出去走罢。"朱亥道:"也罢,只到后花园中消遣会儿。"刘夫人道:"这也使得。"

朱亥来到园中,见一老鸦歇在墙上,对着朱亥叫了几声。朱亥不快活道:"这怪物偏对我叫,待我送他性命。"遂取了弓箭,对他一箭射去,倒不曾射着老鸦,径往间壁墙上射去。原来间壁是郑安平丞相家的百花园。郑安平一个小女,名唤爱莲,年十七岁,生得描不成,画不就,郑安平极其珍爱。这日,小姐带几个侍儿到园中打秋千耍子,才上得秋千架,被间壁里一箭射过来,正中心窝,翻下架子,倒在地上。众侍儿上前,拽箭的拽箭,叫唤的叫唤,可怜一个花朵般小姐,霎时做了黄泉之鬼。

众侍儿唬得魂飞天外,不知这箭哪里射来。只见间壁朱家墙上有一步梯儿,站个小女,问道:"我家一枝箭,射在你家园里,可曾见来?"众侍儿道:"原来是你家射过来的,把我家小姐射死了。这般好邻舍!要打人命官司哩!"即拿这枝箭,跑到府中,报与郑安平道:"祸事来了!小姐到花园闲耍,被间壁朱家园里射箭过来,把小姐射死了。"郑安平大惊,赶到花园,果见小姐死在秋千架下,泪落如泉,大叫道:"朱亥!你诈病在家,打量谋反,操演弓马,把我女儿射死了!"遂上了马,径到朝门首喊起屈来。君王宣入,郑安平道:"朱亥诈病在家,操演弓马,心生谋反,将臣女儿一箭射死了。"魏王道:"有这样事!"即着武士捉拿朱亥来。

雺时，朱亥拿到驾前。魏王问道："朱亥！你怎诈病在家，操演弓马，无故射死郑安平之女，当得何罪？"朱亥道："臣该万死！臣染病在家才好，昨来到花园，见墙上一怪鸟对臣连叫不止，臣取弓箭射鸟，不期射在那边而误伤郑女，望鉴其情。"魏王道："误伤人命，也当抵罪。但天时不早，寡人要往天神庙祈雨，且押去监候南牢，另日审问。"

是晚，朱亥夫人刘氏见朝廷拿了朱亥去，遂心生一计，唤了家童到卑田院，以散钱为由，来见孙膑。院中乞丐众多，不知哪个为孙膑？回头看时，见一人挂着沉香木拐，站立矮檐下，不来讨钱。夫人叫家童取十文钱放他面前。孙膑道："生受夫人。"夫人问："你是何人？"孙膑道："我是孙膑。前次我对朱大人说，有百日灾难，当躲一躲。不料他不依我说，如今被禁南牢。"夫人听说，忙下拜道："我因要见师父，以散钱为由，望师父救我夫君一命，感恩不浅。"孙膑道："夫人就回。我自有处。"夫人即便回家。

其夜三更天气，孙膑在院内按定天甲灵文、地甲灵文，手捻秘诀，望空拂一下袍袖，喝声："齐来！"忽见东南上一声响亮，滚下斗来大一块红轮，西南上又一声响亮，滚下斗来大一块白轮，孙膑俱收入袖内。这两轮，就是金乌、玉兔，通被孙膑收了。

次日，魏王设朝，众臣朝拜毕。魏王问道："寡人每日设朝，天已大明，今日为何这等昏暗，看什么时候了？"司天官奏道："辰时了。"魏王道："古怪，辰时怎么不见日色？"众官道："今日不只朝内昏暗，城里城外俱一般不明。"魏王大骇，问众官："这什么缘故？"众官俱没回答。魏王沉吟良久，道："莫非牢中有冤枉之人，寡人当放郊天大赦①。"魏王即颁赦书，一应大小监牢，毋论轻重囚徒、已发觉未发觉、已结正未结正者，尽可赦免。孙膑又在卑田院作法，雺时红轮照耀，日月还光。魏王大喜。

那朱亥遇赦出了南牢，魏王仍旧复还官职。朱亥回到府中见了夫人，抱头痛哭。夫人道："这是你不信阴阳，致招此祸。你道今日谁救你来？"朱亥道："天恩大赦，幸脱此灾。"夫人道："你还不知，是我亲到卑田院，以散钱为由，求孙师父解救。孙师父作法，收了日月，天地不明，朝廷才颁下郊天大赦。"朱亥惊讶道："果有此事！这般说，孙先生如我重生父母一

---

①　郊天大赦——郊天：指古代在郊外祭祀天地，称"郊天祭"，周代冬至祭天称郊，夏至祭地称社。大赦指对罪犯普遍赦免或减刑。

般,如何报他?"夫人道:"你今可把孙先生接到家里,早晚奉养他,有事又好与他计较。"朱亥道:"此言有理。只是我到卑田院去不免走漏消息,如今怎么样处?"夫人道:"我有一计。可做几石米饭抬到卑田院,只说大人患病之时,曾许下设牢心愿。今朝廷大赦,轻重囚徒通放去了,如今许到卑田院散与贫人,准过设牢之愿,就可暗暗拜谢孙先生,并接他到家下来。"朱亥道:"此计甚妙。"

到了明日,造下五石米饭,着几个家童担了,径到卑田院,刘夫人亲来散饭。少顷,将次散完,夫人趱到矮檐下,悄悄对孙膑道:"多亏师父救我丈夫一命,我夫自要来拜谢,恐耳目昭彰,以此特着妾来,托言散饭,要请师父到我家去住。"孙膑道:"多谢夫人。我今日未可动身,待月半后戊午日,可约先生到吴起庙中等我。"刘夫人道:"师父为何要到那时?"孙膑道:"那日庞涓定计放火烧院,害我性命。我便脱身好走,只做烧死了,使他不疑,随即到府上来,亦不得走透消息。"刘夫人就别孙膑回府。

朝去暮来,不觉到月半后戊午日。朱亥领家童悄悄到吴起庙中等候。渐至日暮,孙膑在院里口诵六甲灵文,望空中拂下袍袖。须臾,天昏地暗,黑雾迷漫。孙膑拄了沉香木拐,拐啊拐的,拐到吴起庙中,与朱亥相见。朱亥倒身拜谢,就要请孙膑回家。孙膑道:"再停些时,待庞涓放了火,便好同走。"两个坐在庙中闲话。

到了二更时分,庞涓率领多人,都带着芦苇、干柴、引火之物,来到卑田院,锁上大门,四面放起火来。只见烈焰腾空,喊声震地,把那卑田院霎时化作瓦砾场。可怜院里上千无辜乞丐,个个烧死。那孙膑一见火起,就与朱亥同回府了。少顷火熄,庞涓心满意足,自谓孙膑必遭火死,率了众人,依然回去。

次早,魏王设朝。诸臣奏道:"夜来卑田院失火,一院干数乞丐尽皆烧死。"魏王大惊道:"有这样事!这火从何而起?"庞涓道:"这火必是孙膑放的。他一面放火,一面乘机逃走,只做烧死,令人不疑。我王如今速速吩咐各门,画影图形,多差军人昼夜防守,不可放走孙膑。"魏王准奏,传示各门,将孙膑画影图形,昼夜防守不提。

却说燕王一日升殿,王敖又到朝门首,连哭三声,连笑三声。百官奏闻,燕王叫宣进来,问以哭笑之故。王敖道:"臣夷山尉缭子徒弟王敖。大哭三声者,为我王驾前孙驸马之子孙膑,投云梦山鬼谷处学艺,韬略战阵无般不请,又能呼风唤雨、撒豆成兵。庞涓恐其下山扶助别国,灭其名望,差徐甲连请三次,赚彼入魏,刖了双足,受了罗网之灾。连笑三声者,笑天下诸侯,轻贤慢士,不识高人。如有到魏盗出孙膑者,何虑天下不归?方才贫道为此晓谕各国,不知哪一国洪福,得遇此人。"燕王大喜道:"若非先生示教,险些失此擎天柱。"即吩咐近侍,送王敖到光禄寺①茶饭。遂问群臣,谁能往魏国盗取孙膑? 言未了,班中闪出一员官来,上前启奏。毕竟这官不知姓甚名谁? 怎生盗得孙膑入燕? 再听下回分解。

---

　①　光禄寺——主掌皇家膳食之所。

第 八 回

征魏国假两邦旗号　退燕兵赌百锭黄金

　　原来那官就是孙膑之父孙操,上前奏道:"启上我王,孙膑是臣之子。我王要去盗他,只消臣带了两个孩儿,领三万人马,到魏邦名正言顺讨了孙膑回来。"燕王道:"倘魏王被庞涓间阻,不放孙膑回来,怎生区处?"孙操道:"庞涓若有阻挡,誓当先取其首,为魏国除奸可也。"燕王大喜,就令孙操起兵。

　　次日,孙操带着孙龙、孙虎,领三万人马径离幽州,往魏进发。这番出兵,人强马壮,器械鲜明。行了多日,到了宜梁界口,孙操传令,安营于十里之外。父子营中商量道:"兵不厌诈,如今屯作三营,一营扯起秦国旗号,一营扯起楚国旗号,一营扯起燕国旗号。"计议已定,孙操道:"孙龙领一万人马扮作秦军,打白起旗号;孙虎领一万人马扮作楚军,打黄歇旗号,俱在中道埋伏。我自带一万人马,当先出阵。待与庞涓交锋之际,两哨伏兵一齐杀入。彼兵乱,必败矣。"孙龙、孙虎得令,各领兵埋伏。

　　孙操亲领一支兵马到宜梁城下,令军士大叫道:"快送燕国三公子孙膑出来、万事全休。若道半个不字,杀进城中,将你一国人民不留一个!"巡城官连忙飞报入朝。魏王闻报,遂问庞涓:"如今燕国孙操领兵在城外,取讨孙膑,如之奈何?"庞涓道:"我王勿忧。臣料孙操不过匹夫之勇,何足为虑。待臣领兵出城,生擒那厮。"遂辞魏王,领兵三万出城迎敌。孙操道:"庞涓! 我今来不为争城掠地,只要送出我孩儿孙膑还我,免致燕、魏成仇。"庞涓道:"不还你怎地?"孙操道:"不还孙膑,先斩汝头,后剿魏国。"庞涓大怒,举刀劈面相迎。正战之间,忽见得左哨里一队人马杀出,旗号写秦国白起;右哨里一队人马杀出,旗号写楚国黄歇。庞涓见秦、楚合兵,心中惊惧。暗想:"秦、楚二国兵马相助,我这里寡不敌众,如何取胜?"虚架一刀,转马就走。孙操大杀一阵,得胜回营。

　　且说庞涓逃得入城,见魏王道:"臣与孙操交战,不料那厮借了秦、楚二国人马,埋伏中道,杀入阵来。臣兵寡不敌众,只得折了人马,逃阵回来。"魏王大怒道:"你当日立大言牌,自夸天下有一无二。今三路兵出就不能抵敌,逃阵而回,可不被别邦轻视!"说犹未了,忽见探马来报,说打听得只有燕国兵马,并没秦、楚二国人马,孙操要振军威使的诡计,假张秦、楚二国旗号。庞涓道:"有这样事,我反中了那厮之计,明日定擒此贼!"魏王散了文武。

且说朱亥回府,见了孙膑,就把庞涓与孙操交战始末说了一遍,并道:"今庞涓闻令尊是用诡计,假张秦、楚二国旗号,明日决要再战。"说罢,日已暮了,两人散去不提。

却说次日早朝,庞涓披挂停当,奏魏王道:"臣昨日误中孙操诡计,不能取胜,今日誓必生擒那厮。"遂领兵出城,与孙操大战。原来孙膑其时在朱亥花园内,观看燕、魏交锋两边杀气,只见魏邦内杀气愈猛,燕邦内杀气渐衰。孙膑即按定六甲灵文,口中默默诵念。霎时,雷击电闪,走石飞沙,半空中降下碗大冰雹,乱打将去,只伤得魏邦人马,不伤燕邦士卒。一顿冰雹,打得庞涓腰青嘴肿,大败逃回进城。孙操父子见雾中神圣助阵,十分欢喜,得胜回营。那庞涓逃回,见魏王道:"臣与孙操交战,正要擒拿,不知那厮有何法术,半空中降下碗大冰雹,在下打来,只伤我魏国人马,那厮人马一个不伤。臣也被他打坏了,委实不能胜。"魏王大怒,骂庞涓不肯竭力,退入宫去,众多文武遂散。

朱亥回到府中,孙膑问道:"大人,今日庞涓与老父厮战,不知哪家胜了?"朱亥道:"恭喜!今日又是令尊大胜,庞涓大败。"就把孙操作法得胜情形说了一遍。孙膑听了,微微冷笑。朱亥吩咐置酒,与孙膑同饮。饮酒中间,朱亥叹道:"两国相并,燕兵不退,不知几时才得安静?"孙膑道:"要我老父退兵,甚是容易。这场功,管取做在大人身上。大人明日可去奏上魏王,出城退兵便了。"朱亥摇头道:"学生弓马欠熟,武艺欠精,如何能退兵?"孙膑道:"大人肯去,不费一刀,不用一卒,只消我写一个简帖与大人带去。只要明日入奏魏王,打算句说话①。倘魏王问你退兵之法,你说:'臣不与他武斗,只与他文劝。'倘魏王问你如何文劝?你说:'孙膑明于五遁,神法太高,踪迹不定,他要见人极易,人要见他最难。暂且退兵回燕,宽限一年,寻着孙膑送还。一年内如无孙膑,任从起兵征伐。'庞涓听

---

①　打算句——经过反复考虑之后再讲。

见,必然笑你。你就说:'驸马不要笑我。我若退不得燕兵,情愿输颗首级与你。我倘然把燕兵退去,你输什么与我?'庞涓必许你一百锭黄金。你就与他赌。"朱亥道:"设使退不得令尊兵马,无辜输了个首级①。"孙膑道:"大人放心,老父见我亲笔书谏,哪有不退兵之理? 况我在府中搅扰多日,无些报答,明日且取庞涓的金,将公报私,与大人垫箱也好。"朱亥欢喜。

次日入朝,魏王问群臣道:"燕兵猖披②,势不可当。众文武中谁敢临阵取胜?"朱亥应声道:"臣朱亥敢退燕兵。"魏王道:"你武艺不甚高强,恐难于对敌。"朱亥道:"臣退燕兵自有妙法,不用厮杀,与他几句话,与孙操文讲和好,他必退兵去。"魏王问道:"怎与他文讲?"朱亥道:"臣见孙操,说你家公子明于五遁,神通高妙,踪迹不定,他要见人甚易,人要见他实难。大人暂且退兵,宽限一年,待我国寻着孙膑送还。如过期爽约③,任从领兵取讨。"魏王道:"果去说得他退兵,重加升赏。"

庞涓在旁,呵呵大笑。魏王问庞涓:"你笑什么?"庞涓道:"孙操那厮狡诈异常,怎肯听这迂腐之言退兵回去?"朱亥道:"驸马不要笑人。倘若被我说几句话,他肯退兵回,赌什么与我?"庞涓道:"你若果能退孙操兵,我输你二十锭黄金。你若退不得兵,输什么与我?"朱亥道:"若退不得兵,就把我首级输与你。"庞涓道:"你若肯输首级,我情愿把一百锭黄金与你赌赛。"朱亥便奏魏王道:"望我王命一员官做个明证,保这百锭金子。"魏王就着郑安平作保。郑安平出班道:"臣等要你两个在我王驾前写一张军令状,各附画押,臣才可保。"魏王道:"卿言有理。"当下朱亥、庞涓动笔就写,各附画押,付郑安平收下。

朱亥待退了朝,回家带了孙膑书,令十数个军士跟随,出宜梁城,径到孙操营门首下马。旗牌官一把扭住,只道是奸细,便带进见孙操。孙操问道:"你是何人?"朱亥道:"某乃魏邦丞相朱亥,奉魏王命,差来与大人讲和。"孙操道:"怎样讲和?"朱亥道:"今有三公子,法明五遁,神通元妙,踪迹不定,他见人甚易,人见他甚难。今请大人收兵回国,宽限一年,寻着公

---

① 首级——秦法斩敌一首,得爵一级。后沿称所断之头曰首级。

② 猖披——也作昌披,任意妄行。

③ 爽约——失约。

子,送到燕国。如一年内不还。那时兴兵征战,两无怨心。"孙操道:"那有什么凭据?"朱亥道:"我无甚凭。求大人屏去左右,还有一言相告。"孙操即叫左右退后。朱亥袖中取出孙膑书,送与孙操。孙操拆开,认得是孙膑笔迹,仔细念来:

　　　知父兴师入魏,为儿负屈根原。儿深感朱亥救出,隐藏宅院。庞
　　贼深仇终报。今祈老父,休兵敛甲,回燕有日,高堂聚首。
　　父亲大人膝下。

男膑百拜

　　孙操看罢,大喜道:"原来小儿蒙大人垂怜①救留,正是深恩难报,我就退兵。"登时传令,打起回兵旗号。那些兵马一齐起身,径回燕国。

　　朱亥看了大喜,策马入城,奏魏王道:"臣蒙我主洪福,把孙操人马通退去了。"魏王大喜。庞涓在旁满面羞愧,不敢作声。郑安平道:"驸马,一言既出,驷马难追。他若输了,决要在我身上杀首级与你。你今输了,要在我身上取一百锭金子与他。"登时,庞涓脸红眼白变了色,没奈何只得回府取百锭金子与朱亥。郑安平当众焚了那张军令状。魏王又赐朱亥绫锦缎帛、金花御酒。朱亥谢恩出朝,回到府中拜谢孙膑,不在话下。

　　却说庞涓输了百锭金,好生焦躁,直去坐在厅上,心中暗忖:"朱亥怎么几句言语,孙操就肯退兵? 其中必有缘故。"至夜静更深,走到后花园内,抬头向天上一看,见孙膑本命星正照朱亥府中。庞涓道:"呀! 朱亥那厮原来把孙膑藏匿在家,暗通燕国,书信来往,所以孙操便肯退兵回去。那厮可恨! 我明日奏与朝廷知道,差些军士把朱亥府门四下围住,仔细搜去。若拿得孙膑出来,朱亥一家人口说不得要死了。"黑夜,孙膑正与朱亥饮酒,朱亥忽然打个喷嚏,孙膑道:"大人这喷嚏打得不好,明日庞涓入朝奏王,要起军来围住府门搜我。"朱亥大惊道:"这事倒怎么好?"孙膑道:"不妨事。明日他来时,不可害怕,吩咐一家老幼,不要慌张。我自有藏身之法,任他各处搜寻,决不落他的手。"朱亥口中勉强答应,心上却放不下。

　　次早,魏王设朝,庞涓奏道:"启上我王,臣夜观天象,见孙膑本命星照在朱亥府中,却是朱亥把孙膑隐匿在家,暗与燕邦书信往来,以此孙操

_____

　　① 垂怜——以上悯下。

退兵回去。臣今日特来奏过我王，起军围了朱亥家，要去搜出孙膑来。"
魏王道："孙膑果在他家，你去搜出来，朱亥欺君之罪不消说起，自应承
受。万一搜不出孙膑，可不反受朱亥一场没趣？"庞涓道："孙膑现藏在他
家，不怕他走了去，臣决要搜寻拿来。"魏王见他坚执要去，只得准奏。

　　庞涓就带了军士来到朱亥门首，前后密密围住，下马行至府中，朱亥
迎着道："驸马今日到舍下何事？"庞涓道："朱亥，你把孙膑藏在家，暗与
燕邦书信往来，迹同谋叛，佯迟孙操人马，骗我百锭金子，如今奉旨到你家
搜寻孙膑去，要将你全家杀戮。"朱亥道："驸马，孙膑果在我家，搜出自然
受罪，不必说了。倘搜不出，你也难出我的门。"庞涓不由分说，叫众军士
登楼上阁，库房、寝室、内院、厢廊各去搜了又搜，共搜了七八遍，哪里见孙
膑？庞涓暗想："必是走了风声，那贼预先往别处躲去。"吩咐军士仔细再
搜。那些军士把那天井里大长石板通翻转来了，花园里老大树根都掘起
了，哪里搜得出？搜了一日，庞涓也觉没趣，不别朱亥，径带军士回朝。魏
王问道："孙膑搜出了么？"庞涓道："不知哪个走了消息，躲藏别处去了。"
魏王怒道："你说孙膑现在朱亥家，及至去搜又搜不出，分明胡言诳奏，侮
主欺君。"庞涓再不敢饶舌，只得退朝回去。

　　说那朱亥，见庞涓搜不出孙膑，扫兴而回，便与刘夫人说："庞涓没
趣，回了。不知孙先生藏在何处？"忽背后叫道："我在这里！"不知孙膑哪
里出来？再听下回分解。

第 九 回

孙膑用计藏木柜　庞涓被屈受披麻

却说朱亥听得孙膑声音,急回头来,见孙膑在背后,遂问道:"先生躲在哪里?"孙膑道:"我在香案底下。"朱亥不信道:"香案下翻来覆去搜了几遍,不见先生。"孙膑微笑道:"我明于五遁,遇金金遁,遇木木遁,遇水水遁,遇火火遁,遇土土遁,适遁于木,所以搜我不着。"朱亥道:"先生真神人也!"吩咐家童摆酒相庆。

说那庞涓被魏王发作,回到府中,甚不快活,暗想:"昨夜孙膑本命星明明照在朱亥家,为何搜寻不出?今夜再去看他本命星照在哪里?"回到花园,抬头观看,孙膑本命星端只照在朱亥府中。庞涓暗想:"我明早不要奏知朝廷,省得走漏消息,悄悄带了家将,再到朱亥家搜一遍,出其不意,难道也藏过了?"算计已定,转到厅上,连夜点齐一百名家将,只候天明就行。

说那孙膑,正与朱亥饮酒。孙膑道:"我今再占一卦,看庞涓还来不来?"即屈指寻文,对朱亥道:"大人,庞涓心犹不死,明早还要来搜。大人可收拾一间空房,抬一口木柜放在中间,柜中放了砖头瓦屑,上了锁,用了印信封皮,把房门亦封锁,钥匙交与管家婆。只要叫出管家婆来,等我吩咐她言语。"朱亥一面依计行事,一面唤一个六十余岁的管家婆出来。孙膑叫近前,附耳低声说如此如此。管家婆应了晓得,遂走了去。孙膑又向朱亥耳边说:"如此如此,不怕他不换一柜金银与你。"朱亥领受孙膑之计,各回寝室。

天晓,庞涓果带百十名家将径至朱亥府中。朱亥出来相见道:"庞驸马,你昨日搜了一日,是搜不出孙膑,今日又来做甚?"庞涓道:"你昨日把孙膑藏过了,今日特来细搜一搜。"朱亥道:"驸马,你既要搜,难道不教你搜?只是再搜不出,你我难好开交。"庞涓吩咐众人从大门搜起;直搜到后院,前后左右,各各搜遍,绝搜不出孙膑。庞涓到内厅后,见旁边一所空房封锁牢固,便问道:"什么房?"朱亥道:"是库房。"庞涓道:"里面藏什么东西?"朱亥道:"里面藏的通是金银器皿,就是前日赢驸马的百锭金子,亦藏在内。"庞涓道:"其中有弊!孙膑决藏在里面,快开来我看!"朱亥道:"财帛库房,怎肯轻易开与人看!"庞涓执意要开,朱亥没奈何,叫管家婆取钥匙来。管家婆一边走一边絮聒道:"这人不达道理,人家财帛库房,怎么硬要开看!"庞涓听见大恼,把那婆子拽过掀翻在地,拳打脚踢,打了一顿。婆子不敢啼哭,正去动手开门,只听得里面孙膑说道:"管家婆!昨日来你家你不曾开门,今日你开了,看不害了我的性命?"庞涓听了暗喜:"孙膑藏在里面,反与我说是财帛库,如若不是我搜得细,不又被他瞒过了? 如今插翅也难飞去了。"管家婆开了门,庞涓先走进去四下一看,不见孙膑,只有一口大木柜,上面封锁牢固。庞涓道:"孙膑决躲在柜里,开来我看。"朱亥道:"这柜里正是金银器皿,怎肯开与人看?"忽柜里又做声道:"朱大人,千万不要开,等我再活几日。"庞涓气起来道:"明明孙膑说话响,还要替他遮掩!"叫众人连这柜抬上朝去。众人进房,一齐抬了就走。

朱亥顿脚捶胸,大叫冤屈道:"庞涓,你太无理! 假托搜孙膑名头,把我一柜金银器皿都抬了去。"登时赶到朝门,魏王正坐朝,朱亥进前奏道:"启上我王:庞涓托搜孙膑为因,昨来搜了一日,今日天未明,又带百数家将到臣家里,抢入库房,见财起意,把一柜金银器皿通抬了去。望我主矜矜①,财物给还,恩同天地。"魏王道:"有此异事! 你可候着,等他进朝来,看他怎么说?"

且说庞涓叫众家将抬了大柜,紧紧跟随在后,听得孙膑在柜里叫道,"庞驸马! 我当日与你八拜为交,同师学艺,有甚亏负你,今日恁下毒手!"庞涓道:"我吃你哄得够了,一同见驾去。"孙膑在柜里言三语四,直说到朝门首。庞涓先去见了魏王。魏王问道:"你怎么托搜孙膑之名,把朱亥通柜金银器皿抬了回去?"庞涓道:"臣岂不知理法,敢抬他一柜金银? 只因朱亥把孙膑藏在柜内,假说是金银器皿,以此着人抬来驾前,当面开看。"魏王道:"你怎知里面是孙膑?"庞涓道:"抬在路中有说话响。"魏王道:"那柜抬进来!"众人把柜就抬到殿上,揭去封皮,打开锁一看,也不是孙膑,也不是金银器皿,却是一柜砖石瓦屑。朱亥在殿上叫苦道:

①　矜矜(jīn)——怜悯,怜惜。

"庞驸马,你太狠心！把我一柜金银器皿,换了砖石瓦屑,与强盗何异？"西班文武看了,各不平心,一齐奏道:"分明是庞驸马换了他的！朱亥入朝奏王已经半日,他却才来,莫说一柜,十柜也换过了。"魏王大恼道:"庞涓！你贪财枉法,私换金银,该得何罪？"庞涓道:"臣一路跟来,又不曾抬回家去,怎说是臣换了！"魏王道:"还要抵赖！朱亥来奏寡人已是半日,你却才来。你说孙膑在柜里说话响,怎么开来是砖石瓦屑？难道砖瓦也会说话？眼见是你换了,快拿出来还他。"庞涓浑身有口也难分说。君臣见庞涓呆住,一发认定是他换了,一齐开口道:"庞驸马,扭来扭去,总扭理不过,既是你换他的,名正言顺,要你还他。"庞涓被众官指说不过,只得回家把钗环首饰、散金碎银、器皿什物收拾许多,当殿上装入柜去,着朱亥收回,魏王就把朝退了。朱亥锁了这一柜物件,心欢意喜,回到府中拜谢孙膑,置酒畅饮不提。

再说庞涓回府,大怒交加,等到夜静时分,又往后园观看星斗,见孙膑本命星仍不离朱亥家,遂自道:"古云:'无毒不丈夫！'左右与他结下冤仇,明日还要去搜。"庞涓这里蓄意,孙膑那里早知道了。孙膑对朱亥道:"大人,庞涓那人适看我本命星还照在府上,他不肯干休,明日又要来搜。"说未毕,忽家人来报:"管家婆被庞涓打伤致命死了。"朱亥吃惊,顿时变色。孙膑道:"大人,乘此机会,就可设计。快收拾一间齐整房屋、床铺,把管家婆尸首抬上床上,把被盖好,待庞涓来,如此如此,不怕他不吃亏。"朱亥听了欢喜,连夜打点行事。

次日早,庞涓带了家将又到朱亥府中。朱亥变脸道:"庞涓,你来搜了两日,孙膑搜不去,反换了许多金银器皿,却又把我老母惊出病来,命在旦夕,你来得恰好！"庞涓大怒道:"朱亥！你昨日在殿上扭我作强盗,反诈我许多物件,今日打点将人命压我？我不怕你！决要细搜。"遂叫众人搜去。那些家将听了,一齐穿东过西,往来倒去,搜了多时,又搜不着。转过东廊,见一所房半开半掩。庞涓问道:"这什么房？"朱亥道:"老母的卧房,如今养病在内。"庞涓要进去看,朱亥止住道:"使不得。老母命在顷刻,倘又受惊,命必休矣,不可进去。"庞涓道:"一定藏匿孙膑在内,假说老母卧房。"一脚把门踢开,赶到房里,众丫环喊道:"老夫人病体沉重,大惊小怪赶到房里做甚？"朱亥上前把庞涓扭住,故意扭到床边,推上几推,乒乓一声响亮,连五六扇窗门通倒下来。朱亥一手扭着庞涓,一手扯开被看,厉声高叫道:"不好了!把我老母惊死了,快还我老母命来!"那些丫环、小厮都是说通的,一齐大哭。庞涓不觉心慌,被朱亥扭过来,叫众丫环、小厮拳头脚尖打了一顿,那众家将怕人命干连,通逃散了。朱亥道:"我与你去见驾!"就把庞涓当胸扭了,扭进朝来。

此时魏王尚未退朝,见他两个扭结到殿上,魏王问道:"你两个为甚事?"朱亥大哭道:"庞涓到臣家连搜两次,将臣老母惊出病来,正在危急之际,不料今日又带许多家将来搜孙膑,打入臣母卧房,将臣母打死!"说罢大哭。魏王对庞涓道:"昨日的事还可开解,今日人命是真,再推下去,要偿他命。"庞涓道:"他母原有病在床,非臣活活打死,不过是误伤,也不至偿命。望我王求朱大人,叫他看同僚份上,略松些罢。"魏王把庞涓痛责了一番,又向朱亥劝慰了一番。朱亥道:"也罢!若不叫他偿命,必要叫他扮做孝子,披麻戴孝,手执哭丧棒,亲送我母出殡,就饶了他。"魏王道:"这个极易处的。"庞涓满口应承,肯做孝子。

朱亥出朝回家,把前事一一对孙膑说了。孙膑笑道:"尽够他了。"朱亥道:"我有一事与先生商量。今先生在我这里,难以脱身出城走回燕国,如今将计就计,做一口夹底棺材,上面盛了管家婆尸首,下面藏了先生,打发出城,可为先生脱身之计。"孙膑道:"此计虽好,恐庞涓知了风声,脱身不去。"朱亥道:"再不怕他开棺搜验,只要做得机密。"孙膑点首应承。朱亥连忙合起一口夹底棺材,把管家婆尸首盛于上面,下底藏了孙膑,一家大小俱换了孝,只等庞涓来到,发柩起身。

原来庞涓受了两桩无头屈事,心甚不平,回去袖占一卦,知孙膑今日必藏在棺材内逃脱出城。心中思想定了:"棺木一出城,限时要他埋葬入土,不怕他往地隙里走去。"没奈何,到朱亥家披麻执杖,扶柩举哀,送出城去。这回管家婆尽死得风光,落得驸马做个孝子。棺木一出城,庞涓就吩咐土工埋葬。朱亥暗想:他要将棺木埋葬,可不断送孙先生?遂开口止住道:"且把棺木停在这里,待择个黄道吉辰,方可下殡。"再三不肯埋葬。庞涓再三要限时埋葬才去。朱亥违他不得。庞涓叫土工把棺木埋了下去。朱亥心下熬煎,甚觉难过,暗想:"我本要脱他身子,不料反断送他性命。"及埋葬毕,朱亥闷闷回家。走到房中,忽见孙膑呼道:"大人回来了!"朱亥吃了一惊道:"孙先生,你在棺木里已埋下土了,怎么在这里?"孙膑笑道:"大人,我见庞涓心怀不善,晓得我藏匿棺木里,出城要害我命,故先遁了回来。"朱亥道:"好个知命的孙先生,空教我熬煎了一日。"
当下置酒压惊不在话下。

　　再表齐国威王一日坐朝,群臣朝拜毕,奏事官上前奏道:"朝门首有
一道人,大哭三声,大笑三声,要候旨见驾。"齐王令宣进来,问道:"何处
道人,敢在朝门外大哭大笑?"道人道:"臣夷山尉缭子徒弟王敖。哭者,
哭燕邦孙膑,自幼投鬼谷仙师学艺,受得天书战策,被庞涓哄到魏邦,刖了
双足,受了罗网之灾。笑者,笑天下诸侯不识英俊。如有人到魏国盗得孙
膑出城者,江山稳久,社稷坚牢。小道因此遍告诸国,不知哪一国洪福,得
遇此人。"齐王大喜道:"我国正缺贤士,不枉先生推荐。"吩咐光禄寺整饭
款待王敖,遂问群臣:"谁人往魏邦盗得孙膑回朝,加升官职。"上大夫卜
商①奏道:"臣敢到魏邦假纳降表,带茶车五十辆以进奉为由,盗孙膑出
城。"齐王道:"茶车内怎盗得他出来?"卜商道:"五十辆茶车都做下夹箱,
藏孙膑于箱底,就可盗出来。"齐王准奏,即令速备茶车,令卜商往魏邦。
不知盗出孙膑否,且听下回分解。

---

①　卜商——著者将卜商作齐国上大夫,盗得孙膑,此实力借助历史人物的写
　　法。据史书记载:卜商即卜子夏,春秋末晋国温(今河南温县西南)人,孔子
　　的学生,为莒父宰,孔子死后,到魏国西河讲学。主张国君要学习《春秋》,吸
　　取历史教训,防止臣下篡夺君权。

第 十 回

造纸人金蝉脱壳　抬顽石拨草寻蛇

却说齐国卜商,带五十辆茶车离临淄城,行了多时,到得魏邦,将茶车进上魏王。魏王大喜,令人收下,着光禄寺设宴于金亭馆驿中,差宰相朱亥相陪。

朱亥领旨,同卜商来到金亭馆驿。光禄寺排宴齐整。饮酒中间,卜商问道:"朱大人,当日燕国孙操兴兵征战,为因何事?"朱亥道:"孙操兴兵,因其子孙膑在我魏邦,特来取讨。"卜商道:"为此何须征伐!后来曾还他孙膑么?"朱亥道:"不曾还。那孙膑明于五遁,法术精奇,踪迹不定,虽然在魏,毕竟难得出城。"卜商又问:"孙操既不得孙膑回去,怎肯退兵?"朱亥道!"某与讲和,宽限一年,寻访送还,如一年不还,再来征战。"卜商道:"如今孙膑还有寻处么?"朱亥道:"不知他藏在哪里。"及宴罢,朱亥遂别回府。卜商在馆驿歇下。

朱亥回家,孙膑问道:"大人今日朝罢何晚?"朱亥道:"齐国遣卜商来进茶五十辆,朝廷着我金亭馆驿中陪宴,以此来晚。"孙膑道:"大人,卜商此来名为进茶,实乃访我踪迹。我今若错过此机会,永世不得回去,明日大人再到金亭馆驿去,我有缄书,烦寄与卜大人看。"朱亥应诺。

次日,朱亥带了孙膑书,到馆驿中来见卜商,四顾无人,袖中取出,奉与卜商。卜商接书看,上写:"卜大夫开拆。后不漏泄,明早于朱大人府中相会。孙膑顿首。"卜商道:"朱大人,孙先生书上教我明早到府上一会,我已领教,望大人多多拜复。"

朱亥辞了卜商回家,见孙膑道:"先生,卜子夏看书,说多多拜复,已知道了。"孙膑道:"我明日要行,大人可打点纸人五个、白米一升,与我带去。"朱亥遂打点纸人、白米,付与孙膑。

次日,卜商人朝拜辞魏王,出朝,坐了茶车到朱亥府中拜别。朱亥迎入后堂,礼毕,令从人退出,将门关上,孙膑才出来相见。卜商道:"我主久闻先生大德,特着某来相请。"孙膑道:"愚痴小道,何幸得仁君相召。"

又向朱亥谢道:"久在尊府,蒙恩藏匿,若得寸进,自当厚报。"朱亥将孙膑入茶车夹底,开了门,送卜商出去。

卜商使众人推茶车先行,自己随后,将一茶车上放一纸人,即时变作孙膑。方出东门,被守门军将孙膑提下车来绑了,解至驸马府来见庞涓,庞涓大喜。西门军士又报拿着孙膑。南门又报。北门又报,庞涓无了主意;一齐解到法场取斩,一刀过去,却是四个纸人。刀斧手急报庞涓,庞涓大惊,连忙袖中一卦,见真孙膑往东去了,登时带了军士,追出东门。

再说孙膑在茶车上对卜商道:"庞涓追赶甚急,等我下了茶车与大人分路,倘庞涓追来还好脱身,约定在新梁桥相会。"卜商道:"先生单身行走,倘遇庞涓拿住,非同儿戏,路上要小心仔细。"孙膑道:"不妨。"下了茶车,分路而独行。不数里,见一个妇人倚门而哭,孙膑上前问道:"娘子为甚事在门前啼哭?"妇人道:"我丈夫在前边田内做工未回。我婆婆年七十二岁,适患心病而死,为此啼哭。"孙膑听了,向前而走,走到前边,果见有个农夫在田里锄田。孙膑叫道:"锄田的,你母亲心疼死了,你速速回去。"农夫听了就哭走。孙膑道:"我送你一丸药,去放在你母亲口内,就得还魂转来。你把箬笠①、蓑衣②、耕器放在这里,我替你照管。"农夫就把箬笠、蓑衣、锄头交与孙膑,三脚两步如飞走去,孙膑戴了箬笠,穿了蓑衣,拿了锄头。身边还有个纸人,取出来念动灵文,叫声"变",又变做孙膑模样。正北上一口水池,把那纸人丢在水池上,取出一升白米,向周围一匝,诵起真言,那些米变了百万蛆虫,把那尸首紧紧攒住。自己往田里锄田。

说那庞涓带领军士出东门,赶了四五里,望见卜商茶车。庞涓大喝道:"卜子夏,快留下孙膑去!"卜商停了茶车道:"庞驸马,何太欺人!我来进茶,不知你孙膑在哪里。况孙膑又不是活宝,要他怎么?五十辆茶车皆在这里,任凭细搜。"庞涓叫军士一齐动手,把茶车内一一搜过,并无孙膑。庞涓又策马前赶,赶到田边问农夫:"你曾见一个拄双拐的黄衣道人过去么?"孙膑不抬头,也不做声,用手向北一指。众军士说:"是个哑巴,不要问他!"一齐向北赶去,见一口水池,水上一个死人。众军士道:"这

---

① 箬笠(ruò lì)——用竹皮制作用以遮阳挡雨的帽子。
② 蓑(suō)衣——用草或棕毛制成的雨衣。

水池内死的是个黄衣道士，莫不是孙膑？"庞涓近前一看道："果是孙膑。你这贼，死在宜梁城，我也与你一口棺材，择地葬你。怎么死在这去处，真是死无葬身之地了。"吩咐军十回去，那些军士一齐趱回宜梁城。

说那孙膑行此法骗庞涓回去，也不等田夫来，把箬笠、蓑衣、锄头放在田边，拄着一双拐就走。看看天色将晚，两边一看，通是田地，没有安宿去处。再走几步，瞧见前面树林内隐隐有人，趱入林内一看，却是个八字门墙，门首立两块马台石，不像个寻常门径。孙膑正要进去，只见一个老汉出来问道："你是哪里来的？"孙膑道："我是过路的，不期到此天晚，欲借空房暂宿一宵，明早就行。"老汉道："我这里不是擅入得的人家，待我进去禀员外。"说毕，就走进去。不多时，老汉出来道："员外着你进去。"孙膑欢喜，随老汉进了墙门，穿东过西，走过许多所在才到正厅。老汉把手向厅门边一指道："出来的就是员外。"孙膑看那员外，年过耳顺①，形容苍古，不似山村野老。那员外见孙膑身守黄衣，又是道家打扮，便问道："先生从何处来？"孙膑道："某乃云梦山鬼谷仙师徒弟孙膑，向在宜梁，如今将投齐国，至此天晚，欲借宿一宵，明早就行。"员外道："先生向在宜梁，可认得郑安平否？"孙膑道："郑安平乃吾至友，员外为何问及？"员外道："郑安平是我小儿，说起来，先生是相知了。"孙膑道："原来是令郎，多有获罪。"员外吩咐整治晚饭，将孙膑引至书房安歇。次早，孙膑拜辞起身。员外殷勤相留再住几日，孙膑道："不敢相瞒，有齐国上大夫卜商，约定在新梁桥相会，所以急于要行。"员外道："既是如此，不好强留，待我打发一乘轿送先生到新梁桥去。"孙膑欠身致谢。家童捧出早饭。饭毕，员外叫家人郑千、郑七出来，抬了孙膑，作别起身。

两个抬了孙膑，走了许多路，歇在三岔路口。郑七悄悄对郑千道："哥哥，我想抬这道人到新梁桥未必有谢，不如走小路抬进宜梁城，送与庞驸马，我们尽够个小发迹了。"郑千听说，点头道："有理。"两个抬了，转弯抹角，远远望见宜梁城。孙膑在轿里认得前面是宜梁城，心内大惊，暗想："我被这两个畜生捉弄了，抬我到这里，岂不害我的性命。"口中忙诵真言，须臾，雾涌云漫，把一座宜梁城遮了。郑千、郑七不辨东西南北，随路而行。两个心下忖量道："奇怪！适才明明望见宜梁城，怎么走了这许

① 耳顺——六十岁的代称。典出《论语》："六十而耳顺。"

久，不见了影子？"两个只得抬了又走，抬得通身是汗，气吼如雷。忽见前面一座高山，高接云霄，四围险峻，八面崔嵬①。两个把轿歇在山脚下，背地道："莫不这道人有些法术，故意把我们弄到这里，也不知这山叫什么山？"说未了，山上一声锣响，闪出一伙喽啰，手执刀棍，赶下山来，喝道："快留下买路钱！"郑千、郑七吓做一团，磕头如捣蒜道："众大王饶命。我们是抬轿的，身边并没分文，要买路钱，只问轿里的道人讨。"众喽啰上前揭起轿帘，仔细看时，哪里有甚道人，一块大顽石在内。郑千、郑七通看呆了，说道："古怪！明明一个道人，怎么变做顽石？怪道越抬越重。"众喽啰道："且绑去见大王，要着落你两人寻出道人来。"就把郑七、郑千绑了，一齐走上山。忽听得轿里叫道："我在这里。"众喽啰回身看时，不见顽石，轿里坐着黄衣道人。众喽啰把他捉出轿来，一齐说道："这道人有鬼禳法的，拿上山去见大王。"

不多时，两个大王出来问道："这道人哪里来的？"孙膑道："我是云梦山鬼谷仙师徒弟孙膑，从宜梁来，今投齐国去。"二王听说，倒身下拜道："闻名久矣！有眼不识高人，望师父恕罪。"孙膑道："某从来未曾会面，不知二位尊姓大名？"二王道："我二人一名吴獬，一名马升，原是魏王驾前带刀指挥。因魏王只信庞涓，将我二人打了五十御棍，削除官职，因此在这蛇盘山上落草为寇。"众喽啰带过郑千、郑七禀道："两个轿夫求大王发落。"孙膑微笑对吴獬、马升道："他两个原是郑安平丞相家僮。前某借宿其家，感彼主人大德，青他们抬轿送某入齐。二人虽怀歹意，被我也摆布得够了，饶他回去，好复主人之命。"吴獬、马升遂放郑千、郑七下山，即令整酒款待。吴獬、马升道："某等愿从师父投齐国何如？"孙膑道："同去虽好，但不知齐王如何？待某先去，看齐王果真敬贤爱士，那时保举二公同为一殿之臣，有何不可？"二人大喜，遂送孙膑下山。

孙膑行了多时，到得新梁桥。卜商望见，下车迎接，依旧同坐茶车趱路前去。孙膑对卜商道："大人，我此来身无寸节之功，倘被谗臣离间，可不费了大人一片美情？烦大人到齐，先寻个爱贤惜士的所在，等我暂住几时，待有功之日，才可进见齐王。"卜商道："先生不必过虑，我国有个鲁王田忌，即齐王御弟。他最尊贤敬士，送先生到他府中暂住便了。"孙膑道：

---

①　崔嵬（wéi）——有石的高山，此处形容山势高大。

"若得如此,感谢不尽。"

行到临淄城,两人下了茶车,同到鲁王府门首。卜商先将孙膑之意报知鲁王,鲁王叫请进来。卜商转身出来,接孙膑进府。孙膑见鲁王,行了君臣之礼。鲁王大悦道:"久仰先生盛名,不意今日相遇。幸甚,幸甚。"孙膑道:"一朝得遇殿下,生平之愿足矣,又蒙宠留,何胜雀跃。"鲁王就叫门人洒扫东边书院,请孙先生居住。孙膑称谢。

卜商遂别鲁王,入朝见驾。齐王问道:"卿回来了,孙膑可盗得么?"卜商奏道:"臣领命入魏,茶车上已把孙膑盗了出城。他恐庞涓追赶,又下了茶车,与臣分路而行,约新梁桥相会。臣在彼等候多时不来,想往别邦去了。但孙膑分路之时,曾对臣说道:'耿耿丹心壮,巍巍忠孝存。荷蒙齐王德,端不负仁君。'臣谅孙膑决非背义忘恩之人,必不食言,不久必来。"

齐王尚未答应,忽黄门官入朝奏道:"楚国遣使进鱼,现在朝门外,不敢擅入。"齐王令宣进来。楚使入朝,高呼拜毕,奏上道:"臣奉楚王命,特来进鱼。"齐王道:"有多少鱼?"楚使道:"鱼只两尾,与别的鱼不同。本国无人认得什么名色,因此我王遣使进上,说两班文武,有人认得此鱼何名,情愿年年纳贡,岁岁来朝,若文武中没人认得,要大王纳降书表章于我楚王。"齐王道:"鱼在何处?取来与寡人看。"楚使出朝,抬了水柜,将鱼送至殿上。齐王仔细观看,那鱼仅长尺许,皮如墨色,巨口细鳞。齐王摇头道:"寡人从没有见过此鱼。"众文武一齐上前,观看一会,各各闭口无言。齐王问道:"众文武认得此鱼是何名色?"众臣只说不知。齐王不乐,说道:"终不然到楚国纳降书表章不成?"众臣道:"我王勿忧,要识此鱼,除非是鲁王殿下。他博览古今,必然认得。"齐王就宣鲁王上殿。

须臾,鲁王宣到。齐王将楚王遣使进鱼情由说了一遍,道:"适才众文武看过,俱不认得,故宣御弟来认看。"鲁王揭开水柜,看了多时,不知说出此鱼是何名色,且听下回分解。

第 十 一 回

鲁王两次认靴鱼　袁达二番遭陷阱

话说鲁王田忌当殿开柜,把鱼看了半晌,回奏道:"臣从不曾见此鱼,不知什么名色?"齐王道,"御弟既不认得,且回府去。"吩咐近侍把鱼收起,着楚国使臣明日候旨,当下朝散。

鲁王回府,孙膑问道:"今日宣殿下入朝为甚事?"鲁王道:"一种奇事。楚国进一对鱼来,要我邦认是什么名色,认得出,情愿年年纳贡,岁岁来朝,认不得,要我国纳降表与他。朝中文武看过,俱不能认。朝廷为此宣我去看,我也认它不出。"孙膑道:"那鱼怎样颜色? 有多少大?"鲁王道:"仅长一尺,皮如墨色,巨口细鳞。"孙膑微笑道:"那鱼名靴鱼,出自弱水河中,网不能取,钩不能钓,今世罕见。要取此鱼有个法术,向水涯边把手拍三下,叫三声,那鱼就跳上涯来。殿下明早进朝,着楚使来看。殿下在水柜边拍三下,叫三声,那鱼登时跳出水柜。"鲁王道:"倘然不跳出来怎么好?"孙膑道:"殿下放心,臣在此间行走,不怕那鱼不跳出来。"鲁王喜道:"既然如此,明早就入朝,只要先生施一臂之力,有功可成,自当重谢。"孙膑道:"殿下怎说个谢。还有一说,倘齐王明早赐殿下,则一些不要他的,只要那两尾鱼拿回来,臣有个用处。"鲁王满口应承。

次日早朝,鲁王奏道:"臣昨回府,寝夜思想,曾记得此鱼出自弱水河,其名为靴鱼。"楚使在旁,见鲁王认着了,他道:"殿下,鱼名便是,可晓得还有甚妙处?"鲁王道:"我到柜边,将手拍三下,叫三声,那鱼就跳出水柜来。"齐王道:"御弟,你只认得此鱼便罢,怎画蛇添足,还要它跳出水柜,倘跳不出来,反被人取笑。"鲁王道:"我王勿虑,臣定要它出来。"齐王着近侍取出水柜,鲁王到柜边,把手拍三下,叫三声,只见那对鱼凭空跳出殿口。齐王大喜,满朝文武个个惊讶。那时,楚国使臣目瞪口呆。齐王吩咐近侍,依旧放入水中。近侍取鱼在手,一尾跳跃,这一尾早已亡之命矣夫了。齐王不快活道:"两尾鱼可惜死了一尾。"鲁王道:"我王如今可令楚使回国,传与楚王,年年纳贡,岁岁来朝,一年不来,即发兵征伐。"齐王依言，一面打发使臣回楚，一面取黄金千两、绫锦百端赐与鲁王。鲁王道："黄金绫锦臣不敢受，求我王把两尾靴鱼赐臣够了。"齐王道："这活鱼寡人要养在金莲池内，这死的你拿去吧！"

鲁王叩谢，就把一尾死的带回府来，对孙膑道："先生果然神通奥妙，吓得那楚国使臣目瞪口呆。如今已打发楚臣回去，要他年年纳贡，岁岁来朝。齐王大喜，把一个活的养在金莲池内，死的赐了我。"孙膑道："就只一个死的？臣有用处。"看官，你道孙膑要这死靴鱼何用？原来他被庞涓别了双足，没了十个足趾，丑陋不堪。把这靴鱼做个样子，叫皮匠把软净兽皮配上一只，凑作一双靴，穿在脚上，不在话下。

一日，鲁王愁眉不展，面带忧容。孙膑问道："殿下何事不乐？"鲁王道："先生，我齐国每岁到端阳节，朝廷命我与太师邹忌同下教场比射。那邹忌平例中三矢，我发三矢，一矢也不能上垛。若论武艺，他不如我；论箭法，我不如他。他中了三矢，朝廷赐他彩缎绫罗、金花两朵、御酒三杯。我一矢不中的，请饮凉水三大盅。今值端阳将近，所以不乐。"孙膑道："殿下勿忧，有臣在此，管教殿下今岁插金花、饮御酒。如今在后园中立起垛子，待臣教殿下连射几日，自然百发百中。"鲁王大喜，每日同孙膑在园中习射，看看射得手熟，再无一失误。

早又到了端阳节，孙膑教鲁王藏他在军队里，同下演武场。恰好齐王排驾已到，上堂传旨，着太师邹忌与鲁王比射。二人各带弓矢，下演武堂来。那邹忌晓得鲁王箭法不高，不大着意，口称："殿下，请开弓。"鲁王直不谦逊，搭上箭，扯满弓，一箭射去，刚刚中着垛上红心。邹忌见鲁王头一矢射中，吃了一惊，即施逞神威，开弓放箭，射去本是中上垛的，被孙膑在军队里用移箭法把他箭掉下垛来。邹忌惊讶道："古怪！我的箭百发百中，怎么今日射不上垛？"鲁王又放第二矢，又中红心。邹忌见鲁王连中二矢，登地又发一箭去，却又掉在地上，气得目光迸火。鲁王见邹忌两矢不中，自觉意快，把第三矢射去，又中红心。邹忌越发不快活，想："他往年比射，三矢之中不能中一矢，今岁怎么被他连中三矢？我只有这枝箭在手，再若不中，可不被人笑话！"遂扯满弓射去，又是个大空。射毕，齐王在演武堂看了，大喜道："今岁却是御弟夺标，寡人不胜之喜。"就宣鲁王上堂，饮了三杯御酒，簪了两朵金花，领了彩缎绫罗。鲁王谢恩下堂。

邹忌站在旁边，怒气交加，心中不服，上前奏道："臣适见鲁王军队中有一异人,在内作法,以此臣箭不得上垛,心内疑惑。"齐王道:"有这样事?"就宣鲁王到堂上,问道:"御弟,邹太师说你军队中有个什么异人。"鲁王奏道:"臣不敢隐,果有一异人。"王问:"是谁?"鲁王道:"即前日卜商进茶到魏国盗得的孙膑。"齐王吃惊道:"就是孙膑!他一向在哪里?"鲁王道:"一向寄迹在臣府内。他因身无寸箭之功,不敢驰见我王。前者认靴鱼跳出水柜,便是孙膑之神通,遁甲之奇妙。今日因端阳比射之期,臣带他进演武场来观光我国。"

齐王大喜,即令宣来。孙膑忙到驾前,礼毕高呼。齐王道:"孙先生,寡人久仰大名,如渴思水。前番既到我国,为何不来相会?"孙膑道:"臣非不来见驾,奈无寸功,自觉惭愧。"齐王道:"说哪里话!高人奇士,非寻寸节之功①论者以得寡人,今日欲授先生一职,奈此间非纳贤礼士之所,明日进朝,寡人当有重用。"孙膑谢恩,齐王回驾。

次早,齐王设朝,孙膑进见,正待封官,黄门启奏道:"九曜山霹雳洞野龙袁达,差人借粮二百石,朝前候旨。"齐王道:"我国中连年荒歉,粮草自且不敷,哪有得借人!打发他往别邦去借。"黄门领旨,打发来人去讫。齐王坐宝殿上道:"袁达那厮,乃亡命之草寇,凶猛异常,七国之中,莫不闻风畏惧,大邦赠金,小邦让位,每每得志。我今日没粮借他,决萌歹意,必要兴兵作乱,怎生是好?"邹忌上前奏道:"臣启我王,今日欲授孙膑的官职,又恐他未立奇功,因辞不受。何不着孙膑到九曜山剿捕了袁达回来,那时授以高官显爵,两下心悦。"齐王见奏,即着孙膑领兵往九曜山收剿野龙袁达。孙膑奏道:"臣愿与鲁王殿下同领兵去。"齐王道:"既然如此,再着须文龙、须文虎挂先锋印,一同前去收捕。"

孙膑领旨出朝,与鲁王、须文龙、须文虎齐下教场,点兵一万,即日启程,径往九曜山进发。行了多时,哨马来报,说前面蛇盘山有两个大王挡路,不能前进。孙膑令须文龙、须文虎上前剿捕。二将得令,来到山前,那两个大王各执蛇矛,上前问道:"二将何名?"须文龙、须文虎道:"吾乃齐王御弟鲁王麾下,孙膑先生差来前部先锋须文龙、须文虎。"大王道:"既是孙师父差来,二位不须交战,我二人情愿受降。"须文龙兄弟遂带了两个大王到营门首。旗牌报入中军,鲁王令见。大王入军中,见鲁王倒身十

---

① 寸节之功——形容极短、极小的功劳。

二拜，转身见孙膑深深八拜。孙膑看了道："我道是谁？原来就是二位。"鲁王道："先生与他有会？"孙膑道："他两人原非草寇，是魏王驾前指挥，一名吴獬，一名马升，因魏王听信庞涓，被打了五十御棍，削除官职，以此在蛇盘山落草为王。前者，臣往此山经过，承他二人一面之识，即欲同臣投齐，改邪归正，蓄意已久，今日既来归顺，即当收用。"鲁王道："着他做什么好？"孙膑道："且将须氏兄弟权作左、右监军，暂与吴獬、马升挂先锋印。"鲁王依言，遂着须氏兄弟为左、右监军，吴獬、马升为先锋，领兵往前进发。

到了九曜山，择平阳之地安营寨。孙膑令吴獬、马升领着一支人马，先往九曜山前骂阵交战，许败不许胜。二将得令，领兵前去。孙膑又令须家二将，执着聚神旗，在营前观阵。但见吴獬、马升拨马跑回，可将聚神旗摇展三次，我好营中作法。须文龙、须文虎得令，领了聚神旗而去。

且说吴獬、马升领兵到九曜山前，击鼓鸣锣，当前溺战。其日，袁达在霹雳洞中，因齐王不允借粮，正欲兴兵搅乱，忽见喽啰来报说："齐国兴兵征剿，有先锋带领人马山前讨战。"袁达笑道："我不曾起兵去骚扰他，他反先要来征剿？"遂令头领独孤陈、李牧镇守山寨，"待我亲自出阵，杀他片甲不回。"即时披挂齐整，执了巨斧，跃马下山，奔至阵前，大喝道："何处无名小卒，辄敢领兵到我山前吆喝，上门送命！"吴獬、马升道："吾乃齐国鲁王麾下，孙膑军师差来的前部先锋吴獬、马升。"袁达道："你是齐王差你来送粮，还是叫你来纳命？"吴獬、马升骂道："你这逆天强贼！朝廷的粮草就肯轻易与你？也罢，你与我交锋二合，胜得我，借粮与你，胜不得，叫你命染黄沙。"袁达大怒，把斧砍来，二将举枪迎敌。战了三十余合，二将拨马败阵而走。袁达纵马追赶。营门前须文龙、须文虎见二将跑，就把聚神旗连展三次。孙膑在营中瞧见旗动，手捏驱神诀，口念六甲灵文，叫声："齐来！"霎时乾坤黑暗，天地昏迷，吓得袁达魂不附体，东望西瞧，认不得路，骑马尽力加鞭，望前飞走，奔入林中，被绊马索绊住马足，连人连马一齐翻倒。齐兵拥前，把袁达拿住，用绳缚了，解入中军帐来。孙膑问道："袁达，你今日被擒，若肯归降，免汝一死。"袁达道："你用邪术擒人，不为稀罕，永世不降。你若有本事，阵上擒得我，方肯归顺。"孙膑道："你要我真本事拿你，这有何难？"吩咐军士解去其缚，还他鞍马，放他出去。袁达得放出营，上马加鞭，逃往山上去了。鲁王问道："先生，袁达既被擒拿,即当令其速死,与七国除害,何故反放他去?"孙膑道:"不妨。一人心若不服,纵拿他来亦无用处了。他心服,自然归顺。"

说那袁达逃奔上山,李牧、独孤陈出来接道:"哥哥回来了,齐兵杀败了么?"袁达道:"好厉害!"就把孙膑作法、被擒、放出情由,说了一遍。李牧、独孤陈道:"这是哥哥威名闻于七国,以此不敢难为你,若是别人,此时已作无头之鬼了。"袁达道:"想他兵骄之际,定不着意提防。今晚二更天气,我们点起大小喽啰,悄悄去劫他的营,就杀得他片甲不留。"两人齐说:"好计!"遂点起精锐喽啰二千,等到二更依计行事。

说那孙膑在中军帐内传令,着三军向中军门首挖个土坑,五丈深,十丈阔,上面将松枝乱草遮盖停当。黄昏,各营不许明灯亮烛、提铃巡更,只许中哨内点着灯火。兵马四下埋伏,提防贼人劫寨。众军一一遵令。

到二更时分,袁达领一千喽啰在前,李牧、独孤陈领一千喽啰在后,悄悄行到齐营。见中营内点着明灯亮火,袁达当先,大喊杀入,忽听得人马齐声叫苦,通跌下坑去。李牧、独孤陈后队人马,见前队通跌下坑,掉转马头就走。齐兵也不迫赶,四下拥来,高叫活埋了袁达。袁达土坑内叫道:"不要把人性命断送! 你快快快快放我起来,还有话说。"众军把挠钩放下坑去,将袁达搭起来,捆缚停当,解到中军。孙膑问道:"你两次彼擒,可归顺免死。"袁达道:"有言在先,用真本事阵上拿得我,方才归顺。如今被擒,是我自来送死,不足为能。"孙膑道:"也罢。我今再放你去,也不用阵上拿你,必要半空中拿你,才显我神通。"孙膑叫军士再放他去。众军又将袁达去了捆,放出营门。袁达得放,奔回山去,又点选喽啰来战。未知袁达怎生被擒,且听下回分解。

第 十 二 回

九曜山野龙纳款　丞相府太尉退婚

却说孙膑再放了袁达，到了次日，仍令吴獬、马升到九曜山前搦战，许败不许胜，仍着须家二将，执聚神旗营前观战。吴獬、马升领兵到山前，恰好袁达带领喽啰刚下山来，两家不分皂白，勒马就杀。战了十数合，二将佯败，拨马就走，袁达纵马急赶。须家二将营前瞧见，把聚神旗连展三次。孙膑在营中见神旗展动，忙喷一口法水，念动真言。须臾，云雾迷漫，太阳昏蔽，认不出东西南北，只见前面一座高山。袁达心忙，策马上山，四下一望，只有上山的路，没有下山的路。正在惊慌之际，忽听得有伐木之声，遂望着樵夫高声大叫道："樵哥！快来救我，指引我路数。"樵夫远远问道："你是什么人？"袁达道："我是九曜山霹雳洞野龙袁达。"樵夫大笑道："你是个猛虎，平日伤害人多，今日天叫陷落深阱，不来救你。"袁达恼躁，暗想：不救便罢，怎么骂我！我且忍气，骗他救我，我慢慢理论，又叫道："大哥！这座山我不曾到，不知前面有无路？你对我说，救我下去，从重谢你。"樵夫道："你在那边山凹，我在这边山岗，树木丛密，不便来救你。"袁达道："我从背后黑洞洞下去怎么样？"樵夫道："待我言了。"遂言道：

> 樵夫告大王，听我从头诉。
>
> 行过五七里，方才有退路。
>
> 两手要扳牢，一心莫惊怖。
>
> 若还撒了手，命归黄泉路。
>
> 上能入山巅，下有蛟龙聚。
>
> 过得蛟龙洞，有个毒蛇窝。
>
> 几条白花蛇，盘回十里数。
>
> 行过毒蛇处，有个虎狼处。
>
> 远望似城门，近观生黑雾。
>
> 左转八十回，右转九十步。
>
> 一簇女裙钗，生得真娇妩。

有一老妖精，挡路多驰骛①。

你若被羁留，永世身耽误。

几个通臂猴，开张杂货铺。

可去问一声，便有下山路。

袁达听了，把舌头一吐道："樵哥，不要哄我，怎有这许多惊恐？望樵哥救我一救。"樵夫道："要救你不难，要你依一件事才可救。"袁达道："你肯救我，莫说一件，十件也依你。"樵夫道："我有个筐儿放下来救你。你把盔甲卸下了，放在筐里，等我先扯过来，再放筐来救你。"袁达道："一番生活两番做，总扯过去罢。"樵夫道："盔甲连人筐儿重，不好扯，倘然断了掉将下去，只好棒做肉饼。"袁达道："说得有理。你把筐儿放下来，扯了盔甲再处。"樵夫往山头放下个筐儿，袁达卸了盔甲，放在筐里，叫道："扯去！"樵夫把筐扯去，取出盔甲，又放下来。袁达就坐在筐里。樵夫道："合着眼，我好扯。"袁达两眼紧闭，耳边听得呼呼的风响，直扯上半空。樵夫道："你身子重，我气力用尽了。我不免放你在树梢上，等我回家吃了饭再来扯你。"袁达道："樵哥，你说得好自在，不管人死活。你挂我在树梢上，回去吃饭，倘绳子断了怎么处？"樵夫道："好罢，我不去吃饭，扯你过来。只你身边树上有九个桃子，你开眼拣熟的摘两个与我，我就扯你过来。"袁达道："使得。"开眼一看，不见高山峻岭，也无密树丛林，高高地挂在旗杆上。只见孙膑青袍皂盖，站在平地上，问道："袁达，你如今被我在半空中拿了，可晓我真本事么？"袁达道："师父，你的神通我已尽知，放我下来，情愿受降。"孙膑道："依旧合着眼。"袁达把眼紧闭，孙膑喝声："退！"须臾，旗杆又不见了，坐在一块平地上。袁达喝彩道："师父真好本事！如今我愿降了。请问师父，适才高山、密树、旗杆通哪里去了？"孙膑道："这道是八门遁法，顷刻之间，要到就到，要退就退。"袁达近前，倒身就拜，随入中军，参见鲁王。孙膑道："臣放袁达三次，使其心中悦服。况他是天下第一员虎将，七国之中谁不闻风畏惧。如今将他收在齐邦，何愁七国不来进贡？"鲁王大喜，不在话下。

不说袁达受降。那些喽啰飞奔上山，报与李牧、独孤陈知道，二人闻知大恼道："他投齐国，不知真假，我们只下山讨袁达回来便了。"两人登

---

① 驰骛（wù）——奔走，趋赴之意。典出《离骚》："急驰骛以追逐兮。"

时结束,带了合寨喽啰共三四千人一齐下山,到齐营门首,喊声震地,来讨袁达。旗牌报入中军,孙膑令吴獬、马升领兵出阵,许败不许胜。二将得令,即时出营对阵,不通姓名就杀起来。两家战了三四大合,吴獬、马升拨马跑回。李牧、独孤陈拼命追赶。孙膑念动六甲灵文,霎时天昏地暗。李牧、独孤陈心慌意乱,回身欲走,扑通一声响,两人连人连马都掉下深潭里。孙膑高叫道:"众军齐来,多搬土石,撒下潭去,活埋他两个罢。"李牧、独孤陈在内大叫道:"只求孙师父饶命,我二人情愿受降。"孙膑道:"既愿降,闭了眼,救你出潭。"二人一齐合眼,孙膑喝声"退"! 二人开眼看,无有深潭,乃是一划平地。李牧、独孤陈拜道:"孙师父真神人也,我等愿降。"孙膑便带他二人进营拜见鲁王。鲁王大喜,传令将霹雳洞中粮草搬入齐营,吩咐三军拔寨,奏凯回朝。

旬日之间,兵马回至临淄城,鲁王同孙膑入朝见驾,就把收降众将之事启奏一遍。齐王大喜,赐孙膑黄金千镒、罗锦百端,官封齐国司马、调兵军师、天下大元帅、南平郡王,盖造南平府,又赐宝剑一口,便宜行事。袁达封镇国将军,李牧封左监军,独孤陈封右监军,吴獬、马升为前部先锋。赐鲁王、须文龙、须文虎黄金、蜀锦。各各叩首谢恩。齐王着鲁王领众将陪孙膑城中荣游三日。

鲁王领旨,同众将出朝上马,陪孙膑游街。正行之间,只见前面一座高大宅院,孙膑问鲁王道:"前面宅院是哪一家?"鲁王道:"是右丞相苏代家,其家老夫人周氏大有贤德,待先生游玩三日后,我与先生同去一谒。"过了三日,鲁王同孙膑入朝谢恩。事毕,遂同孙膑出朝到苏府拜访。

其日,苏代不在府中,老夫人闻鲁王到,出门迎接。上堂礼毕,夫人问鲁王道:"此位大人是谁?"鲁王道:"是云梦山鬼谷仙师徒弟,姓孙名膑,近来收服袁达,得胜回朝,官封大元帅、南平郡王,特来造府拜谒。"老夫人道:"原来就是孙先生。小儿时常谈及,不意今日获瞻奇表。但今日小儿在朝未回,有失远接,获罪不小。"孙膑欠身道:"不敢。"鲁王道:"向闻老夫人有位令爱小姐尚未配人,故今特来拜谒老夫人,特为小姐作伐。"老夫人道:"殿下说哪一家?"鲁王道:"就是南平王孙先生少一位诰命夫人,欲求令爱联姻,万望夫人允诺,明日吉辰,就来纳聘。"夫人道:"小女粗容陋质,既蒙郡王不弃,敢不从命。"鲁王与孙膑起身告别。来日,鲁王备聘礼送入苏府。老夫人与苏代并无推辞,遂许联姻。

　　且说太师邹忌，次子邹谏尚未婚娶，一日，来见太尉吴英，倩其作伐，要他到苏老夫人处求亲。吴太尉道："我闻得人说，苏家小姐鲁王为媒，已许与南平郡王孙先生了，不知虚实。明日必须带了聘礼去见苏丞相，倘若讹传，就有活变之法。"邹太师就备聘礼、宝剑、锦缎、盘盒，令吴英送到苏府。其日，老夫人与苏代正在堂上，只见吴太尉送礼人来，说道："启上老夫人，邹太师第二国舅未曾婚配，闻知令爱小姐贤淑，特令某为媒，送聘礼到府，望夫人与丞相允诺。"老夫人变色道："大人，此事不该，昨日鲁王亲来作伐①，已纳聘礼，小女许与南平郡王孙军师为夫人了，望大人以礼送还太师。"吴英见夫人不允，转身对苏代道："还求大人在老夫人面前撺掇②一二。"苏代道："婚姻大事，岂有变更之理。大人心欲强求，大非正理。"吴英沉吟半晌道："既如此，聘礼且放在此，待某到南平府求孙先生一计，好去回复太师。"苏代道："这个使得。"

　　吴英将聘礼留下，打发邹府从人回去，遂奔到南平府。门上通报郡王，孙膑出来迎接，恰好鲁王也在里面。太尉上堂礼毕，依次而坐。鲁王问道："太尉匆匆而来，有什么话说？"吴英道："臣今日因邹太师备下聘礼，着臣作伐，到苏丞相府中求苏小姐亲事。不料苏老夫人说，前日殿下为媒；收了郡王的聘礼了。事在两难，教我又不好去回复太师，特来求郡王一个妙计，解问聘礼。"孙膑道："没甚计策，任他强娶了罢。"鲁王道："邹忌不过是太师，又非国王，纵然恃势，也强不得人家亲事。"吴英道："正是此说，所以要求郡王一计。"孙膑见太尉再三求计，只得附耳低言道：如此如此。吴英大喜，辞别鲁王、孙膑，又到苏府见了老夫人与苏代，将孙膑设下的计悄悄说知，老夫人与苏代欢天喜地。吴英遂起身回复邹太师，说苏老夫人应允，受下聘礼，待选吉日就可完姻。邹忌听了大喜，设宴款待吴英，着送肥羊、酒仪银百两。吴英落得收去。

　　过了两月。一日，吴英来到太师府中，对邹忌道："太师，弟有一言奉启。自从二国舅定下苏小姐之后，不知二国舅无缘，不知苏小姐没福，到今染成一病，不思茶饭，神思恍惚，迎医问卜，都说难痊，看来少吉多凶。苏老夫人多多拜上太师，说'活是太师府中人，死是太师府中鬼'，欲送小

---

　　① 作伐——为人作媒，也称伐柯。典出《诗经》："伐柯如何？匪斧不克；取妻如何？匪媒不得。"

　　② 撺掇（cuān duō）——劝诱。

姐到府与二国舅成了亲,慢慢调养,倘是姻缘,病好也未可知。"邹忌道:"既然苏小姐患病,苏老夫人亦该早些来说,我也好请医生看治,怎到今日病体将危,要送来与我儿成亲? 此事决难从命。"邹谏在旁说道:"有了许多的聘礼,怕娶不得个康健人,要那病鬼何用,及早退了亲罢。"吴英道:"苏老夫人性如烈火,巴不得打发小姐出门,怎好去说退亲的话?"邹太师道:"不但小儿说要退亲,我的意思实也要退亲。"吴英道:"既是立意要退,我去求苏老夫人,看他怎么说?"邹太师道:"烦太尉去走一遭。只要苏老夫人肯退,还聘礼也可,不还聘礼也可。"吴英道:"老夫人若允退,他是有体面人家,决不肯勒一些聘礼。太师放心,可着几个管家,随我到苏府,等我设个计去退他。"

当时,邹太师竟着十数个家童,准备包袱短杠,随吴太尉来到苏府。老夫人问道:"大人曾到太师府中谈及小女的病势么?"吴英道:"才去说来。太师闻小姐有恙,说是小姐没福,带病做亲,决难从命,只求老夫人退了亲罢。"老夫人闻言大恼,把邹太师说了几句,转进后堂,取出那些聘礼,掼在地下,口中骂道:"老杀才①! 倚官倚势,妄自尊大。定亲也由你,退亲也由你,将我女儿弄得不上不下,怎么好!"吴英劝慰了一番,遂叫邹府家童抬起聘礼拿回去。众人扛的扛,捧的捧,往外就走。吴英回见邹忌,备细回复,聘礼一些不动。邹忌大喜,排酒酬谢不提。

却说邹府退亲过有两月,孙膑择了吉日,娶苏小姐成亲。鲁王入朝奏道:"南平王孙膑今晚娶苏代之妹成亲,系臣主婚,特来奏上。"齐王大悦,即着近侍取锦缎、金花、御酒,抬到南平王府中庆贺。不料邹忌在朝,听得此事,怒发冲冠,朝罢回府,越加恼怒。大国舅邹纲问道:"爹爹今日为何不乐?"邹忌道:"我作了当朝太师,被人骗哄。"邹纲道:"哪个敢骗哄爹爹?"邹忌道:"孙膑诡计多端,与吴英串通一路,退了我府中亲事。原来鲁王主婚,今晚孙膑娶苏代之妹成亲。"邹纲道:"苏小姐有病,孙膑为何娶她?"邹忌道:"正是他说得前日吴英来说有病,我一时欠主意,把她退婚,想起来,通是做成圈套来骗我。"邹纲道:"不难。我兄弟二人,今晚带百余军士,各执短棍,埋伏三岔路口,等小姐抬来,一齐上前,连人连轿抢了回府,可不是好!"邹忌道:"好计!"即点起军士预备抢亲。未知抢得来否,且听下回分解。

----

① 老杀才——言其不良可杀。

第 十 三 回

假新人华堂变脸　真小姐帅府联姻

　　且说孙膑在府中暗思：今晚娶亲未知有阻碍否？遂屈指寻文，袖占一卦，对鲁王道："殿下，今晚娶不成亲。"鲁王道："为何娶不成亲？"孙膑道："适按六甲灵文，邹太师着人埋伏要路，抢夺苏小姐回去。"鲁王道："此事不可不防，先生何不预定一计，完美此亲？"孙膑道："殿下，臣有一计。"就向鲁王耳边说如此如此。鲁王道："此计甚妙，可速行之。"孙膑唤过袁达，附耳低言如此如此。袁达应声："得令！"鲁王遂带了袁达并笙箫鼓乐一行仪从，出南平府门，径到丞相府。苏老夫人迎接上堂，鲁王把邹太师埋伏多人抢亲的话细说一遍。老夫人惊讶道："殿下，这事怎好？"鲁王道："不妨，孙先生有计在此，差一人假作小姐上轿，抬到三岔路口，待他抢去，然后打发轿子迎小姐，到时成亲。"老夫人道："此计甚好。不知着哪个假装小女？"鲁王道："就是这袁达。"

　　袁达近前相见，夫人抬头一看，见他身高一丈，腰大十围，浓眉阔口，黑脸胡须。老夫人看了，对鲁王道："小女身体生得秀气，此人太粗夯了，只怕装来不像。"鲁王道："只要使得他连轿抢回去，管甚像不像！"老夫人问袁达道："你会装新人么。"袁达应答："会装。"老夫人道："做新人，坐在轿里着实要耐性，说不得话，骂不得人，出不得恭，动不得气，样样谨慎，才好去得。"袁达道："不需吩咐，自有理会。"

　　到了黄昏时候，袁达头上也没有插戴，身上也不脱换，竟坐在轿里，放下轿帘，不令一个外人知道。鲁王唤抬轿的进来，抬新人起身，两行摆得花灯绛烛，鼓乐喧阗①，打发新人轿在前，鲁王在后。迎到三岔路口，那邹府埋伏的人，见苏小姐轿来，齐呐声喊叫，各执短棍，蜂拥上前，把新人轿子团团围住，齐叫："抬到太师府去，人人重赏。"只见鲁王上前问道："这干什么人，为何要抢新人轿子！"邹纲、邹谏出头说道："殿下，这苏小姐原

---

　　①　喧阗（xuān tián）——喧为喧哗；阗为盛大，充满。

是我府定下的，如何设计说小姐病重将危，要我家退亲？既退了亲，也不该随即纳了孙先生聘礼，许其今晚成亲，显见苏宅附势趋炎，看得我家低了。"鲁王道："苏小姐既是府上纳聘在先，应得是府中的人。吩咐众人，抬到邹府去罢，"那些军士听说个"抬"，把新人的轿扛了就走。只见那军士扛得汗如雨下，腰驼背曲，上气不接下气，思这小姐重得厉害，不知多少肥大。

及抬到府中，邹纲、邹谏见太师备言前事。太师道："抢了孙膑那厮，看他怎地用计，把我家媳妇再要抬到自家里去。古云：'姻缘姻缘，事非偶然。'难道强得到手的？如今教那厮吃个乌鼻。"袁达在轿里听了，微笑道："乌鼻，乌鼻！停会几教那厮吃我袁爷的气力。"邹忌唤管家婆取些点心与小姐吃，等到吉时才好下轿。管家婆慌忙取一盘包子，约有三十余个，轻轻揭开一截轿帘，连盘递将进去，叫小姐请用点心。袁达伸出手，把一盘包子光光吃了下肚。管家婆取出盘来，见盘内不剩一个，吃惊道："这新人食肠大，怎地把一盘包子通吃光了！"

少顷，邹太师叫阴阳官拣个好时辰，请新人下轿。阴阳官道："待牛羊出圈，新人便好下轿。"牛羊出圈，乃午未时。袁达听这句话，不解就里，怒上心头，说："这厮不会说话！什么牛羊出圈，分明把我比做畜类！"按不住火性，跳出轿来，豁剌一声响，先把轿子打得粉碎，摩拳擦掌，直打进府内。邹忌父子见轿里跳出这样个人马，想又中了孙膑之计，不免害怕，通去躲避。袁达赶进府内，撞着人，不管高低，掀翻便打。那正经主见通躲得没影，丫环、小厮落得当灾，个个打得鲜血淋身。有几个适才抢轿的军士，在府门外听得府内大喊，不知何事，忙赶进内堂一看，见新人这等模样，一齐跌倒。袁达拿住便打，打得众人逃走无踪。袁达遂往外而去。

邹忌父子见袁达去了，方敢出头。邹谏怨着邹纲道："哥！什么要紧，闯这空头祸。依我，好好退了亲罢。什么抢亲、抢亲，抢得这般野人回来，打得一家人半死半活。他的计比你的计好得多哩！"邹纲道："总是个命里不曾进得红鸾天喜，怨恨无益。"此时邹忌气得目定口呆，半晌不则声。邹纲道："爹爹气他怎地！明日进朝，奏上朝廷，那时可消口气。"遂扶太师入内安寝不提。

却说孙膑，其日请白起夫人、孟尝君夫人、卜商夫人到苏府迎亲。苏老夫人出来迎接诸位夫人，见毕，就吩咐排筵款待，又请几位至亲女眷，侍

小姐梳妆插戴,打扮整齐。多年母女,此时此际,不免得两下分手。诗曰:

> 母子两情浓,相离片刻中。

> 不堪回首处,吩咐与东风。

苏小姐将次上轿,诸位夫人告别起身。两行灯烛荧煌,一派管弦嘹亮。新人到了南平府,将近子时,苏小姐下轿,众文武偷眼照看,果然好一位标致人物,十分整齐。

两人正拈香参拜,忽听有人叫进府来道:"我来吃喜酒哩!"众文武看时,却是袁达。袁达看见新人参拜,就不作声。鲁王唤他去问道:"你在太师府中,怎得脱身回来?"袁达把前事细说一遍,鲁王道:"牛羊出圈乃午未时,为何错认作畜类。况他也是王亲国戚,你不该使性气跑入内堂,打坏许多人。明日朝廷得知,像甚体面?"两人问答之间,新郎、新妇拜堂已毕,入洞房,饮合卺①。众文武在外厅共饮喜酒,到了东方发白,遂起身入朝。

当时齐王升殿,邹忌出班奏道:"启上我王,臣夜来遭无妄之冤。"王问:"遭甚大事?"邹忌道:"臣有次子邹谏,未曾婚娶,前日太尉吴英作伐,将聘礼定苏代之妹为婚。不期南平王孙膑,暗设阴谋,退了我家亲事,自往纳聘与她。昨日闻得孙膑娶亲,臣心激怒,埋伏军士三岔路口,欲抢苏小姐回去。讵意漏泄风声,孙膑竟令袁达假装小姐,坐在轿中。众人不辨真假,抬了回家,反被袁达逞凶,把一门大小老幼尽皆打伤,脱身逃去。望我王为臣伸冤。"

齐王宣鲁王来,问这事怎生样起?鲁王道:"邹忌定亲与不定亲,臣不知道。南平王孙先生,因闻苏小姐未曾有亲事,才敢纳聘,昨日娶亲。孙先生阴阳有准,未卜先知,晓得邹忌要埋伏多人在路抢夺,故令袁达假装苏小姐,等他抢回。若不头先换过,苏小姐必致被太师抢去。孙先生亲事可不断绝了?"齐王道:"两家纳聘,是谁在先?"鲁王道:"论纳聘在先,还是孙先生。"齐王道:"既是孙先生在先,自该孙先生娶去。邹忌妄行抢夺,于理不顺,姑念国戚,免提。袁达不该鲁莽,打伤邹府多人,罚俸三月。"当下朝散。

却说邹忌回府大怒,只是恨孙膑不过,即唤大国舅邹纲出来,吩咐道:

---

① 合卺(jǐn)——卺,结婚时用的酒器。合卺为旧时夫妇成婚时的一种仪式。

"我如今预备黄金五百两、锦帛一百端、八卦冠一顶、白玉带一条，打发你往魏邦，悄悄送与驸马庞涓，可对他说：'前日我齐国卜商来进茶，盗了孙膑回齐国，擒九曜山强盗袁达有功，朝廷封他为调兵军师、大元帅、南平郡王。孙膑倚恃功高望重，侵夺众臣之权，把满朝臣子百般轻视。我父亲心甚不服，好生着恼。特着我来相约驸马，及早领兵到齐，里应外合，擒拿孙膑，奉献台前，与齐国君臣除害。'"

邹纲听了父亲话，遂备礼物，即日离府，旬日间，已到官梁城，来到庞驸马门首，将那些礼物一并送进去。庞涓见帖上写着齐国邹忌名字，又送许多礼物，不知何故，遂请入府相见。礼毕坐下，庞涓问道："大人今日光降敝邑，蒙赐盛礼，有何见教？"邹纲道："某邹纲，乃齐国太师邹忌之子。今奉父命，特来报一个信息与驸马知道。"庞涓道："国舅大人所报何信？"邹纲就将父亲吩咐言语一一说了一遍。庞涓听说，呆了一会道："国舅大人，孙膑当日被卜子夏盗出东门，我即领兵出城追赶，他双脚行走不动，已死在水池内，我亲眼见来。怎么你齐邦又有个孙膑？"邹纲道："此人曾习学于鬼谷，变幻非常，那死在水池中必是假的。"庞涓道："既如此说，我又中他计了。"遂吩咐整酒款待邹纲，邹纲饮至数巡，又与庞涓说了些话，无非要他早早领兵到齐，好里应外合的话。须臾席散，邹纲作别起身，庞涓作揖称谢，收了四色礼物，竟没一件报答。

次日，庞涓进朝，奏与魏王道："臣访得当初齐国卜商来进茶，把孙膑盗去。齐王因他收袁达有功，封他调兵军师、大元帅、南平郡王之职。不料孙膑倚恃高官，欺侮大臣，甚与众文武不和。古云：'先下手为强。'为今之计，可乘其与众不和，待臣领兵先伐之，省得明日使他领兵伐魏。"魏王道："前日驸马曾赶孙膑，被你追赶紧急，投入水池内死了，今日怎又会活？"庞涓道："原来那死的不是真孙膑，是他用法做一个假的。"魏王道："既然如此，你且领五万人马，用心前去。取胜回来，寡人幸也。"庞涓辞魏王出朝，点起五万人马，即日登程。

行了数日，探马来报：不能前进，前面是赵国地方百翎关了。庞涓吩咐军士叫开门，借路行军过去，一则伐齐，二则挟制赵邦。众军士来到关前，高声大叫："开关！魏国武音君领兵伐齐，借路行军。"把关小校忙报管关太守蔺相如知道。蔺相如大惊道："这厮惫赖①，既要领兵伐齐，自有往齐道路。今从我这里经过，分明是枉言伐齐，挟制赵国，好生无理！"当有副将廉刚，系廉颇之子，近前说道："庞涓领兵伐齐，齐国有孙膑神运奇妙，必致大败而回，待他败回之时，往别路回国就罢了，若依旧要从我这里经过，那时将关门紧闭，挡他去路，不要放他便了。"蔺相如道："有理。"吩咐把关头目开关，放魏兵过去。

须臾关开，庞涓带领人马过去。前军行到三岔路，是两条大路，一条通齐邦，一条通燕邦。庞涓问哨马道："此去齐邦路近，燕邦路近？"哨马道："燕邦近。"庞涓道："既如此，吩咐人马趱入燕邦，先伐燕，后代齐。"众军得令，一齐向燕邦去。此是庞涓指齐挟赵伐燕的主意。前军行到古咸林，见前面有座庄院，庞涓传令人马扎驻："这是我冤家的所在，了当他再去。"众军一齐扎住。不知是哪个冤家？怎生"了当"？再听下回分解。

---

① 惫(bèi)赖——耍无赖。

第 十 四 回

廉刚命丧百翎关　庞涓身浸渭河水

原来古咸林地方,是孙操的住所。庞涓吩咐众军把庄院围了,庄上人役,不论男女老幼,尽皆杀死,放火烧毁庄院,趱军又进。

行到幽州城,扎下营寨,巡城官知庞涓兵到,即忙入朝,报与燕王知道。燕王大惊道:"兵临城下,其势甚危,怎生退敌?"驸马孙操,带孙龙、孙虎近前奏道:"臣父子三人愿领兵去,只乞我王修一道表章,与臣大孩儿孙龙收执。此去得胜回来,自不必说,如不得胜,就着孙龙奔到齐邦借兵救应。"燕王准奏,即修表章,付与孙龙,藏在身边。

孙操父子三人,辞别燕王出朝,领一支人马出城应战。庞涓闻报,即上马出阵。孙操大喝道:"庞涓!无故领兵侵伐吾境,是何道理?"庞涓道:"早早快纳降表,免汝一死。"孙操大怒,率孙龙、孙虎一齐杀来。庞涓举刀迎敌,大战四十余合,孙操料不能胜,与子孙虎回马飞奔入城。孙龙一骑马,径往齐国取救,庞涓得胜回营。那孙操入城,启奏燕王说:"臣领兵出城,与庞涓交战四十余合,不能取胜,已遣孙龙往齐邦取救去了,如今快把城门紧闭,调兵防守,以待救兵。"燕王准奏,就着孙操调兵防守不提。

且说孙龙不分昼夜,奔入临淄城,直至朝门下马。黄门官入朝启奏:"燕邦使臣朝见。"齐王命宣进来。孙龙行至驾前,奏道:"臣燕国驸马孙操之子孙龙。奉燕王表章,特来见驾。因魏国庞涓带领人马,指齐挟赵伐燕,兵屯幽州城外,本国将寡兵微,难以御敌。特着臣来,望我王借一支兵前去救危。"齐王览表章毕,打发孙龙到光禄寺用茶饭,遂差官宣南平王孙膑入朝。

孙膑闻召,即忙至驾前。齐王道:"孙先生,魏国庞涓领兵,指齐挟赵伐燕,屯兵幽州城下,汝兄孙龙特来借兵救应。"孙膑道:"臣兄孙龙在于何处?"齐王即宣孙龙与孙膑相会。弟兄二人多年不见,忽然相会,不胜之喜。齐王道:"孙先生,如今魏兵侵伐燕邦,怎生处置?"孙膑道:"臣想庞涓屯兵在彼，臣若领兵前去，两家人马作践幽州，伤害百姓生灵，实为不便。臣今统兵直到宜梁伐魏，料魏国无人，必取庞涓兵回。那时蹂躏魏国地方，不致伤残燕邦百姓。"齐王道："先生妙算极当，及早发兵。"孙膑遂与鲁王领袁达、李牧、独孤陈、吴獬、马升、须文龙、须文虎七员大将，辞驾出朝。孙龙先别齐王，辞孙膑，径回燕国。

孙膑与鲁王带了诸将，点起三万人马，登时往魏。行了多日，早到了宜梁城，孙膑传令驻军，营安五座，帐列五花。鲁王与孙膑坐于中军，令人马围了各门，鸣锣擂鼓，喊杀连天。各门头目飞奔入朝，奏魏王道："祸事到了！庞驸马领兵出去，只说伐齐，谁知指齐挟赵伐燕，将人马屯在燕邦，惹得齐国孙膑兴兵不计其数，把各门围住，即日攻打进城，势在燃眉，合当亟退。"魏王闻奏，大惊道："庞涓好没来头！原说领兵伐齐，怎么指齐挟赵伐燕？这事怎解？"问众文武谁敢领兵迎敌？众官一齐奏道："启上我王，那孙膑乃是鬼谷仙师徒弟，善能呼风唤雨，撒豆成兵。朝中除庞驸马，没个是他对手。为今之计，可速速差人到燕邦，宣取庞驸马统兵回来，庶几齐兵可退。"魏王听了，即着徐甲赍旨①到燕邦，宣庞涓统兵回国。

徐甲领旨，登时上马出城，被袁达举起宣花斧上前挡住，大喝道："哪里去的？"徐甲手中没甚器械，不敢与他争持，忙下马道："奉魏王命，到燕邦宣庞驸马统兵回来。"袁达道："既要取庞涓兵回，饶你性命，放你去叫他及早回来，等俺爷和他厮杀。"徐甲满口答应，逃得性命，上马趱行、星夜奔至燕国幽州城下庞涓营中，把魏王旨意开读。庞涓闻得齐国孙膑领兵围了魏城，就问徐甲道："既是我国被齐兵围了，难道朝中再无一将领兵退敌？"徐甲摇头道："那孙膑法术精奇，剪草为马，撒豆成兵，朝中文武闻说孙膑哪个不心寒胆裂！除了驸马，没个是他对手。况且众文武都说你无故招此祸，一发没人出头。"庞涓道："怎么是我招祸？"徐甲道："不是你无故领兵出来指齐挟赵伐燕，焉致齐兵伐魏？"庞涓怒道："待我回去退了齐兵，慢慢和那尸位素餐②的讲理。"传令大小三军拔营回国。那些人马，听说拔营，一齐回旧路而走。

正行之间，哨马来报：前面百翎关了。徐甲对庞涓道："百翎关是赵

---

① 赍(jī)旨——把君王的命令送给对方。

② 尸位素餐——无事而食之意。

国地方，兵马往这里回去，一则惊动了赵国生灵，二来回国路远，又耽搁日子。"庞涓道："不妨，还走原先的来路。若贪近往别路走，倒要使赵邦说被燕兵杀败，往别路逃回了。"吩咐众军："去叫开关，说我要统兵回国。"前军赶到关前，厉声高叫，守关头目报与蔺相如知道。蔺相如不快活道："这厮去打从这里过，来又打从这里过，明明欺挟我赵邦。"廉刚道："庞涓此来，必被燕兵杀败，乘其兵疲将瘁之际，不要放他过去。待我领一队人马挡住，不许过关，叫他往别路走。他若知趣走了别路便罢，将要过我百翎关，杀得他马败兵消，也见赵邦不受人挟制。"蔺相如道："此言有理。"

廉刚就点了万余精锐，披挂上马，大开关门，拥兵挡住。庞涓闻说关里杀出一支兵马，挡他归路，即传令暂且扎营在新河边道，遂自领前军杀到关口。庞涓大呼道："快快开关，让我过去！"廉刚在关上叫道："庞涓，你不要往这路走的好。若要我开关，过一个杀一个，只杀了你的狗命不足怜惜，可惜又要伤了魏国许多兵马。"气得庞涓两眼都脱出来，便叫兵士攻进关去，廉刚令人马一齐杀下，两军战了数合，廉刚力不能胜，拨马回关，被庞涓赶上，尽力一刀，把廉刚腰斩在地。其余兵卒杀损了一半，逃窜了一半。

此时天色将晚，庞涓取胜回营。徐甲道："乘今日得胜，连晚可发兵进关去。"庞涓道："有心耽搁，何在一晚，明早进关不迟。"当晚，卸甲解胄，营中大设酒筵，畅饮一回。及至酒罢，庞涓对徐甲道："连日辛苦，今晚可睡早些，明日好趋兵回国。"徐甲道："有理。"两人遂分营寝讫。

到了二更时分，只见燕国孙操父子三人，带领一支人马，人尽衔枚，马皆勒口，来到新河边，刀斩枪刺，直杀奔魏营中来。金鼓齐鸣，喊声震地。魏营军士都在梦中惊醒，人不及甲，马不及鞍，黑夜无心战斗，自相践踏，死者不计其数。庞涓只闻得兵马劫营，也不知何处的兵马，带着瞌睡，唤起徐甲，带些小军，掣刀上马，一道烟便往前逃窜。孙操父子把庞涓人马三分之中足杀散二分，天色未明，收拾人马回燕国去。次日清晨，庞涓聚集败残人马，探马来报，才晓得是孙操父子领兵劫营。庞涓顿足捶胸，心下思忖道："怎么被孙操那厮杀坏了大半人马，有何面目去见魏王？"就令人马且屯在新河边，消停几日再去。是日，坐在营中纳闷，忽听得操琴之声远远而来，聆其音，甚是悠扬清逸。但觉：

巫山夜雨弦中起，湘水秋波指下生。

　　　　白璧黄金虽有价，高山流水少知音。

庞涓听了一会，就令军士去探听是哪里操琴。军士去了不多时，走来回复道：“弹琴的是新河里一位先生。那先生青袍皂盖，羽扇纶巾、自驾一叶小舟，舟内放了一张条桌，桌上摆一炷香、一张琴、一卷书，从上流放下来了。”庞涓闻说，即忙出营，行到新河边观看。须臾，舟到岸边，先生把舟系了，取了那卷书，走上岸来。庞涓近前施礼，就邀先生入中军帐内坐下。庞涓问道：“先生尊姓大名，从哪里来？”先生道：“贫道姓肖，名古达，向从云梦山鬼谷仙师学道。敢问足下高姓尊名？”庞涓道：“我姓庞名涓，也是鬼谷仙师徒弟，一向在云梦山不曾与先生相会。”肖古达道：“我学道在前，你学道在后，如何能够会着？”庞涓道：“既然如此，先生是师兄，我是师弟了。请问师兄带的是什么书？”肖古达道：“这一卷是《七箭定喉书》，恐其遗失，所以带在身边。”庞涓道：“有什么用处？”肖古达道：“内中是魇镇毒法，非寻常用得的。”庞涓道：“敢问师兄借瞧一瞧。”肖古达就把书递与庞涓。庞涓展开看了一遍，暗暗欢喜，想：“这书日后亦有用处，不要还他。”把书藏入袖内，又说些闲话。

　　古达告别，庞涓送到河边。古达暗想，这人好贪便宜，才得一刻之交，就把我《七箭定喉书》藏在袖中去，不说起还我，待我问他讨看，遂开口道：“大人，多劳相送。适把那卷书藏在袖中，如今可把还我。”庞涓道：“暂留在此，借我细看一看，另日奉还。”肖古达道：“说得好笑。从此一别，不知几时可会？你又不知我的去路，何处送书还我？”庞涓道：“也罢，你另日到我魏国，我就奉还。”古达道：“人说你雕心鹰爪，最多狡猾，话不虚传，我的书怎么就不肯还我？今舍与你罢从此以后不与你这歹人往来！”庞涓听骂个“雕心雁爪”，心下大恼，伸出手去要执古达，要往新河里掼去。原来肖古达身材虽小，甚有本事，将身一躲，反把庞涓领后紧紧抓住，把他捺在新河里。捺一会，又放起来，放起来，又捺下去，只有两个时辰，把庞涓淹得七死八活，撇在地上，肖古达遂乘舟而去。

　　庞涓披头散发，上下衣服浸得透湿，好似落汤鸡一样，打点走到舟里捉那古达，连那小舟通没影了，只得走回营来。徐甲道：“驸马浸坏了，肚里有水，快设法吐一吐。”庞涓坐在椅上，着军士把肚皮着实搓挪了一番，不多时，吐出两盆河水。徐甲道：“那书可曾还他去？”庞涓道：“为这本书险些送了性命，怎肯还他？”忙向袖中取出来，已结成一饼，莫想揭动一页,随即趁日色晒干了,遂拔营回朝。

　　却说鲁王、孙膑围住魏城不止一日,忽闻庞涓回来,遂仗剑在手,口诵灵文,望空喝:"退!"倏忽之间,四围兵马一个也不见。庞涓到宜梁城不见个兵卒,问徐甲道:"你说孙膑带领人马攻城,怎么一个也不见?"徐甲目定口呆,没得回答。庞涓笑道:"是了。他必是闻我统兵回来,恐被我杀败,不得取胜,随即收拾兵马逃回去了。"遂进宜染城,朝见魏王。魏王问道:"庞涓,你前日领兵伐齐,怎么指齐挟赵伐燕,致齐兵围城攻持多日,怎生退他?"庞涓道:"孙膑人马闻我回来,俱退多时了。"魏王道:"昨日还在此攻城,怎说退了多时?"庞涓道:"臣与徐甲回来,各门察探,莫说齐兵,连箭羽毛也不见一根,有甚齐兵在此攻城?"停了一会,只见各门来报:"齐兵四下攻城甚急,比前越发厉害。"魏王道:"你说没有齐兵攻城,怎么又有兵来? 快去退了齐兵便罢,如退不得齐兵,斩首号令。"庞涓道:"我王息怒,待臣定一个假途灭虢①之计,立刻可退齐兵。"遂出朝回府。究竟不知用什么计? 怎生退得齐兵? 再听下回分解。

---

　　①　假途灭虢(guó)——春秋时,晋国假道于虞以灭虢。虞、虢,都是周时的诸
　　　　侯国。

第 十 五 回

赚齐师马安屈死　擒韩后袁达回营

却说庞涓回府，唤过家将马安，对他说道："马安，我看你平日做事仔细，我今要差你到一个所在，你肯去么？"马安道："养军千日，用在一朝，怎地不去？"庞涓道："先赏你一瓯酒吃，作上马杯。"叫家童取酒与他。这马安平日最好吃酒，连忙接过就饮，一瓯一气而下，正要饮第二瓯，一跤跌翻在地，只见七孔流血，登时"呜呼尚飨"了。你道这酒如何这样厉害？原来不是好酒，是个药酒。庞涓药死马安，因马安与庞涓面貌相似，没奈何要成假途灭虢之计，故把他药死。随即取了首级，着家将何茂才用枪头挑了，吩咐如此如此。

茂才领命，把枪头挑着马安首级，上城高叫道："齐国军士听着！我魏王本不准领兵伐齐，他不遵王命，指齐挟赵伐燕，魏王大怒，取回庞涓，斩首在此，请鲁王与孙先生出来奉献首级。"齐国军士忙报于中军。鲁王跟孙膑闻报，即上马来到城下，问："什么人？"城上何茂才道："庞涓不遵王命，领兵指齐挟赵代燕，魏王特斩首级奉献在此。"孙膑冷笑道："我与庞涓有刖足之仇，没有追命之仇，早知魏王要斩庞涓，何不绑出来，只刖了双足便罢了，何必定取其首。既如此，吩咐打起回军旗号。"何茂才见了，回复庞涓道："齐兵已打回军旗号去了。"庞涓大喜，即入朝见魏王奏道："臣用假途灭虢之计，哄孙膑退去。料孙膑此去无甚防备，臣今领一支兵，连夜起兵劫取营寨，务要取胜回朝。"魏王准奏。庞涓即带一支人马，随后追赶。

且说孙膑回兵，行了一日，扎下营寨。知庞涓有家将马安与庞涓面貌一样，被他害死，取其首级，哄我们退兵。他连夜必领兵来劫我营寨。遂吩咐众将扎下空营，各各领兵，四面埋伏，待庞涓劫营之时，听号炮一响，伏兵四起，一齐杀至。众将各各遵令而行。到了二更时分，庞涓领兵追到，一齐大喊，杀进齐营，不见一个人马。庞涓已知中计，急令退兵。忽一声炮响，齐国伏兵四起，杀得那魏国人马无心抵敌，只顾乱逃，被齐国兵将杀得罄尽,单单走了一个庞涓。

庞涓逃回宜梁,进朝见魏王奏道:"臣该万死! 臣领兵去劫齐营,不知是谁走漏消息,反中了孙膑之计,并折了一支人马。"魏王大怒道:"你干的好事! 一味胡言乱语,逞勇夸强。若不看公主面上,把你碎尸万块。"庞涓叩首道:"臣该万死。望我王赦宥。"

忽各门又报入朝道:"齐国兵马复来攻城:势甚逼促。"魏王又着一惊,众文武上前奏道:"齐兵乍去复来,其机莫测,但本国兵微将寡,实难抵敌。臣等想借别邦人马,庶几可退齐兵。"魏王依奏,即修书二封。一封着徐甲带到秦国借兵,一封着侯婴带到韩国借兵。二臣领旨出城,被齐将挡住,大喝道:"那厮何处去?"二臣道:"某奉王命,差往秦国、韩国借兵。"齐将道:"本待杀你,只说我怯你借兵,放你快去,速去,速去!"二臣遂分路而行。

且说徐甲到秦国,其日秦王升殿,黄门启奏:"魏国使臣候旨见驾。"秦王令宣进来。徐甲入朝,高呼礼拜。秦王问道:"魏国使臣到此何干?"徐甲道:"魏臣徐甲,奉主命赍书献上。今因齐兵攻伐魏城,危在旦夕。本国将寡兵微,不能御敌,望大王开恩,遣兵救魏破齐。"秦王取书开看,欣然允诺,着近臣送徐甲光禄寺茶饭,遂命武安君白起领兵救魏。

白起领旨出朝,正点人马,恰好徐甲也入朝辞谢,遂同白起带了一万精锐,望魏进发,不分晓夜,赴到宜梁城下。原来孙膑早已知道白起兵来,用遁甲之法,把齐兵先通遁了,不露一些踪影。白起来到城下,不见齐兵,差哨马四围打探,绝无影子,遂问徐甲道:"齐兵并没一个,又不见屯在何处,恁般孟浪,来问我王借兵。"徐甲道:"大人说哪里话。逐日喊声连天,攻城搦战,因本邦缺少人马出敌,故到你秦邦求援,怎说没有齐兵,孟浪来借?"二人遂进城,把兵马屯在演武场。

白起入朝,参见魏王道:"臣秦国武安君白起,因大王遣使入秦借兵,寡君差臣领兵前来助魏破齐。适到城下,不见一个齐兵,不知大王借兵何用?"魏王道:"今日齐兵早间还在此攻城,怎说没有? 这必是孙膑用甚妖术遮掩过了,所以将军不见有齐兵。今请将军到金亭馆驿暂停战马,待再报来,借重分兵一退。"遂令设宴在驿中,遣徐甲陪宴。自此,白起在驿中半个多月,凡军马费用,俱是魏王供给,礼意甚厚,指望留他退了齐兵。谁料齐兵绝不发动,白起甚不过意,来辞魏王,领兵回国。魏王道:"空劳将军跋涉一番,怎么处?"即命近侍取绫锦缎帛、路费釜银,犒劳武安君回秦。

白起辞别出朝,趱出西门,统兵行了五十里,只见齐兵仍复鸣锣擂鼓,喊杀攻城。各门头目又飞报魏王,魏王急差徐甲追赶白起回兵。徐甲领命,上马登程,看看赶近,高声大叫道:"武安君大人,请再领兵转来,齐兵又攻城了。"白起闻说,引兵复回宜梁,及至城下,齐兵又都不见。白起道:"徐大人,你说齐兵又来攻城。我今领兵转来,齐兵又没一个,怎么说?"徐甲无言可答。二人复入城见魏王。白起道:"臣兵马已回多路,见徐先生追赶,说齐兵又来攻城,人到城下,又不见一骑,何也?"魏王笑道:"不是哄将军回来,其实齐兵又攻城是真。如今屈将军在金亭馆驿再住几时,看个下落回国便了。"白起只得又在驿中住下。

此时,孙膑在营中悄悄唤过袁达、李牧、独孤陈,吩咐领一支兵,附耳低言如此如此。三将得令,领兵出营而去。

且说白起在驿中又住了一个多月,不见动静,心中好不耐烦,次早来辞魏王,必要回国。魏王见白起决意要回,便说道:"难为将军去而复来,受了许多风霜劳苦,寡人甚不过意。"遂令近侍多取金银彩缎,送武安君启程。庞涓站在驾前,自言自语道:"什么借兵!借来不曾出得一力,成得一功,倒诓了许多东西去。"白起气得心中大恼,暗想:"这厮与孙膑结下深仇。本是魏王差官到秦国借兵,怎说我诓了许多东西?罢,罢!这次就有兵杀入城,也不来救了。"遂辞魏王上马而去。

到次日,齐兵又来攻城。孙膑令军中,这次若有人马出城,不可放走。且说魏王又见各门头目来报:"齐兵又攻城了。"又差徐甲追赶白起兵回。徐甲出城,被齐将挡住,不能前进,只得入城回复魏王。魏王吩咐众将把各门紧闭,用心防守不提。

说那白起统兵回秦,行到黑峰山,听得一声锣响,闪出一个山王,领一队喽啰在前挡路,大喝道:"快留下买路钱!"白起道:"吾乃秦国武安君白起,谁不知我威名!有什么买路钱与你!"山王道:"不管官兵官将,通是要的。"白起大怒,抡刀砍来,山王举斧劈去。两个战了十余合,不分胜负,忽听得马后一声锣响,又见两个山王,领无数人马,把魏国赐白起的绫锦缎帛、金银路费,一并劫去。白起顾前不能,顾后不得,策马向一条斜路就走。山王高叫道:"白将军不要走!我不是强人,乃齐将袁达、独孤陈、李牧,奉孙军师命来说。向日蒙将军到魏请孙军师,非军师不肯投秦,因千日灾难未满,不好脱身。后遇齐国卜大夫茶车之便,彼时灾晦已满,所以乘便一同入齐,拜复将军休怪。"白起听了这话、苦笑几声,带领人马径回本国。袁达、李牧、独孤陈收集人马回返宜梁。鲁王、孙膑大喜,把夺来物件赏与有功军士,设宴庆贺。诗曰:

> 玳筵开处集群雄,击石鸣金乐甚融。
>
> 案设嘉肴食若雨,筋备美酒饮如虹。
>
> 纷纷甲士欢声涌,个个将官侠气洪。
>
> 又见传烽营外至,仁看虎将奏肤功①。

　　宴饮中间,哨马报入军中说:"今有韩昭王正宫娘娘,是魏王的亲妹,名唤魏阳公主,带领人马助魏,屯营在宜梁城北,相隔七八里之地。"孙膑闻言,就令李牧领兵迎敌。李牧得令,领兵到阵前讨战。韩国哨马入营报知娘娘。娘娘着张奢出兵接战。张奢得令,领兵出阵,通问姓名,两家放马大战。战了二十余合,张奢力怯,败阵回营。李牧大捷,鸣金收兵,回复鲁王、孙膑,陈说大捷情形。鲁王与孙膑大喜,设宴庆功。那张奢战败回营,见娘娘道:"齐将李牧甚是骁勇,臣被他杀败,戴罪回营。"娘娘大恼道:"这厮无用,失了锐气。我明日亲自出阵,获个全胜。"

　　到了次日,韩国娘娘果然亲自披挂上马,到齐营搦战。齐国哨马飞报入营,说韩国娘娘领兵营前讨战。孙膑唤袁达近前,俯耳低言如此如此。袁达得令,遂领兵出迎。两下不通姓名,放马就杀,战不数合,袁达卖个破绽,把韩娘娘擒过马,飞奔回营。孙膑闻娘娘被擒回营,忙出迎接道:"娘娘,臣不知是御驾亲征,冒犯天威,臣该万死。"遂喝袁达道:"你这村夫!擒人不审来的好歹,擒了便走,如此粗鲁,却叫娘娘受惊。"叫左右:"把这厮拿了,好正军法。"娘娘道:"先生怎归罪于他? 夺江山、争世界,正该如此尽忠,哪里顺得人情,不要难为他。"孙膑道:"娘娘今回讨饶,且饶这次。"着袁达过来请罪。

　　袁达向娘娘叩头谢罪出营。孙膑道:"请问娘娘为何亲自领兵到此?"娘娘道:"先生,我与魏王有至亲之分,因他来回我韩邦借兵,岂可坐视其急? 以此亲自领兵而来。"孙膑道:"臣与魏王原没仇怨,只与庞涓有刖足之仇。"娘娘问道:"何为刖足之仇?"孙膑就把前后之事一一启奏。

---

　　①　肤功——大功。

娘娘道："如此说，却是庞驸马立心太毒了。"孙膑道："庞涓雕心鹰爪，拨乱朝纲。魏王有眼不识，反做好人看承。臣如今要魏王把他送出来，等臣刖了他双足，臣就退兵。"娘娘道："原来先生之意为庞涓之仇未释，等我面奏魏王，替先生解冤。"孙膑道："多谢娘娘。"

　　娘娘就辞孙膑，入宜梁城朝见魏王。魏王大喜。娘娘道："闻命到我邦借兵，以此亲自领兵攻齐，不料军败，身陷齐营。孙膑闻知我是韩国正宫，十分恭敬。他诉说原与魏王无甚仇隙，只与庞涓有刖足之仇。只要我王把庞涓绑出城去，也把他刖了双足，就退兵去。"庞涓在旁见说，忙近前奏道："韩国娘娘乃我王御妹，既然身陷齐营，就当以死为顺，怎么倒为孙膑巧言乱诉，想是娘娘爱他阴阳法，稍有弃魏通齐之意。"魏王听了庞涓谗言，登时变脸，把娘娘抢白一场。娘娘香腮坠泪，心中大恼，无言抵答，即辞别出城，到齐营，把魏王听信谗言的话回复孙膑，即时领兵径回韩国。孙膑见两国救兵俱去，遂令众军攻城。魏王闻知，无计可施。忽有一官奏道："我王勿忧，臣有退齐的妙法。"不知这官是哪一个，有什么法，且听下回分解。

第 十 六 回
驾席云冯绝技　私金市邹忌谗言

话说那官不是别人，就是驸马庞涓，上前奏魏王道："我王不必烦恼，臣前者在幽州回来途中遇一先生，授臣一卷魇镇之书，不曾亲试。那书不验便罢，如果有验，定教孙膑七日就死。"魏王问道："那是什么书？"庞涓道："名为《七箭定喉书》。人生七窍而生，灾随七日而灭。设迷魂之局，依法布置，其人七日遂死。"魏王道："卿既得这异书，怎不早用？今快把他性命断送罢。"庞涓道："臣回去，今晚就试。"遂辞魏王回府，唤家将何茂才到花园里扎缚了个草人，似孙膑模样，也刖了双足，写下生年月日，藏于草人腹内，供养家庙堂边。准备一张桃木弓，七枝桃木箭，七窍下点了七盏灯，心头一盏为定心灯，面前摆下香案，明灯亮烛，设几品祭献之物。三更时分，庞涓入园展开书，依着内中法语念诵一遍，扯开桃木弓，搭上桃木箭，对着左眼上一箭，正把左眼上那盏灯吹灭了。

说那孙膑在营中，忽然大叫道："不好了！左眼着了一箭，顷刻无光，视物不明了。"鲁王大惊，问道："先生怎么遇了一前？"孙膑道："臣的死计，在世只有七日活了。"鲁王道："怎么如此厉害！先生可有法解么？"孙膑道："中了此计，再无解救之法。"鲁王不胜烦恼。诗曰：

> 运筹帷幄借双瞳，奚暇频将智虑攻？
> 默地有人施巧计，左眸自觉电光朦。
> 欲寻仙疗丹犹少，思觅神施术尚穷。
> 剩有主吟和士怨，坐虞天殒将星雄。

次早，庞涓上城观看，见齐兵攻城之势比昨懈怠一半。庞涓暗喜，遂入朝见魏王道："臣昨晚把七箭定喉书试验，将他左眼射了一箭，今日齐兵攻城果就懈怠许多，不比昨日。今晚射他的右眼，明日、后日射他两耳，渐渐射完口、鼻，第七日照心一箭，就了当他性命。"魏王大喜。

"庞涓退朝回来，三更时分，又到花园，向草人面前点起香烛，展开书，依着法咒宣诵一遍，扯开桃木弓，搭上桃木箭，对着草人右眼一箭射去，又把右眼下一盏灯吹灭了。只见孙膑在营中又大叫："不好！右眼又中了一箭。如今双瞽了，怎生是好？"诗曰：

> 乍道先生蔽左睛，尚教愁绝气难平。
>
> 如何再骋宵人志，直令全成瞽者形。
>
> 指发空增奸意毒，捉刀不觉愤心生。
>
> 行将书个求痊策，觅取良医入柳营。

鲁王见事势不好，慌张道："这事怎么处？"孙膑道："殿下，臣如今在世只有五日了。"鲁王道："这等厉害！先生可有这卷书么？"孙膑摇头道："没有。臣因此书大损阴骘，所以当初不去习学，不知鬼谷师父什么缘故，倒传与庞涓那厮。"鲁王甚不乐意。

次日，庞涓又上城观看齐兵攻城之势，只见个个心灰意懒，俱无战斗之意，随即入朝奏魏王道："臣昨晚又射伤孙膑右眼，今早上城，看齐兵各无战斗之志。再待五日，孙膑必死，我王万年洪基无虑矣。"魏王掀髯大悦道："卿宜用心行事，只要除得孙膑，从新再立起大言牌来。"君臣大喜，不在话下。

再说鲁王与众将因孙膑误中死局，无计可施，伤感不已。忽旗牌官报道："孟尝君来了。"孟尝君，即田文。鲁王出营迎接，至营中施礼叙坐。孟尝君道："朝廷命我赍山羊御酒，到营庆贺。"鲁王叹道："不幸国家无福，孙军师中了庞涓魇镇，损了双目，死在旦夕。"孟尝君吃惊道："怎么好！我且站他面前，试他认得我么？"遂走到孙膑面前。鲁王道："孙先生，面前站的是谁？"孙膑叫苦道："两目俱不见了，怎么认得人！"孟尝君道："孙先生，朝廷差我赍山羊御酒来庆贺。"孙膑道："你是哪个？"孟尝君道："我是孟尝召田文。"孙膑道："原来是殿下。臣不幸遭此魇镇，双目不明，有失迎接，万乞恕罪，但臣之命只有五日活在世间了。"孟尝君道："先生怎知道活不长久？"孙膑道："殿下，那书名《七箭定喉书》，先将臣双目射坏，渐次射到两耳口鼻。第七日照心一箭，命即休矣！"孟尝君道："先生既知此法，何不速救？"孙膑道："救不得了。"孟尝君问："怎救不得？"孙膑道："这个要救，别的都不能为，除非会腾云驾雾者，方才救得。"孟尝君道："先生势在急迫，可速出榜文四下张挂，如有会腾云驾雾者，救好先生，千金赏、万户侯，决不虚谬。"孙膑道："既如此说，作速写榜文张挂。"遂着吴獬写道：

大齐南平王孙膑，猥以折冲，任职劬劳①，恐怠臣工，军国经心，贡办忧革。主眷既担万钧之重，旋失双目之明，是以求彼良医，疗兹异疾。愿招俊彦，须怀指日之能；得保微躯，必借蹑云之技。设回光在须臾之顷，始慰望电。倘拯患于危急之间，庶欣瞻鹄。当出黄金之重赏，奚惜候秩之加封。须至榜者。右榜谕众通和。

才挂榜文，就有个人来取了，这人就是孟尝君门下三千食客中的冯𬴂。军士报入营说：“有个冯𬴂，取了榜文。”鲁王即召入营，问道：“你会腾云驾雾么？”冯𬴂道：“臣会得。”孙膑问道：“会驾什么云？”冯𬴂道：“会驾席云。”孙膑道：“只怕席云起不甚高。”冯𬴂道：“有二三十丈高。”孙膑道：“既驾起有此高，你今晚观了方向，悄悄到庞涓后花园中家庙堂左右，寻着他魇镇的所在，有一个草人，可如此如此，回来重重赏你。”

冯𬴂领命，向晚出营，到荒郊地上铺一领斜席坐下，口中念词，一手捻诀，一手招风，不多时，起在空中。四下一瞧，看见庞涓花园，坠云而下，果见家庙堂边摆着香案，供着个草人。那草人身上点着七盏灯，五盏点着的，两盏吹灭的。桌上摆着一卷书，一张桃木弓，五枝桃木箭，摆列几品祭物，冯𬴂先把祭物吃了，就放出草人眼中两枝箭，仍复点明眼下两盏灯，遂把那卷书并弓箭草人收拾一处，点着火烧了。只见孙膑在营里蓦地叫声：“好了！”两目依旧明亮，视物如初了。鲁王与孟尝君众人皆大喜。那冯𬴂在庞涓花园烧了魇镇之物，依旧驾起席云回到齐营，径入中军参见二王与孙膑。孙膑道：“生受你救我一命，将什么报你？”孟尝君笑道：“先生说哪里话。古云：‘养军千日，用在一朝。’是我门下的客，应该报效朝廷。先生怎说这话！”孙膑就将齐王赏来的金银币帛、山羊御酒赏冯𬴂，冯𬴂拜谢而去，不在话下。

再说庞涓至三更时候，来到后花园中，打点作法，猛然不见了草人，桌上密书、弓箭连祭物通没有了。庞涓十分惊讶，满地寻着，只见一堆灰在地上。庞涓魂飞天外，魄散九霄，道：“古怪！花园中谁人进来？前后门俱是封锁好的，什么人把这物件通烧毁了，这事怎好？”次早，庞涓入朝启奏道：“臣该万死！摆下魇镇之物并一卷《七箭定喉书》，昨夜不知是谁潜入花园，放火通烧毁了。”魏王闻言大恼道：“这厮不堪重用，岂是栋梁之

———————

① 劬（qú）劳——劳累，劳苦。

器,逐日胡言哄奏寡人,如今连书通说没了。"言未毕,各门头目报:"齐师今日攻城势甚汹涌。"魏王对庞涓道:"你如今怎么说!"庞涓道:"不干臣事。这刀兵不是臣惹来的,都是主公自招其祸。"魏王道:"怎是我惹来的刀兵?"庞涓道:"主公当初在齐时节,许了齐王辟尘珠,不与潜回。今日兵端,实由兹招。如今主公要刀兵宁静,甚是不难。可修一道降表,将辟尘珠进与齐王,他自然取兵回去,我国立见太平。"魏王被庞涓一片饰辞说没了主意,只得允奏。即时修下降表,取辟尘珠用金盘盛了,着徐甲资送入齐。徐甲领旨出朝。庞涓密地唤何茂才到府吩咐道:"请徐先生顺便替我带千两黄金买嘱邹太师,叫他在齐王驾前善用一言,取回孙膑人马。"徐甲领命,遂自往齐邦。

孙膑在营中,屈指寻文,对鲁王道:"殿下,魏王差官进辟尘珠到我齐邦。庞涓将黄金千两买嘱邹太师,要他入见主公,取我兵回。"鲁王道:"既然如此,各门着人严守,但有人出城就教拿住,不放他去。"孙膑道:"这使不得。若进奉别国拿住不妨,进奉我国,拿住之时,朝廷知道,其罪非小。"鲁王依言不提。

且说徐甲出城,高叫:"齐兵让路,魏王差我入齐进奉。"众军士见说进奉齐邦,并不阻挡,竟放徐甲去了。旬日之间,徐甲进临淄城,先到太师府求见邹太师。邹忌闻魏国使臣求见,忙请进,施礼坐下,邹忌问道:"先生何求?"徐甲道:"某乃魏使徐甲,主命差遣进辟尘珠并降表与齐王。外庞驸马有黄金千两送与太师,要求太师于齐王驾前委婉善用一言,取回孙膑人马,足征雅爱。"邹忌看见千金,满面笑道:"驸马吩咐,敢不从命!厚礼权领,待明日先生进见齐王时,我从旁说几句话,彼兵必取回矣。"徐甲称谢,遂别太师出府,向驿中歇下。

次日,徐甲入朝进见。齐王问道:"哪国使臣,到此何干?"徐甲道:"魏臣徐甲,奉魏王命,进上降书与辟尘珠。"齐王大喜,唤近侍取辟尘珠上去,仔细一看,道:"寡人慕想多时,今日才得到手。"邹忌出班奏道:"启上我王,今魏国既遣使臣进辟尘珠,又纳降表,通其和好,我主该发一道旨意到宜梁,取孙膑兵回,一则两国谐和,二免伤残百姓。"齐王准奏,一面差金牌官赍旨到宜梁取孙膑兵回,一面赐徐甲蜀锦等物。徐甲辞谢齐王出朝,径回宜梁夏旨不提。

却说孙膑与孟尝君、鲁王在宜梁城下,正打点攻城,忽金牌官赍旨令孙膑回军。鲁王、孟尝君、孙膑一齐接了旨意，不敢迟延，遂吩咐众军打起回军旗号，拔营而去。

一声令下，军马滔滔回转。行至三岔路口，一条路通齐邦，一条通韩国。孙膑对二王道："且安营在此，令袁达等守着营寨，臣同二位殿下往韩国走一遭。当日承魏阳公主为臣奏魏王解冤，虽未有济，而一团美意不可不谢。臣今顺路去谢她一谢。"鲁王道："说得有理。"

三人各乘马，带上数名军士进了韩城，朝前下马。黄门入奏："齐国鲁王、孟尝君、孙膑军师朝前候旨。"韩王出朝迎接。迎至殿上，各见礼毕，韩王命近侍设锦墩赐坐。孙膑道："向日蒙娘娘在魏，深知臣冤，为臣辩明，虽不得复仇，引兵回国，然臣受此恩，今特来酬谢。"韩王见说，叹了口气，满眼掉下泪来。孙膑问道："我王为何伤感？"韩王道："孙军师，寡人的正宫与魏王是至亲之分。先前魏国来借兵，寡人打发张奢领兵入魏，不料正宫为兄妹情分，要亲自提兵，去到魏国，反受庞涓一场呕气，回来不多时，身亡故了。"鲁王与孙膑听了，不胜悲悼，连叹数声。韩王吩咐排宴，款待畅饮一番。

当下筵散，孙膑袖中取出一纸柬帖，递与韩王道："这柬帖我王可收藏好，等闲不可打开，遇有急难之时，才可开看。"韩王接了道："多谢军师救护。"三人遂辞韩王。韩王送出朝门，三人拜辞上车。

行至三岔路口，袁达等出营迎接。众军参见毕，即时令起军回朝。行了数日，到临淄城，同入朝朝见齐王。齐王大喜道："孙军师，生受你为国费心。若非军师大力，怎得魏国进奉降表、献上辟尘珠。"孙膑道："赖我王洪福，臣何功之有？"齐王就赐孙膑金帛御酒。其余众将，论功升赏，各各谢恩出朝。

孙膑回到南平府住了数月，一晚，在后园见本命星象吊下，吃了一惊。暗想："我有三年不利，需要埋名诈死魇镇，方得安宁无事。"过数日，遂用入门遁法，假装得病危笃，差袁达入朝奏闻齐王道："孙军师自从收兵回来，染成疯病，半身疼痛，久困不起，危在旦夕。特来奏主得知。"齐王闻奏，着太医官急去看治，速来回复。医官奉旨，同袁达入南平府去。毕竟不知太医官看出孙膑甚病，怎生回复齐王？且听下回分解。

第 十 七 回

南平王埋名诈死　颜仲子观柬详诗

却说太医官奉齐王旨看孙膑病症，治有月余，汤药无效，愈加沉重。太医看了这个光景，料不能痊，只得复旨。齐王听了，十分烦闷。过了数日，孙膑唤袁达附耳低声嘱咐几句，遂用个纸人，口内放生米七七四十九粒，念动六甲灵文，喝声："变！"那纸人即变作孙膑一般，死于府内，停在前厅。满门恸哭。袁达入朝奏齐王道："孙军师昨夜三更身故了。"齐王闻奏，着实一惊，止不住两眼流泪，吩咐众官休散，随寡人到南平府吊孙军师，众官领旨。

不多时，齐王摆驾至南平府，袁达领众将出来迎接。齐王入府，见了孙膑尸首，苦痛万状，众官亦悲悼不已。齐王传旨，将孙军师香汤沐浴，衣衾棺椁用王侯礼殡之，就把棺木停在中厅。齐王恸哭一番，起驾回朝，即着须文龙、须文虎一千传报各邦，说孙军师在日也曾替他各国分忧，收野龙袁达，今不幸身故，各国俱要差官吊孝。六员使臣领旨，各奔一邦，星夜前去。

六国闻知孙膑身故，秦遣白起入齐吊孝。白起到临淄城，向金亭馆驿中住下，待各国使臣齐到，一同朝见齐王。旬日之间，楚国黄歇、燕国孙操、韩国张奢、赵国廉颇、魏国朱亥陆续俱到，一齐入朝参见齐王。齐王道："六国使臣，孙军师在日，也曾为各国分忧，今不幸身故，寡人带领汝等同到南平府吊孝。"遂吩咐近侍备办祭品、冥资等物，换了素衣编服。六国使臣随驾到南平府，袁达、李牧、独孤陈、吴獬、马升率领众将迎接。齐王入府，着近侍于军师灵柩前摆下祭奠之物。齐王吩咐各国使臣："待寡人先行莫祀，然后六国进吊。"使臣领命。齐王行奠，命须文龙读祭文：

维大周天子十有九年秋八月朔起三日，齐王谨以少牢①之礼，致奠于南平郡王孙伯龄先生之灵。曰：呜呼！先生名垂宇宙，功震乾

---

① 少(shào)牢——古时祭祀用的羊、豕。

坤。生于燕域,或时擅人杰之名;仕于齐都,几载著擎天之绩。谈行军于帷幄,神鬼震惊;展妙法于疆场,风云变色。宜功业日盛,享福无疆也!孰意运祚正开,泉台勿掩。将谋御侮,已惭识辨靴鱼;欲借张威,更愧技穷羽箭。寡人于此,鉴偎寒而殒涕,顾只影而伤心矣。谨率六国之臣,奠祭于前。灵其有知,鉴此清筵。呜呼尚飨!

齐王奠毕,鲁王田忌上前,进酒三爵,泪落而行,赠挽诗一首云:

> 挂印三年国免忧,仗卿谋略压王侯。
>
> 金门峻险蛟龙畏,玉殿峥嵘虎豹愁。
>
> 架海金梁何这隐,擎天玉柱等闲休。
>
> 何从再见名贤出,永佑江山到白头。

鲁王奠毕,秦国白起上前祭奠,口称:"孙先生,挽诗一首,伏唯神鉴。"

> 结义投师已数年,为因失义起烽烟。
>
> 齐邦战斗皆因汝,魏国争持只恨涓。
>
> 战马衔冤埋野地,征人含冤丧黄泉。
>
> 休兵敛甲今朝始,各保江山过几年。

白起奠毕,楚国黄歇上前祭奠,口称:"孙先生,挽诗一首,唯神鉴之。"

> 楚国君臣慕大贤,欲求辅弼①恨无缘。
>
> 名闻海宇犹山重,袖里乾坤不世传。
>
> 讵料风霜凋玉树,却将遁甲秘黄泉。
>
> 一从神位归天后,不见龙争虎斗年。

黄歇奠毕,赵国廉颇拜奠道:"孙先生,吾赵国廉颇,指望先生为孩儿报仇,不意早升天界,实颇之不幸也。敬奉挽诗,伏唯神鉴。"

> 燕国生贤士,齐邦得巨臣。
>
> 结交逢逆贼,刖足遇奸人。
>
> 积怨长谋战,成仇永不亲。
>
> 六国齐没福,英雄早为神。

廉颇奠毕,韩国张奢拜奠道:"孙先生,吾韩国张奢,指望先生替韩王

---

① 辅弼——辅助。

娘娘复仇,孰意早升仙界。奉献挽诗于先生灵右,伏唯神鉴。"

　　　　午夜长星坠,贤人值此灾。

　　　　韩国魏阳死,齐邦孙膑埋。

　　　　干戈何日定,云雾几时开?

　　　　谁解生民厄,清平得遂怀。

　　张奢奠毕,燕邦孙操近前恸哭,焚香酹酒,口称:"三郎孙膑,吾是汝父孙操,奉燕王命差来祭奠,有挽诗一首,于灵座尚享。"

　　　　父子暌违①已数年,讵知②天意丧英贤。

　　　　齐邦失却干城将,燕国分离父母缘。

　　　　父哭亲儿儿寿短,母悲爱子子身亡。

　　　　晓钟凉月思儿处,不见亲儿涕泪涟。

　　孙操奠毕,魏国朱亥拜奠道:"吾魏国朱亥,挽诗一首呈奠。"

　　　　神通天地产英贤,何事先生寿不全?

　　　　佞幸奸邪常在世,忠诚正直丧黄泉。

　　　　齐邦失却擎天柱,列国难留鲁仲连③。

　　　　我亦幸为知己辈,唯将束帛献灵前。

　　六国使臣祭奠已毕,袁达、李牧、独孤陈上前祭奠,同奉挽诗一首:

　　　　追思昔日遇君侯,倾盖垂青破格留。

　　　　儿载同心谋国事,片时分手葬荒丘。

　　　　不禁痛哭西风惨,其奈悲歌济水秋。

　　　　空把宝刀频按取,无从再睹整兜鍪④。

　　袁达、李牧、独孤陈奠毕,吴獬、马升近前拈香祭奠,同奉挽诗一首:

　　　　痛极还将宝剑看,当年千众聚蛇盘。

　　　　若非投顺来更张,安得标名署重官。

————————————

①　暌(kuí)违——违背,不和。典出《〈汉书〉叙列》:"匡正暌违,激扬郁滞。"

②　讵(jù)知——怎么料到。

③　鲁仲连——齐人,亦称鲁连。其人有胆识,主正义,喜济困扶危,排难解纷。公元前260年,秦将白起在长平大破赵军,坑赵降卒四十万;以后进围邯郸,形势危急。魏王派人劝赵尊秦为帝,鲁仲连针对这种作法,分析了帝秦的危害。故有"鲁仲连义不帝秦"之美谈。

④　兜鍪(móu)——古代打仗时戴的盔。

　　两意正期驱猛兽,一灵何事驾飞鸾①。

　　可堪稽首辕门下,断尽肝肠两泪弹。

　　众祭奠完毕,齐王吩咐六国使臣且留在驿中住下,待来日孙先生出殡,才可各回本国。众臣领命。齐王起驾回朝。

　　次日五鼓,齐王早朝,文武都素衣随驾,到南平府送孙膑棺木出西郊旷野安葬,又奠祭了一番,各各散回府而去。六国使臣来见齐王,辞回本国。齐王打发魏国朱亥先回去了,就对五国使臣道:"那朱亥是魏国人,因此打发他先回国,留汝等在此,要商量一句话。寡人想,孙先生死后,庞涓必要起兵战斗。若伐秦,各邦通要去助秦;伐燕,各邦通要去助燕;伐楚,都要去助楚;伐赵,都要去助赵;伐韩,都要去助韩;代齐,通要来助齐。同心戮力,不可爽信。"众使臣齐应说是。齐王吩咐光禄寺排宴于侧殿,与使臣饯饮。须臾饮罢,拜别齐王而去。诗曰:

　　致赙刚完礼有嘉,预令朱亥返轻车。

　　旋开别宴觞②群使,复命临歧约六家。

　　有难必须来共拯,无怨何惮不相遮。

　　金亭一饯俱归去,旌饰悠悠马践沙。

　　话表朱亥回到宜梁,入朝奏魏王道:"孙膑果然死了。臣在齐邦,与各国使臣跟同送殡落葬完备,各国使臣才散。"魏王大喜道:"死了这贼,我国才得太平。"庞涓见说,笑道:"孙膑,孙膑,你有许多妙算,如今也死在我眼里。"但心中转念,还不信孙膑真死,密密差人入齐探听,一个回来,又一个去,络绎不绝。倏忽过了三年,庞涓差人往来打听,绝无一些消息,竟信是真死。

　　一日,魏王设朝,庞涓奏道:"臣启我王,当初孙膑在日,我主把辟尘珠进与齐王,今孙膑已死三年,臣欲领兵代齐,复讨辟尘珠,乘时进取。平定六国,臣之志也,请旨裁夺。"魏王大悦,允奏。庞涓领旨辞朝,点齐十万人马,随即登程。

　　行到三岔路口,前军来报:一条路通齐,一条路通韩。庞涓问:"去齐邦近。去韩邦近?"军士答应:"去韩邦近。"庞涓令人马潜入韩邦,先伐

---

　　①　鸾(luán)——旧时传说凤凰一类的鸟。

　　②　觞(shāng)——古代饮酒用的器物。

韩,后代齐。

三军得令,望韩进发。兵马来到韩城,扎下营寨。备门头目飞损入朝,讲魏国庞涓领兵证伐我国,扎营城下,势甚浩大。韩王大惊道:"寡人常想,没了孙膑,庞涓一定要起兵攻伐各国,不想倒先来伐我韩邦,如何是好?"即命张奢领兵出城迎敌。张奢领旨,随即披挂上马,统兵出城搦战。庞涓闻知,纵马出阵。二将各不通名道姓,就杀起来。两人战了三十余合,张奢大败逃走。庞涓乘势挥军大杀,把韩国人马杀死无数,得胜回营,不在话下。

且说张奢大败,逃走入城,朝见韩王道:"庞涓骁勇无敌,臣力不能胜,折兵数万之众,只得戴罪回朝。"韩王听了,愁眉紧锁道:"不要怪你,本国将寡兵微,不能取胜。这事怎解?"沉吟半晌,忽然说道:"寡人忘记了。昔日孙膑先生到我国来,留一束帖与我,吩咐有难之时,教我打开来看。如今兵马临城,无人退敌,正是难了,且取束帖开来瞧一瞧看。"遂令内侍向玉匣中取出束帖,拆开看时,上写着四句云:

尚闻吾媳产婴孩,在路宾朋满月来。

齐至举盃无器皿,国朝一夕七王猜。

韩王看了,不能解说,遂问两班文武道:"这四句诗怎么说?"当时有大臣颜仲子把束帖一看,奏道:"臣看这束帖上分明是四句藏头诗。看来孙膑先生还不曾死,隐在齐邦。"韩王惊讶道:"藏头诗怎么解?"颜仲子道:"他暗藏四字。'尚闻吾媳产婴孩,是个'孙'字,'在路宾朋满月来'是个'膑'字,'齐至举盃无器皿'是个'不'字,'国朝一夕七王猜'是个'死'字,藏着'孙膑不死'四个字。看每句头上一字,'尚在齐国'。这是四明四暗藏头之诗也。"韩王道:"若得孙膑果在,寡人无忧也。"宣张奢过来问道:"你当初在齐邦吊孝,齐王有甚话说?"张奢道:"齐王没甚话说,只吩咐今后若庞涓领兵伐秦,各邦都要助秦;伐楚,都要助楚;伐燕,都要助燕;伐韩,都要助韩;伐赵,都要助赵;伐齐,都要助齐。"韩王道:"怎得个能干的官,拿了这束帖,星夜去到齐邦,问齐王借兵解难,兼访孙膑消息。"遂回驾前有什么官肯到齐邦去走一遭,两班文武役一个回答。韩王连问数声,只见门边一个没样范的官儿应道:"臣愿到齐邦。"不知那官是谁,且听下回分解。

第 十 八 回

张倩奴用风月赚　魏太子遭虎狼囚

你说那官是谁,乃教坊司乐官张肖简,年纪有七十岁,做事精细,语言伶俐。他见韩王问了几声,两班文武没个答应,遂上前应道:"臣愿去。"韩王道:"你年纪老大,只怕去不得。"张肖简道:"我主放心。古云:'老当益壮',管取不误事。"韩王道:"你既去得,好生收藏束帖,往庞涓营前经过,需要谨慎,速去速来。"

张肖简领旨出朝,等到二更时分,带几个女乐,嘱咐停当,连夜赶出韩城。行到魏营门首,被一干夜巡军士把张肖简并几个女乐拿住,送进营内。庞涓正在中军帐观兵书,见巡夜军士把一干男女捉到,问道:"你等是什么样人,夤夜①偷过营前,往哪里去?"张肖简道:"小人是教坊司张肖简,原是魏国人氏,向因齐兵临城,带众女乐到韩国躲难。如今驸马爷伐韩;倘若城陷,不能全生,故此乘夜率众女乐复回宜梁。不期冒犯虎威,望乞饶命。"庞涓道:"你这干女乐有会唱的么?"张肖简指着一个道:"驸马爷,这个是我女儿,名唤倩奴,唱得绝好。"庞涓喜道:"你女儿既唱得好,叫她过来。"张倩奴走近前,庞涓仔细一瞧,见她形容窈窕,体态妖娆,遂问道:"张倩奴,你父亲说你会唱,可唱得么?"倩奴道:"奴家略晓一二。"庞涓道:"有什么新打的曲儿,唱个我听。"倩奴道:"奴家向日避难韩城,偶撰一套'晓行避难'的曲子,不若就唱与驸马爷爷听。"庞涓道:"甚妙!"倩奴整顿珠喉②,逗开檀口③,唱道:

[正宫端正好]　趁良宵,离兰户;改宫妆,扮作村妹。思量欲奔出羊肠路,急煎煎怎趱金莲步。

[滚绣球]　哪顾得夜行时愁沾露,剪霜风,避无安处。望都

---

① 夤(yín)夜——深夜。

② 珠喉——善歌者之喉,言其能宛转如珠之圆。

③ 檀口——浅赭色的口唇。

城兵马喧呼,只得那锁愁云、迷冷雾,没定止孤单逆旅,乱纷纷两泪抛珠。好教我长辞金屋贮,轻别囊琴架上书,不由人感叹嗟吁。

　　[呆骨朵]　　到如今无可奈何大涯去。向天涯有马无舆。空教人断楼头残梦五更钟,空教人帐花间离愁三月雨。谁惜怜,多娇女伴着衰年父。坐对云山愁杀人,恰便是折林巢,穷鸟苦。

　　[伴读书]　　再休题当年趣,雪庭中裁诗絮,女伴儿水绿城南游聚,掷金钱斗草还歌舞。一时似有苍天妒,回首成虚。

　　[叨叨令]　　因此上出危城,乘着天初曙,上浮桥,扶着亲爷渡。满衣衫尽被尘污住,掠云鬟没个梳儿与。忽听得呼噪声也么哥,忽听得吆喝声也么哥,早回头到辕门,那戈戟如云布。

　　[笑和尚]　　唬、唬、唬,唬得人魂断送;惊、惊、惊,惊杀我心头兔;愁、愁、愁,愁杀人怕做了无头虏;操、操、操,操抔黄土;幸、幸、幸,幸怜吾;喜、喜、喜,喜唱出一段伤情曲。

　　驸马呵![鲍老儿]　　但愿伊征战功成大丈夫,才好将名标天府。看千秋万古余,如碑石传芳誉。休道我怯怯娇娇、婷婷袅袅、喋喋蠕蠕,还劝你觞浮琥珀,剑横霜练,庞映氍毹。

　　[煞尾]　　请看那冰轮儿刚沉到西,早东山上彩鸟过隙。这如水的韶光真可惧,堪怜我凄凉何地觅欢娱,特做个飘花逐水燕分雏。

　　庞涓听罢,喝彩不已,欲留情奴在营侍酒,恐魏王知道不当稳便,便问张肖简道:"你如今果要往何处去?"张肖简道:"实回宜梁。"庞涓道:"我赏你路费五十两,你可带女儿回到宜梁,待我得胜回朝之日,可把情奴送到我府中来,那时叫你授个官职。"张肖简道:"多谢驸马,待班师回日,就把女儿送到府中。"便叫情奴磕头谢了,带众女乐出营,暗想:"庞涓已中吾计。"遂趁月明之下,一齐趋行。天晓,拜了个相识人家,把女乐人都安顺了,星夜奔往齐邦而去。

　　却说孙膑埋名诈死,有府中后园侧首五间房屋,内明外暗,内设琴书香篆,逐日在内起居逍遥。两扇门儿紧紧关锁,钥匙不托与人,自己收管。三餐饮食。有其夫人苏氏与一随身使婢随时送奉。来时,轻轻把门叩三下,里面递出钥匙进去,出来依旧锁好,不令一个外人知觉,过了一个"此门不出"。

　　一日,夫人送茶饭与孙膑。孙膑道:"夫人,我三年的灾星已退,只且不要扬声于外，出去悄悄唤袁达进来见我，有紧要话吩咐。"苏夫人听说，出来着家童与袁达说："夫人有话吩咐。"不多时，袁达进见。夫人直引他到后园房里来见孙膑。袁达叩头道："师父！奉命归隐三年，不敢泄漏，今日重喜得见师父。"孙膑道："我三年灾晦①已满，你可悄地去请鲁王来相见，我有话说。教他不要摆驾，恐防漏泄，只你跟随来罢。"

袁达领命，径到鲁王府中见鲁王道："师父灾满，特着臣来请殿下相见。师父说恐有泄漏，不须摆驾，臣同随去。"鲁王即备马起身，袁达随驾来至南平府，引至后园与孙膑相见。鲁王道："不睹仙颜，已别三载，今得聚首，不胜欣幸。"孙膑道："臣因三载之灾，为此魇镇之法，今灾已脱，乃敢请见。臣昨夜观天象，庞涓已起兵指齐伐韩。臣向日曾有一束帖奉与韩王，教他临难开拆。他如今一定差官就将束帖封来，到我齐国借兵。朝廷必然宣殿下问臣消息，殿下只推不知，若十分要殿下探听，殿下可乞一道独角敕：如孙膑果死，缴敕复旨；如在，赦其虚妄之罪，才好同来面君。那时，臣就好与殿下兴师，臣要报刖足之仇也容易了。"鲁王道："孤自有理会。"说话中间摆出筵席，两人畅饮一番而散。袁达依旧送鲁王回府不提。

再说张肖简待至临淄城，入朝参见齐王。齐王问："哪国差来使臣？"张肖简道："臣是韩国教坊司乐官张肖简，主命差来，当年鲁王与孙军师伐魏回军，特到韩邦。孙军师有个束帖留与韩王，吩咐遇急难之时，方许开看。今魏邦庞涓领兵十万，指齐伐韩。韩王因开束帖看时，上写着四句藏头诗，细详其意，孙军师尚在不死。况承大王当日有旨吩咐，不论庞涓领兵征伐哪国，各邦都要同去戮力②相助。一则寡君差臣求大王借兵解难，二则探听孙军师果在不在？"

齐王讨那束帖上去看了一遍，不解其中字意，遂递与众文武看，问这四句藏头诗怎解？众文武通解不来。卜子夏接过手一读，便奏道："臣看这四句藏头诗，包藏'孙膑不死，尚在齐国'八字。若依这个束帖，孙膑果不曾死，隐在本国。"齐王不信道："岂有此理！寡人亲送入殓的，怎么说不曾死？"卜子夏道："那死的或者又是个假的，主公其时亦难认。"齐王

---

① 灾晦(huì)——灾难，晦气，不顺利。

② 戮(jù)力——努力，尽力。

道："既当初鲁王与孙膑同到韩邦,孙膑留下柬帖之时,鲁王必然目击,差近侍快宣鲁王来。"

少顷,鲁王来到。齐王问道："御弟前年与孙膑同到韩邦,孙膑留下个柬帖与韩王,御弟曾见么?"鲁王道："臣曾见来。孙膑留柬帖之时对韩王说:'有难才可开看。'"齐王道："那柬帖上写着四句藏头诗,包藏着'孙膑不死,尚在齐国,八个字,如今在不在之故,御弟必然知道。"鲁王道："臣又不谙阴阳,生死之事怎地得知? 我王要访孙膑消息,待臣到南平府密访于孙夫人,存亡便知。"齐王道："御弟可速去一访,就来回复。"鲁王道："还有一说,乞我王与臣一道独角赦带在身边。此去访得孙膑实死,缴赦复旨;如访得不死,孙膑有诳君之罪,有赦在先,就好同来见驾。"齐王道："得他果在,休说诳君,就有当死之罪,寡人亦尽赦之。"遂唤近侍取过文房四宝,御笔亲写一道赦书,付与鲁王。

鲁王辞驾,径入南平府,孙膑迎接,鲁王领旨入府,口称："孙先生接旨。"孙膑命排香案,开读已毕,望阙谢了恩,再与鲁王见礼。孙膑道："殿下,臣若在,庞涓一世不敢领兵出来,以此特掩过本命星,埋名诈死,赚他出来,传令二军,不可透露消息。庞涓若知臣在,他必逃窜回去,以后休想他出来了。"鲁王道："孤知道了。"遂与孙膑入朝参见齐王。齐王大惊讶道："孙军师,你已死了三年,怎么今日还在?"孙膑道："臣该万死。臣与庞涓有刖足之仇,庞涓若知道臣在世,永不兴师出来,故此掩星诈死,哄他出兵。臣如今领兵救韩,不要扯臣旗号,只扯鲁王与袁达旗号,臣隐在营中,暗地调兵,自有处置。"齐王准奏,打发张肖简先回奏韩王。

鲁王与孙膑出朝,带了袁达、李牧、独孤陈、吴獬、马升、须文龙、须文虎等,点齐人马,随即启程。众军行到一个旷野之地,孙膑传令把人马屯在这里,差袁达、李牧、独孤陈三将领一支兵到前面东北方去,劫些粮草来饷军。

三将得令,领兵径往东北方走,行了二十里,远远望见旗幡招展,粮草无数,金鼓齐鸣,拥出一支兵来。袁达纵马追上,大喝道："来将是谁? 带这粮草要往哪里去?"一将应道："吾乃魏王驾下之臣徐甲,朝廷差我保太子毕昌驾,送粮草到庞驸马营中的。"袁达见徐甲背后有个少年将官,绣甲锦袍,手执大刀,知是太子毕昌。袁达大喝道："快把粮草尽行留下,放你去罢!"太子毕昌马上喝道："胡说! 朝廷粮草怎地为你劫去?"袁达道："快留下便罢,不然教你两命尽丧吾手。"太子大怒,抡刀砍来。袁达举手来迎，两个交锋十数合，袁达舒过手抓住太子的狮鸾带，轻轻将他捉过马来，叫军士锁在囚车里。徐甲惊慌，只顾自己性命，飞奔逃回。李牧、独孤陈把魏国人马杀散，吩咐众军将粮草尽数抢了。三将收兵回营，参见鲁王与孙军师，将交战、擒获、抢夺之事述了一遍。鲁王、孙膑大喜，吩咐军士把魏太子毕昌锁禁后营，日给茶饭，待拿了庞涓，方放他回国。当下把粮草分给众军，传令起营。

且说徐甲逃回宜梁，入朝见魏王，就把粮草被劫、太子被擒细细奏了一遍。魏王大惊，吓得魂不附体。众文武奏道："启上我王，这都是庞驸马不是。比如当初领兵去伐齐，他倒不伐齐，指齐挟赵伐燕，反惹刀兵临城，直待纳降表，进辟尘珠与齐王，方才息得征战。如今又说伐齐，他又不去伐齐，指齐代韩，不知何意？岂非庞驸马自招其祸？"魏王就差徐甲道："寡人封一口剑与你，拿去交付庞涓。他若救得太子回朝，万事全休；救不得太子回来，不必来见寡人，教他自裁①来报。"徐甲领旨，上马而去不提。

且说齐国兵马行到韩城，与庞涓营约有十里地安下营寨。孙膑遣袁达领兵征战，许败不许胜，差须文龙、须文虎执聚神旗站立营门料阵，见袁达败回，可把大旗连展三次，我在营中就好布法。二将得令，拿了聚神旗。三声炮响，袁达手执大斧，跨上龙驹，到魏营讨战。魏营哨马报入中军。庞涓闻知，领兵上马出阵。两家道下姓名，勒马交锋，大战三十余合。袁达诈败，拨马就走，庞涓在后紧追。须文龙、须文虎营前看见袁达败回，将聚神旗连展三次。孙膑在营中见了，口诵六甲灵文，左手仗剑，右手一抖空拂，喝声："退！"顷刻间离了本营退去二十里地。庞涓领兵追上，砍倒旗杆，把齐兵混杀一阵，拥进齐营，将齐营灶头数上一数，共数得十万三千五百。庞涓道："齐兵果然浩大，灶头也有十万三千五百，不知共有多少人马。"遂吩咐众兵俱到齐营屯下。

军士来报，徐甲到了，庞涓叫请进来。徐甲入营相见，施札坐下，就把太子被擒、粮草被劫说了一遍。又道："今主公大怒，封一口剑与我，教我付驸马。如救得太子回朝，许驸马见驾；如救不得太子回朝，差驸马受剑自尽。"庞涓见说，大惊道："有这样事？我即领兵取救太子。"遂飞奔出营。未知能救得否，且听下回分解。

———————————

①　自裁——自杀。典出《汉书·贾谊传》："其大有罪者，闻命则北面再拜，跪而自裁。"

第 十 九 回

庞涓堕计诛皇甫　张才错刺出齐营

　　话说庞涓领兵出营，排开阵势，着军士高叫："快送太子出来！"孙膑闻知庞涓来讨太子，即吩咐吴獬、马升领兵迎敌，许败不许胜。

　　二将得令，领兵来到阵前。庞涓大喝道："来将何名？"二将道："吾乃鲁王麾下前部先锋吴獬、马升。你乃何名？"庞涓又喝道："谁不知我魏国武音君！你如今快快送出魏太子便罢，若道半个'不'字，教你齐国人马难逃一命。"吴獬道："你不要妄想！我要拿得你来奏功！"庞涓大恼，把刀砍来，吴獬同马升齐用刀迎。三骑马足足战有五十余合，吴獬、马升诈败而走。

　　庞涓策马紧追，将近齐营。须家二将在齐营观见，把聚神旗展三次。孙膑在营中默念灵文，喝声："退！"弃了前营，不觉又退二十里地。庞涓领兵赶上，砍倒帅字旗，把齐兵追杀一阵，乘势将人马在齐营屯下。再把齐营灶头细数一数，数得八万三千，暗喜道："在先有十万三千五百兵，亏我两阵，杀死齐兵二万五百。"心欢意喜。

　　忽哨马来报："营前有齐将领兵骂阵，旗号上大书'齐国大将李牧'六字。"庞涓又领兵上马，出营临阵，各不通名，一场大战。战够多时，李牧虚晃一鞭，诈败便走，庞涓纵马追来。须文龙、须文虎在营前把聚神旗连展三次。孙膑营内又用缩地之法，口诵六甲灵文，喝声："退！"须臾又退二十里。庞涓拥兵赶上，把齐国人马杀得尸倒满地，血流成河，又赶到齐营屯驻。再将齐营灶头细数一数，只剩得五万一千。庞涓大喜道："好了！连次杀败齐兵有五万二千五百了。"

　　看官，明说庞涓三番大胜，乃是三番大败。那齐兵一个也不曾动。你道那些杀的是什么？原来孙膑秘受三卷天书，八门遁法、六甲灵文，剪草为马，撒豆成兵，指云为雨。庞涓杀的齐兵通是假的，那真的莫想动了半个。

　　当时孙膑又遣独孤陈领兵搦战，许败不许胜。独孤陈得令，领兵到阵前，高叫："庞涓快出来受降！"庞涓闻知，即领兵出营，高喝道："快送魏太子出来，饶你一死。"独孤陈不答，抢枪飞刺。交锋约有二十合，独孤陈诈败而走，庞涓领兵追赶。须家二将在营前见独孤陈败回，把手中聚神旗连展三次。孙膑营中念动真言，喝声："退！"弃了本营，又退了二十里地。庞涓领兵赶上，乱杀一阵，又在齐营屯下。再把齐营灶头数一数，越发不多，刚刚剩得三万。庞涓大喜道："不消再杀两阵，齐兵要收拾尽了。"

原来齐营灶头虽渐渐减少，但一个齐兵也没有缺。孙膑用了缩地法，把庞涓看看慊至马陵道①上。离不多路，孙膑悄悄唤须文龙、须文虎、吴獬、马升四将，各领精兵，于马陵道四面埋伏，又附耳低言，嘱咐一遍。四将得令，各个领兵向马陵而去。

再说庞涓在营中，正思忖要救太子回来，莫若再杀两阵。忽军士报入中军，说营前有一道人，身披黄衣，口称："驸马爷招贤纳士，特来相谒。"庞涓道："既是个道人打扮，又非凡品，快请进来！"道人闻请，步入中军，与庞涓相见，叙礼坐下。庞涓把道人一看，见他须分燕尾，鸷类鸦形，便问道："先生尊姓大名？从何处来？"道人道："小道乃黄伯阳先生之徒，复姓皇甫，名智，受得三卷天书，呼风唤雨，能使草木成阵，砂石成兵。驸马爷招贤纳士，特来相佐。"庞涓闻言甚喜，道："先生既来相助，即有一事商量。今者，魏太子毕昌被齐将擒去，锁禁营中，几番力救，不能得出，未知先生有何妙策救得太子回朝？"皇甫智道："小道此来，正为魏太子被擒，将欲拔刀相助。"庞涓道："既得先生一臂之力，何愁太子不得还朝！"遂令左营驻下。

且说孙膑坐在营中内看阴阳，指寻六甲，对鲁王道："殿下，庞涓那里今角一个人，乃黄伯阳徒弟皇甫智，用得不好。虽不怕他什么行为，只是教这里要费了些日月工夫。"鲁王道："先生如今怎么处置？"孙膑道："臣如今先用一计，如计得成，太平无事，计若不成，烽烟大有。"遂写下一个帖儿，口诵灵文，望空一抛，叫声："去！"一阵风起来，那帖儿直吹到庞涓中军帐里。庞涓正令军士至左营请皇甫智来议军情，只见个帖儿随风坠下，落在庞涓身边，取来一看，却是四句诗：

---

① 马陵道——据《史记·孙子吴起列传》说，马陵道路狭窄，路旁障碍极多，可以埋伏。马陵道，在今河北大名。

伯阳之徒皇甫智,熟演天书称绝世。

无心来助武音君,齐国差来追命使。

庞涓看了大惊,暗想:"他原来是齐营的细作①,险些误用了他。今感得上天佑庇,降下帖儿示我,不然大势去矣。"军士请皇甫智刚入营中,庞涓登时咬牙怒目,拔出宝剑,走上前将皇甫智挥为两段。这边杀了皇甫智,那边孙膑早已知道,忙对鲁王说了,俱各欢喜,不在话下。

且说庞涓在营,唤过家将张才,悄悄说道:"张才,我要你往齐营做个细作,可去得么?"张才道:"去得,我专会打听军情。"庞涓道:"要你做细作,又要你做刺客。"张才道:"我的胆量至大,手足便捷,要去行刺,一发不难。"庞涓大喜,就向张才耳边低言说:如此如此,回来我重重赏你。张才应道:"小人晓得,到他营里,自会随机应变。"遂带了利刀,辞别庞涓出营,径到齐营来投鲁王麾下。

原来孙膑在营中,袖下阴阳,早知庞涓差张才为细作行刺之事,便对鲁王道:"殿下,庞涓那贼差张才来做细作,假以投顺为名,并访臣在不在消息,乘便就要行刺殿下,却务必提防着。"又吩咐各营军士:"但有人来访问孙军师在不在,可回复他说孙军师已死三年,哪里还有他!再问如今军内是谁发号施令,只说是个黄伯阳军师在内调兵,不可提起一个'孙'字。如有不遵令说出孙膑者,立时腰斩②示众。"满营军士莫敢不遵严令,一齐都把孙膑称为黄伯阳。

不多时,旗牌来报:"营门首有一壮士,说是魏国庞涓的家将,被庞涓鞭挞不过,愿来投顺。"鲁王道:"着他进来。"张才直到中军帐前,叩见鲁王。鲁王问道:"你是何处来的?"张才道:"大王,小人名唤张才,是庞驸马的家将。因日来庞驸马不惜士卒,轻则受鞭挞之苦,重则加诛戮之刑,难在他营服役,闻得大王爱惜士卒,为此特来麾下。"鲁王道:"你既来投我,不好就收你,且问军师黄伯阳该用不该用?"黄伯阳道:"看此人勇而多谋,我这里倒不可少,用了他罢。"鲁王就叫:"张才,你如今且在我麾下随军征讨,有功之日,加封官职。"张才叩头谢恩,出了中军帐,暗暗欢喜,想:"这厮性命合当休矣!"遂到各营打听孙膑消息。各营都说军师黄伯

① 细作——旧时军中侦探。

② 腰斩——古刑之一,将犯人从腰部斩为两截。

阳中军调兵设令,再不见有人提起个"孙"字。

一日,孙膑吩咐个心腹军士,扎缚两个草人,都有六尺长大。草人口内各放白米一撮,用猪尿胞盛血在内,将细绳扎住口,缚在草人喉下,一个像鲁王打扮,一个像军师打扮,俱穿戴冠服,坐在中军帐里。侧首点着明灯,壁衣内暗暗埋藏几个军士,做成活动关目,于暗中展拨,头目口手皆会转动。上首鲁王点头播脑,下首军师交头接耳,宛如活人谈话一般。孙膑口诵灵文,使中军内灯火或暗或明,遂与鲁王往后营藏避去了。

是时张才不睡,等到三更时分,躲入营中,向中军帐里一望,只见鲁王与黄伯阳对面而坐,在内设兵讲武。张才暗喜道:"这厮不知死活,这时候还在这里交头接耳,两人性命令晚不脱吾手了。"又走到近时一看,见两旁军士都已鼾然睡熟,左右又无近侍人役。张才向身边取出一口退毛利刀,悄入帐中,先望鲁王喉下一刀刺去,又把黄怕阳刺上一刀,两个登时倒地,鲜血淋漓。张才大喜,连夜脱身逃窜,回到魏营。天晓,入营来见庞涓,就把昨夜刺死鲁王与军师黄伯阳并探明孙膑消息,一一述了一遍。庞涓大喜道:"二人果真刺死了?"张才道:"难道敢在驸马爷面前打谎?不信看这刀上血腥还在。"庞涓看道:"我不是说你不曾去刺,只恐半夜里误刺了别人,反为不美。"张才道:"驸马爷请放心,一些也不错,少不得顷刻间就有风声传到。"庞涓道:"既如此,生受你。"就赏金银羊酒。张才叩谢领去。

不多时,魏营打探报入中军,说齐营没有人了,今日只扯袁达旗号。庞涓大喜:"我想张才作事尽心,果堪重用。鲁王、黄伯阳竟真被他刺死。今日只扯袁达旗号,我慢慢把他人马杀尽,救取太子还朝如反掌耳!"孰知是孙膑见庞涓已堕了计,随即把鲁王旗号藏过,只扯袁达旗号,正要使彼奸势炽张,才可报得刖足之仇。

至天色已晚,孙膑令军士向后营取出十杠红油柜来。你道十柜是甚东西?都是些神头鬼脸。孙膑遂把来给散与众军士,附耳低言,如此如此。众军遵令,个个戴上鬼脸,面蓝口赤,散发披头,扮得与活鬼一般,都来到庞涓营前后树林中埋伏。三更时候,四下里悲悲切切、栖栖惶惶,神呼鬼哭起来,口中把庞涓数数落落,骂道:"误国侮君的奸贼!伤伦灭理的兽人!无辜杀害我齐国许多性命,决不与你干休!"庞涓睡在营中,听得四面啼哭之声,早已心惊,后又听了口中数骂,越发魂不附体,暗想:

"他声声说是害他齐国许多性命,多应齐兵冤魂不散,来此索命。不要怕他!就是鬼见我出去,也惊散了。"遂领军士,烧着火把,擎刀上马,赶出营来,大声喝道:"你等冤魂,不得无理!半夜三更,怎在我营边啼啼哭哭,快快散去,待我回朝之日,做个道场超度于你便了!"说毕,只见一阵阴风过处,闪出数万披头散发、口赤面蓝狰狞恶鬼,直往前面乱跑。

庞涓领兵往前飞赶,直赶到马陵道上,忽见神鬼都没了。抬头一看,只见面前一株大黄杨树,树上挂着一盏灯,照耀如同白昼,上写六个大字,是写"庞涓死此树下"。那树上又写着两行字,原来通是孙膑为要报刖足之仇,预先设计排下的。当日把蜜水调罢,写在树上,数年之后,被蝼蚁蛀空,竟像生成的一般。上写着几句道:

　　马陵道,黄杨树,齐兵密排如铁柱。三更三点过渭河,正是庞涓
　身死处。

　　庞涓看见灯上六个字,早已害怕。再见树上写两行诗注,庞涓道:"依这言语,我走到不好的所在了。"正要催马回转,忽听得一声炮响,四下伏兵齐起。吴獗、马升、须文龙、须文虎领一万弓弩手,如铁桶相似把庞涓围在垓心。不知怎生出脱得去,且听下回分解。

第 二 十 回

践誓分尸走马陵　功成拂袖归云梦

话说吴獬、马升、须文龙、须文虎带领弓弩手,把庞涓围在垓心,众军正要放箭,孙膑传令且不要放箭,便喝道:"庞贼! 你认得我么?""庞涓在灯火丛中抬头看见孙膑,魂飞天外,遍身酥麻,这一惊非同小可,撞倒下马。孙膑令军士把庞涓拿住,捆缚得当,锁入囚车。孙膑骂道:"你这误国侮君、忘情背义的贼子,可记得当年朱仙镇上对天发誓,说夜走马陵道,乱箭射死,七国分尸? 你想无干不走马陵道,怎么今夜奔来? 岂不是天公所使! 我今不用弓弩射你,亦不在这里杀你。如今将太子毕昌送到宜梁,还了魏王,就在魏邦借一块地,只要七国分你的尸。后潜渊读史至此,有诗叹曰:

> 万弩森罗伏马陵,争谈孙子会行兵。
>
> 几将重铠污腥血,饶得微躯乱箭刑。
>
> 名利解开同业志,机关打破共师心。
>
> 英雄须信当怀义,莫学庞涓自殒身。"

孙膑收军回营,见了鲁王,解过庞涓。孙膑道:"殿下,如今臣要送魏太子毕昌还国,借魏地诛此贼子。"鲁王依言,传令军士拔营,便离马陵,不日到了宜梁,扎营城外。孙膑令军士叫入城去,传与魏王知道,说:"齐国孙膑在马陵道拿了庞涓,原与魏王无仇,亲送太子毕昌来还,请魏王自上城来,交付与他。"城上头目将此言报入朝去,魏王闻报大惊。又想孙膑要我亲自上城,交还太子,更觉满面羞惭。出于无奈,只得吩咐排驾,带领文武竟上城来,与城下孙膑拱手道:"孙先生请了。多谢先生仁义,送孤太子来还。"孙膑欠身道:"臣原与大王无怨,只与庞涓有刖足之仇。今庞涓已被生擒,应得送还太子。大王可令军士放下千秋板来,好将太子接上城去。"魏王就令军士放下千秋板,扯了太子上城。孙膑道:"臣有一言启上大王。今欲借东门一块地,明日诛斩庞涓。"魏王暗想:"孙膑要杀庞涓,何处不好杀,怎么偏要在我东门杀他? 分明是羞辱我了。"只得糊涂应允，别了孙膑，同太子起驾回朝。坐在殿上，愁眉不展，对文武说道："明日孙膑要在东门外杀庞涓，大半羞辱寡人，这事怎处？"闪过庞涓之子庞英，上前奏道："启上我王，明日五更，臣领军士出东门去劫法场，必要救父回朝。"魏王道："你若救得你父回来，也与魏国争光。"

次日五更，庞英结束齐整，带领军士赶出东门，去劫法场。不料被袁达挡住，喝声："小贼！往哪里走？"庞英心慌，回马逃走，被袁达跃马赶上，分顶一斧，把庞英劈死，其余军士各个逃散。袁达一骑马奔到城下，叫道："城上头目速去报与魏王知道，说孙军师原不在这里杀庞涓，故意要赚他儿子庞英出来斩草除根，已中军师之计。如今径到毛头滩杀他，差我来请你魏王，约于本月二十五日，亲到毛头滩，会齐各国诸侯，看杀庞涓。若有一邦不到，即时孙军师统兵征讨，毋贻后悔。"道罢，袁达领兵去了。

城上头目即将袁达言语来报魏王。魏王闻报，不胜烦恼，暗忖道："我若不去，孙膑又记恨于心；若去，庞涓又是我驸马，有何面目去会各国诸侯？"沉吟了半晌，就对朱亥道："卿可代寡人到毛头滩看杀庞驸马，多多拜上各国诸侯，说寡人身体欠安，不能赴会，另日谢罪。"朱亥领旨，径往毛头滩去。

话说孙膑写下檄文，星夜差六员使臣往秦、楚、燕、韩、赵、齐，邀请六国王侯，约于本月二十五日到毛头滩上会同看杀庞涓。你道檄文如何写？

　　盖闻欺凌君父者，法必赤其族①而戮其身；诪张是非者，刑必斫②其齿而犁其舌。故煌煌典则，久已著乎天朝；然荡荡乾坤，岂可容夫宵小③。孙膑得蒙六王之敬奉，得诹兵于虎帐之中；乃按四海之推诚，望除残于龙剑之下。窃念今时之跋扈，总未若魏之庞涓者：心存狐媚，性擅狼贪。损廉蔑耻之容，见贵人而必作；忘恩背义之念，假国事以顿兴。玩法废公，为下背上。宜正典刑，以泄鬼神之怒；该分身首，以分天地之威。谨择本月二十五日，候会众驾于毛头之滩，请看加刀于庞涓之颈。此非关孙膑一人之喜怒，实原推吾王各国之忧勤。幸命约结，整六师而护从；勿耽安计，舍快举而靡瞻。故遣羽骑以星

---

①　赤其族——诛灭他的家族。
②　斫（zhuó）——砍削。
③　宵小——小人。典出《史记·三王世家》："毋侗好轶，毋迩宵人。"

传,会见云师而雨集,坐成懋绩,永绝逆萌。须至榜者。

今上三十二年秋九月十有一日,南平王、大元帅孙膑谨榜。

却说须文龙一骑马径回本国,朝见齐王。时齐成王已死,太子宣王嗣位。须文龙奏道:"启上主公,孙军师已在马陵道擒了庞涓,如今到毛头滩上典刑,差臣迎接御驾于本月二十五日到毛头滩,会齐各国王侯,一同看杀庞涓。"宣王大喜,即时传旨,明早整备驾辇,亲到毛头滩去。仪仗司闻得一声摆驾,连忙打点。

次日,齐王出朝登辇,只见二十四班带刀指挥,三十六员保驾千户,拥护如云。不数日,齐王驾至毛头滩,鲁王同孙膑带领众将远远迎接,把宣王接入中军坐下。鲁王、孙膑、众臣朝拜毕,宣王对孙膑道:"寡人前闻探报,不胜欣喜。先生忍辱含羞致有今日也!"孙膑道:"臣荷先王天覆地载,主公盛德宏仁,逆贼就擒,大仇得复。臣铭心镂骨,难忘先王、主公之大德。"宣王道:"此天所以不负先生也,寡人何德之有?"遂问庞贼今在何处?孙膑道:"锁禁囚车,候旨定夺。"齐王道:"不知怎地一个庞涓,恁般心性险怪,可连囚车取过来,寡人看一看。"孙膑令军士把庞涓抬到驾前,宣王看道:"你这逆天的奸贼!齐国与魏国有甚仇隙,不时领兵征伐,又挟制诸邦,要并吞天下。今日被擒,是天地无私,皇天有报了。"传旨牢固收在后营,待各邦诸侯到来,公同正罪。再传旨御厨,备下筵宴,款待各国诸侯。

未几,秦、楚、燕、韩、赵五国诸侯,各依限期而至,只有魏王不来。五国诸侯与宣王见礼,遂以齐为上邦,坐首席。各国依次叙座,筵宴有诗:

　　　毛头滩上六王来,士卒桓桓亦壮哉!

　　　赖得军师施妙计,从教朝野断兵灾。

　　　庞涓戮罢尸堪裂,齐国今时愿已谐。

　　　七国三军齐笑语,欣然犹把庆筵开。

诸侯宴饮,酒至数巡,孙膑令军士把庞涓带出来。众军随即连囚车推到诸王面前。孙膑道:"今日列国主公在此,非是臣不仁不义。臣当年往云梦山途中与庞涓相值①,就与他盟心结义,立誓'有书同读,有艺同学'。后同上山,共投鬼谷仙师,学艺三年。臣逐日攻的书,都与他读;他读的

────────

①　值——遇到。

书,一字不与臣看。这也罢了。臣与这贼子有何仇恨?他先下山投了魏国,一时宠荣,就立大言牌,藐视列国,致王敖神师劈牌,说臣学艺稍胜。他便哄魏王三遣徐甲赚臣下山,因演武成仇,遂矫旨①令臣襄火,反诬谋叛,赴法云阳,要臣天书,假奏魏王免死,刖我双足,受千日罗网之灾。臣与这贼子原无诛戮之仇,只有刖足之仇,今日只把这贼子刖了双足,方雪臣之恨。唯诸大王裁之。"说罢,泪下如雨。诸王俱各惨然,齐王说道:"先生处得极当。"孙膑就叫军士抬铜铡过来,把庞涓提出囚车,绑缚停当,将他两足放在铡中,"飕"地一声响,十个足趾登时下地,血如泉涌。庞涓死去两个时辰方才苏醒。孙膑道:"庞贼!你今日已知刖足之苦。你当初刖我足时,总是一般疼痛,怎知天理昭然,报应不爽。"有诗为证:

> 你离宜梁我离燕,相逢结义在朱仙。
>
> 投师一日从云梦,学艺三年共食眠。
>
> 谁料下山先入魏,岂期设计昧苍天。
>
> 马陵道上生擒取,才报当时刖足冤。

只见鲁王田忌出席,近前道:"待孤一发报了仇罢。庞贼雕心鹰爪,不是好人。当初把孤面搽红粉,割去髭髯,使我包羞忍耻回归本国。谁知天网恢恢,报应甚速。孤今日在众大王驾前,也要辱你。"即令军士把庞涓面搽红粉,割去髭髯,羞辱了一番。

韩王又近前道:"庞贼!魏阳公主是寡人正宫皇后,与你有甚冤仇?你在魏王驾前使心用悻②,巧语花言,一番胡奏,教娘娘受了郁气,回朝身故。孤如今也报了此仇。"传旨众军士把庞涓口舌钩搭出来,割去一段。

韩王报仇毕,又见赵国廉颇走过来,指定庞涓骂道:"庞贼!我儿廉刚镇守百翎关,你恃强横要借关行兵。我儿让你一次过去,也就罢了,与你有何仇隙?第二次又来,把我儿腰斩。今日也有报仇日子。"遂拔出宝剑,尽力一刀,把庞涓剁为两段。

孙膑叫众军士剁庞涓为七块,分与七国。齐为上邦,取了首级,秦邦取了左臂,楚邦取了右臂,韩邦取了左腿,赵邦取了右腿,把腰节剁为两

---

① 矫旨——假传君命。典出《公羊传·僖公三十二年》:"矫以郑伯之命而犒师焉。"

② 使心用悻(xìng)——费尽心机,利用得宠的条件做事。

块,燕邦取一块,魏邦取一块。各邦把庞涓分尸讫,约带回国,悬于国门之外,号令示众,任他鸦衔鸟啄,雨打日晒。魏王不在,就差朱亥带去。庞涓的心肺肝肠也交付朱亥带去,付与瑞莲公主。齐宣王与各国诸王会议,遂封孙膑为天下总兵军师,挂七国金印。孙膑道:"列国主公,从今以后俱要尊齐纳贡,取和为上。如有一不服者,兴兵征伐,毋罪臣之不忠也。"众诸侯齐说:"谨遵军师严令。"筵宴已毕,各国诸王起身辞谢齐王并辞孙膑,分路回国。齐宣王也带了大队人马回朝,不在话下。

且说朱亥回到宜梁,入朝见魏王。魏王问道:"你到毛头滩,六国诸王都到么?"朱亥道:"各国诸王齐至,只有我邦不到。"魏王又问:"庞涓怎地杀了?"朱亥道:"说也寒心。"就将孙膑、鲁王、韩王、廉颇如何报仇,七国如何分尸,并会同各将庞涓之肉挂在国门之外号令示众,一一说了一遍。魏王听了,叹口气道:"庞涓!谁叫你平日结下许多冤仇,今日死后受他痛苦!"朱亥道:"他的心肺肝肠,众王侯叫臣带回,送与公主。"魏王道:"少不得要报与公主得知,你去报她,叫她不要惊恐,待寡人慢慢劝慰则个。"朱亥遂到驸马府报知公主。那公主闻庞涓七国分尸,遂坠楼而死。有诗为证:

> 薄命从来是粉姝,哪堪生拆锦鸳孤。
>
> 乍闻远讣抛珠泪,轻坠危楼碎玉肤。
>
> 料得此时衔怨魄,悔叫当日握兵符。
>
> 从今魏主添新恨,恨杀庞涓不丈夫。

且说齐宣王回朝,将庞涓首级挂在国门外号令,吩咐光禄寺大开庆功筵宴。君臣畅饮中间,宣王降旨一道:"凡有已发觉未发觉、已结证未结证、当赦除之。大小赋税,恩免三秋。"君臣宴毕,众官谢恩出朝。

孙膑回到南平府,自思高名已扬,大仇已报,何不辞了齐王,携了家室,回到燕国与父母一聚,即归隐深山,做个急流勇退、明哲保身之人?立意已决,次日早朝,具辞表,解印缓,奏上宣王:"臣凭术之人,过蒙擢用①,今上报主恩,下酬私怨,于愿足矣。臣愿挂冠还带,愿得闲山一片,为终老之计。"宣王再三留之不得,乃封将石闾之山。孙膑拜谢出朝,别了妻子,竟出西门。众文武送至城外而别。孙膑回燕邦见父母后,即往石闾山住

---

①　擢(zhúo)用——提拔使用。

居岁余。一夕,忽不见,或言鬼谷仙师邀归云梦度之出世矣。后人有诗了
首赞孙膑云:

> 云梦几年师豹略,齐邦一出试龙韬。
>
> 功成便拂归山袖,谁似当时孙子高。

总题孙庞斗智七言排律二十韵:

> 局外闲撑冷眼看,纷纷往事付辛酸。
>
> 谁言有意怀千古,自笑无心忆一编。
>
> 忆起欲磨霜剑啸,怀深耻对玉樽欢。
>
> 独悲齐魏争雄长,颇惜孙庞就学安。
>
> 结义应多抒实臆,交情翻少剖真肝。
>
> 投书幸赖猿公孝,别足前因故友奸。
>
> 不是郑朱操节侠,宁能无楚免摧残?
>
> 英雄自昔逢原蹇,鬼神如今报弗宽。
>
> 休道谋成骄世主,能教颠遽欺崇宣①。
>
> 极安势必同欹器,盛满机将类转九。
>
> 一旦颠连膺怒众,几年功罪够自攒。
>
> 马陵尽命终为谶②,鬼谷先知始见难。
>
> 壮志凭陵俱已矣,肝肠收拾枉漫漫。
>
> 哪知正道天偏佑,堪笑狷狂废没棺。
>
> 乍献房刀夸护国,复悬肘印说登坛。
>
> 华夷处处兴碑颂,朝野纷纷起欣欢。
>
> 正羡清时有亮弼,忽从闲处觅闲观。
>
> 急流勇退归岩穴,远播雄名勒石峦。
>
> 天道昭明休浪说,地理险易是波澜。
>
> 可怜转盼今何在? 留得今朝演义传。

---

① 崇宣——高高在上的帝王的宣室。

② 谶(chèn)——将来要应验的预言。

后七国乐田演义

目　　录

第 一 回

贪大位结党巧欺君　慕虚名信谗甘让位

诗曰：

> 燕王昏得太无因，不辨君来不辨臣。
>
> 奸相矫情称作圣，佞人①邪说认为真。
>
> 明明父子生撑断，好好江山白送人。
>
> 自古败亡无不有，从无如此绝天伦。

话说周武王既得天下，分封诸侯八百余国，岂是自树敌国？只不过要他颊辅②王室，万年无改。谁知人心不古，以强兼弱，渐渐消磨，消磨到周慎靓王之时，除了小国不算，强大之国，只存七国，你道是哪七国？一曰秦，一曰楚，一曰齐，一曰燕，一曰韩，一曰赵，一曰魏。这七国虽皆各有能臣为国家出力，唯燕国坐控幽冀，地土丰雄，风气精劲，往往生聚异人。在七国前时，出了一个异人，叫做孙膑，与魏国庞涓赌斗才智，因出了一个奇计，将庞涓诱斩于马陵树下，故天下皆闻知孙膑之名。此一段故事已有传述，不敢再赘。不期到了周慎靓王五年后七国之时，燕、齐二国又有两个异人出世：燕国一个叫做乐毅，齐国一个叫做田单，俱先后为国家建立奇功，堪垂千古。此一段故事流传尚少，故细述之以为览古之证。正是：

> 世复世兮年复年，年年世世出英贤。若无青史春秋笔，异绩奇功谁与传？

话说慎靓王五年，燕国却正是燕王哙在位。这燕王哙为君，说他荒淫虽也荒淫，却又不算十分荒淫；说他骄傲虽也骄傲，却又不到十分骄傲；说他不知世事，而国家政事却又件件留心；说他不知古典，而尧舜禹汤却又事事晓得。只因一味愚顽固执，贪图逸乐，遂做了一个千古出类拔萃的昏

---

① 佞(nìng)人——能言善辩却不正派的人。

② 颊辅——原指口两旁的肌肉，本文为辅佐之意。典出《左传》："谚所谓辅车相依，唇亡齿寒者，其虞虢之谓也。"

君。这燕王虽然昏愚，却胸中尚知有圣贤道理，若有造化，遇着一个忠贤宰相尽力匡扶，再得几个有道良臣正言规谏，也还不致丧亡。不期国祚①该衰，刚刚又凑着一个奸臣叫做子之。这子之为人，一个胆子比天还大，一个性子比火还烈，一条肠子比钩还弯，一片心机比墨还黑，仁义礼智全然不识，贪嗔痴暗件件皆能，满口夸张，最会哄骗好人，万般算计，却是自寻死路。内虽狡伪，外面却有威仪：生得身长八尺，腰大十围，肌肥肉重，面阔口方，远而望之，伟然丈夫；又有气力，信手可以仰绰飞禽；又善捷走，疾步可以追及猛兽；使一柄浑铁槊，有万夫不当之勇；又善夤缘②。自燕易王在位时，已谋为燕相，执其国柄。及燕易王墓后，燕王哙嗣位，他虽犹居相位，却与燕王哙情意未孚③，恐燕王哙委任不专，一旦失位，私心时时忧虑，欲请人保荐，却又遍察满朝，无一个为燕王亲信之人，无一个是我朋党之友。

一日，见苏秦之弟苏代也如苏秦一般能言快语，专以游说显名于诸侯，多能足智，燕王深服于他，唯言是听。因暗想道：若得此人在王前赞言一声，则我的相位便稳如泰山磐石矣。又想：这苏代与我平日甚疏，如何肯言？欲要以财货结交他，他的眼孔又大，任是金银也不肯真心为我；欲要以势位倾动他，他连诸侯也不放在心上，何况宰相？再四思量，忽然有悟道："闻他有一位千金小姐，十分钟爱，若求得来做了儿子的媳妇，两下成了至亲，便不怕他不拔刀相助矣。"算计定了，便央一个心腹相好的大夫，叫做鹿毛寿，为媒去说。

这鹿毛寿为人，又是一个只认得富贵不认得人伦，只知有势头不知有节义的人。今见子之为相，正富贵，正有势头，遂与他结成一党，巴不得子之常常为相，他便有靠，见子之托他为媒，遂连忙来见苏代，细细述子之求亲之意。

原来这苏代虽然四方去游说诸侯，托身取重者却是燕、齐两国，若二国和好，他便好往来其间，持揽二国之权。不期自苏秦死后，齐宣王看破

---

① 国祚（zuò）——国力与国君的地位。

② 夤（yín）缘——拉拢关系，巴结向上。典出韩愈《古意》："我欲求之不惮远，青壁无路难夤缘。"

③ 孚（fú）——信用、信任。

了苏秦之诈，便渐渐与燕王有隙。苏代恐燕、齐有隙，立身不牢，因劝燕王质子①于齐，方才相安；又令其族弟苏厉仕于齐，常常通好。他既身仕于燕国，燕国相臣岂有不愿结交之理！这日见鹿毛寿来再三求亲，正投其机，即便应允，遂不日成婚。既成婚之后，两家做了至亲，子之方将燕王新立，与他情意不孚，恐失相位之事与苏代说了，央他于中保护。苏代道："燕王为人愚而多疑，若直直去说，便不听信，待有好机会，只作无心言之，便肯听从。"子之大喜。

忽一日，燕王命苏代到齐国去看质子。苏代去看了回来，复命道："质子平安无恙。"燕王因问道："吾闻齐桓、晋文，得了管仲、舅犯诸臣，所以一匡天下，九合诸侯，成了霸主。今闻齐国的孟尝君亦乃天下大贤，齐王得之，岂不又霸天下？"苏代因欲为子之做说客，遂乘机答道："齐王虽有孟尝君之贤，以臣观之，却不能复霸天下。"燕王惊问道："此何故也？"苏代道："国家得贤臣不难，专任贤臣为难耳。齐王虽知孟尝君之贤，而委任孟尝君却不专一，安能得霸？"燕王因长叹道："天生贤才，偏立身不耦②。齐国有贤臣，而齐王却不知用，惜吾独不得孟尝君为臣，若吾得了孟尝君为臣，自当委国听之。"苏代道："大王何舍近而求远也？今相国子之立身行止不愧古人，又明习政事，即燕国之孟尝君也。自有不知，却慕他人，窃谓大王过矣。"燕王听了又惊又喜道："原来子之可比孟尝，何以见得？卿可细言之。"苏代道："孟尝君胸既无文，身又不能武，不过赖三千食客为之游扬③耳？怎如子之文能修名教以安邦，武能敌万人以定国，全不借一客之力。以臣观之，子之殆过于孟尝，竟是古之舜、禹。"燕王听了大喜道："非卿言，寡人几坐失之矣。"因召子之入朝，大加奖赏，遂将一国政事，俱付子之掌理。子之竟受之不辞道："臣已待罪相国，理该任事，今又蒙大王专心付托，臣敢不竭力效命！"燕王大喜，以为付托得人，快不可言。

子之初为政时，不敢竟行④，犹取几件大事请王裁决。燕王推辞道：

①　质子——人质，古代派往别国作抵押的人，多为王子和世子，故名质子。
②　不耦(ǒu)——不遇，不顺利，没有成就。
③　游扬——为人到处宣传美名。典出《史记》："仆游扬足下名于天下。"
④　竟行——直接行事，自作主张。

"既已托卿,犹待寡人裁决,是不专也。"竟退入宫中,恣心游乐。子之见燕王委任不疑,大权在己,便有个篡燕之意,因暗暗与鹿毛寿图谋道:"燕王昏聩,又不临朝,大权尽在吾掌,篡之甚易。只恨将军市被并各营,拥着大兵,见难必要救护,恐一时举事,名分不敌,反遭其辱。"鹿毛寿道:"若明明以刀兵夺国,不独市被兵权在手,难于篡弑;即使篡弑成功,而列国诸侯闻知,亦不干休。此招祸之道也。相国若有大志图燕,吾有一妙计,包管相国不动刀兵而大位自至。"子之听了,便喜动颜色道:"此大夫戏我也。以臣而图君,虽极刀兵之力犹虑不能,哪有大位自至之理?"鹿毛寿道:"相国不知也!以刀兵争夺天下,皆后世事也,上古不然也。三代圣帝明王之有天下,皆不传子而传贤,故尧有天下不付子而付舜,舜有天下不付子而传禹,名曰让位。唯后世衰,乃始传与子,以至于今。今燕王甘心逸乐,不喜听政,且远慕圣贤之名,待寿凭三寸不烂之舌,说以圣人让位之事,彼必喜而听从也。彼若听从而行之,则举国相安,岂不过于篡弑?"子之笑道:"得能让位,可知为妙,但自尧舜以来,经历千年,兴亡之际,无非杀伐,未闻有让位之事,岂至今战国,人心如狼似虎,燕王安得突然而行此?"鹿毛寿道:"人之愚不一端:有愚于狂者,有愚于圣者。愚于狂者,荒淫骄横皆可动之。我看燕王高瞻远慕,是愚于圣者,故思以尧、舜之美名动之。事最难料,待我为相国图之。"子之大喜道:"愿大夫留意图之。倘能成事,决不忘报。"

　　鹿毛寿因入见燕王道:"大王闲居深宫,不亲政事,乐乎?"燕王道:"甚乐。"鹿毛寿道:"大王身则乐矣,只是名不甚美。"燕王惊问道:"为何不美?"鹿毛寿道:"勤政乃为君之事。今大王为君而不亲政事,只图快乐,安得美名?"燕王道。"寡人虽不勤政,已托相国子之代吾勤矣,总是一般。"鹿毛寿道:"君自君,臣自臣。子之虽贤,位在相国,任是勤政,只完得他相国之事,安能代大王显尧、舜之名? 大王要显尧、舜之名,除非实行尧、舜之事。"燕王道:"且问你,自古为君者多矣,何以独称尧、舜为圣人? 且闻舜王被袗衣鼓琴,二女裸,未尝不乐,而无人谓其荒淫,此何说也?"鹿毛寿道:"尧、舜所以称圣人而未尝不乐者,妙在能传贤而让其位也。尧王既老,懒于政事,访知舜王之贤,遂将君位劳苦之事让与舜王,自取快乐。天下知劳苦之事又有舜之为君,便只诵尧王之圣,而不来管其逸乐矣。舜王既老,懒于政事,访知禹王之贤,遂将君位劳苦之事让与禹王,自取快乐。天下知劳苦之事又有禹之为君，便只诵舜王之垒，而不来管其逸乐矣。今大王虽任子之理政，然君位之名犹为大王所据，大王若不勤政而图逸乐，则天下自加不美之名于大王矣，大王安得称圣人如尧、舜哉？"燕王听了，又惊又喜道："据卿这等说起来，则传贤让位乃为君之美事也，何后世无一人行之？"鹿毛寿道："世俗诸侯，岂能知此！唯尧、舜圣人方思及此。"燕王道："君位若让人，只怕为君之乐，人又不肯让我。"鹿毛寿道："让位须让贤人。尧虽让君位于舜，尧何尝不享为君之乐者，舜贤人也。舜虽让君位于禹，舜何尝不享为君之乐者，让位若让得其人，虽无为君之名，实有为君之乐，此大圣人所以为之而不再计也。"燕王听了，大喜道："让位之乐，原来如此！吾何乐而不为？卿可传示子之，吾将让位也。"鹿毛寿因谀①之道："大王若果让位，是又一尧、舜也。"因退出，忙报知子之，子之欢喜不尽。正是：

　　奸臣自道智谋高，篡②弑③君王不用刀。

　　谁想为君偏速死，不如臣位倒坚牢。

让位之事，燕王虽与鹿毛寿商量，却早有人报知太子平。太子得知，惊慌无措，因忙忙入宫，苦谏燕王道："燕国乃召公奭④祖宗之燕国，受周天子之封，数百年相传至今。父王岂可一旦贪图逸乐，私自让人。若果让人，是自斩祖宗之宗祀也。况君，元首也，臣，股肱⑤也，股肱岂可加于元首哉？"燕王道："让位乃尧、舜大圣人之事，非汝所知也；且名为让位，而仍实享为君之乐。吾意已决，汝不必多言。"太子平痛哭道："身为君，方有为君之乐，岂君位已去，身就臣列，尚能保全其逸乐之理？望父王熟思之，勿为奸人所惑。"燕王怒道："此吾意也！哪个奸人敢来惑我？你只知恋此君位，以为不朽，不知周家八百诸侯，今存有几？亡者已烟消火灭，不为人齿，何如让此一时之位，上与尧、舜之名同垂不朽之为高哉！汝欲

---

①　谀（yú）——谄媚，奉承。

②　篡（cuàn）——特指臣子夺取君位。

③　弑（shì）——特指臣杀君、子杀父母，典出《易经·坤·文言》："臣弑其君，子弑其父，非一朝一夕之故，其所由来者渐矣。"

④　召（shào）公奭（shì）——即邵公、召康公，周代燕国的始祖。

⑤　股肱（gōng）——本指大腿与大臂，此处引申为得力的助手。

为君,俟汝自为之,吾不能庇汝也。"

太子平知父意不可回,只得含泪而出。臣子中亦有几个进谏者,燕王俱挥斥不听,因下诏命有司择吉让位于相国。子之见有了诏书,满心欢喜,只得虚上表章,假意推辞道:"臣才愧重华①,德惭神禹,安敢承君王之天位?万望取回成命,容臣效力股肱。"燕王又下诏道:"谦退不遑,愈见圣德,幸早莅臣民,以奠安燕土,不准辞。"子之不好就受,因又上表推辞。

鹿毛寿乘着子之上表推辞,因又入见燕王,说道:"大王可知相国不肯受禅之意么?"燕王道:"不知也。"鹿毛寿道:"昔尧让位于舜,而舜能受位者,尧之子丹朱能体父心而不争也;舜让位于禹,而禹得受位者,舜之子亦能体贴父心而不争也。至于禹,非竟传子,亦曾让位于益,奈何禹之子启不肖,不能体贴父心,竟夺益之天下。故后世谓禹之德衰,不及尧、舜。然细思之,非禹德衰,实禹之子启不肖也。今大王让位于相国,诚当今之尧、舜也。而相国子之不敢受者,因闻太子曾泣谏于大王。大王虽不听,而太子之怨恨必深。今若承命,恐太子一旦夺之,求为相国不可得,故屡辞不受也。"燕王道:"这不足虑。"因下诏废太子为庶人,逐出城外居住,不许入朝干预政事,再命子之禅。子之遂不复辞,因于南郊筑一受禅之台。

到了这日,燕王先下令,令文武百官俱至旧丞相府,迎请新燕王至受禅台受禅,自却先到台上等候。众官无奈,只得备了旌竿仪仗、御乐法驾,前往迎请。子之见了百官迎请,知事已真,便老着面皮,装出圣贤模样,冠了王者之冠,服了王者之服,龙行虎步地上了法驾,命众官骑马,左右徘班,一队一队地在前引导。一路香烟缥缈,御乐齐吹,直迎到受禅台前方才驻驾。一班文武官,俱下马拥护升台,升到台上,燕王就迎着对拜。拜毕,燕王就将为王的玉玺、临民的宝圭②送与子之道:"寡人德薄,不获自修,又倦勤不能亲政,文武臣民久仰大王的钦明圣德高过唐虞,天纵神威不殊夏禹,诚治世之君,福民之主,故寡人逊此衰残,以让有德。愿大王洪敷恩泽,以救斯民。"子之受了宝圭、玉玺,因答道:"天命在兹,敢不只受;君恩独注,当以有酬。"燕工见子之受了玉玺,就要率领文武百官身就臣

---

① 重华——虞舜名。典出《书·舜典》:"曰重华,协于帝。"·

② 玉玺、宝圭——玉玺,天子之印,玉制;宝圭,古代帝王在举行典礼时拿的一种玉器,上圆下方,二者共同为君权的标志。

列，北面以行朝贺之礼。子之忙传令止住道："燕大王旧君，有太上之尊，岂可下就臣列！且暂请回宫，再议崇奉之礼。"燕王受命，方先回宫去了，然后百官次第朝见。朝见毕，就发驾郊祀天地。郊祀过天地，才回宫设朝，一面设朝，就传旨拜苏代、鹿毛寿为上卿，其余尽仍旧职，一面就命内侍打扫文华宫，请燕王出居静摄，恐大内混杂不便。又传旨：凡燕王之供奉旧侍宫人，俱着仍人文华宫照旧供奉。又传旨：燕王倦勤，喜于静摄，文武百官不许私自朝见，以妨其静摄。传完了数道旨意，方罢朝，早有一班近侍宫人细吹细打，迎入宫中。困有旨请燕王出居文华宫，其供应近侍宫人早遵旨纷纷出宫矣。正是：

　　君作臣兮臣作君，实为千古之奇闻。

　　不知共弃如刍狗①，才似人形早已焚。

　　子之第二日设朝，第一道旨意即云：宫中近侍宫人，尽发供应旧燕王，内御无人，着选颜色美丽女子三千人，净身少年男子三千人，入宫备用。第二道旨意即云：燕旧王倦勤静摄，供奉宜崇，各项财用俱于常额外加增一半。

　　这两道旨意一传出去，臣民见了俱惊讶不已，纷纷议论，但因新王初政，不好便上本弹劾，只得权且忍耐。鹿毛寿访知，因暗暗入见子之道："大王新立，臣民观望，大王何不且传两道假仁假义的诏旨，安定了人心，然后再行此快心乐意之事，使有知有不知，可以掩饰了。今发诏之始，即行此好色贪财之令，未免人心汹汹，大王还须三思。"子之道："鹿卿有所不知。燕政素宽，若再假以仁义，则民心玩矣。民玩之后再行此苛求之政，万万难从矣。莫若乘此新政威严之际，雷令风行，谁敢不遵？寡人筹之甚熟，故特行之，使臣民知新主作用出于寻常。卿若虑其不遵，寡人明旦再示之以威，无不从矣。"鹿毛寿因赞道："大王洪深之略，非疏浅之臣所能测度也，但示之以威，亦宜早行，恐迟则臣民又生议论也。"子之道："要示以威，这有何难？"只因这一示威，有分教：

　　钳者民口，失者民心。

　　不知后事如何，且听下回分解。

――――――――

① 刍（chú）狗——草和狗。典出《老子》："天地不仁，以万物为刍狗；圣人不仁，以百姓为刍狗。"

第 二 回

演武场横槊示威　无终山潜身逃难

诗曰：

天意从来不可知，推之人事大差池。

贤能嗣子逃无路，暴虐奸人偏有为。

到此人民谁不愤，如斯社稷怎支持？

当其得意夸能早，及到身亡悔已迟。

话说子之才即位，所行不义，要以威压臣民，因传出旨意来，要明日下操。新王命令，谁敢不遵？到了次日，子之带了鹿毛寿一班党羽臣子到了教场，高坐将台之上。只见教场中，兵马早已排得齐齐整整，因传令众将道："方今列国各据封疆，若不将勇兵强，难以威邻服敌。汝等众将，须尽心操练，必人人有乌获①之能，个个逞孟贲②之勇，寡人方倚为长城，加之大任，若徒炫虚名，全无实用，定当加罪。"众将齐声应诺，子之方下令开操。

众将得令，摆一回阵法，射一回弓箭，舞一回刀枪，试一回火药，直到日午方完。子之看了道："这些操演，皆应故事，不足显才。"因命取寡人的铁槊③来。原来子之力大，自用的这柄槊，乃是浑铁铸成，约有二百斤重。子之亏这柄槊，在燕易王时骗了一个宰相，今日故又取来压人。

当下四个兵士抬到将台下放了，子之就传令：众将中有能举槊上马，施展得动的，即拜为大将军。令下了，合营金鼓齐鸣，并无一人出来应令。

---

① 乌获——战国时秦国勇士。据说能举千钧之重，与勇士任鄙、孟说同被秦武王宠用。

② 孟贲——战国时的勇士。典出《史记·范雎列传》："成荆、孟贲、王庆忌、夏育，勇焉而死。"

③ 槊(shuò)——古代的一种兵器，即长予。典出苏轼《前赤壁赋》："横槊赋诗。"

传令的恐人不知，只得又高声传了一遍，金鼓又鸣了一转，也不见有人出来。直传到第三遍，金鼓正鸣，方见左营中一将金盔、金甲、大红袍、丝鸾带，飞马直到将台之下，大声叫道："末将不才，愿举大王之槊。"众人视之，乃偏将军乞栗也。台上因传令快举，举得起重赏。乞栗乃跳下马来，用双手抱起槊，横摆了一摆，竖扬了一扬，欲要飞身上马，自觉艰难，只横着槊在将台下转了一转，便放下来，靠将台竖着。满营早已喝彩，金鼓复鸣。子之在将台上看见，微笑一笑道："也亏他了。"正说不完，只见后哨中又一将铁盔铁甲，皂罗袍，乌油铠，飞马出来，大叫道："这等样怎算得举槊？待末将举与你看。"因一马跑到将台边，也不下马，见槊靠在台边，遂尽平生之力往上一拖，拖起来横担在马上，用双手擎定，放开马在营中跑了一转，依旧到将台边，然后放下槊来。满营金鼓复鸣，众人愈加喝彩。子之在台上一看，却是副将军费器，因也笑一笑道："这更亏他。"因吩咐给赏：乞栗是银花一对、红彩一匹，费器是金花一对，锦彩一匹。

赏完，子之因看着鹿毛寿对众臣说道："这样舞槊可发一笑。寡人若空说他，他也不服。这叫做不睹太阳，不知爝火①之光小；不闻雷霆，不识金鼓之声微。待寡人自舞一路，与众臣民一看，他方知惭愧。"因卸去龙服，披上软甲，除了王冠，换上战帽，众文武随从着走下台来。近侍早已备下战马，子之要卖弄英雄，一手提起槊来，一手抓定马鬃，将身一纵，早已跨在马上，然后双手将铁槊轻轻地使开，先开过门，后又立个架子，左三路，右五路，初犹缓缓地一磐一控，一纵一送，如龙之盘旋，如虎之踊跃。使到溜亮时，只听得呼呼风雨，只看见闪闪霞飞，只看得冷阴阴、寒惨惨，一团兵气袭人，并不见人在哪里，并不见马在哪里，并不见架在哪里！满营将士看了，无不寒心吐舌，齐呼万岁。子之听了满心欢喜，然后收住了，将槊前一拧，后一摆，横一拖，竖一搿，约略舞了三两回，方轻轻地将槊放下，面不失色，口不吐气，大笑问众文武道："寡人舞的槊何如？"众文武俱拜伏于地，交口称赞道："大王的天威神武，实古今所无也。"子之大喜，方跳下马来，重登将台，换了王服，乃下令道："寡人以神武②定国，言出必行，令出必从，善承旨者加爵，有逆旨者死无赦。"又出金钱赏劳三军，方

---

① 爝(jué)火——火把，火炬。典出《庄子》："日月出矣，而爝火不息。"

② 神武——聪明威武。典出杜甫诗："君王自神武。"

罢操回宫,正是:

> 狡诈为君不识仁,但将猛勇压臣民。
>
> 谁知猛勇有时尽,依旧臣民别属人。

子之卖弄了一番猛勇,人人害怕。凡国家的事,皆任他的性子而行,谁敢违拗?然民心汹汹,朝野慌张,无一人不怀愤恩乱。过了年余,将军市被心不能平,因暗暗与太子平商量道:"燕国乃殿下之燕国也,岂容此奸贼据而为君?必攻而杀之,方快吾心。"太子平道:"我岂不愿杀此奸贼!但恨被废失位,无力与争,况此贼又猛勇异常,恐攻之不胜,反取其祸。"市被道:"太子何懦也!吾当誓杀此贼!"

又过了些时,市被忍耐不住,忽听得子之抱病,因大喜道:"天从人愿,此贼应灭矣!"遂不再计,竟率了本部军士千余,乘夜无备,一齐鼓噪,杀奔宫门。百姓因子之为政暴虐,恨入骨髓,见市被往攻,俱蜂拥从之。到了宫前,见宫门紧闭,遂纵火焚烧。

子之正在病中,闻知有变,又因黑夜不知众寡,但传令紧闭宫门,着人死守,直挨到天明,方遣内侍点集禁兵,一齐杀出。此时,内里的禁兵,乃柔脆之兵,外面的军兵与百姓,又乃乌合之众,也不成个队伍,也没个阵势,唯鸣锣击鼓,吆天喝地地乱杀。内里的杀败了,因子之催督要杀,不敢退去;外面的杀败了,因民心愤恨之极,一边退去,又一边拥了上来。内外混杀,直杀得尸如山积,血似河流。

正杀得不可分辨之时,不期鹿毛寿与苏代见事势危急,忙发兵符,将各营兵马都调来救护。不多时兵马到了,众百姓见大势不好,尽皆散去了。百姓散去,市被一军,如何支持得住,只得败了出来。鹿毛寿挥众兵围杀,喜得众营兵心皆不愤,不尽力急攻,竟紧攻一阵,又慢攻一阵,大家相持了十余日,雌雄未决。鹿毛寿奏知子之,子之此时病已将好,因大怒道:"鼠辈容其作耗①,设使诸侯大敌,何以称雄?"遂爬起来,换了戎装,手提大槊,只带近侍数十人,竟一骑马飞奔阵前。

市被连日苦战,已万分难支,忽见子之亲自临阵,平日知其猛勇异常,惊得青黄无主,急欲放马逃生。子之一槊早已照头打来,心慌逃不及,竟一闪跌下马来,被众军赶上,乱刀砍死。其余兵将,见主帅已诛,料无生

---

① 作耗——祸害,作乱。

路,齐齐跪在地下,口呼"万岁饶命,饶命!"子之见了大笑道:"如此无能,也要作乱!"鹿毛寿见杀了市被,遂赶上前称赞道:"大王天威,直①古今无有。"子之道:"众兵当作何处?"鹿毛寿道:"罪在市被,与众元干,乞大王赦之,散入各营。"子之道:"卿言是也。"遂下令各营领去,一场祸乱方才定了。子之走马回宫,十分得意。后人有诗怜惜市被道:

> 虽然公愤在人心,也要将军力量深。
>
> 谁料奸雄诛不得,反教一命早归阴。

子之还到宫中,众臣都上殿贺喜。子之自夸其能道:"市被这厮能有多大力量,只见寡人槊去,便跌下马来,怎敢作乱!"鹿毛寿因诿道:"市被一小人耳,焉敢作乱? 作乱者,有所使也。"子之道:"他来领兵将烧寡人宫门,又与各营兵战了数日,明明是自取其死,有何指使?"鹿毛寿道:"市被不过一将,与陛下何仇? 岂不知大王之天威,敢自取其死? 无论今日事败身死,则事成,安能身为诸侯,自居宝位哉? 以此揆之,故知市被定有人指使也。"子之道:"燕王即已让位,再无复使之理。舍燕王,再有何人?"鹿毛寿道:"燕王虽让位,而燕王之太子却无心让位也。市被之乱,非太子平指使之,断断不敢妄动也。"子之道:"太子平也废久矣。"鹿毛寿道:"正唯太子平废了,故无知小人希图为他报复,所以侥幸为此。今幸大王洪福齐天,天威难犯,故就死耳,若是他人,鲜不受累。然臣细思之,市被虽死,而国中为市被者不少,皆由于太子平在也。大王不可不熟思而早图之。"

子之既杀了市被,扬扬得意,以为祸乱不足忧了,不将太子平放在心上,今见鹿毛寿谆谆说市被之乱,是太子平之谋,心下也就恍惚起来,遂欲将太子平取来监禁。太子平的太傅郭隗时犹在朝,闻知此言,吃了一惊;朝退,忙悄悄将鹿毛寿之言与子之要监禁之事,来报知太子平道:"祸至矣,事急矣! 殿下当早为之计,若稍迟疑,身莫保矣。"太子平听了,泪如雨下,道:"父王为一国之君何不快意,乃听奸臣邪说,让位与人,反自退居于文华宫,已非正道。若让得其人,能治国家,犹之可也;乃让此不仁不义之奸贼,暴虐异常,使举国痛怨。遭市被此一番亦可惊省,乃转沾沾得意,又听奸臣之言,吹毛求疵,害及于我。此虽奸人之恶,实父王之所取

---

① 直——简直,真是。

也,只得安心领受,又有何计可以早为?"郭隗道:"殿下差矣!大王已受奸人之愚,不独以江山送人,连性命也未必保。今燕先王宗礼,唯殿下一人。殿下若不思急为之计,而持此迂腐之论,岂干蛊①之义耶?"太子拭泪道:"承先生金玉之论,敢不听从,但事已至此,计将安出?"郭隗道:"奸党既思量下此毒手,要他回心断断不能。为今之计,唯有逃遁他方,暂避其祸。奸党如此肆恶,料不久必亡。候其亡而再收拾破残,以复祖基,方是英雄作用,若束手待毙,此妇人之仁,不足取也。"太子道:"国事奸情,太傅高明,已如照胆。但恐如贼败亡,而父王不能独生。至其时,予虽不肖,周旋其间,尚思委曲保全,以尽为子之心,即万万不能,亦当同死,安忍畏祸避去。视父王之死而不顾,安得为人乎?"郭隗道:"殿下又差矣!尽父之节为小孝,复祖宗之业为大孝。岂不闻受父之责而大杖则走,况奸人毒手而不思避乎?若欲临期周旋,自己不保,谁为周旋?即为周旋,大王愚而不悟,亦空费力。莫若舍其小、图其大之为有志耳。"太子平道:"不能图小,安能图大?孤已决计从父王死矣。至于燕之社稷,倘邀先王之灵不应绝灭,宗族不少,自有兴起者。太傅幸勿姑息:哀子之死而使孤蹈不义也。"郭隗叹息道:"殿下之孝,诚足感动天地矣,但终泥于小而未闻大义。臣既委质为殿下之傅,职当稗益,安敢陷殿下于不义?窃见以死尽孝,匹夫皆可为之,败后图存,失而谋复,非贤才不能。燕之宗族固不为少,臣遍观之,俱系中材,无一人可图社稷,唯殿下英明果决,不减桓文。臣不忍轻弃,故力劝殿下,暂潜身屈体以待时也。事已迫急,存亡只在顷刻,伏乞早决,若再迟延,祸临身矣!"

太子初犹沉吟,既而大悟曰:"太傅药言,足开聋聩。孤无知小子,得蒙提携,恩将何报?但念四境皆子之奸人布满,察访甚严,若机事不密,逃而受祸,彼转有词,又不若从容就死矣。"郭隗道:"子之虽恶,时正得意,又沉溺酒色,断不以殿下为意。况有粗无细,有头无尾,当事则急,事过则已。今之欲收殿下,盖迫于鹿毛寿之言也,不须过虑。鹿毛寿虽奸,其所谗谮②,不获自行。殿下但请放心,速宜逃去。"太子平道:"既要逃,必需

---

① 干(gān)蛊(gǔ)——儿子能担任父亲所不能担任的事业。典出《易经·蛊》:"干父之蛊。"

② 谗谮(zèn)——说坏话诬陷人。

要投他国，方可脱身。"郭隗道："我看子之所为不义，残暴虐民，断不能久。殿下若远投他国，设国中一时有变，禅位甚难，莫若逃于近地，出外容易。"太子平道："近地固好，但恐近地易于搜求。"郭隗道："他料殿下既能漏网，自远走高飞，断不搜求近地。"太子平道："近地纵不搜求，亦须隐僻方可安身，不知何处为妙？"郭隗道："此处不到百里，玉田界内有一座无终山，甚是幽僻。山中又地广人稀，又逶迤曲折，老臣有一故友，隐居其中，从无知者。殿下可同老臣速速换了贱服，扮做穷人，逃往他家，埋名隐姓藏匿几时，以待子之之变。"太子平道："既有此处，便宜速往。"随即换了衣帽要走。郭隗想了一想，又叫一个近侍穿戴了太子的衣帽，骑匹马，用袍袖将面掩着，飞跑出南门，假做逃往齐国之状；又吩咐他，去到百里之外无人处，可将衣冠脱下放在一处，悄悄走了回来。又吩咐一个近侍道："倘有朝旨来拿，可说早晨闻命，已同郭太傅入朝请死矣。"吩咐毕，方暗暗同太子逃去。正是：

　　　身当勿用只宜潜，事急时危责用权。

　　　大抵英雄百炼出，莫将儿女漫相怜。

　　太子与郭隗逃走不提。且说子之口虽说要收太子监禁，然犹未行，当不得鹿毛寿催迫道："臣昨日所言太子之事，莫非忘了？此乃大事，不可看轻。"子之只得传旨，着殿前一个侍卫将军去拿旧太子平，立时见驾。将军领旨，出朝飞马而去，到了城外住处，忙打入门去，传旨拿人。早有几个旧近侍回复道："太子早晨闻郭太傅传来之信，随即入朝请罪，去久矣。"将军只得将此情复命。子之道："既来请罪，为何不见？"鹿毛寿奏道："必是隐藏在家，将此言搪塞。"子之听说隐藏，又传旨着侍卫领兵一队去搜。将军领旨去搜了一遍，又来复命道："各处搜寻，并不见太子，想是走了。"子之尚未发言，鹿毛寿早又奏道："这太子平，大王拿他的令旨尚未曾下，他已预知逃走，则此朝中他的奸细不为少矣。大王若不早除，后来为祸不少。"子之听了，因大怒道："小子这等可恶！料逃不远。"因传旨，令各营兵将分头去赶。早有人报知，看见太子飞马掩面跑出南城去了。因飞马去赶，赶到百里之外，忽见太子的衣冠放在一个庙中，因取了回来，复旨道："定是逃往齐国去了。"子之又差人去赶，直赶到交界地方，哪里有些影子。有司不得已，只得行文俟查。正是：

　　　搜尽山边与水边，无终咫尺却安然。

慢夸妙计能藏隐，还是天心不绝燕。

子之君臣，果是有头无尾，搜了些时见搜不出，也就搁开。却是燕王子孙，见捉拿太子平，俱不自安。太子平有个庶出①之弟叫做公子职，见太子已逃，恐祸及己，也暗暗地出奔到韩国去了。自诸公子一奔，齐、秦、赵、魏众诸侯，皆：闻知燕王哙让位子之之事，并子之之为君无道，俱愤愤然大不能平。只因诸侯愤愤不平，有分教：

　　　得之内，失之外；利其国，丧其身。

不知后事如何，且听下回分解。

————————————

① 庶出——旧时妾所生子女。

第 三 回

命将兴师为贪邻利 见君诉苦盖悔前愈怨

诗曰：

自开齐国便开燕、何故贪心要占全？

易水何尝无社稷，临淄亦自有山川。

朝成晚败君传舍，东夺西争民倒悬。

到得大家追悔日，涕垂如雨也徒然。

话说周赧王元年，正值齐宣王在位，闻知燕国大乱，百姓不宁，因聚群臣商议道："燕乃万乘之国，兵精卒悍，在齐之北。寡人虽与他质子通好，名虽邻国，然彼此蓄谋，乘衅观变，实系敌国。今幸彼私相让位，臣民不服，以致国中大乱，正乃败亡之机。我欲乘此取之，不识群臣以为何如？"有几个老成的臣子说道："燕国君臣虽一时无道，自乱其国，然实周天子分封之国，若乘隙而灭之，恐天下诸侯不服，又起刀兵之渐。况闻子之勇不可当，党羽甚众，倘一时胜败不测，兵连祸结，岂不又开邻国之衅端？ 莫若俟其多行不义，势必自毙，然后再作图谋未为晚也。臣等愿大王姑且勿取。"又有喜功之臣出位说道："此迂谈也！识时务者方为俊杰。燕与齐地土相接，我不取他，他必取我，但恨无其机。今幸彼国君民内乱，乃天亡燕兴齐之大机，岂可坐失而为他人取？ 愿大王速速选一上将，领兵一二十万直取燕都。子之虽勇，然民心恫怨①，欲背已久，不过一匹夫之勇，定可擒获。无论得其地土以展齐疆，即燕数百年所积的金玉玩好，并燕都粉白黛绿②之女子，辇而致之齐，亦大王一时之快心事也，且使天下诸侯闻之，莫不畏齐之强矣。臣等愿大王急急取之。"齐王闻言大喜道："此论正合寡人之意，但不知诸将中谁人敢去破燕？"声还未绝，只见班部中闪出

---

① 恫（dōng）怨——痛苦怨恨。

② 粉白黛绿——也作粉白黛黑，专指好的妆饰。典出韩愈《送李愿归盘谷序》："粉白黛绿者，列屋而闲居。"

一人,拜伏阶前,奏道:"臣虽不才,愿领大王之命,帅兵直抵燕都,亲擒子之,解赴临淄,听大王正法。"齐王举目一看,却是将军匡章,因也说道:"燕,强国也。子之,猛贼也。将军不可轻视。"匡章道:"燕国强,今已瓦解;子之纵勇,不过独夫。敢请为大王破之!"齐王又问道:"将军既许破燕,须用兵几何?"匡章道:"兵在精不在多,只需发兵十万与臣领去,便足纵横于燕而无敌矣。"齐王壮其言,满心欢喜,就出兵符,发兵十万,加匡章为上将军,前去破燕。正是:

> 土地人民劫欲心,因而乘隙去侵人。
>
> 揆①之封建先王意,几个扶危与恤邻?

匡章既受了王命,领着十万大兵,便择吉出师,径往清河、渤海进发。欲震惊邻国,先草了一道檄文②,打到燕都,一以正讨罪之名,一以扬兵威之盛。那檄文上写得分明道:

> 齐国上将军、兵马大元帅匡章,为擅更王制、轻弃祖基,兴师讨罪事:窃闻天子分封,盖念元勋之不可及;诸侯立国,实承祖业之所应传,莫不父亡子袭,以正人伦;即或弟嗣兄终,犹属宗派。国遍九州,孰能少越?年经八百,谁敢不遵?从未有败伦伤化如燕王哙、燕贼子之者也。燕王哙,稽其世系,受封易水,虽召公夷之子孙;察其所为,让位匪人,实众诸侯之叛类。废王制为不忠,不忠则是人皆得而诛之;斩祖基为不孝,不孝则无国不可杀也。况子之乱臣贼子,又碎尸万段不足尽其辜者也,齐乃桓公之后,伯业之余,敢不重展先猷,以兴仁义,大张杀伐,用竖义旗,复天子之威灵,泄神人之怨愤!王师堂正,当其锋势必倒戈;恶贯满盈,不及战亦须授首。但恐党恶者逆天,慎勿噬脐③而后悔,革心者免祸,尚可保命于先机。不忍过残,故尔先檄。

檄文一路行来,早有人报知燕国。鹿毛寿闻信,十分着忙,立时报知

---

① 揆(kuí)——揣测。

② 檄(xí)——古代官府用以征召、晓谕、声讨的文书。典出《史记·张耳陈性列传》:"此臣之所谓传檄而千里定者也。"

③ 噬(shì)脐——比喻后悔不及。脐在腹部,自食不及。

子之道:"大王践位①之初,我曾劝大王发使通知列国诸侯,告以让位即位之事。既贺诸侯,诸侯自来称贺。诸侯称贺过,便已定诸侯之体,纵有征伐,不无可救。大王恃强,苦苦不听。今齐王遣臣匡章,兴师十万前来问罪,檄文打来,便不以诸侯视大王,只称乱臣贼子矣。不日兵必压境,却将奈何? 大王须早为之计,或令何城坚守,何郡护持,再着何将前去迎敌,勿使临期手慌脚乱。"子之笑道:"贤卿何胆小如此? 寡人既有为君之才,自有为君之福。况燕地二千余里,带甲数十万,兵精粮足,匡章小竖子,领十万兵便敢入我燕境,如驱羊入虎穴,自送其死。沿边郡城者,有原戍之兵,便可拒敌,何必再加兵遣将以示弱?"鹿毛寿道:"大王高论,只知其大概。然臣闻兵骄者败,宁可过慎,不可疏虞。望大王还添兵守护为良策。"子之又笑道:"前日市被作乱,贤卿也是这等惊慌,被寡人只一棝。便已丧其性命。今匡章之来,又何以异此?"鹿毛寿道:"大王若有此论,便失之远矣。市被不过大王之一将,所率不过部下千余人,故为大王所诛。今齐乃万乘之国,匡章乃大国上将军,兵满十万,潮涌而来,大王岂可小视?"子之道:"既贤卿如此小心,便依卿所奏,着大将贾雷领兵五万前去迎敌,自万万无失矣。"又传旨:凡敌所临之城,皆添兵戍守,若有疏虞,罪在不赦。

令旨一出,贾雷早奉令率兵五万,前往清河、渤海一带去矣。鹿毛寿又奏道:"燕都虽云防守严谨,但当此兵马交加之际,大王亦宜传令,着意加倍紧饬②。"子之笑道:"齐兵纵插翅也飞不到此,贤卿何须过虑? 有寡人在此,即有不戒,寡人尚力足当之。"遂不听鹿毛寿之言,竟欣欣然还宫去荒淫酒色矣。正是:

　　　贪图富贵千般巧,酒色临身一味浑。
　　　不是此中心诱去,为君何以死于昏!

鹿毛寿初意劝燕王让位,实看得子之勇猛过人,又有谋略,各诸侯定不敢来侵伐;且身助子之篡位,自然宠幸听信,可以常保富贵。不期子之篡位之后,一味荒淫酒色,全不以国事为心,自诛了市被之乱,一发看天下人不在心上。今齐兵压境,只作罔闻,鹿毛寿未免心慌,苦口进谏,他又退

---

① 践位——帝王即位。典出《孟子·万章上》:"夫然后之中国,践天子位焉。"
② 饬(chì)——准备,整顿。

入宫去。此情此苦，无门可诉，只得闷闷地走入文华宫来，朝见旧主燕王哙。

　　这文华宫原有宦官把守，不容一个臣子进去。唯鹿毛寿，宦官知他是子之一党，故不拦阻，任他入去。鹿毛寿到得宫中，看见燕王哙凄凄凉凉在殿上坐着盹睡，旁边虽有几个近侍宫人伺候，却败残色敝①，无一点火色。鹿毛寿看了，不胜嗟悔②，因上前朝见道："旧大夫鹿毛寿朝见，愿大王千岁。"燕工哙昏沉中忽听见有人说话，忽然惊醒，唯抬头定睛一看，认得是鹿毛寿，心中不觉酸楚起来，因噙住眼泪问道："鹿大夫何得至此，莫非梦中么？"鹿毛寿奏道："非梦也，臣实在此朝见。"燕王哙听说非梦，定了定神，方正色说道："寡人虽已让位，与大夫尚是旧君臣，何许多时竟不一见，今又为何忽然至此？"鹿毛寿道："一向非臣不来，臣因念大王让位者，喜静摄也，既已静摄此宫，自朝享逸乐，暮展闲情，以快大王宿昔③之心矣。臣若时时朝见，岂不惹大王之嫌，故忍而不来；又兼国事忧心，久无闲暇，又忙而不能来。"燕王哙道："大夫既是这等说，为何今日又来？"鹿毛寿道："臣昔日苦劝大王让位者，盖误听苏代之言，以子之为圣贤也。今见其一味酒色，满腹骄矜④，国事全不料理，民情全不体贴，以至兵连祸结，连年不休。臣苦口谏诚多番，竟塞耳不听。目下齐兵临境，民心倒悬，他全不在意，只怕大王一番让位圣心，让非其人，要被他辜负了。因他所为不义，恐怕奉敬大王不能尽礼，故更偷暇来朝见大王问个端的。不知大王退居于此，果能享用遂心么？"燕王哙见问到伤心处，不禁扑簌簌坠下泪来道："寡人承先王之封疆；燕山易水二千余里，何所不有？乃贪为君之乐，而畏为君之劳，又因闻大夫之'良言'：'让位无为君之劳，而常享为君之乐，且得尧、舜神圣之名。'故信以为实，遂废太子而不亲，舍臣民而独处，所望者为君之乐也。谁知自入此宫，令不能行，言无人听，要衣不衣，思食不食，六宫之锦绣绝观，朝夕之笙歌罢响，每夜只对着几个老宫人

---

① 败残色敝—衰落、凋残，容貌下佳。此处指宫人。
② 嗟悔——嗟叹，后悔。
③ 宿昔——往日。典出曹植诗："宿昔梦见之。"
④ 骄矜——骄盈自满。

作糟糠①之伴，每日只同着几个衰近侍为故旧之欢，苟全此犬彘②不如之性命，苦度此图圄③尤甚之残生。此皆大夫所赐也，有何不遂心而又劳大夫念及？莫非大夫以寡人德薄，让位不足尽辜，尚欲寡人并让此身耶？"

鹿毛寿听了，拜伏于地不能起，半晌方言道："胡为至此！是臣误大王也。然事已至此，求大王耐心再守些时。今齐国已兴师问罪矣。边兵解体，俱无斗志，自然战败，俟其战败，容臣会同苏代，怂恿其亲自率师往救。彼若身离燕都，臣当可号召臣民，请大王复位，以赎前愆，不识大王有意乎？"燕王哙道："若得如此，重见天日也。但恐逝水不能复回，空劳大夫美意耳。"鹿毛寿道："事已有机，容臣图之，大王勿急。"遂即辞出。正是：

> 甑破思量复保全，拼拼凑凑也徒然。
>
> 追思往事真堪笑，看到时情又可怜。

鹿毛寿既出，又自思道："此事非我一人所能自主，须还与苏代商量。"遂一径来寻见苏代道："齐兵压境，燕王荒淫，国事日非，民心思乱。请问苏君，何以教我？"苏代道："鹿君，岂不闻'木直，可以匡扶而立之'，若迥而且朽，则力何所施？昔王未立，甚有心计，今立为王，则一味夸张，料无主国之道。大都兴亡皆有天命，当兴，故作事精明。今狂悖④至此，定是天命该亡了。吾与鹿君，人力岂能斡旋，只会听之耳。"鹿毛寿道："新王既败，复立旧王何如？"苏代道："旧王若才，不更新主矣。新主且败，旧王又何为？但大源⑤尚在，别开新流，庶几可也。"鹿毛寿点头道："苏君高明，如立千切之山，所见透彻，但国亡民叛，此身安归？"苏代道："鲲鹏⑥但患无羽毛，若羽毛俱足，则何天不可以高飞？我与鹿君，胸藏智

---

① 糟糠——本指贫穷时之妻。典出《后汉书》："糟糠之妻不下堂。"此处专指老宫人。

② 犬彘——谓其非人。典出《唐书》："尔附贼，乃犬彘也。"此处为燕王哙比喻自己处境难堪。

③ 图圄（líng yǔ）——古代称监狱为图圄。

④ 狂悖——放荡而违背事理。

⑤ 大源——水流所发源的地方，引申为事物的根由。这里指旧王的家族尚在，后继有人。

⑥ 鲲鹏——大鱼及大鸟，以喻至大之物。

计，舌有机锋，秦楚赵魏，何国不可以立身，而以为忧乎？"鹿毛寿道："承苏君之教，昔迷皆觉，宿醉俱醒。但燕齐雌雄尚未明判，若去之早，设或不然，未免遗士①君子笑之；苟流连不决，祸到临头，又恐脱身无路。"苏代道："水满不碍鱼游，林深何妨鸟去？变由他作，机自我乘，鹿君何过虑也！"鹿毛寿听了，方大喜道："天下服苏君之智谋，良不虚也，寿之朽骨，皆苏君生之。感谢，感谢。"因而辞出。正是：

> 好人传会待君王，得愿从之失想亡。
>
> 谁料高才兼捷足，死来飞不到他方。

　　按下鹿毛寿计算逃走不提。却说匡章领了十万齐兵杀奔燕地，临了一城，到了一郡，以为必有燕兵把守，燕将迎敌，不敢轻易进攻，只得扎寨打探。谁知燕将、燕兵，怨恨子之入骨，又见齐国檄文暴扬其恶，一发怨恨，没一人肯出力效劳，为燕守城迎战。众百姓闻知，纷纷议论道："我等同系燕民，食燕之水上，岂肯轻易从齐？但新王钱粮又加半，为人又暴虐，所下之令无非害民，所作之事都是荒淫。为王三年，民之膏血俱已沥尽，若再过几时，民之皮骨定不存矣。今齐兵来伐，何不开城迎接入来，借他的刀枪，除我们的祸害，有甚不好，怎还要去与他对敌？"大家都以为说得是，遂来与守城的兵将商议。不料别处调来的兵将，闻知得齐兵入境，已早早逃了。唯本地兵将，不舍远去，尚在，见百姓迎降，竟欣欣然同着众百姓大男小女，以箪载食，以壶盛浆，大开城门，远远地迎接齐师，求其勿伤居生，休扰地土。匡章初见之犹疑其诈，着兵将围住细搜，却身无寸铁，方知是实，遂欢喜受了，下令戒备而过。到了一郡，打点交战，不期兵民同心，也是如此，竟不费一毫气力，早已下了七、八座城池，方遇着贾雷之兵。

　　这贾雷乃子之一党，望见齐师强盛，虽然害怕，却还想出力支撑。因摆开战场，分开队伍，手执长枪，一马当先，拦住道："燕、齐久已通好，为何无故敢来侵犯？"匡章答道："燕齐通好，乃太公、召公子孙之事，与汝子之何干？子之，燕之乱贼，篡燕君之位，故彰大义而讨之，何谓无名？"贾雷道："此乃燕君无德易有德，让位也，非篡位也。"匡章道："君臣，冠履也。冠虽敝，不可着之于足；履虽新，又安敢加之于首哉！况子之逆贼，又臣子中之大奸大恶，何德之有，而敢受天子诸侯之位郡？列国尽欲诛之，

---

①　遗士——前朝之旧臣。

故寡君先兴问罪之师，以除恶逆。一路城邑，皆应天顺人，箪食壶浆①以迎齐师。汝何人，乃不知天命，尚敢操戈阻吾去路，真死有余辜矣!"因挥兵大进。贾雷见敌兵来攻，急回头招兵拒敌，不期五万兵早已弃甲抛戈逃去八、九。贾雷见势头不好，急欲逃走时，而左臂忽中了一箭，跌下马来。齐兵一涌上前，早已踏为泥土矣。正是：

　　党恶思能常有势，从奸定道永无伤。

　　谁知一旦人心变，党恶从奸更易亡。

　　贾雷既被杀，燕国再无阻拦。齐师所到，如入无人之境，不五十日而前军已离燕都不远。探子报入燕宫。只因这一报，有分教：

　　石应胆战，铁也魂消。

　　不知后事如何，且听下回分解。

---

①　箪(dān)食壶浆——典出《孟子·梁惠王下》，写的正是本书这段史实。说的是人民群众踊跃犒赏自己所爱戴的军队。

第　四　回

燕子之无道受齐刑　并匡章有心乱燕国

诗曰：

施恩布义是王师，保国安民身不危。

愚蠢不思除祸乱，贪顽只顾讨便宜。

前奸已笑其遭变，后狡方思又出奇。

败败亡亡常若此，如何得有太平时！

话说齐兵杀了贾雷，竟奔燕都。一时报入燕宫，子之尚醺然不信道："一路多少城池，岂能飞越？况前日已遣贾雷率五万人迎战，胜败尚未见报，如何齐兵突至？"探子道："贾雷已战死，五万人逃者逃，死者死，谁来报信？"子之方沉吟不语，急宣鹿毛寿商量道："齐兵之来，何如此之速？"鹿毛寿道："臣前苦奏大王，大王只是不听。一路来，城池虽多，兵将虽有，然皆以大王荒淫酒色，不加体恤，故一见齐兵即倒戈而走，齐兵乘胜长驱，直至于此。臣欲再奏，知大王不听，定加嗔责，故不敢耳。"子之方踌躇道："原来如此。"又想一想道："有寡人在，也还不妨。贤卿可将都城中寡人素常亲信者细查，尚有几个耳？"鹿毛寿道："臣已查点明白，兵散在外者虽有二、三十万人，然实在都城者不过万余，而万余中，敢亲信者不过四五千人。今齐兵十万，又乘胜增添，大王虽勇，亦难与之对垒。"子之笑道："兵在精，不在多；将在勇，不在众。贤卿勿忧，可速点齐亲信五千人，只须寡人一槊，将匡章小竖子打死，其余自散矣。"

鹿毛寿原打算逃去，一来因子之委任甚专，一时之间脱身不得，今又见子之自说得英勇异常，故疑疑惑惑，又图苟且一时，只得将都中亲信五千人都调了来，一营一营分列队伍，自宫中直摆到南城，甚为雄壮。子之与鹿毛寿俱换了戎装，手持利器，子之是槊，鹿毛寿是枪，都骑了战马，又带着数百健将，紧身跟随，从宫门直跑到南城，又从南城直跑回宫，不住地往来大衢①中，以耀武威。子之又下令："城上插满旌旗，紧闭城门三日，听彼急攻，不许放开。待过了三日，将彼锐气挫尽，然后寡人乘曙色未分之际，飞马横槊，直冲入其营。匡章小竖子，就有十颗头，寡人取之也只如探囊耳。鹿卿可再率五千亲信精兵，以为后应。齐兵纵有十万之众，自应践踏死矣，何足劳燕兵之诛！"众亲信兵将闻了此令，也觉壮胆。

子之又命椎②牛沥酒，犒赏兵将。齐兵未到，兵将尚欢呼如雷。不期燕民怨恨子之入骨，恐怕子之胜了齐师，久占江山，无再生之日，巴不得齐兵杀了子之，方快其心，暗暗地打听得齐兵一围了城，便不顾性命，一齐从城旁拥出，开了城门，让齐兵杀入。城门之下，虽有兵将把守拦阻，当不得百姓多了，如蜂似蚁拥来，哪里拦挡得住。城门一开，齐兵知是民变，便乘机杀入。马成群，兵成队，就如潮水一般涌来。旌旗耀日，金鼓喧天，就如泰山一般压来。莫说素不亲信之兵，逃走得无影无踪，就是这五千亲信兵将，看见势头不好，惊惶无措，也不知不觉地东奔西窜，一霎时逃去许多。子之与鹿毛寿已算定闭城自守，开城破敌，以为万全之策，不期民变城开，齐兵拥入，出其不意，又见亲兵皆散，左右无助，鹿毛寿要走不能，子之也未免着慌，然到其田地，只得硬着胆，拼死命上前迎战。

此时，大衢之中，刀枪林立，也辨不出谁是将，谁是兵，只好混杀一场。鹿毛寿手段有限，战不上十数合，已被众兵刺死。终是子之猛勇，横开一柄架，在大衢之中东一推，西一指，忽往前打来，忽照后刺去，荡着的头开，磕着的脑破，一霎时也不知打死了多少兵将。若是阵前厮杀，可谓无敌。挡不得十万齐兵，奉匡章号令，一时涌进城来，将一个大衢塞满，莫说兵将要争功向前，就是急急要退，也退不去。子之虽然猛勇，战久了，臂上忽被一刀，腰里忽中一箭，肩已枪伤，腿已被砍，渐渐地力尽筋疲，撑待不住。挡不得齐兵众多，杀一个，转添上两个。子之尚怒目咆哮，持槊不放，不期战马足伤，往下一闪，早已将子之掀下马来。众兵将便一齐要上前动手，忽闻将军飞马传下令来，要擒活的，众兵将遂拿定手脚，用大铁索密密地捆缚起来。匡章见擒住了子之，不胜之喜，忙用囚车载了，拨两队兵丁看守伺候，发文书解往临淄去报捷。后人有诗吊子之曰：

① 衢（qú）——四通八达的道路。
② 椎（chuí）——杀死。典出《史记·酷吏列传》："少时椎埋为奸。"

> 为臣已两代,为君能几年?

> 设使尚为臣,犹持燕相权。

又有诗吊鹿毛寿曰:

> 惨死有如此,不尽劝让辜。

> 设使不劝让,此时犹大夫。

匡章既已生擒了子之,事已大定,然后下令,令众兵将各照营伍,分屯燕城之内,方查问旧燕王哙尚在何宫?

却说燕王哙在文华宫中,久已自悔其误,其心已死,忽闻鹿毛寿前所说谋驱子之、往迎齐师、重立复位之计,未免又动了一番覆水欲收之心,每日差近侍在宫门前打听,并不见说起子之出迎齐师。过了一两日,转听得说子之与鹿毛寿亲自领兵守城,因想道:"二人同守城他,如何下手?"心肠又冷了一半。挨到今日,忽听得城中金鼓喧天,炮声不绝,守宫门人一个也无,急忙再打听,方乱哄哄传说:"齐兵十万已入城了。""鹿毛寿已被杀了。""子之已被擒去。""正在四处找寻大王,只怕顷刻就要寻到了。"燕王哙听了,不觉失去三魂,走了七魄,不禁顿足大痛道:"此是寡人自取也!此是寡人自取也!"竟哭入宫中,悬梁自缢而死。正是:

> 禅位唐虞传美名,定须尧舜圣人行。

> 昏君奸相思依样,画出葫芦命已倾。

燕王哙缢死,有人报知匡章。匡章道:"便宜这个昏君了,也该生擒了,解到临淄,出他之丑,既缢死也罢了。"遂吩咐兵将将宫门拦住,先令兵士将燕国那宗庙毁了,又令亲信家丁将燕王府库中之宝物玩器,尽数取了,用车装载好,与子之的囚车一同起行,解到齐国,并请齐王发落,好不兴头!正是:

> 诛暴除残理法该,如何乘衅取其财。

> 谁知天道回旋急,福未消时祸已胎。

此时燕王哙已死,子之又被擒了,一时无主,而燕地二千余里,大半俱归于齐。匡章因解子之请功,自却表请率兵屯留燕地,以收四远居邑,实在燕都肆恶不提。

却说齐宣王自遣匡章伐燕之后,仅五十余日,即有人来报破燕之捷,喜之不胜。又过不得十数日,早一队兵将,拥着子之的囚车来献俘矣;又一队兵,将车载着无数的奇珍异宝来请功矣,把一个齐王直喜得身子都飞扬到半天之上。因先命近侍，将掠来的珍宝货物，一桩桩，一件件，都照捷文①上数目，一一收入宫中，然后将子之发去监禁，以待择吉献俘。

到了献俘这日，齐宣王衮衮服②，手临大殿，盛陈兵卫以夸武威，因将子之带到丹墀，亲口问道："诸侯之位，君位也。汝不过燕地一匹夫，谋为燕相，身居台鼎，已为犯份，就该万死。怎么又串通奸人，捏造让位浮词，诳骗昏君，夺其宝位，僭称③诸侯？奸谋既遂，就该享你那燕国诸侯的荒淫之乐，今日为何又因犯一般，捆绑着解到我齐国来领死？须知为君自有为君之福，岂你一介小人所能受用？以下臣而篡为君之上位，此罪岂不该万死乎？你本庸愚，因人碌碌，功名固已侥幸，即夤缘党羽④，称贤称能，也还是奸狡之常，怎么一个无赖之徒，竟妄称起圣人来？且不称寻常之圣人，竟称上古让位的尧、舜大圣人来，以下愚而污辱上圣，此罪不又该万死乎？何国无君？何国无臣？皆懔懔然不敢相犯者，名分定也。都像你这等臣僭为君，君降为臣，颠倒错乱，天下效之，却将奈何？以私好而乱公制，此罪不又该万死乎？至于逐前王之子，居前王之宫，一味荒淫，万分残虐，致使天弃于上，良怨于下，此又万死不足尽辜者也！寡人今日为天下除残，岂非快事？你逆贼尚有说么？"

子之弭耳⑤闭目，气也不出。宣王见其无话，遂命刑人带出凌迟处死。既处死，又命剁为肉醢⑥，分赐诸臣，以为做戒。子之费了无数奸心，指望金汤带砺⑦，万载无休，不知才一转眼，早已身为泥土。后人有诗讥之曰：

　　芳流青史不须言，臭也遗来载简编。

---

① 捷文——报告战胜的文书。

② 衮（gǔn）服——皇帝及上公的礼服。

③ 僭（jiàn）称——超越本分，冒用名义。

④ 夤缘党羽——此指攀附拉拢，结党营私。

⑤ 弭（mǐ）耳——帖耳。典出《六韬·武韬发启》："猛兽将搏，弭耳俯伏；圣人将动，必有愚色。"

⑥ 醢（hǎi）——杀死后剁成肉酱的酷刑。

⑦ 金汤带砺——金汤，即"金城汤池"之意，比喻防守巩固的城他；带砺，为长久之意，典出《史记·高祖功臣侯者年表》："使河如带，泰山若砺，国以永宁，爰及苗裔。"

莫笑哙之身死苦，臭名尧舜一般传。

宣王既诛了子之，觑得天下无人，因下诏褒美匡章之功，又令其扫平燕地，尽归于齐。匡章奉令，愈加肆恶，毫无抚恤燕民之意，每日只放纵军士搜求财货，致使民间鸡犬不安。正是：

只思敛自己，全不问人心。

岂料天心变，其强一旦沉。

却说燕民箪食壶浆以迎齐师者，非乐齐师之来，皆因深恨子之，巴不得食肉寝皮，却又无可奈何。今得齐兵来伐，将子之擒去，大快其心。若使匡章既擒子之，燕国无主，就该访求燕后而立之，便使燕民感德于无已也。不料匡章不但不立，竟要残灭燕嗣，以快己心，且暴虐残忍比子之更甚，燕民又愤愤不平，东一攒，西一簇，皆思访求故太子而立之。正是：

火益热兮水益深，教民何以度光阴？

谁知破国还开国，笑杀奸雄枉用心。

按下匡章残恶不提。且说郭隗与太子平虽逃入无终山内友人家隐姓埋名，却原曾吩咐得力家人在外打听，时时暗报。不上半年，早有家人来报，说子之被齐兵擒去，燕王哙自缢身死；燕国无主，任齐兵在内作横；宗庙皆已残毁，府库宝玉财帛皆已掳尽。太子平听说燕王哙自缢身死，不胜悲痛，哭道："此仇深似海矣！"郭隗忙止住道："殿下且休发言。闻得四境尚皆齐兵，若机事不密，取祸不小。"太子平因止泪说道："父王既已薨逝，若有一路可以复仇，尚不借觍颜以生。倘宗支沦丧，民已归齐，我召平尚要此性命为何，又莫若挺身从先王一死。乞太傅教之。"郭隗道："事已至此，殿下且从容。容臣暗暗出去，打探一个的确消息，再来商量。"太子平道："如此甚好，但太傅出去，需要谨慎。"郭隗道："殿下放心，臣自有区处。"遂依旧扮做穷人，一步步走出玉田界来。

原来这无终山，在上古时原有个无终国，却在燕地的玉田界内。郭隗走到玉田，还未及打听，早撞见一个人，将他上下估计。郭隗恐那人认得，忙忙抽身折入一条僻巷，才走人巷内，那个人早赶上来道："郭老爷，小的何处不访到，恰恰地这里遇见。"郭隗耳虽听得，却不敢答应，低了头只是走。那个人又赶上几步道："郭老爷不要走，小的原是老爷朝中逃回的田役，叫做鲍信，曾眼侍过老爷的。今因百姓无主，要禀知老爷。"郭隗听得，忙回头一看，只见那个人果有些面熟，因回说道："我又不是什么郭老爷,你莫要认错了。"那人道:"老爷不要隐瞒,小的果系田役。只因燕国百姓不忍归齐,因有急事要通知老爷。"郭隗见那人说话有因,因立住脚问道:"你有甚急事要通知郭老爷?"那人道:"这里不便说话。"遂将郭隗引到一间空屋里来,闭了门细细说道:"自从老爷同太子避去后,国中受子之之祸,无一日安生。及齐师来伐,百姓只认做还是齐桓公恤邻的故事,十分欢喜,竟箪食壶浆迎了入来。不料齐将匡章擒了子之去后,哪里有一毫恤邻之意,竟将燕王的宗庙都毁了,又将燕宫的宝物都掠去了,唯有燕国的地土尚收不尽,正在此苦磨百姓。百姓汹汹思乱,只是访不出太子的消息,蛇无首而不行,叫小的们四下寻访,今方得见老爷,大有机缘。求老爷做主,以复燕邦。"郭隗道:"此话真么?"那人道:"不独玉田一处,治境①百姓皆纷纷访主,怎么不真?"郭隗道:"你一人也做不得甚事。"那人道:"玉田一境百姓皆同心合意,何止小的一人!若要通知他们同来见老爷,但外面齐兵甚多,恐怕知觉,惹出事来,小的不敢,故只一人来见老爷。"郭隗道:"既是这等,你可悄悄再唤几个老成的与他商量。"那人应承去了。

　　不多时,果同了一、二十个老成的百姓齐齐来见,所说之言,都是一样,说得激烈之处,都叹息堕泪,愤愤不已。郭隗见人心已真,方直认道:"诸君既如此忠义,不必过激,太子尚在。"众人听见说太子尚在,皆满心欢喜,因又问道:"太子既在,不知逃往何国?我们好去迎请。"郭隗道:"实实不远,就在此无终山中。"众人听见说在无终山中,愈加欢喜道:"既在无终山,不过数十里路,快备车乘,迎请回来。"郭隗道:"迎请太子不难,只是这些齐兵如何处置?"众百姓道:"这些齐兵,看得燕民如土,毫不提防,每日只是诈酒诈食,只消舍着些酒食,将他们灌醉,杀之如切菜耳。众百姓但因无主,故不敢行,今太子既在,我们暗传百姓,一面迎请太子,一面就杀齐兵,有何难哉!"郭隗听了,也不觉大喜起来道:"汝等果能如此,可谓燕国之义民了。但恐玉田去燕都不远,匡章闻变,领兵来攻,一时兵将全无,将何应敌?"众人道:"燕国兵将并不曾遭其屠戮,皆因怨恨子之,临阵逃散,及齐占了燕都,遂潜匿不出。若闻得太子重兴燕国,只消一道榜文,四处招挂、不须十数日,包管十万精兵一时而聚。"郭隗道:"既是

————————————

①　治境——治,治理;境,疆界。此处言燕王哙原来的管辖范围。

如此,事不宜迟,就可举行。"

众百姓因一面去悄悄会同百姓备办法驾①旗幡,连夜去迎太子;一面吩咐阖城百姓,用酒食灌醉齐兵,尽皆杀死;一面叫人收拾三皇庙,同候迎了太子来重新即位。只因这一番作用,有分教:

> 易水重添色,燕山复吐辉。

毕竟不知后事如何,且听下回分解。

---

① 法驾——古代天子的车驾。天子有大驾、小驾、法驾。法驾上所乘,曰金根车,驾六马,有五时副车,皆驾四马,侍中参乘,属车三十六乘。

第 五 回

郭太傅请买死马骨　燕昭王高筑黄金台

诗曰：

> 家国兴亡不足哀，只须求得有奇才。
>
> 黄金若攒燕台上，骏马应从易水来。
>
> 尽道功名当日立，谁知成败至今开。
>
> 凭君莫说燕山事，试问昭王安在哉？

话说郭隗与众百姓将各项事情算什停当，遂暗暗地领了一些百姓，竟到无终山来见太子，备说从前之事。太子听了，又忧又喜，喜的是中兴有路，忧的是已败难成。然事已到此，只得出来安抚百姓。百姓见了，欢呼如雷，竟簇拥着上了法驾，一径往玉田而来。

此时，阗城的百姓得了信，已将各门戍守的齐兵用酒食灌醉，杀了大半，夺其刀枪盔甲，大声张扬道："吾燕国又有主了。"不曾杀的齐兵一时听得，都乱糟糟逃个干净。众百姓将夺来的旗仗排开，因又添上鼓乐，沿路迎来，迎着了，竟鸟飞雀跃地拥到三皇庙中，设了一个大座，请太子高登宝位，号称昭王。

昭王感百姓拥戴之诚，又念国家败亡之苦，祷告天地山川，不禁大恸，在哭道："念燕邦不幸，先王遭奸臣巧说让位，以成其篡夺之谋，遂致邻邦起衅，家国丧亡，宗社丘墟，封疆瓦解。今蒙众父老不忘先义，思启后人，拥立寡人，以复燕国。寡人虽不肖，既蒙拥立，敢不奋身！敢告于皇天后土：分封有制，尺寸不敢与人，父仇不共，虽杀身其愿必报，倘贪逸乐，不奋其身，若恋安闲，忘情讨罪，骨化肉消，有如此酒。皇天后土，唯其鉴察。"祷罢，不觉义气浩然，泪如雨下。众百姓看见，俱赞扬道："有君如此，何思江山不复！"遂拥入城中，拣个大所在住下。

昭王就进拜郭隗为相国，进位大师。郭隗就在众百姓中，选了几个好汉为将，登时即出榜文，各处招兵。果然燕兵未曾伤损，俱在四下隐藏，今见有榜文招他，又闻得昭王贤明，不数日遂聚积了三万余众。郭隗见兵已招来，又打檄文报知各城各色知道："玉田百姓已于无终山求得太子平，立为昭王，重兴燕国矣。凡属旧臣旧民旧疆旧土，不得已为齐占据者，速宜激忠奋勇，计日而速诛齐寇，以复燕都。"此时，各郡百姓，已降齐、未降齐者，皆苦齐兵骚扰，见了檄文，皆轰然告报道："燕既有主，我们世代燕民，如何从贼？须大家努力，以谢降齐之罪。"一时纷纷攘攘。齐兵闻知，俱慌张无措，也有一同回齐国的，也有逃往燕都报知匡章的。

此时匡章已知昭王重立之信，但身在沉酣之际，未免贪欢。又以为玉田小邑，无兵无将，不能成其大事，况燕城降齐者十有八九，不甚留心。及见各城分守齐兵尽皆逃回，传说燕民变起之事，匡章方才慌了。欲要去取玉田，又见齐兵已骄，燕兵正愤，料难得意；欲要常守燕都，又恐燕民既叛，不怀好意，一时四面逼来，如何脱身！再三算计，只得下令连夜班师。前回齐师来时，燕民甚悦，故箪食壶浆迎之，过一城，便一城属齐，过十城，便十城属齐。匡章只以为开国有功，不思身入重地。今昭王新立，降齐之城，依旧归燕。匡章再欲如前经过，则见各城旌旗俱插燕国名号，守得铁桶一般，谁肯轻放？匡章无奈，过一城，只得苦战一城，直战得力尽筋疲，过一邑，杀一邑，直杀得铠破斧缺，急急杀到燕齐交界地方，而十万之兵，剩不得七、八千矣。不期这燕关重地，日夜提防，所守之兵比他处更多数倍。齐师到此，渐渐少了，如何过得此关？匡章正在危急之时，束手无策，却喜燕王叫人飞马行了一扇硬牌来，上写着：

　　燕、齐夙昔通好，今齐师伐燕音，为子之也。今寡人一立，齐即班
　师，尚似未忘旧好。所过城邑，不许拥师拦阻。特示。
此牌一到，燕兵遵旨开关放行，齐师方得抱头鼠窜而去。正是：

　　师来何其雄，师去何其馁。

　　只因将帅贪，所以行兵诡。

匡章既出燕关，到了齐境，方才重振兵装，做出破燕得胜班师气象，归到临淄，朝见齐王。齐王因他生擒子之，又掳掠了许多重宝，大遂其心，故后来昭王既立，降齐之民复叛归燕等事，俱不深究。正是：

　　臣奉君之欢，君隐臣之罪。

　　如此君与臣，亡国实无对。

却说昭王玉田初立，兵微将寡，日夜虑匡章来伐。不期才出榜文，就聚十数万兵马，檄文发去，城邑尽归，胆便壮了，不怕匡章来伐。过不得数

日,又报匡章假称奉旨班师,竟连夜逃走。昭王大喜,早有一班将士出位言于昭工曰:"匡章拥齐兵毁燕宗庙,迁燕重器,又浊乱①燕宫,罪莫大焉。今乘其逃归,大王何不下一令:所过城邑,紧紧拦阻;又下一令,令臣等率兵追赶,不出一月,可斩匡章之头献于大王。"昭王闻言,踌躇不决,因问于相国郭隗。郭隗道:"不可也。齐乃大国,不可苟且图之。匡章兵来,虽实意谋燕,然名则诛子之。今闻大王之立,即班师而去,虽见势头不好,尚于大王未有伤也。今若乘匡章之敝而杀之,齐王正在暴横之时,岂能默受? 若动其兵,是自取也。况燕新造②,即起兵端,非为良算。莫若转做人情,放其归国,使彼无衅可开,暂图宁静。候大王抚平燕上,招足甲兵,然后一举而报深仇,方足显英王之作用。"昭王闻言大喜道:"相国高识远见,如在天上,岂浅识所知。敬从,敬从。"因发牌转做人情,放匡章返齐。正是:

　　呆人认眼前,智士思人远。

　　放得匡章还,齐王心已散。

　　匡章既去,燕部臣民因扫清殿阁,整备法驾,俱至玉田迎请昭王回宫。昭王感臣民之意,因回到燕都,重新郊祀天地,以正大位。一面下诏安抚百姓,一面就修理宗庙,一面就选贤能将士,暗暗地招军买马,积草屯粮,以为复仇之计。每日闲暇,即与相国郭隗商量道:"燕不幸遭子之之变,以致先王蒙受大耻,使寡人日夜不安,誓死必报此仇。但念齐乃大国,临淄、即墨兵甲众多,不易剪灭③,必得奇才贤士,智略高人如管仲其人者,方可共图大事。当此雄强兼争之际,虽有奇才,必散在列国,寡人欲卑词厚币④以招之,不识其道何由? 敢求相国教之。"郭隗道:"臣见自古至今,同一为君也,有名为帝者也,有名为王者也,有名为霸者也,有叫做亡国之君者也。何也? 盖其所用之人不同耳。所用之人可以为君之师,则其君北面受学,必至为帝;所用之人可以为君之友,则其君趋而受教,必至为王;所用之人不愧为君之臣,则其君咨请谋划,必至为霸;若所用之人皆厮

---

① 浊乱——扰乱,淫乱。
② 新造——重新建立。典出《新唐书·郭子仪传》:"国家再造,卿力也。"
③ 剪灭——除灭。
④ 卑词厚币——谓谦恭之言词与丰厚之礼物。

役之流,则其君坐而指使,必至亡国而已矣。今大王思念贤才,诚帝王霸之事也,但求之之道,臣以为招来易,往求难。大王不欲求贤才则已,必欲求贤才,臣有些策可以坐致①。"昭王闻言大喜道:"访求尚恐不得,坐致如何得求?"郭隗道:"有一譬喻,大王独不闻乎? 臣请言之:昔有一君,爱千里马而不得,使近侍中涓,怀千金四方求之。中涓遍走天下,求之不得,忽闻某地有一千里骏骑,急往求之,而马已死矣。中涓无以复旨,因心生一计,遂取出五百金,将死马之骨买了回来,报于其君。其君大怒曰:'吾不借千金买骏马者,为其能日行千里也。此马虽是骏马,此骨虽是骏骨,然已死矣,要它何用,而费吾金耶?'中涓曰:'吾王不欲得千里马则已,如欲得千里马,臣费五百金买此死马骨,天下传为奇事,必以为死马骨且重价求之,况活千里马乎? 吾主少俟之,千里马将至矣。'其君以为然。果不期年,而千里骏马自远方至者三匹。今大王必欲卑词厚币,招徕贤士,贤士遍满天下,焉能得知何在? 即请以隗为死马骨,先买之。天下国士必曰:'如隗之贤,尚且求之,况贤于隗者乎?'自不惜远道而来矣。"昭王闻之大喜道:"相国教我甚明。寡人视相国之贤而不知加敬,尚欲他求,谁其信之?"因别筑一新宫,奉郭隗于内,朝夕相见,必执弟子之礼,北面听其教诲;至于饮食,极其丰盛,供具极其周备;凡有所谋,必恭恭敬敬,不敢少懈。行之数月,列国皆知昭王好士之诚。昭王又想道:"此新宫不过但为郭相国筑耳,天下贤豪,尚不知我景慕之私。"因复于易水之傍,又筑起一座高台,极其雄丽,取名招贤台,以明招致贤才之意,又于台上多集黄金,候贤才到日,不时取用,因又名黄金台。由是,天下无一人不欣传燕昭王真心好士。后来流传至元,有一诗人刘因感其事而作古风一首道:

> 燕山不改色,易水只剩声。
>
> 谁知数尺台,中有万古情。
>
> 区区后世人,犹爱黄金名。
>
> 黄金亦何物,能为权重轻。
>
> 周道日东渐,二老皆西行。
>
> 养民以致贤,王业自此成。

自黄金台之名一出,四方贤士尽皆企慕,凡怀一才一艺之士,莫不纷

---

① 坐致——不劳而获,如言坐致厚利。

纷来归，不能细述。忽有一贤姓剧名辛，才能出众，智略超群，闻黄金台之名，自赵国而至。又有一贤姓邹名衍，胸藏日月，最善谈天，闻黄金台之名，自齐国而来。又有一贤姓屈名景，文能经邦，武能定国，亦闻黄金台之名，自魏国而来。昭王一一接见，劝餐授馆，无不得其欢心，恐屈其才，不敢烦以杂职，尽拜为客卿，日夕讲论政事。每论及燕民被齐师残杀，不胜愤恨。因细查民间有为王事而死者，亲而吊之；有父兄已殁而幼年孤立者，令有司时时存恤之；乡民有德者，举而旌表之，以励其余；狱中有罪者，引而惩创之，使之感悔；至于军中士卒，或讥或寒，必悉心访察，同其甘苦。

昭王行之年余，不独举国之疮痍尽消，而四方豪杰之士归之如市矣。昭王因见郭隗曰：“寡人不才，蒙相国提携复国，今年余矣。寡人抚循上卒日夜不安，吊死问孤未尝少懈，又辱四方豪杰时来赐教，不识及此之时，可勉力一用否？”郭隗曰：“未可也。百姓虽安，气犹未振；士卒虽感，节制尚无；豪杰虽归，均非大将才。大王欲复深仇，尚须努力为之，自有时也。”昭王闻之，惕然于心，因再拜受教而退。正是：

疾走须骏蹄，高飞必健羽。

若欲报深仇，万全方可许。

按下昭王图报深仇不提。且说赵国有一贤人，姓乐名毅，乃乐羊之孙。你道这乐羊是谁？这乐羊乃魏文侯之将。魏文侯曾使之为将，而往攻中山。乐羊往攻中山，三年而后拔①之，归而论功，魏文侯笑而出谤书②一箧，示之曰：“寡人若信此谤书之言，卿罢归久矣，安能成此大功哉？”乐羊乃再拜稽首，谢曰：“臣今日方知，拔中山非臣之功，乃君之功也。”文侯因封之于灵寿。自是列国相传，皆知乐羊之名。乐毅乃其孙，将门将种，因而好讲兵法，喜谈武略。人有戏之者曰：“汝好讲兵法，亦能领兵拔中山，以继令祖之志么？”乐毅笑应之曰：“拔中山何足为奇，但可惜当今诸侯，无一人能如魏文侯之贤，而知用我也。”人皆笑其妄言，而乐毅但然处之，不以为意。只无奈贫困日甚，其妻和氏因劝之道：“君既自负怀抱异才，赵国见汝贫贱，自不能用。闻得齐国，奄有东海，实称大国，孟尝君已享其荣，苏季子亦获其利，亦用贤之国也，君何不往游之？倘能际遇，岂不

---

①　拔——攻取。

②　谤书——诽谤人的文字材料。

胜此尘埋。"乐毅道："吾非不思及此,但念功名有地,齐非我地,功名有时,今非其时,恐去亦徒劳。"和氏道："妾闻得之即为地,遇之即为时,哪里预先定得,与其坐困,不如往求。纵往求不得,亦与坐困一般,君何惮而不行?"乐毅无奈,只得勉强投齐。

到了齐国,湣王新立,自倚富强,十分骄傲,虽时时用人,却用的都是一般夸诈之人,说得如何战胜,如何取利,语语快心,言言悦耳,故立致富贵。乐毅则以为富贵必须养民,战胜必须训兵,言不耸听,策不惊人,谁来听你?故在齐流落多时,依旧归到赵国。赵国又正值那赵武灵王改易胡服,自称主父,欲强其国,后来遭变,死于沙丘,一时赵国汹汹。乐毅见乱,因挈其家去灵寿而奔于大梁。

大梁乃魏地,时魏昭王在位。乐毅既奔其地,贫困无聊,亲友皆劝其出仕。乐毅道："仕须得君,魏君非吾主也。"过了些时,愈觉贫困无聊,因不得已而出仕魏昭王。昭王庸君也,果不识乐毅之贤,竟以常人蓄之。乐毅益复无聊,每每跨马出郊,流览山川,以抒其抑郁之怀。

一日,随众人朝见。燕国有一使臣,来行庆贺之事,就传说燕昭王师事郭隗,又筑黄金台,求贤如渴之心。乐毅闻知,遂暗暗欢喜道："此吾展才之地也。"因归与和氏、幼子乐闲商量道："吾怀经邦奇才,总师大略,而贫困于此,悠悠岁月,岂不自误!今闻燕昭王新筑黄金台,广求贤士,欲报齐仇,此正吾得意之秋也。吾欲脱身游燕,为燕报复齐仇,以显名于诸侯。吾妻可暂居于此,待吾与燕君定谋,然后差人接汝。"和氏道："君前投齐,而齐湣王雄略之主也,一贤一才,无人不取,独弃君不用。今逃难至魏,幸仕于朝,借禄以免饥寒足矣。君又思舍魏以往燕,不知燕君又是何如,亦须慎而图之,勿使再失。"乐毅笑道："齐湣王虽骄横强梁,然粗人也,只足取死,安能知吾?魏君庸主,吾不过苟窃其禄①,岂是终身!今闻燕昭王变②能逃生,难能复国,又能高筑金台,礼求贤士,其志不小,吾往从之,方足展吾平生之志。"和氏道："君意既决,妾何敢阻?但君既往魏,恐私往不便。"乐毅道："此不难也。"因入朝见与事之臣,说道："臣坐面食禄,自觉有愧。昨见燕使庆贺,礼当往答,倘不以辱命见斥,臣愿效劳。"此是小

---

① 苟(gǒu)窃其禄——暂且无事可做,白白地得些俸给。

② 变——兵变。

差，无甚关系，当事见乐毅请往，遂从其请，因发答贺表章与之。乐毅领了表章，便辞别妻子，竟往燕国而来。

到了燕国，献上表章。昭王览完表章，见奉表使臣是乐毅名字，困惊问道："吾闻魏有乐羊，乃名将大族，此乐毅莫非其宗人？若果乐家一派，定然有异，不可失了。"国御便殿，命内侍召入。

乐毅承命而入，朝见昭王。昭王见乐毅人物英俊，举止昂藏，知其有异，困赐坐而问曰："寡人闻魏文侯时有名将乐羊，不知可是贵族①？"乐毅对道："此即臣之先祖也。"昭王闻而大喜道："原来即是令祖，无怪先生如此杰出，果是将门将种，今幸相逢，窃愿有请，不识肯赐教否？"乐毅对道："臣毅献表而来，虽奉主君之命，然臣毅不表他人而请自行者，实慕大王筑黄金台推礼贤上之高名，而愿一瞻日月之表，以快素心。今既亲承龙凤之姿，又辱宠加盼睐②，是所见又过于所闻。臣毅肝胆已输，倘蒙赐问，敢不底里上陈！"昭王闻言，愈觉大喜道："原来先生惠顾寡人，具此深意，非先生明教，寡人愚蒙，几乎失之。且请问：当今之世，英雄并立，功利是图，强国用兵之道，毕竟何先？"乐毅对曰："治国用兵之道，考之光帝、先王、先圣、先贤，第一良图，无如仁义。然仁义虽美，而施仁义实不易行。何也？盖王降而伯，已非一朝一夕。世尚功利，以为固然。倘国不富，民不强，兵将不雄，而徒然与人、让人，曰仁、曰义，鲜不笑其迂腐，而身命殉之。此宋襄之所以败也！当今之世，苟欲治国，必先富其国，必先强其民，必先雄其兵，有仇报仇，有耻雪耻，然后不取而与人，人乃感之曰：'此仁也，不可忘也。'不贪而让人，人又乃羡之曰：'此义也，不可再犯也。'此仁义所以为美也。至于国之富，不以聚敛，而以薄用佐其生；民之强，不以骄横，而以感愤作其气；兵将之雄，有恶诛之，有暴除之，而不以无辜肆其威武。此虽不言仁义，而仁义之道在其中矣。而治国之道，不出于此。"昭王听了，喜动眉宇道："高论足开茅塞，先生诚大贤也，安敢屈于臣位？"因下位而待以客礼。乐毅再三推谢，昭王道："先生生于赵，赵，父母之邦也，臣之可也；先生仕于魏，魏，君臣之国也，不敢当宾叫也。寡人于先生，又非父母，又非君臣，而承大教，自应客礼，又何必辞？"乐毅道："大王虽君燕

---

① 贵族——这里指您的同族。
② 盼睐——原为左顾右看，此处指看顾照顾。

不君赵,而君之位同;臣虽臣魏未臣燕,而臣之位同,名分定也。大王不可因爱臣而废礼。"昭王道:"君臣之位虽通天下,亦不过泛为备位之君臣设也,如何敢加之于大贤?请正客位,以便领教。"

乐毅见大王之爱敬出于真诚,因离席拜伏于地道:"大王若爱臣,臣有肺腑之言,敢告于大王。"昭王忙亲手扶起道:"先生有何隐衷,不妨明告寡人。"乐毅再拜,因而说道,只因这一说,有分教:

　　　　良禽栖于珍木,良臣事于贤君。

毕竟不知何说,且听下回分解。

第 六 回

乐毅诚心合明主　燕王明眼识贤臣

词曰：

　渭水飞熊，商岩霖雨，等闲万物不轻睹。一天云起定垂龙，万里风生必从虎。赵岂无家，魏非无主，谁知气向燕台吐。虽然台上有黄金，还是君臣合心膂①。

上调踏莎行

　　话说燕昭王见乐毅说话有意，因扶起再三请问道："先生有何隐衷，幸教寡人？"乐毅乃正色对曰："臣之仕魏者，非以魏国可以展臣之才也，盖避赵乱，可暂寄其身耳。即今日奉表至燕，亦非仅为魏国而作使臣，盖闻大王礼贤之名，欲借此至燕，以为择主之阶，进身之地。此臣之隐衷也。臣之隐衷，虽不当一时即吐露于大王之前，不期才一拜瞻，略陈数语，即蒙大王倾听盼睐，加意绸缪②，因知大王乃大有德为之君，非世主之比，使臣之肝胆身心尽服，不敢更虚作声价，吞光吐彩，以邀明王之求；又不敢坐失良遇，有辜来意，故不借抱惭而底衷悉陈。大王若不欲报仇则已，若果欲报仇而有取于臣，则臣愿委质于大王而少效其区区，不识大王以为何如？"燕昭王听了，喜动颜色道："寡人自得国以来，无日不以求贤为事。虽蒙四方英俊，垂顾赐教，不弃寡人，然而如先生之雄才大略，片语即吐心胸者，实未尝有也。寡人愧非桓、文，而管仲、舅犯，先生实过之，正恨不生于燕而生于赵，不仕于燕而仕于魏，使寡人痛相见之晚，乃蒙先生的见鄙心，深哀予志，而慨许以周旋，真魂梦所不敢望者，而忽遇之当面，何幸如之！此非寡人之幸，实燕先王社稷之幸也，愿先生金玉其言而勿悔。"乐

---

① 心膂(lǚ)——膂为脊梁骨。心与膂既是人体最重要的部分，也是人体最主要的部分，通常以心膂比喻亲信而且得力之人。此处用心膂二字，有君臣互相信任，共为国家尽力之意。

② 绸缪(móu)——事先做好准备。此处指照顾、关心。

毅道。"君求臣易,臣求君难,臣得人主,肝胆愿涂地矣,又何悔焉?大王若虑巨言不实,请即受职。"燕昭王道:"大贤之用,国之兴废赖焉,何敢轻亵?既蒙惠诺,请暂就使馆,容寡人薰沐告庙,然后请先生登黄金台纳印,以国事示烦。今日初临,安敢草草?"乐毅听了,满心欢喜,因再拜辞出,而暂就使馆以宿。正是:

> 明君自望得贤臣,每恨暌违不易亲。
>
> 今日相逢真快意,买金遇着卖金人。

乐毅宿于使馆不提。却说燕昭王见乐毅人物英俊,议论高妙,又开诚吐赤,并不作游说行藏,心深喜之,困亲至新宫来见郭隗,说知乐毅之事。郭隗听了,大喜道:"吾闻乐君,天下士也,有将相之才,惜其生于赵而赵之人不知,仕于魏而魏君不识。今慕大王黄金台之高名翩然而来,正臣前所言之千里马也,今至矣!报齐仇,雪燕耻,俱要在此人身上。大王须厚遇之,勿失也。"

燕昭王见郭隗议论与己相同,愈加欢喜,因退回宫,三日不临朝,斋戒沐裕,亲告于庙,又将黄金新铸一颗亚卿①之印。到了第四日清晨,即至黄金台上,命百官具车马、旌旗、执事,往使馆迎请乐毅到台。

乐毅既至,朝见昭王。昭王因赐坐,说道:"先生大贤,尊之客卿师席方为宜也,不宜屈处臣位。但念寡人抱先王之深仇,痛入骨髓,思欲复之,而败亡之国,不易中兴,说者曰'必求高贤为之生聚教养方可快意'。寡人慨之数年,竟不可遽得。幸天赐先生辱临敝地,又蒙先生哀怜寡人慨然俯就②,故寡人不揣冒昧,愿举国听从,但思举国听从,非以职位临之不可,故特新铸此亚卿之印,颁赐贤卿,望贤卿念寡人负此深仇,暂为一屈。倘可借此而少释前愆③,则先生造燕之功不浅矣。"因亲手取印付之。

乐毅双手接了印,然后再拜致之道:"毅什魏小臣,今初至燕,大王即加臣以卿相之大位,岂臣所敢当?然臣受之而不辞者,知大王英明,定有以知臣而思用臣也,又自念臣才虽微,尚可效犬马执鞭之用,而不欲矫情以负大王之知。今既已受任,则职分当言者愿大王听之。臣闻:'善飞

---

① 亚卿——官名,商代、西周时设置,常奉命征伐和田猎。

② 俯就——降格以从。

③ 前愆——以前的过失。

者,必先敛①其翅;善走者,必先缩其足。'今国家遭子之之变,又遇匡章之乱,所伤实甚。今虽得大王数年节养,然羽毛尚未充,元气尚未复,纵有深仇,只宜藏之于心,不宜宣之于口,若或告人,倘邻国闻之,是我未图人而先令人图我,非智者所取。何况齐大燕小,彼强我弱,岂一朝一夕所能报?依臣之见,欲报此深仇,非二十年蓄精养锐不可也。愿大王隐忍之以待时,容臣教其民为礼义之民,治其国为富强之国,训其兵为节制之兵,再观其衅而待其变,然后联合诸侯,一举而图,方为万全,此时则未可。若时未可而强为之,不独不能报仇,且恐招祸。"昭王闻言,改容道:"寡人疏浅,蹈危亡而不知,非贤卿点醒,则寡人尚在梦中。今承贤卿大教,绝口不再言矣。"乐毅道:"大王不言,固所愿也。但至异日,或有言于大王者,尤愿大王勿听。"昭王道:"寡人家国身命俱听之贤卿,尚有谁言之足听?贤卿勿疑。但幸贤卿勿忘今日之言。"乐毅乃欣然受命道:"臣感大王知遇如此,敢不尽心!"昭王大喜,因赐宴,召诸臣陪之,而列乐毅之位于郭隗、剧辛、邹衍、屈景诸贤之上。君臣痛饮,尽欢而罢。正是:

　　君臣遇合虽然有,谁似昭王鱼水欢。

　　试上黄金台一看,燕山易水未曾寒。

　　乐毅既受了燕昭王亚卿之任以治国事,便下令民间:令百姓尽力生产,地不许荒,时不许失,官不许骚扰,民不许游情,男不许无妻,女不许无夫。又下令于朝:令在位各安职守,不许纷更;刑法一定,宁从轻而不许贪酷;赋敛照常,宁薄取而不许增加;建言之官,不许建无益之言;任事之臣,不许生事;匡君以正者有赏,诱君以僻者为罪。又下令于营寨:各营务令兵将核实,不许虚报一名;粮饷实给,不许少侵一合;操练必严,不许因循故事;挑选必精,不许混容老弱;鼓之则进,金之则退,不许少违毫发;限之以时,勒之以刻,不可差失须臾;兵必知将,将必知兵,犹如指臂,不许阻挠;步归于步,马归于马,各分营队,不许杂乱。

　　乐毅令下之后,毫不假借,行之未及一年,而燕国气象勃然改观。昭王大喜,因谓乐毅道:"贤卿为寡人如此劳神,而室家悬隔,寡人于心未安,必设法迎来,方是久长之计。"乐毅道:"蒙大王垂念,深感洪恩。但臣昔在魏,魏不知臣,蓄之不啻犬马,及今臣归大王,位臣卿相,此臣之知遇

---

　　① "善飞"句——比喻保全国力,等待天时,蓄力绸缪,以成大事。

也。今魏王罪臣，以为背主，竟拘禁臣之妻小在魏，不许出城。臣年来因国事在身，未及料理，今既蒙大王念及，容臣设计，遣人往迎之。"昭王道："原来如此，一发不可迟了。"乐毅领命，因写了书信封好，差一能事将官叫做汪捷，叫他到魏国迎请家眷，临行悄悄吩咐他道必须如此如此，方可迎来。

汪捷领命，竟至魏国，先来见了夫人和氏，随即寻见堂弟乐乘，将书付与。原来乐乘已知乐毅在燕拜为亚卿，执掌燕国之权，久欲至燕相投，以为功名之地，却因魏王有旨，拘禁不许出城，故闷闷地住了许久。这两日正打帐设法私走归燕，不期乐毅有书来接，满心欢喜。因将汪捷邀入内室，细细与他商量道："乐老爷来接家眷，自然要去，但魏王有禁，不许放乐性一人出城，却将奈何？"汪捷道："乐老爷久知此事，已设一妙计在此。"乐乘道：你有何妙计？"汪捷道："乐老爷说，二月十五日，大梁风俗，各城百姓及官宦，皆出城去南岳庙烧香，就借此为竟日①之游。叫小将先通知令族，备下车马，打点行囊，到了这日早晨，觑便各各隐藏于北城左右。到了午时，请二老爷竟戎装了，扮作燕将，放了个号炮，竟夺开了北门，放家人出去，外面听得炮声，自有人马来接应。"乐乘听了，大喜道："有理，有理！"因悄悄打点。汪捷又来通知和氏并乐姓宗族，俱各欢喜收拾。

到了二月十五这一日，果是大梁风俗，大大小小俱往城南烧香游玩。城中十停人倒去了有六七停，地方谁来照管？和氏因收拾了车马，领着小公子，乘间悄悄从后院转到北城等候。乐氏阖族闻信，俱是如此。乐乘家眷也先打发到城下，自家却挨到将近午时，方戴起盔来，芽起甲来，骑了一匹好马，手持一杆大刀，带了三四个有力的大汉，拿着号炮，飞跑至北门城下，放将起来。乐乘因横刀立马于城门之下，大叫道："燕王有旨，迎请乐亚卿老爷的夫人、公子并乐氏宗族往燕居住。可报知魏王，因行期急迫，不及入朝辞谢了。"乐乘一面叫众人快走。隐藏下的车马，听见炮响，早一齐蜂拥而来，冲出城去。守城军上出其不意，又见乐乘横刀立马，好不英勇，哪个敢来拦挡？乐乘见车马部出城去，方随后赶来。众军士见乐乘去了，再赶到城外来看，城外早又有一声炮响，拥出一些人马，扯着两面大

---

① 竟日——终日。

旗,旗上写着:"燕王迎请乐亚卿家眷。"接着了车马,竟弓刀耀计,鼓乐喧
天地去了,谁敢上前去问! 急急报知魏王,再差得兵来追赶,已去有数十
里,哪里赶得上,只得罢了。正是:

　　日日在前轻似土,一朝失去重如金。

　　若非三尺纱蒙眼,定是一团茅塞心。

　　不数日,到了燕国,乐毅接着,不胜之喜。因将宗族俱编入燕籍而为
燕人,又入朝致谢,又领乐乘来见昭王,荐其骁勇,用之为将。昭王见乐毅
诚心为燕,愈加欢喜,因时时召见、赐宴,谈论国政兵权,真是欢如鱼水。
正是:

　　君爱臣如宝,臣尊君似天。

　　如斯谋国事,未有不安然。

　　到了周赧王四年,忽秦国一个大游客叫做张仪①,欲要连横天下诸侯
以事秦,故来到燕国说昭王道:"秦之强,天下所知也,今欲加兵各国,以
扩疆土。臣不忍天下被兵,已劝赵王割河间之地以入朝事秦矣。秦既得
赵,岂能秦武王即位,他入魏为相,不久死。忘燕? 大王若不割地事秦,早
为之计,恐秦一怒,下甲云中九原,驱赵以攻燕,则恐易水长城非大王之有
也。"昭王不能决,因请张仪就馆,而召众臣商议。屈景说道:"既立国,当
守国,岂可以土地事人为长策? 况燕地有限,而秦欲无厌,但救目前,又将
何继? 且张仪游说之士,心甚诡而言不足信。若秦果贪燕,即割地而未必
便可复无虞,不割地而秦即加兵,然燕简练已久,何至畏人? 愿大王加
察。"众臣听了,皆赞道:"屈君之论甚为有理。"独乐毅无语。

　　昭王因问道:"乐卿以为如何?"乐毅方对道:"屈君之论,守国之正论
也。但今日张仪之言,乃一时机变之言,非正论也。非正论而以正论对
之,是彼以虚而我以实,则受其累矣,莫若仍以机变应之为妙。"昭王惊问
道:"张仪之言,何谓机变?"乐毅道:"张仪欲连横六国以事秦,是张仪之
心,非六国心也。张仪说一国而一国许之者,受张仪之恫吓,畏秦强而恐
速祸,虽皆口许割地,尚彼此观望,未便即与。口许割地,则秦不加兵,地

---

①　张仪——(? —公元前310),战国时魏国贵族后代。秦惠文君十年(公元前
　　328)任秦相。封武信君,执政时采用连横策略,迫魏献上郡,辅秦惠文君称
　　王,游说各国服从秦国,瓦解齐楚联盟,夺取楚汉中地。

未即割，则地原无失，此机中有机，变中有变，臣所谓机变之事也。若地尚未割，而口先正言不许，彼借不许之言而先兴师问罪，以威其余，是我惑虚机而先受实祸，非美也。若虑既许割地而不便悔言，窃恐六国中之悔言者不止一燕，且张仪游士耳，不过仗口舌之利虚张秦势。能使六国割地事秦，则张仪之功；设或六国不割地事秦，在秦无甲兵之费，亦必不以为张仪之罪。张仪既不罪，则六国有罪亦轻。况张仪在秦，亦非忠信之臣，上下猜疑，恐不及割地而即别有机变，今大王莫若许割常山五城以事秦，待诸侯成约而后割之。臣料诸侯之约无日而成，而燕之地亦无日而割也。此时何必与之苦争那？"昭王听了，大喜道："贤卿察机观变，明如观火，真不可及。"到了次日，回复张仪道："秦，大国也。燕，小国也。既诸侯有的，敢不听从？亦愿割常山五城以附诸侯之后，诸侯之约成，即当交纳。"

　　张仪见昭王许割五城，大喜而去，即欲归报秦惠王以逞己功，不期刚到咸阳，而秦惠王早已驾崩，太子登极，改称秦武王。这秦武王为太子时，甚不欢喜张仪。群臣知道此意，遂向武王毁谤他许多短处，及张仪还朝，所言之事，多不听从。六国诸侯闻之，果不连横而又暗相合纵矣。昭王得知，愈服乐毅料事之明，遂更加敬重。正是：

　　　　不慌全在胆，不惑必须明。

　　　　胆与明相并，闻雷也不惊。

　　乐毅既执燕政，虽说日日练兵训将，治国养民，不觉十有余年，并不提起报仇之事。燕国就有一班臣子，来说燕王道："大王筑黄金台，擢乐毅为亚卿，执掌兵权者，以为伐齐报仇也。初犹推说兵未练、将未训，今训练兵将亦已十年有余，而伐齐报仇之事全不提起。在乐毅受享快乐自忘之矣，岂大王亦忘之耶？"昭王道："先王深仇，寡人岂须臾①敢忘？然时犹未可，始待之耳。"众臣道："齐犹是齐，燕犹是燕，今时不可，不知何时而可，不过以齐大难图，借此推挨②耳。"昭王听了，不胜叹息道："贤者所为，往往为不肖所诮③。记得乐元帅登台时，即谆谆虑诸臣有今日之言。诸臣今日果有此言，则是诸臣今日之言，已在乐君成算中久矣。寡人安敢听诸

　　———————————

　　① 须臾——片刻。

　　② 推挨——拖延。

　　③ 诮（qiào）——责备。

君之言，而乱其成算？诸君请勿复言，寡人前已许其弗听矣。"众臣皆抱惭而退。正是：

　　莫恨谗言众，但求君耳聪。

　　是非能辨白，颜面自羞红。

　　众臣见说昭王不动，困又求说乐毅道："燕王筑黄金台，大拜将军为亚卿者，欲报齐仇也。今将军日日练兵，日日训将，亦已久矣，竟未曾加齐一矢，岂燕王拜将军之初意哉？燕王虽不言，而将军独不愧于心乎？若齐仇可报，宜速报之；若不可报，则当去位以让贤者。倘碌碌犹人无所短长，而坐拥高位使燕王日夕悬望，不识将军何以自安？"乐毅笑谢道："非不愿报，报之不能也！诸公有能者，愿执鞭以受教。"众臣见说不入，虽然罢了，然议论纷纷，终不能已。真是：

　　从来人世是非多，任是无风也起波。

　　若使君臣情少懈，可怜谁不受他磨！

　　众臣谗诮不已，亏得昭王信任乐毅，全不动心，故又过了数年。只因又过数年，工夫久了，有分教：

　　绳锯木断，水滴石穿。

　　不知后事如何，且听下回分解。

第 七 回

齐湣王杀二忠臣以肆恶　乐元帅会五诸侯而出师

词曰：

　　火种须焚，草根必拔，箭留弦上看机栝①。若教腮上失龙鳞，便思虎面寻发拔。不是耳聋，也非眼瞎，昏来孔窍都涂煞。功君为政只清心，若清心时自明察。

上调踏莎行

　　话说乐毅见昭王不听谗言，十分感激。又过了数年，欲报齐仇之心愈急，便时时差人到齐国去打听齐王的行事。此时宣王已死，湣王在位。这湣王为人比宣王更加骄暴，依着国富兵强，不是东伐梁，即是南伐楚，从无一岁休息，外虽有战胜之名，内却有消耗之实。到了周赧王二十七年，天下汹汹，名分尽丧，唯强暴为尊。秦王无道，视周天子如无人，竟自僭称为西帝。称便称了，又恐独称不足号令天下，复遣使臣魏冉至齐，立齐湣王为东帝，就约他共发兵伐赵。齐湣王见了大喜，便欣然改称，欲行于各国。

　　一班谀佞②之臣无不怂恿，唯中大夫孤狐喧出班苦争，以为不可。齐湣王不悦道："帝与王，总一为君，但于众诸侯中分别强弱耳。今秦强于西，既称西帝；寡人君临淄岱，地广兵多，独不可以为东帝乎？"孤狐喧道："天下凡百事皆可假借，最不可犯者，名分也，岂论强弱？譬如父母虽弱，安可降为子孙？子孙虽强，安可升为父母？今周虽弱，天子也。齐、秦虽强，诸侯也。数百年于兹，名分所在，谁敢犯之？即今诸侯称王，虽曰僭窃，犹然在臣子之列，奈何竟一旦称帝，无论触天下之怒，亦岂不惹天下之笑，与动天下之刀兵？愿大王熟思之。"齐湣王道："寡人闻名分虽严，亦有时而改，倘必不改，则纣，天子也，周家何以得称？今周运已衰，秦时正盛，夫岂不义而秦为之，亦必识时务之俊杰，有以承大命而劝成之，此非腐

---

①　机栝——机，弩的发箭器；栝，矢末扣弦之处。机栝，共指治事的权柄。

②　谀佞——善以巧言谄媚的人。

儒所知。今秦既已称为西帝,我齐何歉于秦,而独不可以称东帝耶?"孤狐喧道:"帝犹天也,岂可有两? 秦之所以立大王者,恐一时创为之,天下不服,号令不行故然,因引大王分罪,岂美意哉!"齐湣王大怒道:"既立为帝,则天下诸侯皆臣矣,臣敢罪于君? 汝今晓晓①,不过单只寡人不为帝,岂能使秦不为帝乎? 不能止秦,则是秦为帝矣。只寡人不为帝,则寡人为秦帝之臣矣。是汝不愿君尊,而愿君辱,不忠甚矣!"一班诌谀之臣,又在旁和之道:"既可立帝,谁肯为王? 孤大夫之言差矣!"孤狐喧听了,不胜愤激道:"臣正议也,安能入邪辟之耳。"齐湣王勃然变色,大怒道:"谁是邪辟之耳? 当面毁君、辱君,罪已不赦,尚曰正议,天下有此毁君、辱君之正议否? 快推出斩讫报来。"殿下刀斧手闻令,一齐涌出,将孤狐喧捉住。孤狐喧亦大怒道:"臣死不足惜,但可惜大王之死不久矣。"齐湣王听了,愈加大发雷霆道:"以齐之强,以寡人之英勇,虽合天下之兵亦无奈我何。汝一个负郭②之民,吾用汝以为大夫,何负于汝,乃诅咒寡人。不忠之甚,万死犹轻! 快推出斩于稷宫之通衢,使举国之臣民,皆知其谤君③之罪。"大臣中虽也有几个出班为孤狐喧求饶,挡不得齐王怒气冲天,一面传旨称帝,一面就拂袖入宫去了。可惜孤狐喧一腔忠义,反而受戮于稷衢之上。正是:

　　骄君难与言,忠臣不怕死。

　　所以谗佞人,只要君王喜。

　　齐湣王虽然一怒杀了孤狐喧,然称帝之事,心下也有几分狐疑,欲与人商量,却没相信之人。忽报燕使苏代来朝,湣王大喜,召入,因将秦王自称西帝,遣使立齐为东帝,就相约共去伐赵之事,细细述了一遍。又将孤狐喧谏止被杀之事,也说了一遍,因问道:"此事还该如何?"苏代道:"秦王以诸侯而自僭立称帝,自犯天下之仪,天下闻而愤怒之,未可知也。然秦正强,天下畏其强而首肯之,未可知也。今秦既自立,而又遣使立大王

---

①　晓(xiāo)——因为害怕而乱嚷乱叫的声音。

②　负郭——背负城郭。典出《史记·苏秦列传》:"使吾有洛阳负郭田二顷,吾岂能佩六国相印乎?"

③　谤(bàng)君之罪——恶意地攻击帝王的罪过。此处为齐湣王加罪于忠臣孤狐喧的借口。

之为东帝者,亦恐天下罪之,而拉大王分罪也。大王若辞而不受,是拂秦王之意,自失为帝之机,俱非策也。以臣愚见,秦既立大王为东帝,乞大王竟受之而勿辞,使臣民、各国闻知其事,则大王俨然东帝矣。至于发号施令,称帝于天下,且请少缓。何也?臣欲以秦为前车也。倘秦称帝,天下无说,大王然后从容称为东帝,未为晚也。设或秦称西帝而天下憎之、恶之,大王受之而不称,则天下必以大王为知义,而得令名矣。此收天下人心之资也。"齐湣王听了,大喜道:"卿所言最善。但秦王约我共伐赵,不知赵可伐乎?"苏代道:"伐国必破国,方可示威,若伐而空还,不如勿伐,赵国虽小,亦战国也,伐之未必即破。以臣愚见,伐赵莫若伐桀宋。桀宋,小国也,而南败楚,西败魏,昏暴多端,此必败之道也。大王因而伐之,未有不破。伐宋而破之,则天下皆畏齐之强矣。"齐湣王听了甚喜,以为有理。东帝才称得两日,因苏代之言,便止住不称;又依苏代之言,即发大兵,去伐桀宋。

你道这桀宋是谁?就是宋国的康王。这宋康王虽生来性情骄暴,然立国微小,初犹不敢为非。只因城头上一个小雀,忽生了一个大鹯①,百姓看见以为奇事,遂报知康王。康王惊异,因命掌卜筮的太史官占之。太史占了,因拜贺康王道:"此大吉之象也。雀小鹯大,占书上有言:'小而生大,必霸天下。'大王之谓也。"康王大喜。自此遂心骄志大,任意狂为:与滕国为邻,欲展疆土,遂发兵灭了滕国;欺薛国兵少,遂时时遣将伐之;乘齐有事,遂暗暗地袭取了它沿边的五座城池;见楚地广阔,遂探其无备,而夺取二三百里;偶与魏战而大败之,遂沾沾自喜道:"此皆吾霸天下之征也。"见人尊敬天地,遂每每张弓挟矢以射天,欲使天怕我;而又往往操椎持扑以笞地,欲使地惧我;见人多事鬼神,又斩社稷而焚灭之,欲使鬼神服我;又置酒在室中,为长夜之饮,饮到欢快之时,要室中之人皆呼万岁。室中人呼了,又要堂上、堂下之人以及门外之人、国中之人皆呼万岁以应之,以见人不敢违我。昏暴若此,故天下之人皆谓之桀宋,以其昏暴如桀也。故齐兵一来,民心离散,无兵守城,宋康王方惊慌无措,只得逃走,要奔到魏国,不期追兵紧急,走不到魏国,竟死于温县,而宋遂绝矣。正是:

　　暴虐大应死,昏迷国易亡。

---

① 鹯(zhān)——又名"晨风",一种猛禽,似鹞鹰。

其余还可救，唯此没商量。

齐湣王亲见宋康王骄暴，身死国亡，若知警醒，岂不长享为君之福，而破宋之后，心满意盈，愈加骄暴，其所作所为比桀宋更甚。听见人称楚强，便发兵南侵于楚，以争其强；听见人称晋盛，即发兵西侵于晋，以争其盛；又思立为东帝，终碍于周，何不发兵并侵了二周而自为天子，日夜胡思乱想。宗室子陈举看不过，因直言道："治国当图久安，不必贪无益之虚名，须谨防有心之实祸。今齐幸国富兵强，上可以安宗社，下可以贻子孙。大王保此富强，大王之贤也。乃不足而南侵于楚，试思楚为何国而可侵乎？又不自揣而西伐于晋，试思晋为何地而可伐乎？二周虽弱，名分凛然，设可吞并，而秦、楚二国吞并久矣，何至今日？大王不思，以发兵为游戏，以战争为等闲，不知战胜则兵骄卒傲，养成讹诈①之形，战败则甲破斧缺，伤损国家元气。况燕与齐，仇敌也，自齐杀燕王哙，而燕昭王衔冤饮恨，筑黄金台招致贤才，以图报复，已非一日，而大王毫不提防，恐一旦有萧墙之变，则大王悔之晚矣！"

此时，齐湣王正在骄暴之际，一班谀佞之臣，日日夸功颂德，意气扬扬，今日忽被陈举一番正论，直中其隐，羞得满面通红，不禁大怒道："寡人伐燕，燕破；诛宋，宋亡；侵楚，楚惧；伐晋，晋惊。当今至强者，秦也，秦且奉寡人为东帝，而况其余乎？虽连年征伐，无不得意，至今国富兵强，损了哪些元气，要你这老贼胡讲！"陈举道："富强难恃以为常，骄暴必至于亡国。桀宋骄暴，已为大王诛矣。大王骄暴，又安知不为桀宋之续乎？"齐湣王听了，气得须眉直竖，因大骂道："天下诸侯，皆服齐强，我不诛人足矣，谁敢诛我？我且先诛你这老贼！"因命刀多手拿去斩于东门，以为毁君之戒。陈举道："大王不必怒，臣之一死，死忠也，自为天下人怜，后世人惜。只恐明日大王之死，死于昏暴，不独今日为天下笑，虽千古之下，尚嗤笑不尽也。"陈举说不完，早已被刀斧手驱去斩首。正是：

　　忠言苦诉浑如哭，昏耳愁听宛若仇。

　　头已断来心已剖，一时余怒尚无休。

齐湣王自杀了陈举，满朝臣子谁肯再进忠言，唯有一班谄佞之臣，撺

---

①　讹诈——借故向他人索取财物。

掇①他为荒淫之事。燕国差来探事之人打听的确,早报知乐毅。乐毅乃朝见昭王道:"臣蒙大王拔于异国,位以亚卿,家人、宗族皆食于燕,又蒙大王之恩礼宠幸,至矣尽矣,无以加矣。臣苟有肝胆,未有不思仰报万一者。然欲报大王,无如复齐仇。而受任以来,竟蹉跎至今日者,非臣不留心于齐,奈齐无衅可乘。今臣闻其自灭了桀宋,愈加骄横,又南侵于楚,西伐于晋,复思吞并二周以谋天子,此皆亡兆,报仇雪耻,正在此时,故臣敢请大王商酌其事。"昭王听了,大喜道:"寡人衔先王之恨,二十八年于兹矣,常恐一同溘至朝露②,不及手刃于齐王之腹,以雪国耻,终夜痛心,每欲号泣告天告人,因受贤卿之诚,朝夕饮恨。今若有可图之机,愿起倾国之兵,与齐争一旦之命,虽死亦无所惜,愿贤卿教之。"乐毅道:"大王志意既决,微臣敢不效力? 但思齐虽骄暴,有可亡之机,然地广人多,兵强将猛,若轻易图之,不能制其死命,转要受其大害。以臣计之,燕虽训练多年,兵有节制,然素为齐轻,不能为先声夺其气,须合天下诸侯共攻之,方能成其大功。"昭王道:"合诸侯共攻之固妙,但恐诸侯各有所图,未必尽如燕意。"乐毅道:"诸侯虽各有图,然合之要有次第。臣以为燕之比邻莫密于赵,宜先合赵王。赵王正与燕好,必然听从。赵王若听从,则韩与赵两相和好,韩见赵合,亦必合也。至于秦王,贪利之国,须请赵转说伐齐之利,则秦必从。若夫魏,因臣弃魏仕燕,甚不悦臣,未必肯从。却喜孟尝君被齐逐出,今相于魏,深恨齐王,若闻燕伐齐,亦必劝魏以伐齐。楚虽深忌齐,却名与齐好,约之必不从也,然齐急必投楚,诛齐者,必楚也。今虽合之无益,然必须合之,留以为异日之用。"昭王闻言,大喜道:"贤卿料事直如指掌,寡人——听从。"因出各国的符节③,任乐毅为之。

乐毅见昭王言必听从,心甚欢喜,乃与剧辛说道:"今燕伐齐,欲合五国之兵以为助。韩、赵与秦,毅请自往。若魏,则怨毅仕燕,若楚,则素重剧君,俱烦剧君一往。"剧辛应诺。乐毅乃自具车马、怀金璧,亲至赵国。

此时,赵国乃惠文王在位,平原君赵胜为相。乐毅至赵,便先备礼来

---

①　撺掇(cuān duō)——劝诱,怂恿。

②　溘(kè)至朝露——忽然间像早晨的露水一样消逝而去。死亡的隐语。典出《汉书·苏武传》:"人生如朝露。"

③　符节——古代出入门关所持的凭证,用竹或木制成。

见平原君。平原君接见道："乐君身操燕政,名重金台,今日辱临敝国,又赐多仪,必有所教。"乐毅道："昔者,寡君之先王受齐戮辱,此公于所知也。寡君饮恨含冤,欲图报复,此亦公子所察也。只因齐大燕小,齐强燕弱,故含忍至今,寡君日夜痛心。今见湣王昏愚已甚,骄横异常,屈杀忠臣,大肆贪恶,以东帝为不足,又欲吞周,以灭宋为固然,又思别国,观其所为,又过于桀宋。此亦必亡之道。故寡君愤愤不平,愿操戈负弩以为前驱,但念齐分封之国,虽犯可诛之罪,必须公讨,非燕一国所敢自专,故遣下臣上请于贵国,求赵大王公为天下诛暴除残,私助寡君报仇雪耻,恩莫大焉! 义莫正焉! 下情委曲,不敢竟闻,故特求公于转奏。倘蒙允助,破齐之后,河间之地近于赵疆,赵可部而收也,燕但欲复仇,不敢私取。"平原君道："齐之强横,天下所憎,燕即不言,赵亦不能无言。况乐君有命,敢不劝寡君听从?"

正说不完,忽秦国有个使臣亦有事来见平原君,遂会在一处,问及燕、齐之事。乐毅因乘机说道："齐不独为燕之仇,实亦秦之仇也。"秦使惊问道："齐处于东,秦处于西,犹风马牛不相及,齐何为而为秦之仇? 乐君之言,毋乃过情乎?"乐毅道："有说也。今天下称至强者秦也,何知有齐? 自秦立齐为东帝,齐遂妄自尊大,以为秦尚尊我,何况他国! 故南伐楚,西伐晋,前已破灭桀宋,今又欲吞并二周,使天下但知有齐,不复知有秦。由此观之,则齐岂非秦之仇哉! 今燕,小国也,尚愤愤不平,愿倾国与争,奈何秦以屡世之强,何惜一旅而不助燕以诛残暴之齐? 齐诛,而秦之帝不必更分东西矣。今天下皆助燕伐齐,若秦不助燕,则是秦畏齐强,岂不贻大下之笑?"秦使听了,连连点头道："乐君之言是也,归吉寡君,定发兵相助。"

乐毅乃谢而退出。到了次日,平原君果奏准赵王,亦许发兵相助。乐毅见赵、秦俱许发兵,因至韩国,见韩王道："昔燕先王遭齐屠戮,今燕王衔冤切骨,誓必报仇。但念以诸侯而伐诸侯,有助则公,无助则私,故使下臣告于列国,少求一旅之师,以张公义。臣沿途而来,已蒙秦王、赵王慨然许助,故下臣敢匍匐阙廷①,陈情上请,望大王怜念寡君之深仇,乐从诸侯之义举,沛发韩旅,遥令齐风,不独寡君感恩,而天下皆称高义。至若齐之

----

① 阙(què)廷——朝廷。

残暴,在所当除,此又大王之霸业,非毅乞师之臣所敢并言也。"韩王道:
"秦、赵既已许助燕,敢不随其后,况燕君又有宿昔之好,乐君又素所仰
赡,所教当一一听从。"乐毅见三国俱已说成,满心欢喜,因而谢了韩王,
归报昭王不提。正是:

> 为将不惟兵甲利,定须舌亦有锋芒。
>
> 不然坐与君王战,安得唯唯俯首降?

却说剧辛至魏国说魏王助燕伐齐,魏王因谓孟尝君道:"燕君夺吾乐
毅,是吾仇也,吾恨之尚且未消,安肯复助之而伐齐?"孟尝君果恨齐王逐
他出来,因劝魏王道:"大王今若伐齐,非助燕也,实自利也。"魏王道:"何
为自利?"孟尝君道:"前齐灭宋,宋之地远于齐而近于魏,以理论之,其地
应为魏有。齐竟公然取去,殊为藐魏。今若为此而争,甚为费力,莫若乘
燕伐齐,名虽助燕,而破齐之后竟掠宋地而还,岂非自利?"魏王大悦,因
许发兵以助燕。

剧辛见魏王已许,因而至楚,说楚王曰:"齐虽强,不强于楚,往往侵
楚,是欺楚也。燕虽小国,今已发兵雪耻。楚大国,雄据江汉,岂甘受齐
欺?"楚王笑道:"齐王昏暴,早晚必亡,然亡齐者,必楚,楚岂受其欺哉!
大夫且归,寡人自有破齐之略,但不与诸侯共事耳。"剧辛领命,亦归报于
昭王。

昭王见五国皆许相助,满心大喜,遂决意伐齐。只因这一伐,有分教:

> 抉出痛心,变放快意。

不知后事如何,且听下回分解。

第 八 回

燕昭王大阅节制兵　韩将军丧命匹夫勇

词曰：

　　为问兵家何制？五花八阵流传，六韬三略更幽玄①。登坛能夸
此，临敌自无前。若恃匹夫一勇，休夸百万威权。师行无正又无偏，
谩言②家国丧，性命也难全。

上调西江月

　　话说燕昭王欲伐齐报仇，见乐毅、剧辛二人归报，秦、魏、韩、赵俱许发
兵相助，不胜之喜，乃于周赧王三十一年，遂将倾国精锐之兵，尽付乐毅掌
管。乐毅乃一面发文书至各国，约会发兵之期；一面即聚集兵马，于教场
查点。正是：

　　从来报复要坚心，不是坚心报不深。

　　试看黄金台上客，至今方作虎龙吟。

　　乐毅将兵马查点明白，见人人精勇，队队严明，然后择了个吉日，请昭
王到演武场大阅。到了这日，昭王带领着文武百官，亲至教场。乐毅令各
营将士排开队伍，将昭王迎到将台之上，设御座，请昭王坐了，头上张一把
绣黄龙的御盖，旁边列两柄悬日月的掌扇。文武百官俱列在第二层台上，
唯乐毅直到台上，朝见昭王。昭王赐坐。坐定，昭王乃抬头定睛细看那营
中气象：只见旌旗密布，车马分排，联络如流，纵横若结。貔貅之士桓桓赳
赳，仁义之师堂堂正正，令严而悄不闻声，气壮而满营生色，与往日之气象
大不相同。昭王看了，满心欢喜，因向乐毅称赞道：“军容威壮若此，皆贤
卿操练之功，齐国虽强，有可图矣。”乐毅道：“此正兵也，进止有方，出入
不乱，虽有铁骑，不能相犯。若临阵摧锋，长驱破敌，此中有三万精锐之
兵，可挥之即出，令之即行，虽鬼神不能测其往来，此乃奇兵，直捣齐都，易

---

①　“五花八阵”句——言兵法奥妙无穷，变化无极。

②　谩(màn)言——不要说。

如反掌。"昭王听了大喜,更加欣羡,因问道:"此奇兵可一观否?"乐毅道:"正要求大王亲阅。"因命掌旗纛①官,在将台上将蓝旗一挥,只见正东阵中,忽涌出一队人马,飞也似奔至台前听令,十分英勇。怎见得?但见:

> 半似蓝兮半似绿,马上英雄青簇簇。
>
> 时时击鼓动碧天,上按东方甲乙木。

旗纛官又将红旗一挥,只见正南阵中,又忽涌出一队人马,飞也似奔至将台前听令,更加英勇。怎见得?但见:

> 顶上红云飘万朵,赤日朱霞作妆裹。
>
> 胭脂马上大红袍,上按南方丙丁火。

旗纛官又将黄旗一挥,只见正当中阵内,忽又涌出一队人马,飞也似奔至将台前听令,分外英雄。怎见得?但见:

> 将军金甲横金斧,座下龙驹认作虎。
>
> 中央扯起杏黄旗,上按中央戊巳土。

旗纛官又将白旗一挥,只见正西阵中,忽又涌出一队人马,飞也似奔至将台前听令,十分强勇。怎见得?但见:

> 白盔白甲冷森森,风展旌旗霜色侵。
>
> 枪是梨花刀是雪,上按西方庚辛金。

旗纛官又将皂雕旗一挥,只见正北阵中,忽又涌出一队人马,飞也似奔至将台前听令,更加英勇。怎见得?但见:

> 一阵黑云压高垒,铁甲将军装束美。
>
> 嘶风骏马似乌骓②,上按北方壬癸水。

五队人马,各按方位驻下。昭王看见这五队人马,人人雄壮,个个彪形,心下大喜,因问道:"兵分五色,自按五行,不必言也。但不知长驱之时,何以并进?"乐毅道:"虽然并进,自有首尾,若无首尾,何以长驱?"因命掌号官,将金锣一面当当地敲了数声。只见五队人马,在教场中东转西折,盘旋了一回,忽变作一长蛇之势,青在前,红次之,黄居中,白次之,黑押在后。头在前摇,则尾于后摆,尾从后卷,则首从前回,首有事,则腹尾救之;尾有事,则首腹护之;腹有事,则首尾应之。首尾正行时,忽从中突

---

① 纛(dào)——军旗。

② 乌骓(zhuī)——黑色的马。此处指良马、千里马。

出轻骑,或飞标、或飞锤,倏而前,倏而后,直如飞鸟之攫物,使人不见端倪,莫能测识。昭王细细看完,喜之不胜,因赞道:"如此变动,曲尽兵家之妙,真为劲旅,足征元帅之大才矣。燕国何幸,得以转弱力强如此?"因厚出金钱,大赏将士,方罢操回宫。正是:

> 漫言人众便横行,强国还须节制兵。

> 若使刀枪操胜算,六韬三略尽虚名。

昭王大阅过,见兵有节制,一发敬重乐毅如师。那乐毅却谨敦臣节,毫不骄矜。到了出师之时,果然秦国遣大将斯难,领兵三万前来助战;赵国遣大将廉颇,领兵三万前来助战;韩国遣大将暴鸢,领兵三万前来助战;魏国遣大将晋鄙,领兵三万前来助战。兵虽各赴齐境,却俱有文书打到燕国来。昭王见了,因更拜乐毅为上将军,并护五国之师以伐齐。

乐毅领了昭王之命,因率大兵十万,沿途会合诸侯之兵,一时共集于齐境济水之西。一时军容之盛,惊天动地。真个是:

> 军容赫赫连千里,兵气扬扬遍九垓。

> 韩旆秦旌时掣电,魏金赵鼓日轰雷。

> 足追风云皆龙种,力拔山来尽虎才。

> 漫道人惊心胆碎,天为崩裂地为开。

五国大兵集于齐境,齐境守将慌了手脚,只得连夜飞报于湣王。此时湣王正在骄横之际,听见报来,哪里放在心上,因笑道:"我记得昔日燕王哙被我先王遣匡章杀了,这燕王平想是又自来寻死了。"又笑道:"你既要来寻死就该自来,怎又去求人帮助?"又笑道:"秦,大国,求它帮助,也还罢了。韩、魏、赵,小国,求它来何用! 侍我发十万大兵,去杀它个片甲不存,他才害怕,方知我齐国之强。"因命大将向子领兵十万,前往济水去退五国之师。因吩咐:务要杀它个大败。

原来齐国从前出征,往往战胜,故兵将胆大。这向子领了齐王之命,也不问好歹,竟欣欣然去了。正是:

> 巢焚燕雀正嬉嬉,祸到临头尚不知。

> 不是骄深迷作妄,定然愚极变成痴。

湣王自命向子去后,便目望捷音。过了几日,一个老臣王烛告病在家,病好了,听得此事,忙入朝进谏道:"老臣闻燕昭王筑黄金台,拜乐毅为将,欲报齐仇久矣,直忍了二十余年,不敢轻发。今又合了秦、韩、赵、魏四国之兵，方才敢发。臣想，其发不轻，则其志不小，其势必盛。大王即自发倾国之兵前往迎敌尚虞不支，大王怎么草草遣向子一人，领兵十万，前往迎敌？此必败之道也。幸去不久，大王还宜速领大兵，自往救援，庶可保全而无失。"滑王笑道："汝老矣！只记得这几句迂腐的陈言，怎知近来的胜败，要看时势所在。不是寡人夸口，近来的时势在齐，故寡人兵一出即便大胜，从未尝小挫于人，哪有个今日忽败之理？汝只管放心，再迟几日定有捷音来到。"王烛道："大王差矣！两国交兵，当论兵之多寡，势之弱强，将之勇怯，谋之得失，怎么论起时势来？若论时势，是赌造化，以国家为游戏。此事万万不可，望大王还是发兵往救为妙。"滑王道："汝老矣！快快回去，寻个好坟墓，不要在此多管，惹人憎厌。"王烛叹息道："大王既憎厌逐臣，臣何敢复言！但恐大王再想臣言就迟了。"因再拜辞谢而去。正是：

> 曾闻古昔钦黄发，不道今人轻老成。
> 只为老成轻不用，国家都被小人倾。

王烛去后又过了几日，滑王正与一班佞人说王烛的腐迂，忽传报："向子战死，十万大兵阵亡了一半，逃走了一半。五国之兵，直要杀过界来，势甚危急，求大王早早救援。"滑王听了，方才着急，因连夜又点起十万大兵，自领中军，又选了韩聂为大将。这韩聂武艺高强，使一根浑铁枪，有万夫不当之勇，齐国恃之以为长城。滑王见事急，故率之前来。

到了济城，见济城未失，心才放下，因问向子为何就战死？守将答道："向子正与秦将交锋，忽被韩阵上从旁突出一将，遂一枪战死。十万大兵上前去救，不期燕兵摆成阵势，从后一裹，急急逃回，早阵亡了一半，所以败了。"滑王闻知，又将残兵招聚在一处。

到次日，安营济上，望见五国之师，分为五阵，各拥雄兵，互相犄角，旌旗耀日，金鼓震天。滑王见了，回顾韩聂说道："你看五国之师相倚为雄，将军能奋勇破之否？"韩聂道："五国兵将虽共有一二十万，然燕国为主，秦、韩、赵、魏不过是请来之客，用力有限。臣只消突出奇兵，先斩了乐毅之头，则四国之师自然惊走，有何难破？"因恃勇跃马横枪，直奔出旗门之下，往来驰骋，呼叫道："燕国乐毅小竖子，既来送死，何不早来纳命！"正呼叫不已，忽燕阵三声炮响，金鼓齐鸣，旗门开处，见乐毅头戴一顶凤翅金盔，身穿一件龙鳞软甲，乘着一匹骏马，手执着一杆五色的令旗，率领着一班精勇战将，直出阵前，应声道："我乃燕国上将军乐毅，今奉燕大王之命，并护秦、赵、韩、魏四国之兵，前来擒取齐国的昏君，归戮于社，以报燕先王之仇，兼为天下除残去暴。为何齐国昏君不自出就缚，却叫你这无名小将在此搪塞？快报名来，好就缚束。"韩聂因大声道："齐称霸国，强于天下，此天下所共知，况今又为东帝，不加兵列国，已为列国之福，何列国不识时务，反狐群狗党，犯我齐境！我韩大将军这一根浑铁枪纵横天下，谁不闻名？汝乐毅生于赵，不过一匹夫，仕于魏，不过一下品，其才可知，有甚奇谋，怎敢愚惑燕君，妄窃亚卿之位，反招摇四国，浪兴犯土之兵！今既到此，死已莫逃，若知机悔悟，速速倒戈，令各国遁去，尚可免亡国之祸，倘竟执迷，枪尖到处，叫你五国之师立成齑粉①。"说罢，骑着一匹骏马，咆哮阵前，往来冲突。

　　乐毅正欲遣将迎敌，忽赵阵中闪出一将，叫做王岱，手执大杆刀，飞马直奔韩聂道："何等匹夫，敢出狂言！也叫你学向子的样子。"遂举刀就劈。韩聂用枪架过，就乘势刺来。二人杀至二十余合，秦阵中又突出一将，叫做罗忠，手持一杆丈八蛇矛，跑马助战；战不数合，韩阵中也突出一将，叫做孟先登，手持一柄铜锤；魏阵中也突出一将，叫做唐大烈，手执一支方天画戟，飞马冲到阵前厮杀。韩聂看见，笑一笑道："来得好，来得好！何足惧哉！"挺着一条枪，左冲右突，毫无惧色。四将各逞威风，裹住不放，真是一场好杀！但见：

　　　　征云搅搅，杀气腾腾。征云搅搅，乱卷得天光惨淡；杀气腾腾，冷逼得日色昏黄。金鼓喧闹，犹如轰轰訇訇之雷震；旌旗招展，恍若闪闪灼灼之电飞。战场中刀枪并举，忽前忽后，眼一错性命交关；阵面上人马奔驰，忽东忽西，力稍怯死生顷刻。最狠是大杆刀，不离头上；最恶是火尖枪，紧逼心窝；最毒是方天戟，照人背脊；最险是三棱铜，觑定脑门。更难防者，是似飞蝗的乱箭；最怕人者，是如星点的流锤。将军猛勇，左冲右突，每游戏于无人之境；骏马通灵，前驰后骋，宛从事于礼乐之场。四将敌一将，而一将英雄、宛似尤遭虾戏；一将敌四将，而四将强梁，犹如羊被虎撩。毕竟不知谁弱谁强，到底还是龙争虎斗。

----

　　① 齑(jī)粉——捣碎的姜、蒜、韭菜等，比喻粉碎。

　　这韩聂果是骁勇,力敌四将,杀了半日,并没个输赢。齐王在将台上看见四将紧紧攒住,恐怕有失,又见燕阵中旌旗招展,似有个出兵冲突之意,遂忙让鸣金收军。韩聂虽说不惧,战了半日,不曾讨得便宜,也就借着鸣金,将枪向四将一摆道:“主公有令,且暂饶你。”遂勒转马头望本营跑去。四将见不能取胜,也便借此各归本阵不提。

　　却说韩聂归见齐王,齐王因说道:“将军苦战半日,未能取胜,寡人甚是忧心,如之奈何?”韩聂道:“大王不必忧心。四国兵力,也只如此。臣虽未曾取胜,然四将亦已寒心。臣明日不战四将,只将精兵突入燕营,取了乐毅之首,则四国自惊慌而遁。”齐王道:“乐毅既为大将,自有准备,岂易袭取?”韩聂道:“乐毅纵有才,不过挥旌耳,战阵之上料无能为。明日臣突出其不意,自然要斩其头。大王但请放心。”齐王听了大喜道:“将军若果能斩了乐毅,寡人必然重加封赏。”

　　韩聂因退去安息,到次早整顿三千甲士,指望突袭燕营。不期到了阵前,燕兵已在大营之外,又另立了青、黄、赤、白、黑五个小营。乐毅亲自跃马横戈,立于阵前。韩聂见乐毅自立阵前,满心欢喜,以为恰中其意,也不答话,竟点一点头,暗招了三千人马,随他冲入燕营。他竟一骑马风也似先奔到乐毅面前,指望直刺乐毅。不期乐毅望见韩聂的马将到时,便先折转马首,跑入阵中,及到阵中,却又立马观望,韩聂见乐毅虽入阵内,却相去不远,又见五阵兵虽然分列,却不能变动;又见三千甲士亦已赶到,因想道:“不趁此时斩了乐毅,更待何时!”遂将马一纵,带了甲士竟赶入阵中,及赶入阵中,却不见了乐毅。忽闻一声炮响,五阵中金鼓乱鸣,旌旗齐展,人似虎,马如龙,一齐涌出,却不厮杀,只各认队伍,纷纷排开。一霎时,五阵变作一阵,团团将韩聂并三千甲士俱围在其中。韩聂欲上前突战,却弓弩齐发,炮石如雨,上前不得,欲突阵而走,却又水泄不通,无门可走。韩聂着了急,因将三千甲士分作四路,令其四面冲突,自却于中纵横驰骋,欲寻出路。寻了半晌,但见人马布满,哪里有一痕渗漏?正寻不出,忽看见一队军士,手捧皂纛①,拥着乐毅团团掠阵②,又沿途传令:“不许放走韩

――――――――――

　　① 皂纛――黑色的军旗。纛为军旗,典出许浑《中秋夕寄大梁刘尚书诗》:“柳营出号风生纛。”

　　② 掠阵――从兵阵上斜插过去。

聂!"韩聂听了,激得怒气冲天,因跃马挺枪,直奔乐毅,挡不得乱箭射来,急急拨开,左臂上早中了一箭,只得忍痛拔去,大声骂道:"乐毅竖子! 既要做英雄,可当面决一死战,倘战不胜,便死也甘心。怎藏形匿影,只以阵势困人!"乐毅大笑道:"要斩汝这等匹夫,只如探囊取物,何须用阵,只可笑你这匹夫,既自称大将,怎阵也不识,竟冲了入来,岂不羞死,还要怪人?我若就此斩汝,莫说你这匹夫心不甘服,恐诸侯也只道我暗暗算人。今将饶你出去,我命将当诸侯之前断汝之头,叫你死也甘心。"因又一声炮响,只见四围队伍东西一卷,南北两分,忽又变作一条长蛇之势。

此时韩聂的三千甲士已损伤了数百,正在慌张之际,只见阵开,哪里还顾得将军,竟四散逃回。韩聂见了,自觉无颜,也要走马奔回,又怕人笑,忽又见乐毅立在长蛇阵中,大声叫道:"韩聂匹夫! 你说要甘心死在阵前,故饶你出阵。今既饶你出阵,为何又不敢战?"韩聂听了,又是气,又是羞,不觉心头火发,遂拼死挺着长枪,直奔乐毅道:"不斩你的驴头,叫我这忿气怎消?"正飞马上前,不提防阵左翼忽突出一将,叫做邓方,手提大刀,劈头砍来道:"韩聂,哪里走,快将头来!"韩聂忽然看见,吃了一惊,忙折转身将枪去搪,不觉阵右忽又突出一将,名叫乐乘,手提大刀,照头砍来道:"韩聂,不要走! 奉元帅将令,立等要你的驴头。"韩聂看见,急欲揎枪来抵,却被邓方又复一刀,及搪去邓方之刀,再急急揎回枪来搪抵乐乘时,已早被乐乘一刀,连肩带臂劈为两半。可怜韩聂在齐国做了一世豪杰,今日被乐乘斩了,化做南柯一梦。正是:

> 为人切莫恃强梁,自古强梁不久长。
>
> 瓦罐不离井上破,将军难免阵前亡。

只因韩聂被斩,有分教:

> 江山瓦解,社稷冰消。

不知后事如何,且听下回分解。

第 九 回

败一阵又一阵急似烧眉　下一城又一城势如破竹

词曰:

　　人世不无成败,国家定有兴亡。不须笑弱与夸强,荒淫悲桀纣,
神圣颂虞唐。任你干戈争斗,由他名利奔忙。闲来搁笔细评章,奸雄
不耐久,仁义始绵长。

上调西江月

　　话说齐湣王在将台上,先看见韩聂并三千甲士卷入阵中不见踪迹,已
惊得神魂无主,就传令众将出阵救援。众将奉令,虽走马临阵,却看见燕
阵上兵马,青黄赤白黑卷做一团,没处下手,只好在阵前摇旗击鼓,以壮军
威;围了半晌,忽见阵开,并三千甲士乱窜逃回;又见韩将军匹马走出,正
打帐上前去接应,忽又见韩将军飞马去奔乐毅,却被阵左右突出两将,一
刀砍死。莫说齐湣王与众军胆都吓破,就是四国将军看见斩了韩聂,无不
吐舌惊讶,赞羡乐元帅用兵之精,阵法之妙。正是:

　　英雄穷困少人知,纵有奇才没处施。

　　今日阵前名将斩,人人方识是男儿。

　　乐毅既斩了韩聂,看见齐军阵乱,齐将胆寒,又发一个号炮,指挥三万
精锐奇兵,列成阵势,堂堂正正;竟逼近齐营。齐湣王在将台上看见,心虽
慌张,却无可奈何,只得下了将台,亲到阵前,喝令分兵出应。不知齐国兵
将虽多,其猛勇俱在韩聂之下,今见韩聂被斩,各个气馁,又见乐毅的兵将
俱隐在阵中,或出或入,没处与他争斗,心下皆十分害怕。挡不得齐王亲身
督战,不敢退缩,只得勉强出到阵前,用强弓硬弩射住阵脚,与燕军相对。

　　燕军逼至齐营立定,早一声锣响,阵中突出一将,横刀讨战。这将就
是正先锋乐乘。齐湣王看见,认得是他斩了韩聂,不禁大怒,因问众将:
"谁与我擒此贼,与韩将军报仇!"话未了,只见马军队中一将,姓骆名文,
就是韩聂的外甥,甚是猛勇,手挺长枪,应声飞马而出:"待小将擒此贼
来!"遂跑出阵前,也不答话,举起长枪,便照乐乘劈面刺来。乐乘将刀来

架过，就乘势举刀相还。二人交上手，就斗了五十余合，不分胜败，战到妙处，两军俱喝彩。乐乘见骆文枪法甚熟，料一时赢他不得，遂卖个破绽，拨转马头便走，道："饶你罢！"骆文要逞英雄，纵马赶来道："我却不饶你！"将及赶上，举起枪来照着乐乘的背心便刺。不期乐乘是有心诱他，只侍马尾相接，即带过马来，大喝一声道："你待刺谁！"因左手提刀将枪架开，右手就趁势腰间取出鞭来，照头打下道："且吃吾一鞭！"骆文躲不及，刚闪过头顶，背上早着了一下，只打得抱鞍吐血而走。

　　四国兵将，见乐乘既刀斩了韩聂，又鞭打了骆文，大有乘胜之势，恐怕他独自成功，故一齐掩杀。真是人如龙，马似虎，旌旗电闪，金鼓雷鸣，一齐都往齐营杀来，齐王看见，哪里敢再出战，忙令人紧闭营门，只将弓弩炮石死命紧守；五国兵将在营外辱骂，只得吞声忍受。正是。

　　从来骄王只虚夸，哪有些儿实把拿？

　　及到祸来夸不得，吞声忍气没哼哈。

　　湣王见败了两阵，心甚慌张。又有人揭了乐毅沿路的告示来与他看，上写着："燕国兴兵，只要捉齐王去报仇，与齐国兵民毫无干涉。无论兵将投诚效用，即百姓保境自安，断无扰犯。有能捉获齐王或斩头来献者，千金赏，万户侯，决不食言。"齐王见了，愈加心慌，因暗想：这些兵将俱是豺虎，往日又不曾加的恩惠，倘然有变，那时奈何！心下一想，便立脚不住，遂悄悄将兵马托与副将掌管，自家却于半夜里带了数十马兵，竟逃回临淄去了。正是：

　　只思逃性命，了不顾江山。

　　试想江山丧，焉能性命全？

　　齐王既去，这副将一发支持不来，支持不到十数日，早被五国之兵，直杀得尸如山积，血流成河，剩下的残兵败将，都四散逃生去了。乐毅大喜，一面写捷书飞报昭王，一面就在军中大排筵宴，请四国将军贺功，又椎牛置酒，大享五国兵士。享毕，以秦、韩边远，先请班师；秦、韩行后，就请赵师巡齐的外境，部收近赵的河间之地；又请魏师伐齐一路之边鄙，便于掠这近魏偪宋之故地。赵、魏二师大喜而去，以为乐毅不负所约。

　　四国俱去后，乐毅然后托剧辛部署大兵，沿路镇守，自却率三万精锐之兵长驱直入。剧辛因说道："齐乃桓公之后，霸业之余，大国也。燕托国北鄙，小国也。今赖诸侯之力，幸而胜之，不过一时之功。然恐小国终不可以灭大国,既不能灭,而必欲深入灭之,则结怨必深,结怨若深,虽图一时之快,倘稍失意,后必悔之,况过而不留,于燕无益,于齐无损。以愚论之,莫若及今威势,扩取边城以自利,此亦久长之道,不识元帅以为何如?"乐毅道:"国之大小虽分,而国之兴亡却又不在国之大小,而在君之仁暴。今齐虽大,而湣王实为暴主,稍有战胜便伐其功,略有所得便矜其能,有所作为便自主张,绝不谋及于下人,贤臣良佐则废黜①之,进制献谀则信任之,所行之政令,不是戾人,即是虐民②,故百姓非怨即恨,无一相安,此破亡之时也。若以精兵因而乘之,则其民于君无恩,必然叛矣。其民既叛,则其君于民无依,必然逃矣。其君既逃,则其国无主可恃。故毅敢于深入者,乘其君逃民叛之时。若迟疑不决,坐失其时,但贪小利,取其边城,使彼犹踞君位,倘一朝改悔前非,恤其下而抚其民,不独燕小国不敢图齐之大,恐失边城之齐,又将图燕矣,岂不自误!如之何其可也?"剧辛道:"元帅高论最为透彻,但愚更有所虑:自济上至临淄,约略计之有七十余城。其君虽暴,其民虽叛,彼此时兵尚在,城尚守,恐孤军深入,一时不能即破,则进退两难,元帅亦不可不虑。"乐毅道:"剧君所教,足见老成。但兵家所贵者神速也,所以神速者,先声也。若先声所至,果能神速,则城之多寡又可勿论。况燕先王三十年之深仇在此一举,安敢自失?今请与剧君约:剧君领兵主守,毅率精兵主攻。毅攻得一城,毅之功;剧君守定一城,剧君之功;毅不能攻,毅之罪;剧君不能守,剧君之罪。"剧辛道:"元帅既忠勇如此,辛敢不受命!"二人定约,乐毅遂只率三万奇兵,竟长驱深入,其余大兵,俱付剧辛管领着守城。一路遥张声势,正是:

　　行兵定要识分明,识若分明胆便生。

　　看破君逃与民叛,敢夸兵过不留行。

　　行兵之道,果是先声可以夺人之气。今一路守城兵将,听见乐毅斩了韩聂,又鞭打了骆文,不数日又见齐湣王连夜逃回,不数日又见十万大兵只得三五千残兵逃回,其余尽被乐毅杀了,传得十分害怕。又见乐毅但擒齐王报仇、不犯兵民的告示,纷纷打来,却又有几分放心。不几日,又见乐

---

① 废黜(chù)——罢免。

② "所行"句——言齐湣王施行的政策,均为残害、虐待人民者。戾(lì),凶残之意。

毅兵到,谁敢迎敌? 及降后,又见乐毅果然毫不伤民,但宣谕燕王威德,民心甚是悦服,故所过城邑,皆望风而降。

　　唯到了历城,历城守将叫做姜桂,乃是齐国的远宗,虽然年老,为人甚是倔强,又有些才干。听得乐毅兵到,人人皆劝他迎降,他偏不服,道:"岂有受齐君之职守,今日城池尚在,兵又不少,食又不尽,力又不屈,为何便降于人?"因领着兵将,将四门紧守,暗伏弓弩,自却顶盔贯甲,手持一支细细的梨花枪,肩上斜背着两口雌雄剑,能挥出百步取人,百发百中。打听得燕兵到了,却自领着五百人马,在北门外结成队伍,以待燕师。

　　早有探子报知乐毅。乐毅久知姜桂是个好汉,若以兵势劫他,他死也不服。因将大兵扎驻在后,自却只带千余精骑,先至历城,与姜桂答话。因说道:"燕先王为齐王所戮,燕宗庙为齐王所毁,燕宗器为齐王所掳,此皆老将军所知。今燕兴兵,非无故来,实欲报齐仇,故所过之处,于民秋毫无犯,乞老将军鉴察此情,怜而假道①。"姜桂道:"我姜桂只知奉命守城,不知其他,道岂可假哉!"乐毅还要与他讲论,旁边恼了一员小将,叫做甘寿,大声道:"多少城池俱是望风迎接,何独老贼一城! 乃敢狂言,待末将诛此老贼,看他守得住守不住也!"不待元帅发令,就挺枪跃马,直奔姜桂,姜桂微笑一笑,就用梨花枪接住厮战,战不到七、八合,姜桂就拖着枪绕城东而走。甘寿不知是计,紧紧赶来。姜桂看见甘寿赶来,直待他马赶到百步之内,即飞起一把雄剑,照甘寿当头砍来。甘寿突然看见,方才慌了,忙将身往后一闪,急用枪拨时,那把剑早已将马头削去半个,将甘寿掀将下来。姜桂看见,就勒回马,用枪来刺。喜得燕阵中众将看见,便一齐飞马来救,又亏得内中一将暗发一箭,几乎射着姜桂,姜桂着了一惊,略缓了一步,故被众燕将将甘寿救去。姜桂看见燕兵人众,便不回北城,竟转入东城去了。

　　那边姜桂转入城去不提。这边乐毅就命兵将鸣锣击鼓,呐喊摇旗,就像个要踏平齐兵、攻入城去之势。细看来,却只有二三百小兵往来,大队兵却不轻易便动。这五百人的小队,见主将已败过东城,不知去向,又见燕兵声势严严赫赫,哪里立得住脚? 你惊我慌,撑不多时,早乱纷纷一哄都涌回城去。齐兵既涌入城,乐毅转下令退回,不许攻打。

　　到了次日,姜桂见北城无恙,五百人马俱保全入城,略无伤损,便依然

---

　　①　假道——借路。典出《左传·僖公五年》:"晋侯复假道于虞以伐虢。"

又带出城外,结成小队,横枪立马,以把守拦阻。甘寿并众将禀乐毅道:"姜桂本领只有限,恃着两口飞剑耳,飞剑虽厉害,不过斩一二人。元帅何不排开阵势,冲杀过去,彼数百人如何拦阻得住?"乐毅道:"燕兵所过齐城,无不望风而降,独姜桂敢以孤城抗拒,亦可称齐之劲草,吾不忍诛之。况孤军深入,一路兵民宜抚以仁义,不当震以威武。倘破齐而有之,则齐之兵民即燕之兵民也。诸君只消诱开姜桂,吾自有破城之计,不烦诸君虑也。"甘寿道:"元帅深谋远见,非未将等所可知。但只要诱开姜桂,愿待未将去为妙。"因换了一匹骏马,飞出阵前,举枪直刺姜桂道:"昨日误中了你这老贼之计,几乎丧命,今日砍你的头以报仇,看你的飞剑还能斩我么?"姜桂看见,又微笑一笑道:"昨日侥幸逃了狗命,已为万幸,怎今日又来寻死?"因举枪相还。二人战到七八合,甘寿是惯战之将,越战越精神,姜桂如何敌得他过,因拖着枪依旧往城东跑去。甘寿这番是有心诱他开去,口虽呼天喝地大叫值:"老贼哪里去,我来也!"马却慢慢放来,只不赶上,使姜桂回又回不来,飞剑又砍他不着。

这边乐毅看见甘寿诱开姜桂,便令军中放起号炮,将兵马排做长蛇之势,竟冲向城来。那五百结队之兵,谁敢拦阻?燕兵却也不去理他,只当没有。刚冲到城边,只听得城中喊声动地,两扇城门早已开放。原来昨日五百人乱逃入城时,乐元帅已暗藏一二百燕兵,扮做齐兵,混入城中,暗暗埋伏,今听见号炮响,故一齐砍开城门,来接应大兵入去。燕兵虽然入城,却原是约定的,不敢侵扰一民,故民皆安堵①如故。

甘寿见兵已入城,方勒住马不赶,大声叫道:"姜桂老贼听着:你今抗逆大兵,本当斩你,因乐元帅念你是齐国的忠臣,故饶你性命。今大兵已过,秋毫无犯,快去料理你的职事。"说罢,竟转回马追随燕兵去了。姜桂再折回北门一看,只见五百个结队之兵端然无恙,及入城检点,城中百姓还有不知燕兵过的。姜桂因叹息道:"我不意乐毅用兵直至如此,几与王者之师无异。齐国君骄民叛,自然江山不保。我姜桂一生名节,岂至老而丧之?"因将职事付托与人,竟飘然埋名而去。后人有诗赞之道:

> 老将丹心炯不磨,孤城危矣尚横戈。
>
> 可怜齐国多豪俊,几个男儿得似他。

乐毅大兵过了历城,兵威一发大震,仁恩一发遍传,或是先来迎降,或

---

① 安堵——安居。

是到时归顺,不三四月,已下了齐国四五十座城池。这日到了莱城。这莱城守将,叫做满兔,为人好用机智,见齐城一路迎降,欲要力敌,却又兵微将寡,料来敌他不过,欲要随众迎降,却又自不甘心,因想道:"莫若明则随众迎降,暗则伏兵击之。"又想道:"若未迎降而击之,倘一旦失事,彼必恨而屠城,使百姓遭殃,非为良策,莫若迎降之后待他兵过,再远远伏兵击之,纵然失事,没个复回来屠城之理,就是责问,亦可推辞。"算计走了,因随众也写了投降的文书,先差人去迎接,然后点起二千人马,去南城六十里外一座牛耳山下去埋伏,只候乐毅兵到,过去一半,听号炮声响,却从中冲出。众兵领命而去,自却率众百姓大开城门,设香花灯烛远远迎接。

　　不期乐毅虽然一路受降而来,而一路守城的将官为人贤、不肖,俱已细细访在肚里。这满兔为人好用机智,早已访知,今兵到城下,见他老老实实与众一般迎降,心下已疑。及迎入城中,送上册子,又见册子上只有钱粮,并不开兵马,因叫满兔问道:"这莱城既已迎降,为何兵马不开?"满兔道:"这莱城兵将甚少,只有老弱千余,不堪战守,故未开上。"乐毅道:"此城既无兵将,你在此守些什么?倒不如随我去出征罢。"满兔道:"得随元帅出征固好,但愧毫无才能。"乐毅道:"人之才能也不在多,我闻你善于埋伏,只此一件便是矣。你既善于埋伏,则人之埋伏,你必知道。此去临淄,我正虑山谷多,恐人埋伏,你可与我一路细细打听。打听得出,算你的功,定加重赏;打听不出,误了事,则罪在不赦。"因命众将押去前营。满兔见乐毅道破其情,惊出一身冷汗,伏在地下,只是连连磕头哀求道:"小将该死!小将因闻元帅一路俱忠诚待人,并不猜疑,故一时愚蠢,妄思作孽,实实伏兵二千于前去六十里牛耳山下,希图为故主效一击之私,不期元帅忠诚中又精明详察如此,真古今之罕有也!齐国江山断难保矣。小将事已败露,一死何辞,请伏斧钺①。"乐毅听了,大笑道:"两国交兵之际,各用智术,原无大罪。闻你好用智术,但如此智术,用之何益?既肯直说认罪,还是烈汉,我不罪你。"因命放起,收回伏兵,仍守莱城。满兔感谢而去,乐毅方依旧驱兵前进。只此一进,有分教:

　　　人无固志,地没坚城。

　　不知后事如何,请听下回分解。

---

① 斧钺——古代军法用以杀人的大斧。典出《国语·鲁语上》:"大刑用甲兵,其次用斧钺。"

第 十 回

齐劫燕燕乘便转劫齐营　楚谋齐齐临危翻求楚救

词曰：

> 但见古今亡国，何时君不临民，无非名姓换周秦。丧身方笑伪，窃位便称真。揖让唐虞已旧，征诛夏禹垂新，一番君又一番臣。不知千载下，毕竟属何人？

上调西江月

话说齐湣王逃归临淄，打听得兵民离叛，望风归燕，无计可施，日日在宫中纳闷。要与人商议，几个老成贤臣又都贬了，几个敢言忠臣又都杀了。唯有一班奸人佞臣，将酒来宽解。这日听得报历城都失了，姜桂都走了，益发慌张道："我还记得，当年乐毅来投我，一无所长，就是一向流落在赵、魏，也不听见说他有才有略，就是燕王拜他为卿相：当国①了三十年，也不见他做甚事业。虽有人常对寡人说他蓄心不善，寡人自倚富强，伐楚楚惧，伐宋宋亡，哪里将他放在心上，怎今一旦忽然猖狂起来！因回想我平昔的富强与从来的威名，都到哪里去了？连寡人也不自解。"一个最亲密的幸臣②叫做夷维，因说道："大王，这些话大王说来似乎不解，以小臣观看来却又明明白白，有甚难解？此非乐毅之能，皆是大王心慌之故。前日五国之兵在济上，共来不过二十万，就是偶然输了两阵，也是兵家的常事，只该多调人马，添助兵力，纵不能战，也还可守，大王怎该就光走了回来？只因大王先走了回来，齐兵无主，便自然解体，燕兵乘虚，便自然得志，故臣说，此皆大王心慌之故，非乐毅之能。"湣王道："事已至此，悔无及矣！"夷维道："过去的不消说了，就是今日百姓望风归燕，也非乐毅之能，还是大王心慌之故。"湣王道："今日民归于燕，怎还是我心慌？"

---

① 当国——执掌国家大事。

② 幸臣——为君主所宠爱的臣子。典出《韩非子》："必将以翼之合己，信今之言，此幸臣之所以得欺主成私者也。"

夷维道："乐毅初来伐齐，还有四国帮助。今打听得四国皆已去了，乐毅一总不过十数万人马，况闻他长驱入齐，共只三万甲兵。大王若不心慌，点起齐兵，只怕还有一二十万，再选一大将，统领去迎战，算来还是我众彼寡。况且又是我为主，彼为客，况现乐毅又身入重地，即有七头八胆，恐亦再难猖狂。大王何至慌张如此？况所降之地，皆是因看无救无援，暂图免祸，若听得大王再振兵威，自然又要归齐。大王需有主意，不要心慌。"湣王听了，满心欢喜道："汝言甚是有理，寡人胆又壮矣！"因急急出朝，将齐国所存之兵尽数点了一十二万，叫一个大将耿介领了，前去一路迎战，又赐他一口宝剑，务要斩乐毅之首，斩了来，官上加官，斩不来，便令自裁。

　　耿介领了王命，虽然恐惧，却不敢不遵，只得领兵一路迎将上来。迎便迎将上来，只因打听得乐毅兵强将勇，人人胆怯，个个心慌，只思退兵，无一毫勇往直前之气。直迎到青城，方才望见乐毅的兵来，彼此探知，排开阵势，二将军各立阵前答话。耿介因向乐毅道："吾闻兵骄者败，欺敌者亡。汝既为将，也要识些时务，知些进退。燕乃小国，汝乐毅又乃燕国无名小将，昨幸借诸侯之力，偶尔战胜，可谓侥幸，就该急急退去，夸耀于君，以取功名，怎不自揣，却妄认以为己之才能，竟大胆孤军深入直到此地，可谓骄矣！可谓欺敌矣！只怕身入重地，死亡就在眼前，还要拈弓弄枪，做些什么？"乐毅道："燕报齐仇，本意只要诛此昏王，实无意图齐社稷。不意齐王暴虐忒甚①，天意已移，民心已叛，望燕师如时雨，投燕师如归市，故兵不血刃，而四十五十城一时归附，岂人力所能强为哉？盖天意欲灭齐而入燕也。此事人人皆知，汝鼠辈何愚而不悟，尚党恶助虐，以自取死！"耿介道："齐之富强，天下所知，今虽失了数城，然临淄、海岱尚数千里，戴甲兵将尚数十万，倘一怒而张挞伐之威，即重驱易水，再捉燕王，亦宜易耳。何况汝一二万之孤军，又身入重地，岂不是羊投虎穴，鞭稍一指，即立成齑粉！今已奉齐王令旨，斩汝之首，快自下马受缚，免我加兵。"乐毅道："少康一旅，复兴夏基；武王十人，造成周室。兵岂在多，何况堂堂仁义之师，上应天心，下合民意，视诛伐齐之残兵，直如摧枯拉朽。若论齐民向化，本不当再动干戈，奈何汝等凶顽，不知天命，辄敢拦阻去路，又不得不诛一二，以警其余。"因问众将："谁与我擒此逆贼？"

---

　　①　忒(tuī)甚——太过分。

言未了，只见副先锋邓方，一骑马，一杆刀，飞出阵前讨战。耿介看见，忙挥众将迎敌。此时，麾盖下将官虽列有二三百员，然你看我，我看你，无一人敢挺身向前。耿介急了，只得呼名点了四将。这四将没法，方纵马临阵，接着邓方厮杀。两阵上金鼓如雷。邓方奋勇，斗不上十余合，将刀一闪，早斩了一将落马。耿介看见吃惊，恐怕三将胆怯，因又点了四将，同出战与邓方厮杀。燕阵上正先锋乐乘看见，也跃马挥刀杀入阵中，横冲直突，就是两只猛虎。齐将虽多，哪里搪抵得住？一刻时，又斩了两将落马。耿介看见着忙，忙又点催众将上前助战。众将虽不敢不上前助战，然心是怯的，气是馁的，只见忽前忽后，忽东忽西，车马纷纷，队伍散乱。

乐毅看得分明，遂一声号炮，排开阵势，直冲过来，耿介初来，营寨尚不曾立稳，今又见阵上连斩了数将，心早慌乱，忽被乐毅大军冲将过来，急吩咐用弓号射时，炮石打时，众将慌慌张张，有应有不应，哪里把捉得定？乐乘、邓方又乘势赶杀，耿介不能禁止，遂败将下来，直退去有二十余里，打听得燕兵亦已收兵不追，方才重新立起营寨。正是：

战余落日黄，军败鼓声死。

壮士惨不骄，主施扬不起。

卧地马悲嘶，连营军折齿。

虎帐冷清清，将军将谁倚？

耿介闷居帐中，召一班谋士商议道："燕兵十分猛勇，乐毅的阵势又甚是厉害，才一战，早损了数将，又败退二十余里，齐王闻知，岂不加罪？为今之计，却将安出？"一谋士叫做赵远的说道："元帅勿忧，远有一计，定可以转败为功。"耿介问道："赵参谋有何好计？"赵远出位说道："燕兵自燕至齐，不数月连下齐四五十城，并无一人迎战，其视齐已若无人。今元帅初到，又被他乘胜追奔二十余里，想其心满气骄，定不设备。以远愚意，莫若乘其无备，点起精兵，于二更人静悄悄袭他的寨栅。他的兵将纵猛勇，半夜里马不及鞍，人不及甲，也要败走。待他败走，然后以大兵乘之，则四五十城可复矣。"耿介听了，大喜道："赵参谋此计，妙合兵机，速宜行之。"

只见又一谋士叫做贾伦，也出位说道："赵参谋此计虽好，以愚意揣度之，却只好用于别将，恐不能加于乐毅。"耿介道："怎见得加不得乐毅？"贾伦道："我看乐毅用兵大有古制，只怕这些偷营劫寨之事，他不论胜败，自是日夜提防，岂容人乘他之衅？就是他不设备，你看他车连马络，固结如环，恐亦劫不入去，元帅亦当熟思，不可轻动，堕入陷坑。况劫营乃机变之事，往往有我去劫他，早被他因而乘机劫我，元帅亦不可不防。"耿介听了，沉吟道："若如此说来，畏首畏尾，则齐兵再无得胜之日了。"

大家正踌躇，忽又一个谋士叫做狐直，亦出位说道："赵参谋之计，自是出奇妙算，贾参谋之论，亦是慎重良图。元帅欲行，又恐临时失足，欲止，又恐坐失胜机，委决不下。以直愚算，可以两全。"耿介忙问："何以两全？"狐直道："此去劫营，不用本寨兵去接应，只需点三千精兵前去足矣。若果能乘其无备，攻破营寨，则三千精兵可当十万之用，就使有备，急急奔回。亦不至于尽陷。若虑他乘机劫我，元帅可伏强弓硬弩，紧守大寨。他纵来劫，如何得入？万万不可因劫他人之寨，而先疏虞不保自寨，则两全矣。"耿介大喜，遂决意行之。因命大将史俊同参谋赵远，点精兵三千，半夜去袭燕营，倘袭彼成功，放起号炮，我这里方有接应。史俊与赵远去后，耿介又下令兵将多伏弓弩炮石，紧防大寨，以防燕兵来劫，不许怠情疏虞，正是：

　　　将军妙算已无遗，稳欲摹他大将旗。

　　　不道后先差一着，赢棋翻又作输棋。

这边史俊与赵远悄悄领兵去劫燕营不提。却说乐毅以阵势横冲而来，只追杀二十余里，便下令驻营，不许追赶。众将疑惑，因进而问道："齐兵有十余万前来逆战[1]；其气正盛，今被连斩数人，气已馁矣，正宜乘胜，穷日夜之力以追之，使他无驻足之地，何仅追得二十余里，元帅即下令不许追，容其从容喘息，复立营寨？"乐毅道："此非诸君所知也。凡物不大伤，必不大坏，兵不大乱，必不大走。齐兵十余万今日始至，气正锐，力正强，势正盛。虽赖诸君猛勇，斩其数将。又被阵势冲突，致其走败，然其合营之气尚未尽馁，合营之力尚未尽屈，合营之势尚未尽衰，若过迫之，必生他变。即无他变，亦不能尽如伤弓漏网之逃，莫若且缓之，令其苟且保全。既未大败，退避则不能；已经小创，进战又不敢，慌张之际，谋无所施，唯有劫营以图侥幸耳。侍其来劫我寨，我寨备之，彼自受伤。我转因其来劫，乘机而往劫之，彼纵有备，亦必受我之蹂躏矣。内外受伤，然后败走，

---

①　逆战——迎战。典出《新五代史·杜重威传》："重威逆战于宗城。"

是真败,乱是大乱,乘胜追杀,谁敢再复驻足回头? 可直至临淄矣!"诸将听了,方叹服道:"元帅妙算神机,虽孙武复生,莫能过也。"乐毅因分点诸将,如何埋伏以待其来劫,如何乘机以往劫其老营。诸将一一受命而去。乐毅却自坐在营中,命兵将准备下号炮,以号炮为令。

却说史俊与赵远领了三千人马,候至半夜,马去铃,人卸甲,悄悄地奔到燕营,听见营中虽隐隐尚有更鼓,却静悄悄不见有人把守。史俊与赵远以为得计,竟领着三千兵呐一声喊,杀将入去,杀到营中,却不见一人。正疑惑问,忽听得号炮四起,始大叫道:"不好了,来差了,误入人陷阱了!"因领着三千兵,忙忙退出,急退出营时,又听得一声炮响,四下金鼓齐鸣。史俊只恐伏兵四起,要拦住去路厮杀,吓得魂飞魄散,却喜得只有炮声与金鼓声,并不见有人马截杀。史俊与赵远喜出望外,乘着无人,领着三千人马飞奔回营。

原来乐毅欲劫齐之大寨,知齐必然防备,难以杀入,因使兵将伏于道旁,只等齐劫营之兵逃过大半,便从旁冲去,将齐兵分作两半。却令付寿截住后一半,不许放他回去。又令乐乘、邓方,带二千人马,充作齐兵,转跟定史俊,去劫齐营。史俊与赵远在前面只顾逃走,哪里知后面之事? 此时耿介正坐在营中守护大寨,以听捷音,忽听得燕营中号炮连发,知事不谐,十分慌张,欲要发兵接应,又恐大寨有失,只吩咐将弓弩炮石紧紧守定。不多时,只见史俊与赵远逃回,正夸说虽然去劫差了,却喜得托元帅福庇,并不曾伤折一人。说犹未了,只见邓乐两口刀、两匹马,带着三千人已直杀入中军帐上来。耿介与众将突然看见,胆都吓破,魂都惊走,不知是从哪里来的,一时手慌脚乱,谁敢抵敌,唯四散逃走。耿介坐在帐上,亏护卫人多,得能脱身,往后营逃了。其余兵将撞着的死,遇着的亡,也不知杀死了多少。正杀不了,乐毅的大兵又到:分袭各营。各营见势头不好,料立脚不定,俱乱纷纷各自逃生。杀到天明,乐毅鸣金收兵,再细看齐营,但见抛盔弃甲遍满沙场,破斧断戟壅填道路,尸骸堆积满山野,粮草狼藉如土泥,而十余万兵将不见一人矣。正是:

> 麟阁标名是丈夫,谁知有幸不无辜。
>
> 试问凭吊沙场事,一将成功万骨枯。

乐毅借齐劫营之便转劫其营,只半夜击走了十万齐师,一时兵威赫赫炎炎,无不心惊胆碎。一路来到的都邑城池,俱不惮数百里远远迎降。却喜乐毅兵到,倍加抚恤,毫发不犯。齐民久受滑王的残暴,今见乐毅抚恤,俱大喜,甘心归附,故乐毅之兵,如入无人之境,不月余,竟直抵临淄。

齐王见耿介败回,正没法摆布,忽报乐毅大兵已到城下,滑王慌得手脚无措。急点兵迎战,这个装病,那个怕死,无一人肯挺身出战,只得吩咐将城门紧闭,商议求救。秦、魏、赵、韩,俱已助燕,再无去求之理。唯有楚国,虽曾侵伐过,难以开口,然旧时原是相好,今事在危急之时,也顾不得许多,只得差人去求救。又想:"楚乃好利之国,空往求它,却也无用。"因命使臣,许尽割淮西之地,以为贿赂,求它速速发兵,以救燃眉。使臣也只得星夜去了。却恨远水救不得近火,每日只在宫中着急。正急得没法,忽夷维悄悄来报,说道:"大王,不好了! 这祸事已到头上来了。"滑王惊问道:"你怎得知?"夷维道:"方才出宫去打听,见百姓纷纷议论,皆说'燕国起兵来,原只要拿大王去报仇,实无心侵犯百姓,我们百姓何苦坚守城门,与他做冤家? 莫若到明日清晨开放城门,迎接燕兵进来。他有冤的报冤,有仇的报仇,我们百姓但求个安静,便是福也'。臣听见此言甚是慌张,故报大王,需要早早设法。倘百姓无知,不识伦理,果然献了城门,这祸事便不小。"滑王听见竟吓痴了,半天说不出话来。夷维又道:"大王不要惊慌,需早早算计。"滑王惊定了,方说道:"他要拿我去报仇,这个仇如何报得? 我还记得,燕王哙是匡章逼他缢死的,子之是先王拿来砍为肉醢的,这个仇如何报得! 若是哪个臣子要开门迎接,便好拿他来杀了,若是百姓,一国皆是百姓,如何杀得许多? 为今之计,只好乘百姓不知,半夜里逃走他国,暂住几时,待楚国救兵到了,再重新归国未为晚也。"夷维道:"小臣细算,也只得这一条好计,恰与大王相合,再不消疑惑了。"滑王因暗暗传旨,报知素常亲信的文武,准备车马辎重,挨到半夜,竟带领着悄悄地开西门走了。正是:

> 人生最乐是君王,坐拥臣民享万方。
>
> 何苦荒淫与无道,致今逃走若亡羊。

滑王只因这一走,有分教:

> 常作亡人①,日趋死路。

不知后事如何,且听下回分解。

————————————

① 亡人——此指逃亡在外的人,即亡命者。

第十一回

成功将已小受诸侯封　亡国君尚大争天子礼

词曰：

　　治国上明大义,施民下需恩膏,报仇雪耻位名高,方称君子将,不愧古人豪。七十余城齐下,三更半夜先逃,江山社稷一时抛。细思谁作孽,臣谄与君骄。

上调西江月

　　齐湣王怕百姓开城,半夜逃去,且按下不提。走,更无顾忌,遂公然地香花灯烛,开放城门,迎接燕兵入城。乐毅看见,满心欢喜,因按兵入城,不许妄伤一人,不许妄取一物。市朝安堵如故,全不知兵,民心大悦。乐毅乃书露布,一面差人飞马往燕报捷,一面即差亲信兵将守定宫门,不许放一人入去,唯着人尽将宫中齐王所积聚的财物重器以及玩好珠宝,并查出旧日燕国被齐掳来的珍宝,俱用大车装好,命重兵护送,归于燕国。

　　燕昭王先见了捷书,已喜之不胜,今又见齐国的许多宝物,并燕旧失的重器,一旦俱归,以为三十年的大仇得报,大耻得雪,感激乐毅不尽。因命文武监国,自却亲至济上,召见乐毅,再三称谢,因说道:"燕国久已败亡,今日得君昌大之,寡人思无以为报,唯兹名位。"即立拜乐毅为昌国君,使体制同于小国诸侯。乐毅拜谢道:"此皆燕完王之灵与大王之诚,微臣不过效力,焉敢受此重位?"昭王道:"一战胜齐,功已不小,矧①孤军直捣其巢,仅六个月而下齐七十余城,使其君逃民散,社稷沦亡,家国不保,而尽报寡人从前之深仇,其功之伟,真桓文以来所未有也。些须名位,何足为报!"言毕,乃命厚出金帛、牛酒,大犒三军;有功将士,照功升赏。兵将齐呼万岁,欢声如雷。

　　赏毕,乐毅因奏道:"得国易,守国难。齐君虽逃,尚有余孽未尽;临

---

　　①　矧(shěn)——况且。

淄虽破，尚有余城未下。先声所至，但可吹其从凤之弱下，至于苦节①盘根，必须利器。今未降，虽尚为齐党，倘一降，即系燕民，然降其身易，悦其心难，威武可以降身，悦心则非仁义不可。望大王勿以今日破齐，即为今日治齐也。"昭王道："谋深虑远；愈见老成。寡人凤志已酬，但思静守，不敢复生他想。齐国未下余城，应缓、应急、应伐、应招，悉听乐君尊裁，寡人决不牵制。"乐毅拜谢受命。正是：

　　君言悦臣耳，臣语快君心。

　　如此托肝胆，方成鱼水深。

　　昭王将三齐余事尽托乐毅，方才师回不提。却说乐毅复到临淄与剧辛商议，将已下的七十余城，尽皆编为燕之郡县。又下令道："齐已属燕，总必是一家，何必更设防守？"因将所成之兵，尽皆罢去，又下令椎牛酾酒，犒其劳苦之士。又下令道："小民穷苦，岂堪剥削，凡齐王所行之暴令一概除去，凡齐王苛求之赋敛一概蠲免。"又下令道："齐之所以富强得称霸国者，皆齐先王与先臣管夷吾之功。今齐虽以子孙昏暴而亡，而桓公与管夷吾之功自不可泯，宜立祠以记。"又下令道："齐之贤才遭湣王贬斥，多屈于下面为逸民，有知者宜不时荐举，以居有位。"齐民见乐毅所行，皆合民心，无不欢悦。正是：

　　漫言残暴命将倾，莫道诛求活不成；

　　纵使斯民皆白骨，一经仁义便重生。

　　乐毅既将已下的城邑安顿停当，然后分兵招掠未下的城邑。有人报昼邑尚未下请发兵围攻，乐毅道："吾闻贤臣王烛乃昼邑人，前曾苦谏湣王，而湣王昏暴，不能听从，罢黜其官，家居邑中。今若围攻，恐怕玉石俱焚，不可也。"因令发兵去昼邑三十里，远远围之，不许人犯。再令使者厚具金帛，往见王烛道："燕昌国君乐毅，闻王太傅贤良忠信，辅弼之才，而齐王昏暴不知用，以致屈处于野。今薄具金帛，聘请以佐燕王，乞太傅慨受而即日就道。"王烛谢辞道："承乐元帅美意，宜恭从大命，但臣老矣，不能复效驰驱，愿使者善为我辞。"使者道："昌国君临行又有令道：'太傅若念求贤之意，惠然肯来，必不使高贤俯沉于下位，即奏知燕王，用太傅为相，封以万乘之邑，以展太傅之才。倘太傅鄙薄燕君，不以昌国君为重，而

────────────

①　苦节——自守其志而坚苦不渝。

推托不行,则当引兵屠昼邑,使一邑人民,俱为太傅死。'太傅若再不出,则是太傅但知养一身之高,而不惜一邑之死,恐非太傅贤者所忍出也。还宜三思,受聘为是。"王烛听了,乃仰天叹息道:"吾闻忠臣不事二君,烈女不更二夫。齐王虽昏愚残暴,疏斥老成,不听予之忠谏,然予久食其禄,齐臣也,即今被黜,退耕于此,亦齐民也,岂有世为齐臣、齐民,而一旦从燕之理?况齐国已破,齐君已不知存亡,若臣果有能有才,当出而求君复国。既不能求君复国,则不贤不才明矣,犹冒认贤才,受人之求,独不愧乎?且求贤当以礼,今又劫之以兵,义乎?不义乎?与其不义而生,不若全义而亡。"遂入内,悬其头于那梁上,奋身一坠,绝项而死。家人报知使者,使者来救,亦已死矣。忙报乐毅,那乐毅闻知,不胜叹息道:"是予之过也。"因命有司具礼厚葬,表其墓曰:"齐忠臣王烛之墓。"因撤昼邑而不攻,待其自下,以为忠臣之惠。后史官有诗赞道:

> 前齐拱手授燕兵,义士谁为国重轻?
>
> 七十二城皆北面,一时忠愤独捐生。

乐毅既定昼邑,又有人报安平未下。乐毅因发兵来攻安平,安平百姓闻了此信,家家要走,人人想逃。怎奈齐国皆是陆路往来,载人载物必须用车。平时车的轴头皆长出毂外以为美观,最坚固的轴心也只用木。今忽然安平被燕兵来攻,大家都要逃走,你也是车,我也是车,城门又小,街巷又窄,一时拥挤起来只恨车的轴头长了,彼此相碍;耽搁工夫,又恨轴心木头的不坚固,往往断了、折了,要费收拾。故安平城破之时,百姓逃走不快,往往被燕兵捉获,伤残性命。

内中唯有一个能人,叫做田单,就是齐湣王的宗人,为人颇有才干,原以住在临淄,屡屡以兵法说湣王,要求湣王用他,但湣王昏暴,用的都是一班谗佞之臣,哪里得知田单是个未遇时的奇才,后看宗人面上,将他充了一个临淄的市吏,田单知时不遇,只得权力。不期燕兵到了临淄,齐湣王逃走了,城中人纷纷逃窜,田单无奈,也只得同众宗人逃到安平:既到安平,看见安平不是久长之地,遂将家中所用之车的长轴头尽皆截短,令其仅与车毂一般阔狭,又用厚厚的铁叶子将车轴包裹起来,包裹得坚坚固固。人看见不知其故,都来笑他,以为狂妄。田单只不说破,又暗叫同宗也将车轴照他式样收拾起来。及自到了燕兵来攻之时,阖城人逃难,皆受车轴长、不坚固之累,拥塞不前。独田氏一宗,以车轴头短,驱驰不碍,又

亏轴心坚固,并不遭倾折,所以平平安安奔往即墨而去。安平人方盛传田单铁笼车轴之妙。正是:

奇才有奇用,大志成大功。

但恨尘埃里,无人识英雄。

田单是后话,且按下不提。却说齐湣王自半夜里带领着数百个文武官,开了西门逃走而去,走到天明,问是何地? 左右报道:"前去卫国不远。"湣王道:"卫,小国,虽不足以辱寡人御驾,但既已相近,便暂住卫国,以待楚国的救兵到再作区处。"因使人报知卫君道:"齐大王偶有事过卫,行旅在途,饩廪①不备,此卫大王之责也,特恃报知。"卫君因问侍臣道:"此当何以待之?"侍臣道:"齐王为燕兵所伐,不能固守,逃遁至此,此穷困之时,宜卑辞屈礼以求我。今来尚出言狂妄,以臣等论来,只合随常,不当优礼。"卫君道:"不可也。卫与齐为邻国,邻国有灾,正宜加恤。若因其穷困,故意薄待,则是失礼在我。倘齐王异日复国,将何面目与他往来?"因命备车驾,亲自出城以行郊迎之礼,又因齐王前曾称过东帝,相见时竟称臣朝见。齐湣王平素骄傲惯了:今到此际尚不觉悟,竟恬然受之。相从的一班佞臣,又皆不知机变,但揎掇他骄矜,见卫君郊迎称臣,皆以为礼之当然。卫君既迎湣王入城,欲处以巡宫,恐其亵渎,遂将临朝的正殿请他住了,命有司盛陈供具,大备礼乐,亲自上食,十分恭敬。齐王也觉不安,欲要加礼于卫君,夷维一班私臣暗暗说道:"大王曾称东帝,君也。卫,小国,礼宜称臣。大王若于卫君小国而加礼,则前至鲁、邹诸国必要一例相待,从前东帝体制不一旦失了;若说今处患难,事当从权,明日楚救兵至,而得以归国,再重争天子之礼便迟了。"湣王听了,以为有理,便一味骄矜,全不为礼。卫君仁厚,倒也还忍住了,挡不得卫国诸臣俱愤愤不平,欲要羞辱齐王一场。无奈卫君做了主,不敢妄为,唯暗暗地叫人将齐王随行的辎重、器用,都乘夜劫去。齐臣报知湣王,湣王大怒道:"此卫国地方,怎容许盗贼擅劫寡人的辎重,甚为不恭,大为无礼。待卫君来朝见时,与他说知,就责令他严捕盗贼,追还辎重。"

等到次日,竟不见卫君来朝见。原来卫本欲厚待齐王,使他知感。不期齐王骄傲出于天性,那卫王愈执礼又谦恭,齐王愈显得骄傲。卫王自觉

---

①　饩廪(xì lǐn)——也作既廪。古代的薪资,此处指粮食与饲料。

难堪,也就转了念头,不出来朝见。卫君既不出来朝见,再要卫臣供给饩廪如何能够?齐王候至日中,竟不见陈供食具,心中又恼,腹中又饥,因与夷维商量道:"卫君不出,如之奈何?"夷维道:"卫君不出,没有供应,还是小事,但恐卫君不出,卫臣定然有变。"湣王道:"你怎知卫臣有变?"夷维道:"大王不留心!卫国这班臣子,甚是可恶,昨见卫君朝见上食而大王安受,一个个皆嗔眉怒目,愤愤不平,便有个要甘心大王之意,只碍着卫君不敢下手。故昨夜劫去辎重,已见一斑,今卫君不出,供应全无,则其恶心已尽昭矣,不可不防。"湣王道:"不知卫君何故不出?"夷维道:"卫君仁厚,欲尊礼大王又被臣下阻挠,欲从臣下又恐得罪大王,故不出也。"湣王听了吃惊道:"若果如此,则此系危地,不可居也。"夷维道:"若欲免祸,须乘夜逃去,稍迟,便恐落入圈套。"齐王信之,挨到半夜,遂悄悄同夷维诸人逃出,而文武从人,散居于外,有知有不知。到了天明,齐臣询问卫臣而卫臣不知,卫臣询问齐臣而齐臣亦不知,彼此乱了一日,只得各自散去。正是:

> 骄君国已亡,其骄尚如故。
>
> 只怕人变心,不知是自误。

湣王自卫国匆匆逃出,文武从臣散失了许多,行李更觉萧条,欲往无地,只得往前奔窜。忽一日,到了鲁国,君臣大喜道:"鲁国素称知礼,自来相迎。"因使人报知。鲁国守关之吏见是齐王忽到,不敢怠慢,忙报知鲁君。鲁君因与鲁臣商量道:"若论齐王,残虐百姓,又骄傲无礼,妄称东帝,今是失国逃走至此,本不当以礼接待,但念同是诸侯,又是邻国,原存相恤之礼,今若拒而不纳,未免过情。况鲁素称礼仪之邦,岂可失礼于人?"鲁臣皆赞道:"大王之言甚为有理。"鲁王因遣一使者出关来迎,因说道:"寡君闻齐大王驾临敝地,寡君有地主之谊,特遣下臣恭请入城,少申薄敬。"齐王尚未及答,夷维早在旁问道:"齐大王驾至,鲁大王遣臣来迎,可谓知礼。但礼必先定而后行,庶临时不致错乱而费争讲。不知鲁大王请齐大王入城,将以何礼相待?"鲁使对说道:"臣闻两君相见,食必以太牢①。齐大王大国君主,岂敢薄侍。齐大王若肯辱临,寡君必将设十太牢

---

① 太牢——古代帝王、诸侯祭祀社稷时牛、羊、豕三牲齐备之谓。

以充俎豆①，不知吾子以为何如？"夷维道："子言差矣！以十太牢相待，以诸侯而待诸侯则可，需知吾齐大王立为东帝，乃天子也，汝鲁素称知礼之国，岂不知天子巡狩于诸侯，诸侯则避宫不敢居，朝夕献食于天子，必亲自视食于堂下，恭请天子进食，必候天子食已，乃敢退而设朝。由此论之，则鲁大王待吾齐大王，岂止十太牢之奉而已！子可归复鲁大王，必如此行，而后两君相见方不至失礼而费争讲。"鲁使见夷维之言狂妄，因佯应道："敬从台命，容归达寡君，再来迎请。"因退见鲁君，细述齐君臣之妄。鲁君乃大怒曰："齐王以骄矜失国，当此逃难之时尚骄矜不改，死且不知其所，焉能有复国之望？"因命关吏紧闭关门拒绝。

齐王候久，不见鲁使来请，因又遣使至关前来问信。关吏只在关上回复道："寡君自揣，封爵诸侯，也只合与诸侯相接。初遣使来迎请齐大王者，只说齐大王封爵原是诸侯，不知近日又立为东帝。既立为东帝，则齐大王是天子矣。寡君诸侯，怎敢劳天子下临，请往别国去罢。"齐王见鲁君不留，君臣无语，面面相觑，然无计奈何，只得挨着劳苦往前去。正是：

> 诸侯国已亡，反争天子礼。
>
> 漫言身尚在，其心已先死。

忽一日行到邹国，困顿已甚，正欲借邹国暂且歇息，不料邹君又刚刚死了，湣王强要入去，新君因遣人来见湣王，拜辞道："国家不幸，旧君死矣，新君又在丧际，无人款接，乞齐大王谅之。"湣王不好说是定要入去，因诡说道："寡人既至此，又正值邹君之丧，不可不吊。"邹人道："既齐大王要垂吊邹君，是邹君之荣也，敢不如命！"就要退去。夷维忙止住道："齐大王下吊邹君固是盛情，但吊礼需要知道。"邹人道："邹，小国，未习大仪，吊礼实实不知，敢求教之。"夷维道："凡天子下吊于诸侯，主人必反背其殡棺，立于西阶北面而哭。天子乃登于阼阶②，面南而吊之。此天子吊诸侯之礼也。汝归，速宜备设端正，以便齐大王入吊。"邹人虚应而去，因与国人商量，竟也闭关辞谢道："主君有命，邹，小国，不敢烦天子下

---

① 俎（zǔ）豆——祭祀时所用的器具。典出《庄子。庚桑楚》："窃窃焉欲俎豆予于贤人之间。"

② 阼（zuò）阶——大堂前面东侧的台阶。古代宾主相见之礼，宾升自西阶，主立于东阶。典出《仪礼·土冠礼》"主人玄端爵铧，立于阼阶下。"

吊。"齐王欲发作，随行不过数十人，又发作不出，只得忍气吞声。

不期所到之国，见齐王骄傲，尽皆辞绝。欲逃往楚国，一来畏其路远，二来又惧楚乃大国，岂肯以天子礼侍我，徘徊道路之中，甚是无聊。因使人四下打听，忽打听得齐国尽被燕兵夺去，唯莒州、即墨之城尚坚守未下。因与夷维商量道："临淄大郡犹恐其难保，已弃之而暂避别国，莒州与即墨小小孤城，恐无复往之理。"夷维相劝齐王道："鲁、卫诸国，亦已无礼如此，纵有他国，大王体尊，断难依栖。莒州、即墨城池虽小，尚是齐土，莫若且就便先归，到莒州暂图安息，以待楚兵救援，那时再复国报仇，未为晚也。"湣王以为有理，遂径奔莒州。到了莒州，果然尚完完全全，未曾破失。守将见齐王到了，忙迎将入去，就以州衙当作宫殿，暂且住下，一面点人守城，以拒燕军，一面又差人往楚求救。只因往楚求救，有分教：

生愚残暴之身，死灭骄矜之血。

不知后事如何，且听下回分解。

第 十 二 回

王孙贾左袒诛凶　田法章潜身复国

诗曰：

> 骄君骄得一何痴，骄到身亡尚不知。
>
> 多少旧人呈旧样，新人重复出新奇。

又曰：

> 骄臣骄得更无因，君已骄亡何况臣。
>
> 何事骄臣偏不悟，必求骄得丧其身。

话说齐湣王既得了莒州以栖身，遂连连差人往楚求救。此时，楚国正是楚襄王在位，见齐王求救甚急，又许尽割淮西之地以为贿赂，便动了欲心，因向大将军淖齿①吩咐道："前日燕兵伐齐之时，也曾遣剧辛来约我相助。寡人虽未发兵助他，却已隐隐地许其破齐。今齐被燕杀败，城池尽失，却又急了，连连来求，恐我不肯空往，又许尽割淮西之地以谢寡人。寡人若真去救齐，又恐燕军势大，乐毅善于用兵，一时胜他不得，欲不往救，又恐齐王死了，齐地为燕独得。故遣将军前去，名虽救齐，实欲将军相机而行，唯视利之所在，若救齐有利，即当救齐，若助燕有利，即当助燕也，万万不可执一，空了此行。"

淖齿受命，遂领子大兵二十万，径到莒州来见齐王。齐王见楚王发兵来救，喜之不胜，又见淖齿雄赳赳、气昂昂，更加欢喜，就拜淖齿为相国，将齐国的兵权、民事，尽付其掌管，自家依旧扬扬得意，骄矜起来，时时向人说："楚兵二十万，甚是猛勇，眼见得齐国要复，一复了齐国，便不愁报仇了。"正是：

> 身犹在穷困，先想报人仇。
>
> 谁知天有眼，灾祸早临头。

却说淖齿虽尽掌了齐国的兵权，然细细算来，齐国只有莒州、即墨二

---

① 淖（nào）齿——古人名字。

城,其余已尽为燕得,欲要以二城之力,恢复那七十余城,甚是烦难,终日思想。忽想道:"为今之计,倒不如乘此机会,暗暗关通乐毅,待我设计杀了齐王,与他平分齐地,方是楚王之利。若再有机会,叫乐毅奏知燕王,立我为齐王,则杀齐王之利,又为我淖将军之利。"算计停当,遂暗暗差一个心腹将官,到临淄来见乐毅,说道:"淖将军传话乐大将军:淖将军名虽受楚王之命,统领大兵二十万来救齐国,实则因燕王曾遣使至楚,相约伐齐,楚王虽不发兵相助,然已暗许为燕破齐。今淖将军兵虽在齐国,不欲负燕前约,故遣小将通知乐大将军,求乐大将军转达燕王,再立一约。倘破齐之后,肯平分齐地,立淖将军为新齐王,则淖将军当手刃旧齐王,以报燕先王之耻。倘乐大将军欲尽有全齐,希图自立,则淖将军又不得不转念救齐矣。特来请命,乞乐大将军裁而示之。"乐毅恐托来使回答不确,因亦暗暗遣兵复于淖齿道:"淖将军,英雄也。齐王无道,而淖将军能仗义诛之,则无道之齐,淖将军之齐也。淖将军之齐,淖将军自取之,以立功名,此桓文之业,准得而禁之?况燕先王之仇,又得借手于淖将军,淖将军即欲尽有之,亦感而不敢争,乃所请为半,区处最公,当达之燕王,定当唯命。"

淖齿见乐毅听从,满心欢喜,遂日夜思量要弑齐王。却碍莒州齐兵尚众,不便下手,遂将二十万大兵,尽陈于垓里,假说下操,叫人请潜王亲去大阅,大阅过,便好出兵攻燕,复取临淄。潜王见请,大喜,以为复国只在早晚,遂带夷维一班佞臣,欣欣然竟向楚营而来,到了营中,以为淖齿必然出来迎接,尚缓缓勒马有待。不期一声炮响,虎帐中早呐一声喊,走出二三百个刀斧手来,传将军之令,叫将无道昏君拿下。潜王听得,吃这一惊不小,口还争嚷道:"我是齐王天子,谁敢拿我?"早被众刀斧手拖下马来,横捆竖缚地捆到帐前。一班佞臣,也都解进。淖齿竟高坐在帐上,指着潜王大骂道:"齐乃霸国,汝乃霸国之君,若不昏暴,高拱九重,谁敢侵犯?乃东征西伐,一味骄矜,重利虐民,百般无道,诸侯之师才临济水,只经一战,早已弃甲而逃。乐毅之兵刚到临淄,并未对垒,又复弃城而走,不数月已将全齐断送。今偷生于一城,尚欲何为?本将军奉楚王之命,本当重兴齐国,令见天心已去,民怨已深,故不得已而为天下除残去暴,另立新王,汝须莫怪于我。"潜王听了,垂首无言。只有夷维为他辩道:"齐王那骄暴之罪固不能辞,但恨平时无忠良告诫,所以至此。今蒙大将军正训一番,自应改悔。"淖齿道:"怎说无人告诫?齐之亡证,上有天,下有地,中有人,已告过三遍矣。"夷维道:"何曾见告?"淖齿道:"昏暴之人,如何得知!前者,千乘、博昌地方,天曾落血水如雨者一连三日,岂不是天告?赢、博地方,地曾一裂深及于泉,岂不是地告?最可异者,忽有人当关而哭,急急去拿他,却又不见。人虽不见,却隐隐仍闻哭声,岂不是人告?怎说无人告诫?今已至此,尚欲求生,如何能够!"夷维看这光景不能相救,便跑上前,抱住湣王大哭道:"大王,天子也,而仓促中失于防备,乃死于匹夫之手。天耶?命耶?世事不可问矣!"淖齿命乱刀先斩了夷维,然后将湣王倒悬于屋梁之上,三日之后气才绝。正是:

> 暴君暴死事寻常,不用悲来不用伤。

> 不信私臣私到底,也如公愤肯从亡。

淖齿既弑了湣王,情知与齐结仇已深,恐怕遗下子孙后未报仇,遂着人四下搜求齐王的世子、宗人,欲尽杀之,以绝祸根。不期宗人、世子一闻湣王被弑之信,便都隐姓埋名逃去,无处可求,只得罢了。

淖齿因前有约,遂写表章一道送与乐毅,夸张其弑齐王之功,要乐毅奏知燕王,下诏平分齐地,立位为齐王。乐毅事虽延挨不行,却满口应承。淖齿喜之不胜,因在莒州就行王者之事,骄淫狂妄,比湣王更胜十分。莒州之民,大不能堪。

却说湣王驾下有一臣子,复姓王孙,名贾,十二岁就丧了父亲,亏母亲抚养,教以礼义。湣王怜其孤弱,因叫他做一个侍从官,日日随朝。及燕兵到临淄,湣王半夜逃走,文武相从,王孙贾亦在其中。不期到了卫国,因卫君不朝见上食,湣王疑其有变,半夜又逃,不曾通知文武,故君臣失散,没处找寻,只得潜走归家。其母见而惊问道:"汝从王而去,今汝忽归,则王何在?"王孙贾对曰:"儿从王于卫,卫君臣将有变,王惊而半夜潜逃,未及通知文武,故文武不知,晓起寻觅,已不知王匆匆何去,故不得已而归家禀知母亲。"其母听说,因大怒道:"汝朝出而晚归,则吾倚门而望;汝暮出而不还,则吾倚闾而望。母之望子如此之切,则君之望臣何异于此?汝幼而孤,齐王怜而官汝。食王之禄,则为王臣。至今国破家亡而出走,汝为王臣,应从王死。奈何从王而出,王昏夜而逃,汝竟不知其处,汝尚何归?"王孙贾被母数说,羞得满面通红,因泣拜于地道:"儿知罪矣!今往求王,但恐不能事母,奈何?"其母道:"忠孝岂能两全,汝好为之,勿以我为念。"因出而细访踪迹,始知湣王自卫逃走,曾至鲁国,因而遂奔到鲁。

及至鲁国,细细再访,始知鲁君拒之,不曾入关,又往邹国去了,因而复奔至邹。及到邹再访,乃知邹人拒之,也不曾入。再细访时,方知原往莒州去了。及奔到莒州,以为齐王断没人敢拒,定可从王,以报母命,不料又被淖齿弑死。因放声恸哭,奋不顾身,将衣服解开,袒出左臂,大呼于市道:"淖齿虽楚臣,既为齐之相国,则齐臣也。既为齐臣,而敢乱其国、弑其君,不忠之甚!吾誓必杀之。有忠义之士,愿从吾讨贼者,当照吾左袒①。"市中人见了,俱嗟愕惊叹,彼此怂恿道:"此人小小年纪,尚有此忠义心肠,吾辈世为齐民,素称好义,岂反不如他?况淖齿暴虐异常,日日害民,从而手之,也可除去一害。"遂你也左袒,我也左袒,一霎时左袒要杀淖齿的就有四百余人,却喜得楚兵虽多,部分屯在城外,一时间不知城中之事;又喜得淖齿自杀了湣王,以为唯吾独尊,料无人敢去惹他,因放心乐意,在齐王宫中受用。这日,正在宫中酣饮,使美色妇人奏乐为欢。宫门前,虽也排列着许多兵士把守,又喜得许多兵士,也与将军一般心肠,将军在内酣饮,众兵士也就在外酣饮,盔甲不着,刀枪闲倚,谁来把守?不料王孙贾一时发愤,聚了四百多人,突然涌到王宫,正恨没有兵器,恰好守宫门兵士的刀枪,俱闲放在那里。众人看见不胜弃喜,便呐一声喊,一齐抢去拿在手中,涌入宫来。淖齿此时,已吃到沉酣之际,又是轻裘缓带,突然看见,先惊个半死,怎敢上前迎敌?及要往后躲时,王孙贾与众人奔到面前,乱刀齐下,砍成数段。守门兵士急急赶拢来,见主将已被杀,谁肯向前,竟四散逃去。城中百姓听得王孙贾诛了淖齿,无不欢喜,都一阵一阵蜂拥而来,助势相从,王孙贾因率领着,将四面城门紧闭了,轮流看守,以防城外兵变。谁知城外的楚兵虽多,忽然听见淖齿被杀,没了主帅,便人各一心,不能钤束,有一半依旧逃回楚了,犹有一半,竟往临淄投燕。不旬日之间,二十万楚兵,去个干净,后人有诗赞王孙贾道:

　　仰遵母命去从王,左袒能诛淖齿亡。

　　不独湣王仇得报,又为新主立齐疆。

　　王孙贾既杀了淖齿,又见楚兵散了,莒州保全,百姓无恙,心甚欢喜,只

---

① 左袒(tǎn)——露出左臂,作为一种统一的标志。《史记·吕太后本纪》载,汉朝大将周勃清除吕氏,维护刘氏,在军中说,拥护吕氏者右袒,拥护刘氏者左袒,以此为记,聚众兴汉。

恨国家无主，一时访不出世子来，甚是着急，日日差人四处访寻踪迹不提。

却说那潜王的世子，名唤田法章。自燕兵到临淄，潜王逃走，他自知在临淄立身不能够，因扮做百姓，随人逃走。不期附近州邑，尽已降燕，无处可逃，只闻得莒州尚为齐守，只得远远逃到莒州。到了莒州，不期又遭淖齿之变，再欲逃往他方，齐国却又无地，没奈何只得改变姓名，投靠到太史①后嬓②家佣工，暂图潜藏其身。这太史后嬓不留心细察，怎知他是个贵人？竟将他照着众佣奴一例看待，饥寒困苦有所不免。正是：

> 呼牛呼马且随人，何况身随牛马群。

> 漫道衰衣垂帝象，脱来原是历山民。

这太史后嬓虽一时不曾识得田法章，却喜得太史后嬓有个女儿后氏，生得：

> 美貌如花，而无凡花之媚态；肌莹似玉，而发美玉之奇光。举止端详，笑轻盈之飞燕；声音清楚，耻俏丽之流莺。鬓发如云，何必更施膏沐；远山横黛，不须巧画蛾眉。眼凝秋水，不作流波之转；体融春风，态具芳淑之姿。生不寻常，浑如帝女临凡，望而贵重，定是后妃出世。

这后女不但人物生得窈窕端庄，压倒寻常艳丽，最奇是一双明眸，雅善识人，凡人到眼一看，便知她的贵贱穷通。更可敬者，多才足智，可以治国经邦，往往临镜自夸，有后妃之福，故许多贵宫来求亲，她都不允。忽一日，偶然看见世子杂在众佣奴之中灌园，心下暗暗吃了一惊道："这佣奴，贵人也，如何困辱至此，必有缘故。"便时时叫侍婢周济他些衣服，因而察访他的家世来历。世子只是粉饰，不肯说出。侍婢因告后女道："小奴细细盘问，这些公子王孙，他都不知道，看将来还是个穷人，不是个贵人，小姐莫要错看了。"后女只是不服。过了几日，又叫侍婢去盘问他。盘问了来，只回他是贫贱之人，不是贵人，后女愈觉不服道："哪里有这等一个贫贱之人？"因自走到后园，使侍婢暗暗叫他来，问道："你系何人？可实实说出，不要瞒我，我还别有商量。"世子道："小人蒙小姐时时赏赐衣服，感

---

① 太史——古官名，掌管起草文书、策命诸侯卿大夫、记载史事、编写史书，兼管国家典籍、天文历法、祭祀等，为朝廷大臣。

② 后嬓（jiǎo）——战国时齐国太史，也作嬓，或作敫。

激不尽,有事怎敢相瞒! 但小人实系一穷民,故甘心佣作。"后女道:"你不要瞒我。我看你气象不凡,隐隐有龙凤之姿,非独不是穷人,而是富贵之人,还不是寻常富贵之人。我实怜你,不是害你,你何苦忍而不说?"世子低着头想了半晌,方说道:"小姐一双眼已似明镜,一片心已如父母,一段至诚已如天地,我再不说是草木也,便死也顾不得。不瞒小姐说,我实在是齐王世子田法章也,国破家亡,流落至此,望小姐怜而勿言,使得苟全性命。"后女听了方大喜,看着侍婢道:"如何? 我说哪里有这样贫贱人!"因又对世子说道:"殿下不必多虑,目今殿下之富贵至矣。"世子道:"齐已亡矣,何敢复望富贵!"后女道:"齐之亡,亡于齐先王之暴虐,非田氏之数已终也,自有兴期。殿下安心待之。"世子道:"齐国已成灰烬,小姐何以知其重兴?"后女道:"乐毅前于六月中下齐七十余城,今留齐三年而竟不能破莒州、即墨二邑,此中大有天意存焉,是以知其重兴。"世子道:"若赖社稷之灵,重见天日,当以后妃报卿之恩。"后女知其必王,遂与私焉。正是:

　　不是私相从,非干悦己容。

　　只因贫困里,俏眼识兴龙。

　　世子得后女周旋,方免饥寒。又过些时,忽听得王孙贾杀了淖齿,因齐国无主,四下访求世子。世子闻知,不知祸福吉凶,惊慌无措,只想躲藏。后女因怂恿他道:"殿下不必躲藏,此正是殿下复国的时候,快快出去应承,不要失此机会,被别个宗人认去。"世子犹疑不决。后女再三催促,世子方自走出来,对太史后嬓说道:"我乃齐王世子田法章,听得外面有人访我,不可隐匿,烦太史为我通知。"太史后嬓听了始大惊,自悔不知,不曾厚待,因报知王孙贾。王孙贾大喜,因具车驾仪卫,率领齐国一班旧臣,都到太史后嬓家迎请世子。世子出见众旧臣,旧臣认得是真,无不欢喜踊跃,以为有主,因迎至宫中,共立为王,号为襄王。各大臣重加官爵,诚心抚民,领兵保守城池,又备重聘,立太史后嬓女为后。聘至,而太史后嬓细察之,始知女先有私,大恨道:"女无媒而嫁者,非吾女也! 徒污吾门也。"自女之入宫,遂绝不与通。正是:

　　后位非不尊,白璧岂容玷?

　　所以守礼人,薄而不相见。

　　襄王既立,因见莒州孤单,恐难久立,因使人四下招致旧臣。原来齐国的臣子，原也不少，只因湣王骄傲，只信奸佞，不用忠良，故尽皆隐去，不愿为官。后见王烛死节，就都叹息道："王太傅已告老在家，当国破家亡之时尚怀旧君，不肯失节。我等人立齐朝，食其重禄，享其高位，见其一旦败亡便都逃走安居，不图恢复，岂得为人！"就有个要图恢复之心。后又闻知王孙贾袒臂一呼，竟杀了淖齿，惊散了二十万楚兵，愈激发其勇往之气。口悟道："兴亡成败，只要有人，众寡强弱，哪里论得！"遂纷纷相约，要图恢复，只因访求不出世子，尚犹疑不决。今见襄王复立，又见遣人招致，遂都到莒州来相从，一时莒州便大有生气。正是：

　　　　兴亡全在人，人胜即天命。

　　　　所以只求贤，绝不图侥幸。

　　只因莒州又有气象，有分教：

　　　　衰尽忽兴，否极泰来①。

　　不知后事如何，且听下回分解。

---

①　否(pǐ)极泰来——否，泰《周易》中的两个卦名。泰谓"天地交而万物通"。否与泰反，谓"天地不交而万物不通"。后常合用指世道盛衰与人事通塞。此处为由坏至好，由衰转盛。

第 十 三 回

乐元帅识天心容小邑　燕昭王念功绩斩谗人

诗曰：

　　从来成败有天心，识得天心眼便深。

　　不是此中存一线，二城安得到于今。

又曰：

　　谗言虽说巧如簧，只合挑唆愚与狂。

　　若使入于明主耳，直窥其肺察其肠。

　　话说齐地尽失，单靠得莒州、即墨二城尚为齐存一线。莒州新立了襄王，渐有起色。不期即墨的守将忽然又死了，一时三军无主，合城的士夫惶惧，因聚而商量道："即墨虽小小孤城，不足重轻，然在于今日，却是齐之根本。守将既死，若不择一个知兵之人，推戴为将，倘有缓急，将谁倚赖？"众人以为有理，因而各举所知。连举了数人，皆不服众。忽一人说道："我举一人，大有将才。"众问是谁？其人道："不是别人，就是安平逃难来的宗人田单。"众人一听，都晓得他截短车轴、铁笼轴心之事，齐应声道："此人果有将才，举得正当，我辈几乎忘了。"遂同了来拜请田单。

　　田单因见众人合议而来，都出真诚，遂不推辞，因说道："当此国破家亡之际，单有同宗之责，既诸君见推，焉敢辞？当任此以复齐疆。但为将，兵机秘密，难尽告人，或严或宽，或勇或怯，或奇或怪，各有变通，愿诸君勿讶。"众人听了，俱大欢喜道："即墨得人矣！"因将一应事权尽付田单，立为将军。

　　田单既为将军，便周视城垣，检点兵马，稽查钱粮，整理器械；见城垣倒塌，能身操板筑，与士卒同其操作；见军旅单寒，即宗族亲故，亦皆编入行伍。豪强犯法，绝不假借，贫民困苦，百般抚恤，满城人最怕他，又最爱他。田单又使人到莒州报知新主，相约犄角救援，以拒燕兵。正是：

　　莒州立新君，即墨易新将。

　　君将一时新，便知新气象。

　　田单在即墨坚守，且按下不提。却说乐毅在临淄，初闻得王孙贾杀了淖齿，心下想道："淖齿狂横，固有取死之道，然拥兵二十万，王孙贾左袒一呼，便将他杀了，齐尚为有人。"过了些时，又闻得莒州立了新主，心下又想道："民心尚未忘齐。"又过了些时，闻得即墨易将，选举得人，即、莒二州齐军建立犄角，又想道："齐尚未可图。"因下令：将围困即、莒二州的兵将撤回十里，不限时日，缓缓图之。又下令：必待二城兵将窥探临淄，方许对敌。百姓出城樵采，听其往之，不许擒拿。民有饥饿者，可给米粮以为食也，有寒冷者，可给布帛以为衣裳，归燕者，听从其愿。

　　自乐毅下了此令，许多燕兵皆不知其是甚缘故，因乘间请问道："元帅仅六月而下齐七十余城，可谓所向无敌，兵行神速。既入临淄，齐王已遁，乃容莒州、即墨两个小邑，为歇肩喘息之地，初还说二小邑做不出甚大事，莫若拖之，待其自下，以示燕仁，不必穷极兵力，伤于残暴。今抚恤加恩亦已三年，而不下如故，且又立新主，又易新将，又完缮城池，修练甲兵，欲与燕相抗，此其意甚不善也。元帅宜乘其才起，急加重兵，方可破碎，奈何传退十里，欲为久守之计？又且容其樵采，给以衣食？由是观之，则是无时破齐也。诸将不解，乞元帅教之。"乐毅道："为将之道，岂独在于能战？必须上观天意，下察人心，必天意所废，人心所弃，乃能成其战功。若二者之间看不分明，而徒恃兵威，逆而图之，则必不济。齐湣王残暴异常，天意废之，人心弃之，故予长驱深入，一战成功，不数月而下其七十余城。今湣王既死，则残暴之罪亦已消矣。至于齐之败亡，实有天数。予仰观天象，见垣星①明朗，尚未见亡国之征，故莒州、即墨屡屡去攻，并不能下。此虽若人事差池，实则无心有在，故予缓其攻者，未敢逆天意也。今齐新王又立，新将又易，正彼愤发激励之时，若与争锋，彼志气正盛，恐未郎挫。莫若施其仁义，抚慰其民心，使彼踵臂之力无所用之，而终存疑异。此兵家争上流法也。倘彼君臣无坚忍之心，一旦气馁，外应内变，归附于燕。即使始终竭力同心，亦只足保二城，料不能以兵威胜仁义，重有临淄、海岱。吾故以退为进，以不战为杀伐也。倘仁义入于民心，而天意为之挽回，彼时安享全齐，方无虞也。此时若急急以强弩之末犯其新锋，吾未见

---

　　① 　垣（yuán）星——星位。古分星为上、中、下三垣。典出《史记·正义》："大微宫垣十星，在翼、轸地。"

其利也。诸君不可不察。"众将听了,方拜服道:"元帅深谋远虑,岂甲胄之士所能窥万一也!"自此之后,乃治兵不懈,而抚民必仁义为先,故而齐已下之民安心服燕,即莒州、即墨二州未下之民,时叼其惠,亦不深仇于燕。

田单一个心腹谋士见了深以为忧,乃暗暗来见田单道:"御敌全仗兵将,破敌全靠一腔仇恨激发之气。今齐亡于燕之地,使燕将暴虐,不恤齐民,便好激发齐之气,以报燕仇。今乐毅虽破齐国,而尤抚恤齐民,寒衣之、饥食之,不啻父母,民正相安而忘其为敌国,安能激发齐民复国之气?况即墨小邑,兵力有限,恐终亦必亡而已。将军不可不思。"田单道:"此事吾思之久矣,筹之熟矣。大都国之兴亡自有天意,事之成败定生变端。湣王暴虐,大实亡之,故乐毅一战便能胜齐,今留齐三年不能破莒州、即墨二城,岂二城兵力强于七十余城哉?此盖天意不欲亡齐也,故莒州又立新主。此所以单效即墨,不敢辞也。若虑乐毅施仁义要买民心,难于击破,须知乐毅留齐三年矣,天道且将小变,何况人事乎?故予但尽心人事,以待天心,他非所知也。"谋士听了,因称赞道:"将军高见出于寻常万万。"方大喜而去。正是:

漫道天心不可窥,个中明眼已先知。

虽然燕国生机变,终是齐应不绝支。

过了些时,果然天不绝齐,燕国又生出事来。却说燕国有一个大夫名叫做骑劫,生得身长体壮,颇有臂力,最好谈兵剑、布阵、排兵。看见乐毅他一战胜齐,封为昌国君,执掌兵权,十分荣耀,便往往垂涎,恨不得造些谗言,将乐毅退去,让他做了,方才快意。怎奈燕昭王与乐毅一心一意,欢如鱼水,纵有谗言,谁敢去说?因心生一计,细想道:"外廷臣子怕王加罪,故不敢进言。若内中太子,是骨肉至亲,无嫌无疑,若肯在前挑拨一言半语,自不知不觉倾心听信。"因又访知太子乐资,为人甚是愚暗,不明道理,可以耸动,满心欢喜,因时时卑词厚礼,殷勤结交。

太子不知其奸,遂倾心相待,往来莫逆。骑劫见太子与他言听计从,好如胶漆,便欲早晚献谗。恰好太子又偶然说起乐毅伐齐之攻,不独报了燕卫之仇恨,又开辟全齐地土,以扩燕基,实古所无也。骑劫因乘机说道:"乐毅受燕大王黄金台之宠,借四国诸侯之力,为燕先王报了深仇,功果奇矣。若说以全齐地上开扩燕基,这却未必。"太子道:"乐毅已下齐七十余城,所未下者不过莒州、即墨二城。况二城兵马围攻,旦夕必下,若全下了,则齐亡矣。这些土地,不扩燕基,却将谁属?"骑劫笑道:"乐毅若有心以齐地扩燕,则扩之久矣,何待今日?"太子惊问道:"此何说也?"骑劫道:"殿下明见万里,此小事有甚难知? 乐毅能于齐王未死之前仅六月即下齐七十余城,取之如拾芥。今齐王已死,宗社已倾,所未拔者只莒州、即墨二城。乐毅苟真心欲破之,不过旦暮事耳,何延挨至今二年,容其立新王、易新将,而反退兵不攻,此其心可知也:一者欲以恩结齐民,留以为异日自立为齐王之地;一者留此未了之局,以便久擅兵权;一者因燕大王宠礼甚厚、不便易心,假此延挨,只待燕大王或有不讳,他即反转面皮,自立为齐王矣。他的心路人皆知,何燕大王与殿下竟不知,还啧啧称其功、感其德,愚所不解也。"太子听了,惊讶道:"二城不下,我只道是战争不胜。据大夫说来,乃知有许多委曲在内,甚为有理。若果如此,则父王俱受他的宠络,不可不细细道破,早为之计。"骑劫道:"殿下若言,只宜说是殿下之意,则燕大王便可听信,万万不可指明臣言,以致燕大王动疑。"

　　太子许诺,遂入宫亲见昭王,将骑劫之言细细说了一遍道:"燕国费了无数钱粮,劳了无数兵将,今幸得了齐国,转被他人谋占去,岂能甘心? 父王当早日图之,尚可挽回。"昭王听了,勃然大怒道:"小子,何昧心如此! 汝祖受齐王伐辱,宗庙尽倾,宝货俱失。汝父逃避于无终山,几乎一身不能免。时燕国尚属他人,何敢复望齐地? 虽赖祖宗之灵,得以复国,然衔冤饮恨,欲诉无门。幸昌国君大展奇才,联合四国诸侯,一战胜齐。又率轻骑,奋不顾身,直捣齐都,逼走潜王。又调淖齿诛之,又毁齐之宗庙,又迁燕之重器以归于燕,使齐王昔日所肆之恶,一一报之于身,不爽毫厘,使为父的今日得扬眉吐气于诸侯之上,皆昌国君之功也。此其功,虽子孙世世尸祝①之,犹不足言报,何得以小人妒忌之心,加于君子,疑彼有自立为齐王之事? 毋论昌国君忠诚为国,必不怀此异心,即使昌国君果有此心,以彼所下之齐城,即立彼为齐王,亦未为不可。汝小子何得为此昧心之言! 倘闻之于外人,不独使忠臣解体,且视为父何如人? 况莒州、即墨二城不即下者,昌国君自有深意,岂乳臭小子所知也。不责汝,汝不知

---

　　① 尸祝——古代祭祀时任尸和祝的人,为受人崇敬者。典出《庄子·逍遥游》:"庖人虽不治庖,尸祝不越樽俎而代之矣。"引申为崇敬之意。

戒。"因命宫人,将太子笞了二十乃已。正是:

纵有浮云入杳冥,难遮日白与天青。

明王圣主心同此,谮语谗言岂肯听!

骑劫探知太子进言,被昭王责了二十,心甚不安,因想道:"乐毅拥重兵在外,延挨二年,不能下齐二城。此言入耳,就是父母骨肉,也要动疑,怎么燕王反怪太子,真不可解?想还是太子说得不妙。"又想道:"太子说得不妙,被父亲责罚,只恐要怪我误他。必需要再怂恿一能言之士,委婉说明此事,使燕王听了,太子方知我不是误他。"又想道:"郭隗、邹衍、屈景这一班虽然能言,却与乐毅相好,断不肯言。"却央谁好?想了半晌,方想道:"大夫宋玺口舌利便,若他肯言,再无不听之理。"因来见玺道:"乐毅拥齐,欲自立为王久矣,而燕王不悟,反认为忠良。劫欲进言,因与王疏,王必不听。宋大夫言素为燕王所重,若肯一言,使燕王感悟,早除乐毅,燕国之福也。不识宋大夫肯言否?"宋玺道:"说燕王去乐毅容易,但去了乐毅,要寻一人代乐毅之任就难了。"骑劫道:"拥全齐而临二城,凡将皆可代之,何难之有?宋大夫若肯荐我骑劫,我骑劫情愿以千金为宋大夫寿。"宋玺道:"既骑将军如此说,我即言之。"因见燕王道:"大王伐齐,还是自伐耶,还是为他人伐耶?"燕王道:"寡人伐齐,盖寡人怨齐、恨齐,而思欲平齐也,怎么说为他人伐?"宋玺道:"既是大王自欲伐齐,费了许多心机,为何今既得齐,转送他人受享?"燕王道:"所得城邑尽已编管入燕;怎叫做他人受享?"宋玺道:"编入燕者,空名也,实实受享者,乐毅也。大王倡伐齐之名,乐毅享破齐之福,岂非为他人伐耶?"燕王道:"从来伐国,俱系命将,岂独寡人!今日命乐毅,即为乐毅耶?"宋玺道:"命将不过其一时专征伐,功成即当报命,哪有为将既已得其城邑,乃三年不还其主,而竟自拥之以观衅待变之理?乐毅之心,人尽知之,而大王独若不知。此何意也?不过感其复齐之仇恨。若复齐仇而得地归燕国可为功,若复齐仇而得地自据不归燕,则又不算功,要算为罪矣,又何感焉?大王奈何只念其功,不思其罪,窃为大王过矣。"燕王沉吟半晌,方说道:"原来如此。"因命置酒,大会群臣。宋玺满心欢喜,以为燕王听其言,方会群臣。

不一时,群臣皆集。昭王赐群臣饮了数巡,因叹息说道:"君之所以为君者,赖直臣也。国之所以为国者,赖有贤臣耳。既有贤臣,君国之幸也。奈何不利于奸人,而奸人必欲谗而去之,殊可痛恨也。寡人欲报齐仇,而筑黄金台以求贤,求之数年方得昌国君之贤才。昌国君又训练兵将,几有三十年,方能为寡人报此深仇。仇已报矣,功已成矣,正宜君臣安享荣华,奈何生此一辈嫉贤妒能之奸臣如宋玺者,架言昌国君欲自王于齐,撺掇寡人废弃之,令为君臣的一番际遇不得保其终始,其心何险也!使寡人误听之,不独辜负昌国君一片血诚,并寡人三十年求贤之心,俱自弃如流水矣,岂不深可痛恨! 据彼巧言,但以昌国君欲主齐为词,若以破齐之功论,昌国君即立为齐王,亦未为不可。"困命左右,即席擒宋玺出而斩首,以正其献谗之罪。群臣欢然,皆呼万岁。正是:

>谗人只道谗言巧,不料明君耳更聪。

>为寿千金毫未得,一时性命已成空。

昭王既斩了宋玺,即遣客卿屈景持节并赍诏书,亲至临淄,大拜乐毅为齐王,尽有全齐之地。乐毅接着诏书,开读了,惊慌不知所措。因细问屈景,方知是宋玺进了谗言,乃泣拜于地,死不受命。因具表文,托屈景回奏昭王。昭王开表一看,只见表文上写着:

>昌国君、臣乐毅,谨具表奏闻于燕大王陛下。臣闻:为臣有誓死不变之大节,为将无拥兵要挟之功名。臣毅,异国之臣,蒙大王一顾,即立为卿相,委以军国之大任,肝胆托之,腹心待之。凡臣有言,言必听,凡臣有计,计必从,真不啻风云之会,鱼水之欢,臣每誓肝脑涂地,以报高厚之万一。今幸一战胜齐,使大王深仇得报,大耻得雪,虽可少效涓埃,然而臣心未尽也。故留兵徇齐,欲抚有全齐之地,以扩大王之封疆。因思破齐与抚齐不同,破齐可以用威,抚民必须用德。臣德威并用,欲以彰大王之仁义。莒州、即墨二城,至今未下,臣之罪也,即有人言,亦其宜也。即蒙大王知臣有素,不信其言,不加罪戮,臣已感恩无地,奈何复辱明诏,谕立臣为齐王? 大王既下诏立臣为齐王,则是大王亦疑臣实有此心矣。苦实有此心,则是臣为拥兵要挟之奸人矣,则是臣为变节之匪人矣。臣素奉敬君子,君臣之节凛然,决不自辱以负大王之知。乞大王收回成命,容臣展布腹心于始终,则君臣一日之雅,可垂千秋①矣。若必强臣为不义,臣有死而已。不胜惶

---

① 千秋——千载,千年。典出李陵《与苏武三首》:"嘉会难再遇,三载为千秋。"

悚之至。

燕昭王看了乐毅表章，见其抵死不肯受齐工之命，因大喜，谓群臣道："我就知昌国君不负寡人，今果然矣。如寡人于昌国君，亦可谓无负矣。"只因君臣无负，有分教：

父不能保其子，身不能保其死。

不知后事如何，且听下回分解。

第 十 四 回

燕不幸丹药亡君　齐有谋流言易将

诗曰：

> 君臣相得明如日，无奈君身又逝云。
>
> 总是天心成败定，故教人事忽纷纭。

又曰：

> 他人为政尚思谗，自听谗言自不难。
>
> 只道夺他权与柄，谁知失足自江山。

话说燕昭王见乐毅不受齐王之命，一发信任不疑。此时，报仇雪耻俱已遂心，无复他想，遂在宫中快乐，唯恐不寿。遂有一班方士，哄诱他神仙之术，点炼金石丹药，以求长生。正是：

> 家国深仇才得复，又忧性命望丹成。
>
> 始知人事心难死，烦恼贪嗔日夜生。

昭王修炼丹药，且按下不提。却说乐毅在临淄，见昭王不听宋玺之言，深感知己，誓欲尽灭全齐以报之，日以二城未下为忧，商量攻打。忽一个门客，叫做范平，进而说道："元帅学贯天人，识穷今古，岂不知地尚不满东南，天且倾于西北，何况人事，安能有尽成之功？元帅一战胜齐，不数月下齐七十余城，功已伟矣，名已成矣。又毁齐宗庙，迁齐重器，燕君之仇已报矣，耻已雪矣。即五霸之烈，至此已无以复加矣！何不飘然长往，使天下仰慕，如神龙见其首不见其尾，岂不高哉？即不能，亦宜辞归，以享昌国之俸，而全其名节。乃恋此二城三年于兹，仁义不能速施，威武未免少挫，中山之谤亦已再见，虽明主不听，得以保全，然怨已结矣，隙已生矣。设或燕王一旦捐馆①，恐不能高拥油幢，常如今日也。纵元帅雄才大略，临时自有变通，窃恐虎其头、蛇其尾，终为美玉之一砧。且天道循环，不能尽如人意。往者，齐王遣匡章乱燕，以为尽有全燕，夫岂料燕大王又能复

---

① 捐馆——捐弃所居之馆舍，旧时因以为死亡的讳辞。

国？即料燕大王能复国，亦不料燕大王能求元帅奇才，能于三十年后报仇雪耻，尽有其全齐如昔日也。今日元帅已破齐，如昔日齐之破燕矣，又焉知天道独在燕而不在齐乎？"乐毅道："此事吾久已知之，故缓二城之攻。但受燕王之恩甚厚，感燕王之知甚深，今二城未下，一旦委去，是勇于保身，怯于亲王，心有不忍，故尚思尽力，不计其他。"范平曰："此固元帅之忠也。但力有可尽，连下齐城已尽之矣，今留齐三年，而二城如故，似力无可尽矣。力无可尽而必欲强尽之，恐一旦有变而前功尽弃，又智者所不为，以元帅高明而反为之，此愚所不解也。故窃献刍荛①，乞元帅察之。"乐毅感其意而深谢之。然以昭王春秋无恙，又念燕纵不能破齐，而齐必无如燕何，下二城之事小，保七十二城之事大，故因循未决。

不期昭王因好神仙，吃得方士的金石丹药过多，一旦药性发作，医救不来，遂于周赧王三十六年薨矣。后人有诗惜之道：

> 高筑金台立大名，报仇雪耻尽功成。
>
> 正宜长享千秋乐，却被金丹误此生。

昭王既崩，太子乐资嗣位，是为惠王。这惠王为人愚暗，性又多疑。一向为太子时，见了乐毅倚着昭王宠幸，全不在太子面上致些殷勤，已不甚欢喜。又因进谗乐毅之过，被昭王笞了二十，一发怀恨在心。今既嗣立，便思量着要算计他，却因乐毅拥兵在外，权位甚重，一时动他不得，又因郭隗等一班老臣，时时称说乐毅之功，理当优待，只得隐忍不发了。

乐毅闻知昭王晏驾②，不禁大恸，就要辞职还朝，因碍着燕王初立，恐有形迹，只得暂且忍下。不期田单打听得新燕王即位，不胜欢喜，因告人道："齐之恢复，其在燕之新王乎？"人人听了，俱不信道："燕虽易主，兵权仍是乐毅执掌，总是一般。燕新王又不临阵，如何在他身上得能恢复齐邦？"田单微笑道："非汝等所知。"因悄悄使人到燕都去打听：新王与乐毅厚薄如何？近日所用何人？所行何事？其人去打听回来复道："燕新君外面名色虽说厚待乐毅，而其心肠却因旧燕王在日爱护乐毅，把新燕王打了二十下，新燕王十分怀恨，日夜寻乐毅的短处。近日所用的人，寻是一

---

① 刍荛（chú ráo）——原为饲喂牲畜或烧火用的草，此处指草野村夫的鄙陋见解。

② 晏驾——帝王、诸侯去世的讳称。

班谄佞，第一要算骑劫，新王做太子的时节，就与他相好，唯言是听。所行的事，也都近于荒淫。"田单听了，以手加额道："此天赐齐复国也。"因又使能言之士，悄悄至燕布散流言，只说乐毅拥大兵在齐已久，有心要自立为齐王，抚有全齐之地，只因碍着燕先王为他筑黄金台一番宠幸，又碍着封拜他为昌国君一番恩情，一时转不过面来，故假借莒州、即墨二城，只说未下，故得长拥大兵，以观燕变。今日燕旧王已崩，便不看燕新王在眼里，竟暗暗与莒州、即墨二州联合，叫二城请立他为新齐王，坐临淄号召七十二城，自开一国。莒州、即墨二城兵民今得再生，十分欢喜，只在早晚便要举事。唯恐燕王察知其情，换了他将来攻，则莒州、即墨之民，登时俱成齑粉矣。

　　流言散开，早有人报知骑劫。骑劫一闻此言，即来见惠王，细细报知道："臣之前言如何？臣言之时，先大王若肯听信，或是削他之位，或是诚饬他一番，他便自然悔过，不生异心。奈何先大王过于溺爱，执意不信，酿成今日之祸。今又联合莒州、即墨，其志不小。大王若不早图，不独要将已得之全齐拱手送与乐毅，只怕乐毅既得了全齐，又不能忘情于大王之燕地也。"惠王听了，愕然变色道："大夫此言从何处得来？"骑劫道："外面纷纷皆为此言，不独一人，故臣得知。"

　　惠王犹自沉吟，因又着人四下里去探听。探听了来回复，皆是一般言语，惠王方信以为实，遂恨道："我不料乐毅负恩如此。"这就要传旨，差人去拿来问罪。骑劫忙止住道："大王差了。乐毅如何容易差人拿得？"惠王道："若不拿来，如何处他？"骑劫道："乐毅不是纯臣①，况手握重兵，正欲自立为王，若公然去拿他，一时不服，岂不转促他反叛起来，为祸不小？"惠王道："若虑及此，怎生处他？"骑劫道："只好下一道诏书，假说念他久历在外，功高劳苦，今遣别将代他归国安享。他奉此道旨，自然要归。待他归到国中，那时大王治他之罪，便可任意，而无他变矣。"惠王听了大喜道："大夫所筹甚妙。但国中名将俱被他带去，临淄大任干系不小，却又叫谁去代他？"骑劫道："不是臣夸口自荐，臣兵书战策自幼习学，布阵排兵从来所好。大王若肯破格用臣，臣到临淄，不出三月，即当踏平莒州、即墨二城，以报大王之知遇，请大王勿疑。"惠王大喜道："既大夫有此雄

① 纯臣——心为君主服务的臣子。因乐毅曾经仕于魏国，故谓"不是纯臣"。

才，又肯身任其事，最为美事，何故不用，又用他人？"骑劫谢恩辞出。

惠王到次早设朝，即传旨拜骑劫为上将军，前往临淄，统领大兵，进攻莒州、即墨二城，以代昌国君乐毅之任。昌国君钦召归国，安享爵位，兼辅国政。命才传出，早有太傅郭隗出来奏道："乐毅之任，无人可代。一着人代，则全齐去矣。"惠王因问道："乐毅之责任，不过一将足矣。今熊虎满朝，如何无人可代？"郭隗道："大王新立，春秋方盛，不知求贤之苦，拜将之难，故轻出此言。先大王欲报齐仇，满朝遴选并无一人，故不得已而高筑黄金台，以老臣为死马骨，招致天下贤豪。不知费了多少卑词，行了许多屈礼，虽得了邹衍、剧辛、屈景诸贤，只可以效一得之愚，并不敢当代齐之大任。最后，方得了乐毅，才同管、晏，学类孙、吴，先大王惬于意，方拜为亚卿，授以国政。乐毅又训练兵马三十年，方能一战破齐，报仇雪耻，而有今日。今大王雄踞七十余城，以为二城易下，转欲代将，不知齐莒州又立新王，即墨又易新将，正欲盛欲兴之时，差之毫厘，失之千里。即乐毅竭力经营，臣等尚忧其有夫。骑劫何人，敢代其将，一代将而全齐失矣，大王岂可轻举。"

惠王尚未及答，骑劫早在丹墀下大声争辩道："郭太傅莫太欺人！自古云从龙，风从虎。凡生一圣君，必生一贤臣为之辅佐。伊尹相汤，固贤相也，未闻武王伐纣，尚求伊尹。太公兴周，诚异人也，未闻桓文称霸，还倚大公。乐毅虽才，已为燕先大王小试铅刀之一割矣。今燕大王新立，尤飞虎啸，自有风云，岂可定倚乐毅为长城。如燕必待乐毅才兴，则乐毅未生，燕何以开数百年之基？倘乐毅今朝忽死，则燕不须立国矣！且骑劫堂堂一身，从未曾败辱于人，郭大傅怎知得一代将，则尽失全齐？不是骑劫夸口说，骑劫若掌兵权，视取二城直如拾芥。我观郭太傅为此言，不过党于乐毅，所以为乐毅张扬声价，使乐毅擅兵于外，立为齐王，互相倚畀耳。"

郭隗听了，叹息道："吾闻国家将兴，必有祯祥；国家将亡，必有妖孽。骑君殆妖孽也。又闻利口必覆邦家，骑君殆利口也。老臣何敢与争？只可惜先大王一片苦心，昌国君数十年辛苦，一旦隳败①于庸奴之手，为痛心耳。"

---

① 隳（huī）败——毁坏。

惠王听了不能决，因问众臣直："二臣之言，孰是孰非？"邹衍出班奏道："二臣之言，俱各据所知、所见而陈，臣等安能先定其是非？但乐毅才能伐齐，是天下所知所信；而骑劫之才，天下不知不信。不独人人不知不信，即臣亦不知不信，即大王亦不知不信也。以人人不知不信之才，欲以易人所知所信之才，何能服人？大王还须慎之。"惠王遮饰不过，因直说道："寡人不是以骑劫为才去代乐毅，因见人纷纷传说乐毅联合莒州、即墨，欲自立为王，故寡人遣骑劫代之也。"邹衍道："乐毅若无自立之心，骑劫代之，是大王自弃乐毅也。乐毅苟有心自立，又联合莒州与即墨，则俨然齐王矣，骑劫又安能代之？骑劫此一往，不过逼走乐毅，交还全齐，断送燕兵耳。关系非小，大王亦当慎之。"

惠王听了，心甚不悦，因而罢朝回到宫中，又使人召骑劫道："满朝之臣皆不悦于汝，却将奈何？"骑劫道："郭隗一班人，皆倚着先朝老臣，动不动即以先大王压服大王，说些迂阔旧话。岂知人心不古，变故多端，急急提防尚恐无及，乃坐而待毙，岂为国之道？臣蒙大王擢用，何异先大王之用乐毅。乐毅既能下齐七十余城以报先大王，臣岂无能，孰不能拔二城以报大王？臣今往代乐毅，若乐毅无他，臣代之还朝，听大王区处；倘乐毅擅立为王，不肯轻代，则臣觑便必手刃之，以彰大王之法。"惠王道："汝既有此忠义之心，寡人也不必理会廷臣。"因暗暗地叫人写了敕书、诏书，命骑劫持节连夜去了。正是：

　　庸君亦有耳，偏不听忠言。

　　一闻奸谀语，如糖拌蜜甜。

到次日，郭隗一班老臣，闻知骑劫已奉旨暗暗往代乐毅之将，皆叹息不已道："可惜燕王三十年之功劳，一旦尽隳于奸人之手。"也有称病不出的，也有隐遁而去的。燕惠王略不放在心上。正是：

　　庸君亦有心，只护自家短。

　　家国之兴亡，茫茫全不管。

却说骑劫持了燕王之节，连日夜奔到临淄。初还怕乐毅果立为王，不利于己，惊惊恐恐，一路打探，并不闻立王之说，心方放下。及到临淄，见端然是元戎的营寨，便着人传报："燕使臣有诏书到了。"乐毅闻知，忙排香案，带了一班文武将士，大开辕门，出来迎接，接了进去，拜毕开读。诏书写的是：

燕国惠王，诏谕昌国君乐上将军。今寡人闻：朝廷无不酬之大功，臣子无至心之劳苦。尔昌国君乐上将军，自先大王复国，即抚人民、练兵将，劳苦于国中者，几三十年矣。及先大王报齐之仇；又被坚执锐，亲冒矢石，深入虎穴，劳苦于疆外者，又五、六年于兹矣。虽先大王薄有名位之封，昌国君却无并享之实。今不幸先大王已弃甲兵，安忍昌国君仍亲锋镝。寡人嗣承亲统，首念旧人，因命骑劫权代昌国君上将军之任，统摄兵将，续完乐元帅下齐城之功。诏书到日，其速还朝。昌国君畅咏东山，以遂室家之乐；寡人备陈鱼水，以尽君臣之欢。特念君劳，毋辜朕意。此诏。

乐毅读完诏书，既知新王生心，又虑三军有变，转欢然称谢道："微臣劳苦，乃职分之所当然，乃过蒙圣恩垂念，感激不胜。又劳将军远来，盖予后丑，欣幸无尽。"因命设宴款待。宴毕，乃谓骑劫曰："将军远来，幸暂息三日，容造册交代。"骑劫见乐毅欣然受命，毫不推辞，只得出就外营住下。

乐毅乃暗暗召范平与众将商议道："予悔不听范平之言，早谢兵事以明高蹈，致有今日之辱，可谓不幸也。虽然，予之前功既已成矣，今燕齐成败，宛然如天，予之后罪借此诿去，又未为不幸。诸君休为我惋惜。但不知为今之计，将安归乎？诸君教我。"众将俱愤愤不平道："元帅为燕伐齐，不数月而下七十余城，其功五霸所未有。功高如此，劳苦如此，天下谁不知之也？而新燕王竟若不知，乃信谗言，竟以一使而代将军之任，轻易若此，何以服得天下之心？实难以消士卒之气。元帅既专阃外之权①，末将等唯听将军之令，何不原遵燕先王之前命，而自立为齐王，抚有全齐，以展英雄之志，乃遑遑如穷人无所归！末将实以为耻，乞元帅裁之。"范平道："诸将所论者，乃强梁跋扈之所为。元帅所重者忠孝，所尚者礼义，焉肯出此？况新王自逐贤才，已开亡兆，且齐将王孙贾奋忠激励，大有兴机。元帅借此全名，未为不美，但还燕则入牢笼，万万不可。"乐毅听了道："范平之言，字字我心也。若论保身，自不还燕。若不还燕，则妻子宗族皆在燕，何以相保？"范平道："元帅不还燕，不独保身，正所以保妻子宗族也。元帅若还燕，先制元帅，后及至子、妻子，后及宗族，势必然也。元帅若不还燕而适他国，燕虑元帅仇之，应日夜惴湍，叩礼于妻子，奉宗族，犹恐不

---

① 阃（kǔn）外之权——统兵在外的大权。

得元帅之欢心，安敢复生他念？元帅但请放心，可无虑也。"乐毅听了，大喜道："范君之言是也。我本赵人，宜归于赵。"因为表辞耐新王道：

> 昌国君乐毅，拜表复上燕大王陛下。臣闻：君如加臣，非赏则罚；臣效于君，非功刚罪。臣蒙先大王拔之异国，位之本朝，授之以兵而不疑，假之以权而不制，故臣得以展布腹心，报齐仇而削燕耻，以应膺昌国之宠①。此者，先大王之恩，亦臣之功有以承其恩也。不幸先大王早弃臣民，微臣尚淹甲胄，虚起钱粮，挫钝兵甲。此微臣之罪也，应受大王之罚。乃大王不即加讨，仅使代将，召臣归国，以享位爵，此皆大王屈罚为赏，以罪为功之洪恩也。然臣细思，还朝未免有愧。念臣赵人，既蒙大王赦却不诛，则功罚可以两忘，仍为赵人足矣。敕印、兵符，俱付代人，臣还赵矣。至于臣子并宗人，留事大王，以效犬马。谨拜表以闻。

表写完，遂将敕印、册籍交付众将，嘱咐还赵三日，方可交与代将，早，恐其追也，遂悄悄竟回赵国而去。后人有诗叹之道：

> 一战平齐七十城，黄金台上铸功名。
>
> 须臾局变将军去，鼙鼓军中失壮声。

乐毅悄悄还赵不提。却说骑劫次日欲见乐毅，众将回以造册忙，不及相见，心下甚是疑惑，又见众将东一攒，西一攒，纷纷议论，忽想道："莫非乐毅有甚诡计？"只因这一想，有分教：

> 疑生满腹，鬼载一车。

不知后事如何，且听下回分解。

---

① "以应"句——用以上的战绩对待担任昌国君所受到的宠信。

第 十 五 回

代大将骑劫辱燕师　拜神师田单振齐气

词曰：

不自愧驽骀，苦逞螳螂臂，及到倾危泛驾时，方悔前功弃。漫言①忠信疏，总是谗言利，试上黄金台上看，终被浮云蔽。

上调卜算子

话说骑劫住在临淄营中，一日不见乐毅之面，恐怕乐毅暗算，甚是惊慌，暗暗叫随行的人役四下去打听。忽有一人打听了，回说道："小人才看见一位将官，手持一把雪亮的宝刀，悄悄付与一个勇士，吩咐他道：'快磨好了去用，不要黑天黑地误事。'那勇士应诺而去，似乎有行刺之意。"骑劫听了着惊道："是了，是了！原来他躲着不见我，却是暗暗使人行刺。他明明杀我，便是抗拒朝廷，罪无所逃；若暗暗刺，他便好胡赖。又幸得我的福大，早早得知，可作准备。"就吩咐众人，将草扎成一人，大小长短与自家一般，又将自己的盔甲衣袍替他穿了。到晚，闭上营门，将草人移到中堂，据案而坐，案上点了明烛，放上一本书，只作夜看兵书之状。四旁却将带来兵士，手持利刃，尽埋伏了，只待一有惊觉，鸣起锣来，便涌出拿人。自却躲在一间土屋内，气也不敢吐一口，暗暗观察动静。谁知守了一夜，风也不吹，草也不动，大家白白熬了一夜。到天明，骑劫犹夸说道："亏我善用兵法，他知有备，故不敢来了。"因又到大营来见乐毅，催他敕印并册子。众将回说："还未造完，只在后日准交。"骑劫道："我要见见乐元帅。"众将道："乐元帅有令：造册忙，恐相见误了工夫，一发迟了限期，候造完一总相见罢。"骑劫无奈，只得迟还自营，然心下十分忧虑，恐相暗算，因又打发人悄悄探听。

忽一人来报道："小人打听得一将军暗传号令，叫合营将士各备草候

---

① 漫言——莫说。漫表示否定，典出唐·张谓诗《赠赵使君美人》："漫学他家作使君。"

用,似乎有用火烧营之意。"骑劫听了,又着惊道:"一人行刺还好提防,倘四周围住放起火来,却将奈何? 只好悄悄移出,使他空烧,然后奏知燕王,治他之罪。"事有凑巧,恰恰这日有许多乡民来营中交草。骑劫看见,益信烧营是真,到了昏黑之际,因又寻了一个空营,悄悄移去躲避,只待有人放火,便好出来拿人。不期又空等了一夜,并无人来放火,只得乘天未亮,又悄悄移回。心中暗想道:"为何不来烧? 想是知道被我看破了。"又想道:"他是旧元帅,我是新元帅,这些兵将怎不奉承我,反来算计? 想则是敕令尚在他处。他既不烧,且去取了他的敕令来再处。"因又走来,要见乐毅。众将回复道:"册已将造完,并敕印明日准交。今日不必见矣。今日若见,恐反误了明日之事。"骑劫虽然退回,心下一发狐疑道:"乐毅一连三日,并不见面,定然不怀好意,莫非果然连通了即墨,等即墨兵来袭我,他好里应外合,于中取事? 不然为何东推西托,只是不见? 一见能误多少工夫,就是造册忙,也不至此。况乐毅诡计甚多,不可不防。"因又着人打听。

　　原来燕兵与即墨虽是敌国,乐毅欲以仁义抚恤,并不禁其樵采,故田单自散流言之后,便时时差樵采之民,近近远远打听燕信。这日骑劫恰恰看见举止不同,问知是即墨的百姓,便觉以为奇,暗想道:"即墨百姓既已到此,则乐毅与即墨联合显然矣。三日不出,定是叫即墨来算计我。我不早走,性命难保。"就要备马逃回。随行兵将禀道:"乐元帅前相见时,原说请暂住三日即行交代。今方三日,明日交代,未为失信。前云行刺,昨云烧营,皆系猜疑,并无实迹。即今揣度其联合即墨亦未必然,奈何便先逃走,若果有变,先逃固是知机,倘逃回无变,岂不惹人笑话!"骑劫道:"有变无变虽不可测,但此身落在他圈套中,吾心甚是惊悸,若不早走,突然被他暗算,要走便迟。"随行兵将又禀道:"才闻乐元帅传令,明日准交。三日之期,已两日无他,岂其暗算独独在今一日? 将军还须主持。若无实据匆匆逃回,何以复命?"骑劫见兵将说得有理,只得又勉强住下。住便住下,只觉眼热耳跳,胆战心惊,走投无路,慌做一团。先叫人备端正马匹,一有变便好走路。挨得半夜,不见动静,心才略略放下。

　　不期到了五更,燕营众将因新将军要交代,恐要查点,都早起齐集兵马。又恐兵马不齐,故各营俱放起号炮,催集人马,一霎时炮声连天。骑劫突然听见,只认做即墨兵来,吓得魂飞天外。喜得衣甲未曾脱,跳起来走到营外，又喜马是备端正的，跨上马，也不顾随行兵将，竟将马加上一鞭，飞也似跑回燕国去了。正是：

胸中无武又无文，唯有谗言迎合君。

胆小不得将军做，偏偏胆小做将军。

这边骑劫逃去。这边各营将士等到天渐明时节，俱分开队伍，排列戈矛，旌旗耀日，金鼓震天，齐到营前迎请新将军到大营去交敕印、册籍。而新将军已不知逃去许多道路，急得众随行将士没法布摆，只得假意传令说道："新元帅有令：劳将士少待。新元帅已经择定，今日午时大吉，方入营受印。"因暗暗放了七八匹快马，飞也似去追赶。喜得骑劫身子肥大，跑马不快，只赶了三十里路，就已赶上，忙勒住了他的马头，细说放炮是各营兵将点集，迎请将军到大营去受敕印，非即墨兵马有变。骑劫乍听了，犹恍恍惚惚不信，因问道："你是哪里得知此信？果是真么？"众人答道："各营兵将俱已在营前迎请伺候，怎么不真！"骑劫听见是真，方才欢喜。众人催他回马，又甚觉没趣，因吩咐众将不可说是逃走，只说是私行访察地理民情。急急跑马赶回，已将近午时，合营宾将迎着，便鸣金击鼓，迎入大营。

骑劫到了大营，就请乐元帅相见。众将方禀说："乐元帅自知有罪，已逃归赵国去矣。"骑劫原打帐①待乐毅交了敕印，就要逼他还燕以逞己功，不期先被他走归赵国，心甚不悦，因吩咐快差人去追赶。众将又禀道："已逃去三日，恐追赶不及。"骑劫听了，因责怪众将道："乐元帅既归赵三日，为何不早禀我？"众将道："乐元帅身虽归赵，敕印尚未付出，谁敢多言！"骑劫道："他去也罢了，只是造化他了。"一面查点兵将，一面就写表申奏燕王，报知乐毅之事。乐毅辞谢的表章，也一并达上。

燕王只道乐毅的妻子、宗族俱在燕国，昌国的爵禄俱要在燕支给，定然归燕。若归，便好寻些事端处他，不期他竟归赵国。归赵也罢了，转恐怕他怀恨，又借赵国生变，心下甚是有些不安，却倚着骑劫统领大兵，兼有齐国，十分强盛，便还不放在心上。只是乐毅妻子并宗族，便一时不敢动摇。

国有贤臣国之遇，不为梁兮即为柱。

不知庸主是何心？苦苦思量要除去。

按下惠王算计乐毅不提。却说骑劫自受敕印之后，将乐毅所行政令

---

① 打帐——打算。

尽皆改了。乐毅用恩,他却用威;乐毅乐善,他却肆恶;乐毅施仁义,他专尚杀伐。只在营中住得三日,即挑选了三万精兵,自统领着往攻即墨,分兵四面,就将城围了。兵多城小,围了一重,又围一重,竟围了数重。城中樵采之民,一个也不放出,每日在城下摇旗擂鼓,耀武扬威。田单在城中将城门紧闭,寂然无声,竟像个不知有兵在城下的一般。燕兵若近城,城上矢石如雨,又使人不敢近。燕兵朝夕攻打,费尽精神力气,却不曾讨齐半点便宜。骑劫唯倚着兵将众多,在城下一味攻打,却不能出一个奇计,设一个长谋。

田单在城上看见,暗暗欢喜道:"乐元帅去而骑劫来,齐之福也!"但虑燕兵势大,吼天喝地,恐齐人胆怯,因想道:"彼众我寡,寡不可以夺众之气;彼强我弱,弱不可以夺强之气。吾闻古圣人曾以神道设教,以安人心。今城中人民寡薄,何若称神以振其气。"主意定了,便暗暗打点。忽一日,清晨起来,即四下对人说道:"我昨夜睡到三更时分,忽得一个奇梦,梦见一个金甲神道向我说:'上帝有命,道齐国桓公之旧德尚在人心,今当复兴。燕国新王之变乱已触天怒,今当即败。汝可尽力为之。'我因再三恳辞道:'田单愚蒙,不识兵机,如何当得大任?'那金甲神又道:'汝不消愁得,上帝已遣一神,为汝军师。凡神师所示,战无不胜。我因问:'神师何在?'那金甲神用手指一人,对我道:'这不是!'我用手急急去扯他,忽然惊醒。此梦甚奇,必然有准。这个神师,模样我宛然记得,当往各处去求他。"正说不了,只见营门前一个小卒,头戴一顶破军帽,身穿一顿碎夹袄,脚穿一只绽皮靴,又似痴蠢,又似疯癫,远远地跑到田单面前,笑嘻嘻将田单的发须一捋道:"你所见的神师是我么?"说罢,即侧转身要走去。田单看见,忙起身赶上,一把扯住,大声告人道:"此正是我梦中所见之神师也!不可放他走了!"众人听说,因一齐上来围住。那人笑道:"你们怎围得住我?我此来,盖上帝有命,命我助你破燕,我自不去。"众人听了,俱各大喜。田单因替他换了衣冠,请到幕府,置之上座,亲率众人北面事之。神师因吩咐道:"天道幽微,兵机玄妙,俱不可妄泄。以后有令,只好田单一人受命而行,余人不能遍告。"故田单朝下一令,令行而民悦,则曰:"此神师之令也。"暮下一教,出而事成,则曰:"此神师之教也。"凡属有功于民、有益于人之事,皆归功于神师,故齐国人心皆以为得神师之助。于是,疲困的百姓皆勃勃有精神,单薄的兵将皆起起有胆气,全不将燕国的强盛放在心上。

田单看见，甚是欢喜，因想道："城中兵民如此胆大者，因知有神师相助也。城外燕兵，怎能设个法儿，使他也知我齐国有神师相助，便可夺他之气。"再三算计，忽然有悟道，必须如此行之方妙。

忽一日，田单告百姓道："神师有令：凡民间朝夕饮食，必须先祭其祖宗。若祭之诚敬，当得祖宗阴力空中相助。"城中人皆深信神师之言，果晨起早餐也祭祖宗，向夕晚餐也祭祖宗。当祭之时，必要奠食洒于庭屋之上，家家如此，遂使庭屋之上饭食遍满。飞鸟见了自然翔舞下食，朝夕二次竟成规矩。城外燕兵远远望见，哪里知祭祖奠食这些缘故，只见飞鸟早晚二次，准准地翔舞于齐城之上，大惊大异，以为奇怪。因互相传说道："我前日听得说，齐国得了一个神师下教。我们只道他说鬼话，不信他。今日明见飞鸟朝夕回翔二次，只在城中，城中若不是得了胜气，怎生有此奇事！若这等看起来，则神师下教不是假话。我想神师下助，自是天助。天助齐，我们苦苦攻齐，是逆天了。逆天之人，哪有好的！"彼此传说，使攻城的心都懈了，就是将军有令来督，却也不十分肯出力向前。

田单看见甚是欢喜，因暗想道："燕兵之心虽懈，而齐民之气被乐毅一向以仁义缚束定了，如何激发得起？"日夕思量，忽然有悟道："我有计了，必须如此。"因使人四下扬言说道："昌国君用兵虽精，却为人懦弱，做不得将军，拿着齐人一个也不杀，所以齐人不怕他。攻了即墨三年，何曾取了一尺土去？若是拿着齐民，莫说杀，只将鼻子割去，列在前边攻打城池，齐民看见，岂不吓死？"有人将此言传与骑劫，骑劫听了，大笑道："此乐毅所以不能成功。俗语说'慈不掌兵'，怎么得了敌人全不难为。"因下令军中："凡是拿着齐人，不许私杀，私杀没人看见，但割去鼻子，列在前面攻打城池，使城内人看见，知我燕兵之威。"燕兵得了将令，果然拿着齐兵尽皆割鼻，使他在前交战。齐人在城上看见，尽痛恨道："燕兵怎这等将齐民凌辱，待我们出城去，捉住燕兵，也将他割了鼻子报仇！"人人气愤，皆要出战，又相诚紧紧守护城池，万万不可又被燕人拿去，受他凌辱。正是：

> 将军善用兵，先要激其气。
>
> 其气若激扬，战之无不利。

田单见齐民痛恨燕兵割鼻，愤怒不平，因又生一计，使人四下扬言道：

"齐人祖宗坟茔皆在城外,最怕的是被燕人掘发。乐毅是个庸人,了不知此事,故安然无恙。只恐新来的骑劫本是英雄,定然要搜求到此。倘然搜求到此,将坟墓尽拆了,抛弃尸骸,则齐民都要哭死,哪个还敢与燕对战?"又有人将此言传与骑劫,骑劫听了又笑道:"两国交争,仇敌也。戮辱其祖宗,则子孙害怕。乐毅亏他为将,怎这样事体俱不知道,还要自夸于人,说是善于用兵。"因又下令,凡即墨四围城外所有坟墓,皆一切掘去,尽将冢①中枯骨抛弃于荒郊,令城中人看见,俱怕我燕兵之惨毒,速速来降伏。燕兵得令,便尽行掘起。城中人看见,果拊②心大恸道:"燕兵无礼,辱我祖宗,誓必报之。"尽相聚了来见田单道:"燕兵残我人民,戮辱我祖,其仇深矣!某等情愿出城决一死战,必断其首、刳其心,方足快意,就使战败,死也甘心。乞将军慨许。"田单道:"诸君既能奋勇,则破燕有日,姑稍待之,以保万全。"众人方去了。

田单见齐人可用,又暗想道:"齐兵虽然奋勇,燕将防守尚严,一时如何攻得他动?莫若使许其纳降,将他防范之心先懈怠了,便好下手。"因差一个能言之官,乘夜来见骑劫道:"田单有事请禀上大将军。"骑劫道:"即墨孤城破在旦夕,田单之死也只在旦夕,还不早早投降,却何事又来禀我?"差官道:"田将军欲投降将军久矣,但因他是齐王的宗族,恐怕投降了将军,将军不肯重用,故此迟延。今城中食用尽矣,民心离矣,力不能支矣,故差小官来见上将军,情愿投降。只求上将军恕其前罪,仍照旧录用。"骑劫道:"且问你,乐将军围了三年,你城中不见困乏,怎我才攻得两月,便称食尽,莫非此中有诈?"差官道:"将军有所不知。乐元帅攻齐时,虽说围城,朝夕间却不攻打,得了齐民又不戮,又容齐民出城来樵采,又与田将军文书往来,故此一年不下。今上将军兵临城下,朝夕攻打,使守城兵民日夜不得休息,得了齐民不是杀,即是割去鼻子。樵采之民又不许出城,又不与守将通其往来。即墨小小一城,兵有限,民有限,钱粮有限,如何支持得来?今投降将军,实是真情,望将军勿疑。"骑劫听了大笑道:"我就说乐毅三年不下即墨青与齐联合也,今果然矣!可惜郭隗这老贼不听见,若听见。不怕他不羞死。"因对差官道:"即墨小小孤城,不知天

---

① 冢(zhǒng)——坟墓。

② 拊(fǔ)——拍,抚。

命,抗拒多时,本当屠戮以示警,今田守将既真必来降,前罪不究,还要奏知燕王,重重录用,便是齐宗却也无碍,但须早定降期,不可迟缓,以免贻罪,去罢!"差官道:"上将军既允其降,通国之福,安敢迟延。容小官归报,定了降期,再来请命。"因拜谢而去。骑劫大喜,因椎牛沥酒,大亨犒营将士,夸张道:"我之用兵比乐毅何如?"犒营兵将皆踊跃称赞道:"上将军用兵,孙吴莫过也!"骑劫大喜,遂日夜为乐,单等齐人来降。正是:

　　将军一味骄,岂识兵家妙。

　　所以丧其身,徒令千古笑。

第 十 六 回

骑劫不知兵难免丧身覆国　田单出奇计自能破敌兴齐

词曰：

奇正尽兵机，虚实为兵用，只要人心有变通，叱咤风云动。真是用胆倾，诈是机关弄，真诈之门看不明，白把江山送。

上调卜算子

话说差官归报田单，说骑劫已信投降为真。田单大喜，犹恐差官一人言语，信之不深，因又心生一计，叫人库中取黄金千镒①，使城中富民会合了一二十家，暗暗亲到骑劫营中，献与骑劫道："闻之田守将食尽力竭，已投降于燕王将军麾②下，不日就要开城迎接大兵入城。但恐大兵入城时，天威猛烈有如水火，一时触犯遭殃。故小民等备有黄金千镒，献于上将军，少表真诚。上将军垂念小民无知，不谙国事，指挥兵将曲赐保全，则恩同再造，感激不胜。"骑劫见了，心中暗想：城中富民已知消息，来求保全，则田单投降之情确然无疑，愈加欢喜，因吩咐富民道："田单既来投降，则你齐国之民，就是我燕国之民了。便是贫穷百姓，我也不轻杀戮。但恐兵将众多，暗暗抢掳，一时稽查不到，未免遭掠被劫，再拿人正法便迟了，汝等既知事体，早先来求，又献黄金，自是顺民。我怎好辜你来意。"因将金子收了，各付小令旗一面，兵入城时可插于门上，自无人敢入。百姓领了小旗，皆欢喜拜谢而去。

骑劫看见这些光景，以为万分的确，心下暗想道："田单既慨然来降，我既又慨许其来降，则是投降之约已定，为何我还令兵将围着他的城池攻打他？我既围城攻打，他自要闭城守紧，约降之事岂不反成虚话？今撤去围兵，使他知我大度，降也降得心服。"算计定了，因遣人打了两扇大硬牌，分头去撤兵，上写着：

---

① 镒（yì）——古代重量单位，约合古时二十两。
② 麾（huī）——古代指挥用的旗子。

燕上将军骑示：齐已约降，围城各营将士，可尽撤还本营，毋违。

牌到了不消一个时辰，已将围城的兵马尽皆撤去。田单在城上看见，一发欢喜，遂悄悄将城上壮士俱叫了下来歇息，却将城中的老幼妇女们换了上城去看守，又差差官送投降日期与骑劫。骑幼见有了日期，信以为真，全不设。

却说剧辛此时尚在营中，虽乐毅行后，骑劫所作所为一任自心，全不请他议事，然他尚是前辈老臣，体面还在。一向见骑劫围城，蛮攻蛮打，掘墓割鼻，行这些惨刻之事，虽非正道，却还不伤燕兵正事，只得忍耐不言。今见骑劫受田单之降，十分骄傲，全不提防，因暗暗着惊道："骑劫全不知兵，所行皆堕入计中，这全齐七十余城并燕二十余万大兵，定然要断送在他手中，遗祸燕国不小。倒是昌国君去了，得个干净。我今尚在营中，明日事败，分辩迟了，莫若劝他一番，他必不听：借他不听言，飘然去了，尚可免丧兵之辱。"主意定了，因来见骑劫道："田单之降，将军以为真乎，假乎？"骑劫道："小小孤城，食尽力竭，不降何待，自然是真。前日来请降，苦苦哀求，得我允其降，他欣欣然以为万幸，又安敢诈？"剧辛道："田单之降实实是诈，将军不要被他瞒过。"骑劫笑道："田单到此时计穷力竭，莫说他不敢诈，就他果然是诈，且请问：他战又杀不过，逃又没处走，思想诈我些什么？"剧辛道："兵之勇怯，全在兵心。他诈称投降者，指望懈我们的兵心。明明是诈，将军若信以为真，全不设备，则乐元帅下齐之功，定要为将军所送矣。"骑劫听了，大怒道："为将行兵，需要看个时势，论个强弱。若论今日燕、齐之时势、强弱，莫说田单食尽力竭真降于我，即便有诈，即墨一个小小孤城，能有多少兵将？田单一个匹夫，能有多大本领？便能以诈降之计，破我二十万之大兵。我便以误信诈降之故，竟容容易易尽将此全齐地土断送于他？何言之妄也！惜剧君前辈老臣，要存体貌，若使他将妄言，便当以军法从事。且请问剧君：何以知其诈？"剧辛长叹一声道："兵家之妙法，虚虚实实，难以尽言，唯知兵者乃知之。将军虽拥雄兵，朝夕攻城，似乎威武过人矣，然实计之，曾与齐兵接一战否？即掘家割鼻，不过徒耀虚威，以激齐怒，并未损齐一兵，斩齐一将，算来还是燕劳而齐逸，齐力何以得竭？齐城之粮，足食齐兵民久矣。兵民又未加，食又未损，乐元帅日城三年亦已支持，岂将军围城不足三月而食便尽？食不尽，力不竭，忽然而降，所以知其诈也。"骑劫道："既是诈，为何又定降期？"剧辛道："凡降而订期者,偷降也,上有管辖,不得自由,故定一期以便接应。今田单自为守将,要降则降,孰得而禁? 乃论朝数夕而定期,此其为诈,又可知也。"骑劫道："田单当事,还说是诈,难道城中富民以黄金千镒来求保全,也是诈不成?"剧辛道："田单不降,而虑攻破其城,或遭屠戮,或被抢掳,当险危之际,富民以财求保全则有之。今田单已投降,将军又允其降,自无屠戮、抢掳之事,谁肯轻弃黄金千镒而又买保全? 此其诈愈可知矣。将军恬然不知,转罪老臣之多言,恐非为燕王守土保兵也。"骑劫道:"两敌力均,忽然诈降,则当防也。今燕众齐寡,燕大齐小,燕战尚有余,齐守且不足,降乃齐必然之事,何更疑其有诈? 即使有诈,亦不过挨时日,安能诈降而别出奇兵以破我? 剧君可无多虑,待我受了田单之降,再往受莒州之降,归国见燕王,剧君方信予之知兵出乐毅之上。剧君请安坐待之。"剧辛道:"既将军别有玄机,则老朽陈人腐言自不入听,在此也无用,乞放还燕,以待捷音。"骑劫道:"既剧君要行,予不敢强留,但请尊便。"

正先锋乐乘亦上前禀道:"田单降已有期,料无争战,未将亦求元帅给假,归国一探嫂、侄。倘未即班师,再来效力。"骑劫亦从。剧辛遂同乐乘,二人一路归国。

骑劫见剧辛去了,因大笑,同众将士说道:"这剧辛还是燕先王筑黄金台求来之贤,谁不道他有才有能,原来尽是虚名,一毫世故人情都不知道。田单来降,明明是真,他却看做有诈,真可笑也。此时说他,他只不信,且待田单降后献捷之时再去羞他,不怕他不羞死。"拿定主意,遂不攻打,不守,单等齐人来投降不提。可怜:

　　也是一片心,也是一双眼,

　　也是一个人,奈何见识浅。

却说剧辛与乐乘忙忙赶归燕国,朝见惠王。惠王问道:"齐二城尚未曾下,正在争战之时,剧君与乐先锋何遽返国?"剧辛奏道:"齐乃桓公之后,原是大国,赖昌国君三十年练兵养民之力,又适遇湣王骄傲,方能一旦攻下其七十余城。今虽只存二城,然莒州新王初立,又有王孙贾一班俊臣,正在激励之时。即墨又有田单为将,这田单虽非宿将,却智勇兼全,故昌国君与之对垒三年,不能得意,实是一个劲敌。今骑劫代将,毫不知兵,即遍采群言、虚心对之,尚忧有失,乃徒恃兵多,视田单如无人,竟受其诈降,全不设备。老臣恐失大王之事,苦苦谏之,奈他一味骄矜,百般固执,毫不听从，只恐败亡已在旦夕。老臣无法，只得辞归告于大王，乞大王速发大兵，沿途接应，纵不能再有临淄，守得一城，燕之一城也，无令尽失为可惜耳。"

燕王听了，不觉大笑道："剧君何过虑一至于此！骑劫纵不才，尚领着大兵二十万，岂至便输与田单？田单纵有才能，不过即墨一城，能有多少兵将，岂至便连临淄一带俱复旧主？剧君所虑恐亦太过，又何怪骑劫之不听从也！"剧辛见燕王亦是如此，因叹息道："日月虽明，不能开瞽目①之观；雷霆虽响，不能发聋耳之听。老臣多言矣。"因怏怏辞出。惠王看见，亦不悦而罢。正是：

　　老臣多杞忧②，昏王认在目。

　　所以争论时，两心都不服。

按下惠王不提。却说骑劫被剧辛说了一番，虽然不听，过了两月，见齐兵不动、不变，也有些疑心，暗想道："纳降的日期不远，他城中又不见动静，莫非真真有假？"围城的兵既撤了，不好又叫去围，却只遣两队游兵，早、晚两次绕着城探听一回。田单看见，知骑劫有些疑心，因又使几个能言之人扮做小民，出城樵采，故意地藏头露尾，与燕兵捉去，来见骑劫。骑劫正要打听城中信息，因吓他道："你齐国小民，怎敢到我燕营来寻死？快拿去斩了！"众小民因哃叫道："小的们虽尾齐民，今已投降将军老爷，就是将军老爷的燕民了。一家人，求将军老爷饶命！"骑劫道："你主将投降尚未的确，你们怎知道？"小民道："田将军投降，俱有告示安慰阖城百姓，人人看见了，怎不的确。"骑劫道："既是的确，为甚只管迟延？"小民回道："只因钱粮未曾查清，不便入册，故耽搁了。"骑劫道："果是真么？"小民道："若不是真，小的们怎敢出城樵采？"骑劫道："既是真降，饶你去罢。"

百姓去了，骑劫一发信以为实；道："我就知田单不敢诈降。钱粮不清，造册未完是真。"竟放开怀抱，在军中饮酒作乐，只等田单来降。大将军寻快乐，各营小将军也就各寻快乐，各营兵士也就各寻快乐，竟将战斗之事丢开一边，不去回矣。正是：

————————

① 瞽（gǔ）目——瞎眼。

② 杞忧——杞人忧天。

为将须求为将才，不知才略便生灾。

莫言变诈机难识，痛饮军中该不该？

却说田单打探得骑劫堕其计中，满心欢喜道："眼见得燕军可袭而破也！"因想道："骑劫受了诈降，全不设备，虽可乘虚袭破，但他有二十万人马，我之精勇不过四、五千人。纵使一时攻破他的寨栅，致他大败，却也杀他不尽。倘他收拾残兵，又来攻城，却将奈何？"又想道："必须设一妙计，做出惊天动地之势，将他吓怕，然后以精锐乘之，使他自相践踏，方可蹂躏他七、八。但我人马有限，如何得能惊天动地？"又想道："若要惊天动地，除非龙虎。鬼神，人还可假托；龙虎，却将何物去充？"又想道："吾闻牛可与虎斗，牛之力不减于虎。况即墨城中家家以牛驾车，蓄牛甚多，莫若收来，以代龙虎，驱而出其不意，亦可惊人。"但牛之性缓，不便冲锋，又想道："牛性虽缓，用火烧其尾，则自急面前奔矣。"胸中成算已熟，因告人道："神师有令：燕败已定矣。兵将皆登鬼神箓，须用神兵摄其魂。齐国田姓，刀枪不异犁，须用牛兵成其功。凡城中人家驾车之牛，可尽收来听用。"人见是神师之令，又见说破燕有日，都欢欢喜喜将牛送来。田单查查，共有一千余头了，叫人养在一个大苑之中。又叫人取了许多绛色的缯，细彩织的织练，照牛的大小肥瘦，做成牛衣，衣上却用青黄赤白黑五样颜色，奇奇怪怪，尽作蛟龙虎豹的形状，穿缚牛身之上，使人远远望见，只认做龙虎。又取尖枪利剑，紧紧都缚在牛角之上。又将麻茸濯了膏油，寸寸缚在牛尾之上，牛尾一摇，就像巨帚一般拖在尾后。人见了，皆猜猜疑疑不知何故，来问田单，田单只推说是神师之令，连我也不知道，必不说破。又将城垣指了三五十处，叫民各凿一洞，且不凿通。

到了约降的前一日，田单乃杀了许多牛，具了许多酒，将城四门紧紧闭了，命老弱把守。候到日落黄昏之际，因尽召五千精兵到来，乃下令说道："神师有令：今日乃黄道大吉之辰，天地鬼神皆助齐破燕者。临阵将士，皆在鬼神驱役之中，只宜上前，上前者神助，不宜退后，退后者鬼诛。"令毕，因命五千壮士饱食牛酒。食毕，叫善画人以五色涂其面，尽画作人神鬼怪之形，各执刀斧利器，不许开言，紧紧跟于牛尾之后，叫人将城洞凿通，让两壮士驱一牛出去。驱牛到了城下，便使牛直对燕营，却用火将牛尾上油濯透的麻茸烧将起来。火一时烧及牛尾，牛负痛难当，便咆哮怒触，直奔燕营。四千壮士，衔枚随其后。又令一千壮士，各持弓弩，两旁射来，防其逃走。一时奔突，真有山崩潮涌之势。怎见得：但见人胆落，马惊嘶。

此时燕营，见早晨田单又来报过，明早出降，今夜尽醉饱安寝，以待明日入城取功。睡到半夜，忽闻驰骋汹涌之声逼近营来，不知何故，尽从梦中惊起。远望见牛尾之炬，上千上万，光明照耀，就如白日，忽见一阵龙纹五彩的恶物，如虎一般，奔突而来。又见无数天神鬼怪，跟随其后。仓促中摸不着头脑，连胆都惊破，魂都惊走。那如龙虎的恶物及奔到前面，又头上皆有枪剑，触着便死，撞着就亡。又见天神鬼怪，大刀阔斧杀人。又听得齐营中兵将，擂鼓鸣金，轰雷一般随复赶来。哪里还顾得迎战，谁人还敢上前相持，唯有急急奔逃。怎奈人人想走，个个思奔，一时拥挤，自相践踏而死者不计其数。

骑劫正在虎帐中安寝，忽听得人乱马嘶，虽知有变，还只道是田单劫营，不成大害。及披甲出来一看，忽见龙虎成阵，鬼神满营，吓得魂胆俱无，忙跨上一匹马，往营外就逃走，恰恰撞着田单赶到。田单认得是骑劫，忙拦住道："骑劫不要走！我田单来投降了。"因乘势一戟，刺死落于马下，化做土泥。正是：

　　　　大夫何不好，定要做将军。

　　　　谁料抛骸骨，将军死没坟。

燕兵见骑劫被田单刺死，军中无主，竞相率大败而去。此周赧王三十六年之事，后人有诗道：

　　　　火牛奇计虽然妙，到底还亏骑劫愚。

　　　　假使金台不易将，火牛未必便何如！

田单既刺死了骑劫，一时兵威大震，便不肯停留，当夜收兵略歇息歇息，便整顿队伍乘势追杀。燕兵已经大创，又听得主将已亡，纵是英雄为谁出力，哪里还有斗志？就撞着齐兵厮杀，此时齐兵气盛，燕兵气馁，齐兵看那燕兵明白：哪里杀得他过，唯有败走而已。一路来，乐毅所下之城，虽已臣属于燕，有乐毅施仁之恩，不忍有负。到了此际，旧将军乐毅又已归赵去了，新将军骑劫又已被田单杀了，剧辛虽守过，剧辛又还朝不知消息了，及田单兵到，又出告示，追述齐数百年旧王之恩，一时兵威又赫赫炎炎，哪里还能为燕守节，只得又舍燕归齐。田单复了一城又是一城，不知不觉，又皆复了八、九。兵马直抵齐之北界，田单方下令收兵。正是：

　　　　当年齐送诚然易，今日燕还也不难。

虽是燕齐分两样，算来原是一般般。

田单只因这一胜，有分教：

东方重光，青齐一色。

不知后事如何，且听下回分解。

第 十 七 回
田将军法驾迎君　燕守将聊城死节

诗曰：

当前算得熟通通,过后闲评半是空。

事急只思求楚救,归来还说下齐功。

无穷新梦伊方始,多少残棋局未终。

试想火牛何烈烈,而今了不见遗踪。

话说田单尽复齐城,成了大功,方收兵回临淄,重立齐家宗庙,扫除宫阙,整理破残,招至齐之旧臣,兴复齐之旧迹。一时洋洋六国之风依然还在,谁不羡田单之大功! 正是:

为君难保国常宁,只要贤臣能满廷。

若有贤臣能效力,国家亡了可重兴。

却说临淄许多旧臣与即墨一城兵将,见田单复了齐国,功劳甚大,又且兵权独揽,赏罚自操,没个终为将军之理,因合辞请于田单道:"齐士今已亡,齐之七十二城已属燕矣,赖将军才略,一旦复之,是今日之齐非昔日之齐也。昔日之齐,齐王之齐;今日之齐,将军之齐也。况将军之齐,同一田宗,仍是齐王之齐。齐之无主,请将军自立为齐王,以王齐国。此合臣民意也,请大王勿辞。"田单听了,勃然不悦道:"是何言也! 新王现在莒州,谁敢为此叛言,自取罪戾。田单扫除宫阙者,为迎新王也。诸君既念齐先王,宜速备法驾,前往莒州迎归,以正大位,方见诸君拥戴新王之诚敬。余言慎毋再出诸口。"众文武见田单不忘旧主,出于诚心,因共叹息,称扬:"将军不独才猷①盖世,忠义直贯古今,敬服敬服,敢不唯命!"田单大喜,因具表遣众官同至莒州,迎请襄王归临淄复位。

此时,莒州已闻知田单复齐之事,也有喜的,也有忧的。喜的是大破燕兵,全齐尽复,齐国复兴,一时间之旧臣、旧民皆可扬眉吐气,忧的是复

---

① 猷(yóu)——计谋,鸿谋。

齐乃田单之功,恐据有临淄,不复归于故主。满城臣民,纷纷议论。襄王为人又没决断,心下彷徨,甚是不安。欲要下一诏去奖赏他的功劳,加升他的官爵,有人说道:"大王莒州为王,原非田单所立,田单即墨为将,又非大王所命,大王又不曾受他之朝,他又不曾食大王之禄,君臣又不曾会面,一旦下诏,殊属不便。"襄王道:"我在临淄为世子已久,谁不认得?虽先王失国,名分尚存。待我自到临淄去见田单,看田单何说!"又有人说道:"大王去不得。田单今非昔比,拥着一二十万大兵,言若风雷,气成云雨,倘怀异心,不敢臣节,况他亦齐宗,怎生与他分辩?"一时说得襄王心慌意乱,不知所措。唯大夫王孙贾独进贺道:"恭喜大王! 返驾临淄,复主嗣宗庙有日矣。"襄王踌躇道:"大夫何言之易也? 寡人亡国遗孽,蒙大夫之苟全于此已为侥幸,何心更望全齐。况今日齐土之复,又俱田单之功,窃思田单守即墨三年,不知费多少心,今火牛袭破燕军,又不知费多少气力,岂不思自承富贵,焉肯让人? 莒州一城,寡人尚用为忧,大夫奈何反以还临淄主宗庙为贺?"王孙贾道:"凡论事先要论人。大王所忧者,乃乱臣贼子之事,岂忠臣义士所为! 臣观田单,忠臣也,义士也,定当补社稷、整顿江山交还。大王何须过虑?"襄王道:"大夫何以知将军田单之忠义?"王孙贾道:"燕攻即墨,势若泰山压卵,威如烈火焚岗,设无一片精诚,上通大地,不顾死生,谁敢当此危任? 齐之破燕,假威神鬼,借力火牛,设不吐尽一腔心血,算入风雷,谁敢出此奇计? 试思如此精诚,如此心血,岂乱臣贼子之所有! 臣故知田单之忠义,愿大王勿疑。"襄王听了大喜道:"诚如大夫所奏,则万幸矣。"

　　既退入宫,太史后嫐女此时已立为后,也迎着襄王称说道:"恭喜大王,复有全齐! 不日当归临淄,以正大位,妾特预贺。"襄王道:"全齐虽复,非寡人复之,乃田单复之。田单既复,田单自应僭窃①,焉肯仍复寡人? 寡人不独临淄无望,恐莒州亦难常保。"君王后道:"大王论人事,臣妾不知之。若臣妾自天道观之,则知田单必不僭窃。"襄王道:"天道何如?"君王后道:"臣妾前已言之矣。凡国之兴亡,非小故也,皆有天道存焉。昔齐之亡,非人力亡之,实天厌先湣王之暴而亡之也。今齐之复,虽人力复之,实天怜齐祀之断,而假手于人力复之也。天既怜齐把而复之,

────────────

①　僭(jiàn)窃——超越本分窃取权力。

未有不复其君而复其臣,不复其正支而复其旁支者。大王,齐君也,正支也;田单,齐臣也,旁支也。名分具在,乌①容僭窃?大王请安俟②之。迎大王之法驾,不日将至也。"襄王尚未深信。果迟不得数日,田单迎请之表并文武车驾皆至矣,襄王方大喜,自夸道:"寡人内有贤妃,明于天道;外有王孙大夫,明于人事。内外来辅,吾无忧矣。"后人有诗,单赞王孙贾道:

> 不有精诚贯古今,谁人肯向死中寻?
>
> 千秋明眼于兹看,故识将军忠义心。

又有诗,单赞君王后道:

> 君在微时早识龙,故行权变以相从。
>
> 此皆深信天之道,岂是人间悦与容。

襄王心定了,因出见文武,择日启行。到了临行,莒州从龙诸臣想起淖齿弑齐王之事,恐怕有祸,尽推推诿诿,不敢上前。唯王孙贾奋然道:"君辱,臣且从死,何况复国之大荣,乃退缩如此!吾实耻之。"因脱去朝服,亲为御车而行,众文武方踊跃而从行。

不日到了临淄,田单亲率文武将士迎请入城。临淄百姓,夹道而观,尽道方重见新王。欢呼之声动地。襄王迎入宫中,直待郊过天地,飨过宗庙,然后临莅朝见。众臣朝毕,先宣田单上殿,赐坐,说道:"齐国已危,今得复安;齐国已亡,今得复存。然当其危亡,非叔父之精诚,谁能任之?非叔父之才勇,虽任之,亦不能破燕复齐。如此细思之,皆叔父之功。叔父之功,上既重立宗庙,下复安辑③人民,即敬承宗祀,未为不可。乃念源流,不忘根本,推寡人主齐之嗣,则其纯忠血气可泣鬼神。寡人不肖,何能图报?但念叔父知名始于安平,今即拜叔父为安平君,食邑万户,东至夜邑,西至淄上,聊报其功之万一。国方多事,再拜叔父为相国,以佐寡人之不逮。"田单拜谢辞出。正是:

> 效力不矜臣子义,降封成礼帝王恩。
>
> 但愁恩义有时失,君负臣辜不忍言。

---

① 乌——哪里。

② 俟(sì)——等待。

③ 安辑——安定。

襄王又召王孙贾上殿,褒美之道:"淖齿乱齐,坐拥蜂虿①,流毒甚深,一时荷戈②,尽皆袖手。汝文臣,手无寸铁,乃能左袒一呼,招集义士诛之。虽奉贤母之教,而一腔忠勇,千古不磨矣。"其晋爵拜为亚卿,其母赠贤德夫人。王孙贾拜谢。然后,从龙之臣并有功将士,皆一一行赏。又备车驾,迎请君王后入了后宫,又加赠太史后嬓之官。太史后嬓苦辞不受,绝迹不见君王后之面。君王后重父,持礼敬之,倍于常时。齐国一番得失,至此始定。正是:

潘王暴虐须史事,酿作兴亡三十年。

但愿君王行正道,何愁社稷不安全。

再表田单,自受封为安平君,食邑万户,甚是享用。忽一日,在朝文武查点所复齐城,尚有聊城、狄城未下,因奏知襄王。襄王因召田单说道:"全齐赖叔父大功,尽皆克复,唯狄城恃顽,聊城逞强,竟不肯下,却将奈何?"田单道:"狄小,虽垂手可即破,容臣先往破之,再破聊城可也。"襄王听了大喜道:"叔父肯往,自不足平。"田单辞出,因领兵三万,前往攻之。

时有一义士,姓鲁名仲连,为人好义,有气节,又多才智,虽是齐人,常邀游列国,往往为人解纷排难,而一毫不取其利,故诸侯闻其名,多重之,此时,正在齐国。田单闻知,因往拜见。鲁仲连见田单拥重兵,有出兵之意,因问:"田将军既以火牛之妙计,复有全齐,功已成矣,名已立矣,何不安享,保全功名,乃复拥重兵,又将焉往?"田单道:"全齐虽复,尚有狄城作梗,为齐王忧,故单请往下之。"鲁仲连道:"狄城未下,将军倘遣他将往攻,自可一鼓而得。将军将自往,以愚料之,必不能下。"田单听了道:"以三万之众,转不能下狄邑一小城,此何故也?愚所不解。"鲁仲连但笑而不答。田单心中不服,因不谢而辞出,竟领兵至狄,因围攻之,以为旦暮可得。

不期狄城守将紧闭四门,密排矢石,绝不出战。田单挥兵朝夕攻之,至于三月之久,竟不能下。回想鲁仲连之言,方惊讶道:"鲁仲连其神乎?此何故也?"因吩咐众将围城,自却暗暗还齐,复请问于鲁仲连曰:"鲁先生其神乎!何以便知单之不能下狄城也。"鲁仲连笑道:"将军高明,岂不

---

①　蜂虿(chài)——蝎类毒虫。

②　荷(hè)戈——扛起兵器。

知此？凡战，视心与气也。心能鼓气，则胜；心不能鼓气，则不胜。将军在即墨。虑燕之强，恐士卒不勇，坐则身自织蒉，以分其劳；立则手自扶钟，以同其苦。以为上率倡，下谁敢不从乎？当此之际，将军有殉死之心，士卒无偷生之气，故猛勇直前而破燕也。今将军则大不然矣，号称安平君，食邑万户，东有夜邑之奉，西有淄上之养，黄金横带，绣盖笼头，驰骋乎淄、渑之间，则将军有幸生之乐，士卒无敢死之心。此狄城虽小，所以不下也。"田单听了，乃连连点首称谢道："承先生明教矣。"因驰马还营，厉气循城，亲立于石矢之间，援枹①鼓之，士卒莫敢不奋攻。不三日，而狄人惧，因出城降。正是：

　　三月不能攻，攻破只三日。

　　激发将军心，士卒乃努力。

　　田单既下狄城，归见襄王，又请往攻聊城。襄王大喜，厚加赏赉命往。却说这聊城守将叫做乐英，就是乐毅之侄。困下聊城之时，聊城守将遁去，剧辛就换了他为守将。后因骑劫代将，乐毅逃归赵国，燕王不悦乐毅，就有人在惠王面前谗谮："乐毅之侄是乐英，见乐毅失将，无人倚仗，时时怨望。"喜得惠王心虽不悦乐毅，外貌还未露形迹，故未下手。早有人报知乐英，劝他去了。乐英既怕失了兵权，又惧有祸，不敢归于燕王，故因循下了。后田单破了骑劫，乘势欲复齐城。各城见齐势大，尽相率叛燕归齐，独乐英保守聊城，追恨惠王道："若不代将，安有此失？今燕城尽被齐兵复去，我若也随众归齐，何以见疾风劲草？何以见乐元帅的兵将忠勇，与众不同？因死守城，决不使田单得志。"前番田单乘胜来攻了一遍，见一时难下，恐挫兵威，为他城看样，遂匆匆舍之而去。今见全齐尽复，没个独留聊城属燕之理，只得请襄王之命，又来攻伐。

　　田单久知乐英是员战将，兵马临城不敢就逼近，因排开阵势，在城下讨战。金鼓擂过三番，方听得城中一声炮响，忽开放两扇城门，拥出一阵人马，约有千余。乐英在前，手持一柄丈三长枪，身骑一匹五花名马，飞到阵前，大声叫道："田单！你虽是个英雄，却也要知些进退。我乐元帅费二三十年辛苦，才下得你七十余城。不料君听不聪，命骑劫代将，被你一朝复去，也可谓称心满意。就留此聊城一邑，为乐元帅表表功劳心迹也不

_____

　　① 枹（fú）——鼓槌。

为过,怎还要来争夺?"田单道:"汝何不明道理? 凡为国家,有兴有衰。当时齐衰,七十二城为昌国君取去,今日齐兴,七十二城为我复来,皆天意也。无意既全归齐,岂肯独留此一城为燕有也!"乐英道:"天意难知,我今且与你赌一赌人力。你领着全齐人马,我不过一城士卒。你若夺得去便算天意,芳夺不去,只怕还要算是人力。"田单笑道:"据汝说来,是要战。既来攻城,岂不能战?"因问谁人出马。只见阵中突出一将,叫做毛剥,手持大刀,直奔乐英道:"莫要夸口,且试试我的宝刀。"遂劈头砍来。乐英用枪拨开,随手就刺,二人一上手就斗了三十余合。乐英见斗久,心上大怒,道:"一小将不能诛他,何以破此全齐。"看两马交合之时,因将枪一凝,喝一声:"不要走!"早已直刺入毛剥咽喉之所。

　　田单看见,吃了一惊,正欲命将,而阵中早出一将,叫做皮开,手持一把绽金大斧,飞马大叫道:"乐英逆贼! 快将头来,待我砍了,与毛将军报仇。"乐英看见,也不答话,竟挺枪接住厮杀,又斗了二十余合。原来乐英膂力最大,枪法甚精,平常与人厮杀,只松松用六七分本事,任你勇将,已是对手。只等来将杀到手足方懈时,他方奋勇一刺,百发百中。皮开不防,忽喝一声,又早被乐英刺死。

　　田单见乐英一连刺死二将,知其骁勇,非等闲可敌,因坐令出一员少年名将,叫做田豹,也是一条长枪,飞马到阵前大叫道:"乐英这贼! 怎敢杀我二将!"乐英说道:"你齐将甚多,不杀如何得尽。"田豹道:"你只一个,我也不肯饶你。"说罢,两马齐出,双枪并举,搅做一团,杀在一处,比前大不相同。真个好杀! 但见:

　　　人似虎,马如龙。唯人似虎,故不愧人称虎将;因马如龙,方显得
　　马是龙驹。人斗人,你搏我,我噬你,不殊二虎争食;马敌马,彼横冲,
　　此斜突,何异双龙夺宝。这条枪直直刺,飞一道寒光;那条枪轻轻摆,
　　散满眼雪色。紧一枪,松一枪,防前护后,绝不疏虞;正一枪,倒一枪,
　　指东画西,大有窍妙。都是英雄,看不出一些破绽;尽皆豪杰;讨不得
　　半点便宜。直杀得黄尘滚滚,沙场内尚分拆不开;直杀得红日沉沉,
　　阵前上恰战争正急。真个是棋逢敌手难藏拙,将遇良材好用工。

　　乐英、田豹果是一对战将,直斗到百合以外竟不分胜败。两军见天色晚了,方两下鸣金各归营。

　　乐英收兵入城不提。却说田单归营,见乐英之猛勇,甚是纳闷。田豹

道:"乐英纵勇,不过一人,只好敌住小将,却不能分身他顾。明日交战,待小将用精神紧紧缠住他不放。元帅却伏兵两旁,乘势抢入城去,何愁不破。"田单甚喜,因打点伏兵。到次日,临城讨战,不料乐英却紧闭城门不出,只用弓弩炮石紧紧守住。田单攻打了一日,全没巴头。到次日分开兵马,四面围攻。乐英也四面紧守,只是不出。一连围了月余,并不能讨半点便宜。田单急得怒气冲天,因下令四面架起云梯,逼近城下,朝夕狠攻。乐英探知田单在东门督战,他却悄悄开了西门,突然飞马而出,将攻城将官刺死,军士将云梯烧毁。田单闻知,急急命田豹赶到那西城,他又突出北门斩将,只杀得齐兵个个心寒,人人胆怯,谁敢十分逼近!田单百计攻打,乐英却百计保守,攻打了岁余,只不能下。

田单兵马已消折许多,钱粮又虚耗无数,恐齐王见罪,心上慌了,因想:狄城不下,亏鲁仲连点醒方才下了,莫非聊城也有原因?又暗暗来见鲁仲连求计。鲁仲连道:"乐英乃乐毅之侄,受乐毅之教,多能善战,为人又有气节,今被人谗不敢归燕,若要投齐又恐非义,故保全聊城以偷生。将军之意,若以威武加之,断不肯屈,莫若待我为书一封,投入城中,以义说之,彼必自解。"田单大喜,因求鲁仲连一封书回去,缚在箭上,射入城中。乐英得书,拆开一看,又只看上面写的都是劝他弃燕归齐的言语。再三而读,因叹息道:"吾闻丈夫处世,得其生,不得其死。吾今日踞城祸民,不仁;明日战败身死,非勇;降齐窃禄,不忠;归燕受谗,不智,不如一死。"因大泣三日而自杀。只因这一死,有分教:

将军得志,义士成名。

不知后事如何,且听下回分解。

第 十 八 回

燕惠王尽失齐城方悔祸　望诸君不忘燕旧永留名

词曰：

　　君德原明，一听谗言，糊涂不了①。今番欲除，百战英雄，付之宵小。一时任性殊快意，满盘失算方懊恼。愿君王洗眼辨贤愚，江山保。圣臣心，终悄悄；贤臣行，必矫矫。一在是，参商绝非酉卯。在国但知尽臣节，去邦犹自思君好。每登临，凭吊望诸君，千秋少。

上调满江红

　　却说聊城守将乐英得了鲁仲连之书，大泣三日而自杀。田单遂得了聊城，成了他恢复全齐之大功，归齐自享安平之乐，已表过不提。单说燕惠王，自骑劫败后，逃窜的燕兵纷纷地逃归。有人报知燕王，燕王初犹不信，后见来报日多，知道是真，方惊骇道："骑劫何等夸口知兵，怎就一败至此！"急得在宫中只是跌脚。再细细想起郭隗、剧辛之言，比设箸灼龟还灵验三分，因不胜怨恨道："乐毅破齐之功已成矣，已下其七十余城矣。莒州、即墨唯有二城，莫说三年不下，便再守三年、再守十年又何妨？也只可恨我一时不明，听了骑劫狂言，将乐毅逼出。今不但莒州、即墨不可得，转将已得城池渐皆失却，岂不可惜！"欲要叫骑劫来问他、处他，无奈他身已死了。他身死何足惜，累得国家受祸不小。因恨骑劫，遂传旨将骑劫一家都抄斩了。又急急叫人去打听，看七十二城失了多少，还存多少，好遣兵去守护。众人打听了，回来复道："七十二城又俱已复去久矣。唯聊城乃是乐元帅侄儿乐英所守，与齐大战数场，杀得齐兵倒退，不得近城。欲要告急大王，因大王怀恨乐元帅，他是乐元帅的侄儿，又畏罪不敢来告，只得独力苦守。齐将田单无计可施，只得央鲁仲连写书来劝他降齐。他要降齐，恐辱没了他乐元帅声名，欲归燕，又恐大王恨他不纳，因大哭了三日，自杀而死。自乐英自杀后，齐兵得志，只怕还要杀过界来，夺取燕邦。

---

　　① "君德"句——为君之德，本应心明，一旦听信了谗言，便糊涂得不得了。

大王需要作准备。"

　　惠王听了,方慌了手脚,道:"事至如此,却将奈何?"欲召朝臣商议,而满朝臣子无一人能知国事,欲要召郭隗、剧辛来计较,又因为听信骑劫之言,一向疏斥①在外,要见他又无颜面。然事到此时,千思万想,并无别路,只得使重臣召他二人入朝。郭隗与剧辛虽被惠王疏斥,未免怏怏,今既来召,又不敢违逆,只得勉强来见道:"骑劫代将之事如何了?"燕王满面羞惭道:"寡人愚昧,不听二卿良言,误用骑劫,果失大事,今悔已无及。这且慢论。但闻得齐兵乘胜,不以复齐为幸,又欲加兵于燕,以报滑王之仇。寡人闻知,甚是惊慌。即便传言不实,然新败之后,不可不防。故求教二卿,或是还该选将,或是还该求贤?求二卿念先王之好,不以愚昧介怀,指示一二,寡人当一一听从。"郭隗道:"齐新复国,抚有旧疆,意亦足矣,未必更生他想。所传加兵于燕者,虚声也。只消拜乐乘为将军,谨守燕境,可保无他,此不足虑也。但臣还有一虑。"惠王道:"贤卿舍齐之外,更有何虑?"郭隗道:"齐虽与燕称为敌国,然燕之下齐,实报燕先王之仇也。既报其仇,原不当尽有其国。今齐国既复,则天理人情俱已平矣,是故不为深虑。今燕与赵唇齿也,宜礼尚往来,相与保守。臣近闻:赵王怒大王以破齐骄矜,往往失礼,每每一意图燕。今昌国君被废失城,礼宜还朝,又不还朝而归赵。不还朝,则本朝疏也;归赵,则赵亲也。昌国君归赵之后,大王竟不复存问;妻子在燕,大王又无所加礼,此皆生衅②之端也。若昌国君有罪于燕则可也,况昌国君于燕,但闻其一战下齐,但闻其六月而下齐七十二城,但闻先大王立其为齐王,而昌国君誓死辞而不受,未见其自立为王也。即莒州、即墨二城之未下,亦不过仅支朝夕,以待其数,虽不下犹下也,何尝敢以一失相加遗? 由此观之,则是昌国君于燕,实有功而无罪也。大王不知是何主见,乃进骑劫而退昌国君。进骑劫者,以骑劫为能也。使骑劫果有寸长,能一战而成下二城之功,则昌国君自愧无能而远避矣。乃骑劫一败涂地,不独不能下二城,并七十余城俱失去,何以服昌国君之心? 大王方才说,或是要求贤,此虽非大王真心,即便大王果真心求贤,天下见大王待前贤如此之薄,又谁肯复出而倾肝胆于大王哉?"

────────────

①　疏斥——疏远责备。
②　生衅(xìn)之端——发生争端的因由。

惠王听了，赧然①不能答，低回半晌，方说道："寡人已知过矣。但为今之计，却将奈何？"剧辛因说道："臣闻人唯求旧。大王既已知过，可修书一封，备述其从前之误，细陈今悔过之私，使人往赵致于昌国君，求其归国，以全旧好。倘肯归国，燕虽小，无虑不安；即怀恨不肯归国，而稍申情礼，亦可消其郁郁不平之气，而无他患也。"惠王深以为然，因命人修书往赵国迎请乐毅。正是：

> 明珠在掌不知贵，失却重于天下求。
>
> 只恐水流归大海，等闲安肯复回头！

惠王修书，差人往赵迎请乐毅，且按下不提。却说乐毅自骑劫来代将之后，归到赵。因在燕为官，功名显达，今一旦被弃归赵，不敢私自回里隐居，只得报名来朝见。赵王大喜，因赐坐道："昌国君本是赵国人，乃于燕国立功名，使寡人无颜，往往因以为恨。今幸燕之子孙无享国之福，失礼于乐君，使乐君重动故国之思，来见寡人，寡人何幸也！"乐毅逊谢道："微臣蒙大王长养之恩而不知报，乃流落他邦，为人犬马。今遭弃逐，始恋首丘，背主之罪，何可胜言！乃蒙大王不加显戮②，反温谕有加③，真天地之洪恩，父母之至爱，感激之下，不知有顶踵矣④。"赵王道："乐君之去赵，非乐君之弃寡人，是寡人不知乐君也。今寡人既有悟而知乐君矣，乐君又不弃寡人而归赵矣，此后君知臣，臣知君，幸为留意。"乐毅道："大王之言，已得微臣之心，敢不效力！"赵王道："燕以昌其大国，故封乐君昌国。赵之望诸，是乐君旧地，即加君望诸之号，聊以明寡人之望。君其勿辞。"乐毅再三苦辞，辞之不得，方再拜而受命。正是：

> 投燕有效方昌国，归赵无功也望诸。
>
> 一自武侯声价美，遂教千古重茅庐。

乐毅在赵过了些时，忽赵王召乐毅说道："赵与燕，邻国也，地相接，声气相通。我以礼往，彼当以礼来，奈何聘问之义往往轻慢，寡人深以为恨，欲兴兵伐之，不知乐君以为何如？"乐毅听了，忙将冠簪除下，泣拜于

---

① 赧（nǎn）然——羞愧的样子。

② 显戮——明正典刑，当众处决。

③ 温谕有加——给了更多的温暖、人心的指示。

④ "不知"句——简直不知道头顶与足跟在哪里了。此处表示感激之情。

地道：“臣乐毅死罪，死罪！”赵王急令内侍扶起道：“将军请冠，有何隐情，不妨告朕。”乐毅正色说道：“臣闻忠良之臣，不以生死易其心，礼义之士，不以去来改其节。臣昔日事燕昭王也，犹今日之事大王也。臣今日既事大王，则凡关乎大王者，犹之大王也。即使臣得罪大王而逃亡于他国，亦必不敢谋大王之仆隶，况敢谋大王之子孙乎？臣昔事燕昭王，而今逃归大王，又焉敢不念前思而负心谋燕乎？臣所以请死而乞大王原谅之。”赵王听了，叹息道：“原来乐君忠不忘于故主如此，可敬也。寡人实欲伐燕，今为乐君，只得罢了。”乐毅因再三拜谢而出。

又过些时，忽闻骑劫兵败，田单复了齐城，不胜痛惜道：“可惜燕先王三十年经营，一旦败于庸奴之手。此虽天命，系之人事，殊可痛心。”正抱怅间，忽燕使来，奉上惠王书，申达迎请归国之意。乐毅看了，暗想道：“人之一身，有所重，亦有所轻。昔日在燕，能一战胜齐，六月下齐七十余城，故重也。今若复往，岂能复一战胜齐，岂能复下齐七十余城？若不能，则未免轻矣。莫若居赵，吾虽不图于燕，王惧吾图燕，朝夕提防，虽轻犹重也。”主意定了，因复书上谢燕王。[①] 其辞道：

旧昌国君、亚卿、臣乐毅，谨复书于燕大王足下：臣不佞，不能奉承王命，以顺左右之心，恐伤先王之明，有害足下之义，故遁逃走赵。今足下使人数之以罪，臣恐侍御者不察先王之所以畜幸臣之理，又不白臣之所以事先王之心，故敢以书对。

臣闻贤圣之君不以禄私亲，其功多者赏之，其能当者处之。故察能而授官者，成功之君也；论行而结交者，立名之士也。臣窃观先王之举也，见有高世主之心，故假节于魏，以身得察于燕。先王过举，擢之宾客之中，立之群臣之上，不谋父兄，以为亚卿。臣窃不自知，自以为奉令承教，可幸无罪，故受令而不辞。

先王命之曰：“我有积怨，深怒于齐，不量轻弱，而欲以齐为事。”臣曰：“夫齐，霸国之余业而最胜之遗事也。练于甲兵，习于战攻。王若欲伐之，必与天下图之。与天下图之，莫若结于赵。且又淮北、宋地，楚魏之所欲也，赵若许而约四国攻之，齐可大破也。”先王以为

---

① 此文原为《乐毅报燕王书》，此处已作缩写。文中含蓄地指责了惠王的昏庸，表明了自己离燕投赵的原委。

然，具符节南使臣于赵。顾反命，起兵击齐。以天之道，先王之灵，河北之地随先王而举之济上。济上之军受命击齐，大败齐人，轻卒锐兵，长驱至国。齐王遁而走莒，仅以身免；珠玉、财宝、车甲、珍器，尽收入于燕。齐器设于宁台，大吕陈于元英，故鼎反乎磿室①，蓟丘植于汶篁。自五霸以来，功未有及先王者也。先王以为慊于志，故裂地而封之，使得比小国诸侯。臣窃不自知，自以为受命承教，可幸无罪，是以受命不辞。

臣闻：贤圣之君，功立而不废，故著于《春秋》；早知之士，名成而不毁，故称于后世。若先王之报怨雪耻，夷万乘之疆国，收入百岁之蓄积，及至弃群臣之日，余教未衰，执政任事之臣，修法令，慎庶孽，施及乎萌隶，皆可以教后世。

臣闻之，善作者不必善成，善始者不必善终。昔伍子胥说听于阖闾，而吴王远迹至郢；夫差弗是也，赐之鸱夷而浮之江。吴王不悟先论之可以立功，故沉子胥而不悔；子胥不早见王之不同量，是以至于入江而不化。夫免身立功，以明先王之迹，臣之上计也。离毁辱之诽谤，堕先王之名，臣之所大恐也。临不测之罪，以幸为利，义之所不敢出也。

臣闻：古之君子，交绝不出恶声。忠臣去国，不絜其名。臣虽不佞，数奉教于君子矣。恐侍御者之亲左右之说，不察疏远之行，故敢献书以闻，唯君王之留意焉。

乐毅写完了书，封付来使持归，报之惠王。惠王得书，细细看后，甚是踌躇，不胜懊悔，心中暗想道："迎请不归，也还可矣。倘久留赵国，为赵所拜，又谋燕国，却将奈何？"因又请了郭隗、剧辛二人来商议。郭隗道："昌国君则在赵，而昌国君之妻子，则不在赵而在燕。大王厚其在燕者，则在赵者感大王之惠，犹在燕也。今在燕者不加存恤，而在赵安肯舍赵而复归燕哉！"剧辛道："人之爱妻子甚于爱身。今乐毅妻子在燕，厚之必喜，薄之必怒。郭君之言是也。大王不可不听。"惠王听了，细细想了，乃感悟道："二卿之论，甚为有理。"乃下诏自责道：

燕王诏曰：昌国君忠勤先帝，一战下齐，功齐千古。寡人不肖，不

---

① 磿(lì)室——战国燕宫室名。

知敬礼,已失尊贤报德,又误听骑劫谗言,使之代将,致其仓忙去赵,爵禄虚悬。每一思之,悔恨何及,言念旧勋,寝食不安。昨遣使迎请,又不得受驾,致使大功莫报,惭负不胜。窃思朝廷禄位,不报其身,则报其后。今幸妻子在燕,其妻和氏,着封昌国一品夫人;其子乐闲,着亦封昌国君之职,禄米岁给照常。将军乐乘,加拜大将军,以代昌国君执掌兵权之任;其余乐姓宗族,有可用者,并贵重之,以彰寡人之过,以志寡人之悔。诏众通知。

燕国臣民,因见乐毅有功遭谗而去,皆愤愤不平。今见复加爵禄于其妻子,方才欢喜。过了年余,和氏并乐闲感惠王相待之厚,因为书使人通知于乐毅,乐毅方才大喜,因劝赵王与燕王通好。赵王欣然从之,遂命乐毅到燕说命。乐毅这番至燕,不比旧臣,朝见惠王,惠王赐坐、赐宴,大加优待,又深自谢其听谗之罪,又留乐毅在燕住了半年,使其夫妻完聚,父子团圆,然后许其归赵复命,以合二国之好。

此时齐国窥燕虚弱,使人正打听谋燕,因见乐毅复到燕国,以通燕、赵之好,遂而不敢。有人报知燕王,燕王因此愈敬乐毅。自是之后,乐毅往来,燕、赵如一家,方显其才能开国,忠能格主,智能全身,为后七国之人物。后人有诗赞之道:

> 燕山日月似穿梭,易水浮云朝暮过。
> 虽然黄金台已朽,将军名姓未曾磨。

又有诗叹之道:

> 金台高筑为求贤,求到成功三十年。
> 破败将来无几日,儿孙不肖实可怜。

又有诗颂之道:

> 苏张之言虽然利,反复多端不足听。
> 何似黄金台上草,千秋不改只青青。

又有诗总结燕齐之案道:

> 燕国成活之哙丧,齐拜骄矜湣王休。
> 古今成败皆如此,只望君王圣德修。